赘婿

③ 山雨欲来

愤怒的香蕉 著

青岛出版社

图书在版编目（CIP）数据

赘婿. 3, 山雨欲来/愤怒的香蕉著. —青岛：青岛出版社, 2021.2
ISBN 978-7-5552-9651-5

Ⅰ.①赘… Ⅱ.①愤… Ⅲ.①长篇历史小说－中国－当代 Ⅳ.①I247.5

中国版本图书馆CIP数据核字（2020）第211747号

书　　　名	赘婿 3 山雨欲来
著　　　者	愤怒的香蕉
出版发行	青岛出版社
社　　　址	青岛市海尔路182号（266061）
本社网址	http://www.qdpub.com
邮购电话	18613853563　0532-68068091
责任编辑	李文峰
特约编辑	孙小淋　徐馨如
校　　　对	张琳娜
装帧设计	千　千
照　　　排	梁　霞
印　　　刷	三河市良远印务有限公司
出版日期	2021年2月第1版　2024年1月第2次印刷
开　　　本	16开（710mm×980mm）
印　　　张	17
字　　　数	240千
书　　　号	ISBN 978-7-5552-9651-5
定　　　价	39.80元

编校印装质量、盗版监督服务电话 4006532017　0532-68068050

目 录

第 一 章	送家产乌家吞苦果	现端倪苏家起内讧	1
第 二 章	千钧一发逆转乾坤	图穷匕见引狼入室	33
第 三 章	苏家宅中反杀绑匪	十步坡前火并梁山	59
第 四 章	促感情苏檀儿烧楼	搬新家小夫妻圆房	81
第 五 章	十步一算扬威江宁	轻描淡写畅谈人伦	106
第 六 章	以寡敌众巧破杀局	水中显威力擒主谋	125
第 七 章	苦追寻无意得线索	暗跟踪却遇解铃人	147
第 八 章	听壁脚惊闻陈年案	游故地邂逅儿时伴	164
第 九 章	设家宴天降大靠山	报父仇夜袭山神庙	181
第 十 章	宾客主人相谈甚欢	发妻红颜齐聚一堂	200
第十一章	无心插柳先声夺人	深思熟虑作壁上观	221
第十二章	作戏言无心展文采	论格物有意炫知识	245

第一章
送家产乌家吞苦果　现端倪苏家起内讧

入夜,成国公主驸马府。

武朝开国以来,周氏皇族开枝散叶,到如今已经人丁兴旺。不过,由于对宗室管理颇严,到如今,富贵皇亲虽然不少,但在军政上真正受到重用的不多。这其中,驸马又是最为尴尬的一个头衔。

不过,虽然江宁不止一位有驸马身份的人居住,但成国公主驸马又与其他人不一样。通常来说,虽然公主身份尊贵,愿意当驸马的却并不是多么有本事的人,但康贤的身份是当代大儒,才学上有真材实料。最重要的是,两人的辈分到现在已经比一般皇族要大。

通常来说,皇帝的女儿称公主,姐妹称长公主,而作为皇帝的姑姑,成国公主周萱则有个"大长公主"的名衔。又"大"又"长",听起来就很厉害。当初才华横溢的康贤为何会成为驸马,如今恐怕已没有多少人知道,当事人或许也已经抛诸脑后……总之,精明厉害的大长公主周萱与才华横溢的驸马康贤虽然已经颐养天年,日子看起来过得也悠闲,实际上手下却有着超乎想象的产业与财富,如果拿到明面上来,或许足以令所有人为之咋舌。

当然,聪明人都懂得明哲保身。江宁一带,成国公主的势力基本上都是游离于诸多大事之外的,手下产业诸多,也是闷声发大财。因此,周围的诸多皇亲也比较愿意亲近这边。今天下午,康王周雍领着一对儿女与诸多才子喝过茶之后,就顺便过来串门了。

这时已经用过晚饭，周雍在院子里与皇姑聊天。方才他的一对儿女与康贤也在这里，只是周佩与周君武常来这边，也就不怎么闲得住，拉着康贤跑去驸马府的藏珍阁看好东西去了。周雍平日来驸马府不多，但小时候与作为姑姑的长公主周萱还是很亲密的，聊家长里短聊了好一阵子才从院子里出去，在花园附近见到了康贤，至于那对儿女，不知又跑到哪里去了。

　　周雍对康贤一向尊敬，两人一边说话，一边准备去花园那边乘凉。说了一些琐事之后，周雍才有些随意地提起今天下午的事情："今日带着小佩、君武在香暖茶肆那边与一些才子同游之时倒是看见一人，乃姑父之前提过的……"他说了整件事情，连同柳青狄的现身，"得'第一才子'之名不易，这柳青狄看似豁达，口口声声说宁毅才学惊人，只怕也是心有忌恨，想要说些是非，他的说法多有不实，但其后看来，竟有许多人知道此事。对那宁立恒，姑父前些时日说让小佩、君武拜其为师，我便想见上一见，只是不知这苏、乌两家布商之事，姑父可知晓？"

　　两人在凉亭内坐下，周雍说出这些话后，康贤笑了出来。要说周雍之前对这事很上心，康贤自然是不信的，一直以来对小佩、君武两个孩子的管教，或许倒是康贤做得比较多。先前他说让两个孩子拜江宁第一才子为师，周雍也就是随意点头。第一才子嘛，又是康贤说的，肯定没错，周雍的态度就是拜师时自己随叫随到，至于宁毅如何，反正有康贤把关。或许正是今天的见闻让他稍稍上了心。

　　皇家之人，骨子里终究还是在乎实干的。

　　"呵呵，类似的问题，月余之前我也问过立恒。当时苏、乌两家皇商之争闹得沸沸扬扬，本以为尘埃初定，谁知苏家最后被摆了一道，他还在人面前怒而写下《酌酒与裴迪》。我本以为他心中气恼，想着事情若解决不了，他还是得来找我帮忙，可是在家中等了数天都不见他上门。后来在老秦家中遇上，当时他满脸心事，下起棋来也是心不在焉，偏就不开口相求，实在让人生气……"

　　"若是这样，倒是有几分傲气。"周雍点头道，"倒是姑父与这宁毅，竟是熟识吗？还有……秦老？"

　　他想起那宁毅的样貌，不过二十出头，实在年轻。他原以为姑父只是认同其才华，这时候听起来，才觉得交情不一般。

　　"呵呵，本是棋友，无涉太多。不过后来立恒帮了大忙，啧，受益之人多矣。"康贤肃容点了点头，随后才笑出来，"不过后来才知，他不肯相求并非出于傲气。呵呵，我当日与他说：'你我如此交情，莫非开口相求一次也得如此谨慎？'此事涉及他声名，对那苏家来说，影响也是极大，我原也决定了出一次手替他了结，谁知他随后就说了一句话，倒令得我此后月余都不好再提此事，呵呵。"

　　见康贤笑得开心，周雍皱起眉头："一句话？"

"呵呵,那布会褪色。"康贤摇了摇头,这轻描淡写的话语似浮动在凉亭附近。

周雍的表情还带着些疑惑,一时间,周围安静下来。过得好半晌,他才真正消化这句话的意思,反应过来:"啊?"

在驸马府中的交谈进行的同时,乌家正厅之中,一场争吵与议论正在发生。家丁们远远地守着这片区域,偶尔回头能望见那边人影摇动,却难以明白发生了什么事情。在那个决定整个乌家命运的人聚集的房间里,各种以往不曾有过的古怪气氛在浮动、弥漫,人们的情绪也与往日不同:愤怒、错愕、恐惧、不敢置信,夹杂着偶尔歇斯底里的爆发。

"不管怎么样,三分之一不可能……荒谬,从没有过这样的事情!"

争吵其实已经持续了好一阵子。听乌启隆说完这些事情之后,大家先是沉默了许久,然后感到荒谬,从而议论起来。即便是在以贪婪著称的商场上,也极少出现这样的事情,一家商户摆明车马对另一家商户说,你给我三分之一的家产吧。这种事情乍听起来简直连讨论的余地都没有,然而,当气氛逐渐变得凝重,当他们从乌承厚等人的脸色中了解到此事并非开玩笑,并且在时间带给了他们思考的空隙之后,这些人才逐渐理清思绪,开始考虑整件事情的严重性。

"给他们三分之一?然后再拿三分之一甚至一半的家产去活动打点?到时候我乌家会变成什么样子?我们……我们就算死了,也对不起乌家的列祖列宗,他们花了多大的力气攒下来的家产,江宁第一布商的名头……"负责贺州一带事务的乌承洛摇着头,"不过是褪色,我不信会弄到抄家的份上!只要多活动、多打点,我乌家未必顶不过这一关!"

"墙倒众人推啊,老七。"乌承远说了一句。

另一边,乌承克铁青着脸:"给他们三分之一,我们自己败掉一半或者三分之一以后放掉市场份额,只做皇商,苏家就是这么想的。这件事之后,若不是这样,你以为苏家会轻易罢手?"

"你也说了苏家不会轻易罢手,谁知道他们背后会不会偷放消息或者阴我们一道!"

"他们吃下去也要时间的,更何况……这样对他们的名声比较好……"

"没弄死我们家名声比较好?"乌承洛不可思议地看着乌承克。

"至少不会被人说收了我们家的东西还逼死我们……"乌启隆语气低沉地"参战"。

"逼不逼得死还是个问题呢!"

"七叔,别说气话。"

"我没有在说气话，是你被那个读书人吓到了！谁不知道那些什么才子就会夸夸其谈！"

"可真的要打仗了啊，而且墙倒众人推啊，七叔！现在是一群人盯着苏家，他们还没下口，是等着苏家自己倒，偏偏苏家在外面还没出大娄子！可如果我们家出了这种事，把柄人人都能拿，人人都能落井下石！我们乌家的对手比苏家少吗？"

"也不一定会到那种程度！如果我们照他说的做，跟到了那种程度有什么……"

"闭嘴！"

砰的一下，一根拐杖砸在地上。吵了这么久，坐在上方的五叔公乌镇终于发飙了，颤颤巍巍地站了起来。

"少在那里说些白话！现在不是什么程度，是抄！家！灭！族！"他用拐杖在地上敲着，"抄家灭族！"

周围一时间都安静了下来。

老人环顾四周，倒回椅子上，一边喘气一边说话："还没明白吗？不是什么程度，错了之后不是给三成还是六成的区别，你要是说错了，就是抄家灭族！现在这里的所有人，这里的、外面的，你家里的老婆孩子，死的死，发配的发配。这个时候，你们都知道了吧……别吵了，说点儿有用的。"

"只能……只能去走一些大人的门路……"乌承远犹豫了一阵，说道。

上方的乌承厚摇了摇头："十天的时间，三省六部级的大人们，钱再多也走不通了。"

五叔公乌镇缓了缓气息："若谈崩了，真的有这么严重吗？大家先想想这个吧。"

"陈家跟吕家也盯着我们，他们以前做皇商，现在想要更大的发展道路，他们……有以前的官场关系，我们乌家若倒了，让出份额，他们一定很高兴。"

"墙倒众人推是肯定的。"

"而且真的要打仗了，如果是以前……"乌启隆皱了皱眉，"多半有转圜的余地……"

"打仗了未必就一定会出事，可能性有多大？"乌承洛说道。

"我不知道。"乌启隆坦率地说道，随后环顾一周，"各位叔叔伯伯，你们觉得呢？你们……敢冒这个险吗？"

抄家灭族这种事情，终究取决于皇帝的心情，若只有某一个因素，或许还可以冒冒险，然而打仗前夕加上事情曝光后各个布商可能的推波助澜，再加上皇上听到这件事情后可能有的综合反应，就没人敢冒这个险了，众人一阵沉默。

五叔公又用拐杖敲了一下地："那这点还有什么好讨论的？"

"未必没机会。"乌承克想了许久，方才说道，"那宁立恒的说法很简单，无非让我乌家用钱来买时间，但生意总能谈的，他的话里，到底有多少是虚张声势我们也不知道。我们现在要看看苏家有多想要平稳交接，如果不稳，他们要花多大的力气，这中间，具体又是谁在策划，谁在拍板，总要先弄清楚这些事才行。"

乌承厚点了点头："无非是苏愈、苏檀儿、宁毅这三个人。"

乌承远皱眉道："宁毅怎么样我不清楚，但苏愈、苏檀儿都不是省油的灯，如果一次试探就谈崩了怎么办？"

乌承厚沉默片刻："得看他们有多果决、多想要了……"

"苏檀儿最近也不好过。"乌启豪抬起头，"我乌家终究有机会。而且就算情况再坏，我们也能撑上几个月甚至大半年……苏檀儿现在一定迫切想证明自己的能力，事情由她主导，我觉得……一定有谈判的余地……申请延后的消息公开的时间是最关键的，如果能拖过这几天，我们也许可以放假消息，让市面上不知道该信什么。"

"这样也只能避免一部分人察觉，苏家一放消息，信的一定会有，乱放流言只能蒙蔽一部分人而已，而我们一路活动至少需要一两个月……"有人摇了摇头，"要找弱点可以先想想控盘的到底是谁，我觉得这个局不像是苏檀儿在控。"

"苏愈以前也没用过这样的法子，不像……可除了他们，总不至于真是那个宁毅吧？这种事情可不是光靠聪明就能做成的，只能依靠苏愈、苏檀儿这样的人，而我们以前也查过，他根本没经验……"

嗡嗡嗡的议论声中，五叔公在那边叹了口气，朝坐在那儿又沉默下来的乌启隆示意了一下："启隆，你与那宁毅接触最多，你说呢？就算真是他布的局，他究竟该如何对付？"

乌启隆望了他一眼，有些犹豫："我、我有些想法，但是……"他摇了摇头，"这些不好说……"

生意场上，把握住了对手的轮廓，才能真正开始做文章，想要制定策略摆脱危局也是如此。如果对手布了个看似完美的局，那么就只能从对方的性格方面找弱点，猜测有什么东西是对方把握不到的。苏家与薛家相争多年，乌家一直在旁边看着，可对这宁立恒，到得现在也没人了解，或许只有与之接触最久的乌启隆能够在这个时候勉强拼出一些轮廓来。

"现在想起来，有一点，我们大家都略过了……"过了片刻，乌启隆叹了口气，还是说了出来，"苏檀儿这个女人的性格，大家多少都知道。两个半月以前苏伯庸遇刺，她忽然病倒，我们以为她是因为压力过大——她当时的压力也真的很大，我们打听了，她生病是真的，所以我们没有怀疑，但是后来发生的事情，其实是有问题的。"

他这样一说，旁边有人反应过来，乌启豪说道："她那一个月都没出现……"

"是啊。"乌启隆点点头,"以苏檀儿的性格,风寒最初的几天过了,退了烧,她是不可能在那样的情况下一直卧床养病的。可当时偏偏是宁毅接手了,所以大家只觉得有些滑稽,但苏家一直高调宣传黄布,步子没有落下,我们都觉得苏檀儿是没办法处理琐碎的事情,所以只把握了大局。也是因为这样,宁毅表演了几次之后,我们觉得,就算她大局上把握得好,细部上总会有空子让我们钻……

"现在说起来也许马后炮了,不过,以苏檀儿那种性格,在那个时候,她怎么可能在家里待得住,宁毅不懂她肯定懂的……几天前宁毅跟我说了那些事情我才反应过来。他说,当时是由于黄布褪色,苏檀儿才会倒下去……这样一个女人,苏伯庸遇刺,苏家遭遇内忧外患,光凭这些根本不可能让她躺上一个月。这些事情我们疏忽了,可是回头想想,她倒下的时候,苏家大房根本没有主心骨,她那时候的状态也不可能做出这种算计,肯定就是这段时间,宁毅做好了计划。所以几天之后她烧退了也没有下床,而且苏家那位老爷子也没有干涉……

"然后所有人都进了这个局。看起来这个宁毅什么都没有做,我们当时甚至一点儿不妥的感觉都没有,连想都没有想过。皇商决定后的一个多月里,宁毅直接抛开了这件事,我们回头计算了好几次,都没有一点点怀疑……各位叔叔伯伯,所有的事情都是恰到好处,这样的一个人,如果让我来说他到底算什么样的对手,那根本就……根本就……"

他皱着眉头,犹豫了好久都没能斟酌出一个合适的词语来,然而周围的人大都能看到那个勾勒出的轮廓了……

"说明白了,无非就是简单的借花献佛。也许很多人能想出来,但真要实施下去,难度太高了——要诱使人家有心思,又不能太过刻意,每一个环节都要恰到好处,否则,那乌家在商场上也是老手,摸爬滚打这么多年,只要出一点儿小问题,他们就能抓出漏洞来……"驸马府的凉亭中,康贤笑着摇了摇头,"当时苏家有内奸,宁毅也不可能跑去教所有人演戏,他又是入赘的身份,要掌控全盘,谈何容易,可他就是这样一点点勾起了人家的心思,而且看起来谁都没有察觉。乌家人以为是自己神不知鬼不觉偷了苏家的方子,浑然不知宁毅在背后操了多少线。当时我也着人盯着苏家,呵呵,竟也是毫无所觉。他当日说出那句话后,我也如你一般愣了一阵子,想清楚之后,后脑勺都是麻的……厉害啊……

"举重若轻、一丝一缕地把这个局做好……许多事情看起来神奇,许多想法或许简单,但决定成败的,往往就在这些旁人看不到或者察觉不出来的细部上,类似的事情,或许也只有老秦……咯……"

他说到这里,停下话语,微微叹了口气。

周雍皱了皱眉:"姑父说秦公,莫非指……"

康贤摇了摇头。其实他提到的这事眼下已经不算必须严守的秘密,不过还是不好多说:"立恒此次所做之事委实令人赞叹。差不多要真正见分晓了,呵呵,到时候你我便看看那些人目瞪口呆的神情吧。小佩与君武能拜其为师也是一件幸事,德方切不可怠慢了。"

"此事自然,绝不敢怠慢。"周雍恭恭敬敬地行了一礼,表示自己如今对那宁毅刮目相看,"倒是听说他不愿为王府客卿,不知为何?"

这事他早些时日听了便抛诸脑后,这时候才又想了起来。

"呵呵,立恒此人,性情与旁人不同,时日久了你便明白了,倒不是他对王府有何意见。德方可知,当日他虽然对商事说得随意,与人下棋之时却仍旧有些心不在焉,所为何事?"

"莫非遇上了什么麻烦?"周雍皱眉问道,决心把这事记下。

康贤却意味深长地笑了笑:"非也……哦,不过说麻烦倒也麻烦,只是并非旁人能够解决。当时他对牵涉苏、乌两家生死存亡之事都解决得轻描淡写,但仍有为难之事,我与秦老也有些好奇,他说出来之后,呵呵,我等才觉得实在有趣。原来那日在外,有一女子对其吐露心意,他本为苏府赘婿,因此对将来该如何安排犹豫难决……"

周雍眨了眨眼睛,随后哑然失笑:"竟是此等小事,男儿三妻四……呃……"他原本打算很豪迈地说出来,不过考虑到面前的姑父只有一个妻子,终是不太妥当,于是打住了,话锋一转,"喀,此人倒的确是至情至性……"

"呵呵,说起来,那女子我与秦老也认识,确实不错。她原是风尘中人,不过向来洁身自好,后来自赎己身……"

静谧的夜里,苏府小院的二楼廊道边,宁毅与苏檀儿正望着天上的圆月,一边吃东西、吹风,一边说着话。

今天两人很无聊地啃着没什么创意的食物——大饼。

"跟乌家谈判的时候,说话要霸气一点儿。"

"嗯……不过霸气一点儿该怎么说?"

"呃,譬如……别伤心啦,毕竟人活着……"

"相公会把人气死的。"

"不会的,都是商场精英——嗯,十四的月亮也很圆。"

"可惜不是八月十五。"

"怎么忽然想到八月十五了?今年的诗会没去成,可惜吗?"

"没有啊，我在想，当日害得相公没去成，就不能看见相公再写咏月诗让那帮才子无诗可写的情景了。"

"没那么夸张。"

"要不然相公今日再写一首吧，庆祝乌家完蛋。"

"好啊。"

"咦，真的写？"

"呵呵，才子嘛，写诗这种事，当然信手拈来。"

苏檀儿凝神以待。

"大海啊，你都是水！"

"嗯……"

"骏马啊，你四条腿！"

苏檀儿的脸开始抽搐。

"月亮啊，你那么圆！"宁毅表情淡定。

"……"

"乌家啊，你完了蛋。"

苏檀儿的头已经低下了，同时还在拼命往嘴巴里塞大饼，以制止身体的颤抖。

"完毕。看吧，咏月，咏乌家完蛋。"

"嗯……呃……喀喀……呃……"

"你怎么了？"

"呃呃呃……"

"你想掐死自己吗？"

月色下，宁毅没好气地笑着拍拍妻子的背。这样看过去，苏檀儿的身影委实有些单薄。

她好像快要被噎死了，并且开始拿脑袋撞宁毅的胸。

"今年也许是我笑得最多的一年……"在做着这种几乎从未做过的毫不淑女的动作时，她如此想着……

过了农历十月中旬，天气还不甚冷，不过要热也热不起来了。这几天，原本似乎变得杀气腾腾的江宁织造业渐渐沉寂下来，将肃杀的气氛压了下来。姑且认为是大变之前的压抑与宁静吧，皇商乌家将要交货，另一方面，苏家提前的宗族大会召开在即，在这个时间点上，后者或许比前者更能吸引众人的眼球。

说起来也真是奇怪，先是苏家想要上位夺皇商一事在江宁织造一行闹得沸沸扬扬，后来又是苏家出了问题，或许便要分裂、衰弱，这件事竟同样将众人的眼球吸引过来。反倒是成为胜者的乌家，虽然部分是因为保持了皇商一贯低调的作风，然而到得此时，吸引的目光竟还是不如苏家多。不过，旁的商家每每说起，也只是教导旁边的人，善战者无赫赫之功，便该如乌家这般沉稳大气方能成就大事，至于跳来跳去的，到最后怕也只能成为小丑。

距离苏家的宗族大会仅有不到五天，和煦的阳光里，风尘仆仆的马车穿过江宁的街道，一路往苏家的方向而去。刚过晌午，马车在苏家的大门前停下，便有等候的家丁迎了上去。马车上下来的一是四十多岁举止沉稳的中年男子，一是二十出头的年轻少妇，家丁与那中年男子说话的时候，少妇举头望了望苏家的大门，面有忧色。

"严掌柜的说表老爷和表小姐可能今天便到，因此吩咐小的在这里等着。"

被他称为"表老爷"的中年男子名叫苏云松，如今是苏家在邓州一带的大掌柜。他不仅是苏家的亲戚，而且能力出众，在整个苏家有着举足轻重的地位，同时也是苏家大房的有力支持者之一。苏家这些掌握实权的掌柜中，如果说江宁一地的核心是廖开泰，那么在外地，便是他的影响力最高。

与苏云松同来的是他的女儿，也是苏檀儿的表姐，苏丹红。

这时候苏丹红开口问那家丁道："檀儿妹子今日在家中吗？"

"二小姐早上便出门了，这些日子皆是如此，大概要到晚上才会回府。"

这样的答案苏丹红心中早有准备，但还是皱了皱眉："想来也是了。不过……前面才生了一个多月的病，现在又整天操劳，真是难为她了。"

后面这话她是跟旁边的父亲说的。苏云松叹了口气，拍拍女儿的肩膀："她要做这事，便该有这准备，别多想了，先进去看看你大伯的伤势吧。"

说话间，几人朝苏府之中走去。

最近一段时间，苏家一天天热闹了起来，一般来说要到年尾才会出现的盛况提前一个多月出现了——一名名掌柜、亲朋从各地往江宁聚集，他们都已知道了苏家目前的情况。宗族大会上，这些人总能发挥些影响力，大房的、二房的、三房的皆是如此。苏丹红已有夫婿，这次大概是为了让苏云松回来，她的夫婿仍在邓州坐镇，而苏丹红担忧亲密姐妹，因此独自随了父亲过来。

他们一路上遇上了好几位认识的掌柜，远远地打了招呼，走了一阵子，竟遇上了席君煜。他是江宁一带掌柜中的佼佼者，能力出众，也是在苏云松在江宁任大掌柜期间崭露头角，虽然当时双方的交情不算深厚，但对彼此的观感都很好。双方打了招呼，席君煜和他们一边说话一边走进去。事实上，此时的席君煜也是风尘仆仆，颇为忙碌。

转过前方的小道，双方说着江宁布行如今的局势，苏丹红朝前方指了指："爹，习安之。"

远处一名蓄着山羊胡子的男子朝这边笑着一拱手，苏云松便也拱手回礼，席君煜同样回礼，随后才小声说道："习安之、于大宪他们早几天就到了，在家中替二老爷、三老爷游说，起了不少作用。"

习安之、于大宪都是二房、三房中比较得力的管事之人，相比二房、三房平庸的第三代，他们是真正有本事的人。

苏云松皱了皱眉："听说家中五叔、七叔他们都已经被说得动了心了。"

席君煜在旁边默默地点头。

苏丹红道："爹爹，这次你可得好好跟三爷爷说说，若不然就真糟了。"

"能说的当然说，可事情已经这样了⋯⋯"苏云松叹了口气，"你三爷爷也不好过，看运气吧。不过⋯⋯路上便跟你说了，事若不成须放手。其实你檀儿妹子这次趁机退下来也好，你以往也说了，她一个姑娘家，总是这样操劳也不是长久之计⋯⋯席掌柜你说呢？"

席君煜沉默半晌，抬头道："形势比人强⋯⋯"

听他这样一说，苏丹红父女也沉默了，过得片刻苏丹红才道："总是心里过不去。"

"我在，廖掌柜他们在，保大房衣食无忧、悠悠闲闲总是没问题的。"苏云松如此说着，话语之中有一份笃定与沉稳。

虽然大房当不了家主了，不过他与廖掌柜这些人的影响仍在，保着大房不被欺负的基础还是有的，其余的，保不住也就只能放开了。

苏丹红没有父亲这般看得开，过得片刻回头问那家丁："檀儿妹子出去了，宁姑爷在吗？"

去年年关时她见了宁毅几面，当时印象还不错，但这时候的印象已经没有那般好了。

那家丁想了想："姑爷他⋯⋯也是每天傍晚才回。"

"哦？他还知道帮忙做事吗？"苏丹红稍稍展颜，见家丁有些犹豫，她疑惑地望着他。

片刻后，席君煜叹了口气："说吧。"

"姑爷他⋯⋯在书院教书，上午教完了，下午大概在外面游玩⋯⋯"

"什么？"

"别生气了，这家里⋯⋯"席君煜望望四周，安抚了一番，"这家里说的话也不太好听。"

"哼。"

见苏丹红满面怒色，席君煜也不好多说，他把握着分寸，见苏伯庸居住的院落将至，便躬身告辞。

"早知道，让檀儿妹子嫁给他就好了。"望着席君煜远去的背影，苏丹红闷声说道。

苏云松在旁边皱了皱眉："别说这种话。"

苏丹红低下头，心中却想着，等到表妹回来，要跟她聊聊这些事。至于怎么聊苏丹红还没有想好，只是觉得有些不悦要说出来。记得去年过来的时候，表妹跟她这相公可还没有圆房呢……

世事纷纷乱乱、扰扰攘攘。

以苏伯庸忽然遇刺为导火索，最近这几个月的时间里，苏家好像是受了某些诅咒，又像是打了某种激素一般，充满了各种激烈的冲突与碰撞，那些因为导火索被激发出来的欲望混杂其中。有些人在旁边默默地看看，偶尔会笑出声来，但未必是因为开心，或许只是因为可笑和无聊，例如宁毅。有些人试图推动这些欲望的变化，例如苏檀儿、老太公，又如苏仲堪、苏云方，等等。

在这样的乱局当中，就连宁毅也不能独善其身。如他一般受影响小的自然也还有，但并非因为这些人看得清楚局势，反而多半是因为看不清楚。

豫山书院，宁毅班上目前还有十一名学生。这个数量算上了新来的两位学生，也就是说，原本的十多名学生目前还剩下九名。

家中的明争暗斗扩散到了书院，好几名学生都因此被家中父母强迫离开了。剩下的九人当中，好几名也在每天谈论老师，也有说他败坏了大房，搞砸了大房的生意——这些事情家中每天都在议论，他们不可能不受到影响。

小七觉得这位二堂哥挺委屈的，因此最近心中有些难过。

作为苏云方二女儿的小七，眼下已经是这个班上除了周佩以外唯一的女学生。她原本有个伙伴，可惜也被父母强迫离开了。她反倒没有走，苏云方大概是考虑到这样显得他三房豁达。

小七知道大房和自家三房在争，可在她来说，现在还不太明白一家人到底是在争些什么。她喜欢漂亮又厉害的二堂姐，也喜欢现下当她老师的毅哥哥。毅哥哥已经会那么多东西了，总不可能什么都会吧，爹爹和二伯他们也太欺负人了……其实是苏云方在家中谈论过宁毅，笑着说书生本来就不可能懂那么多，很正常，所以小七才知道这些。

听见旁人的议论，她想要反驳，可不知道该怎么说，也想要安慰一下毅哥哥，又不知道该怎么去说这事。不过，这几天家中有关大房、二房、三房的议论越来越多了，心中担忧的小女孩今天终于还是鼓起勇气，在放学之后偷偷跑去了夫子们办公用的房间。

宁毅今天要整理一些东西，走得比较晚，无意间往房间外看去时，发现小女孩正探头探脑地往这边瞧。老师嘛，就喜欢乖巧的学生，这个学生怕是所有人中最乖巧的了，他于是笑了笑："小七，有事吗？"

发现自己被看到，躲门外的小女孩低着头出来了："先、先生……呃……"小女孩犹豫了一阵，随后还是决定用原本想好的理由做开场白，于是从怀中拿出一张纸，"先生今天说的写诗词的那些方法，小七不太懂……"

"嗯？"

宁毅的课程是从《论语》到《中庸》这样讲解过去，偶尔穿插一些诗词的基本概念，今年九岁的小女孩理解能力有些不够。宁毅在诗词上其实也没什么造诣，但过来这里一年多了，教书、看书久了，基本功还是有的，当下笑着将人叫了进来。他看看小女孩的那张纸，上面竟然工工整整地写了一首词，语法稚嫩，也并不是非常通顺，但基本上做到了对仗工整，而且押韵，有它的中心思想，这就厉害了。

宁毅对着那首词稍稍讲解了一会儿，心中想着今天可以拿这首词到秦老或者云竹那边炫耀一番，但片刻之后就察觉出不对来。小女孩吞吞吐吐地说着话，说家里人怎么怎么样，又说他很厉害很厉害什么的，这是想要开导他别伤心呢。

他很开心，摸了摸小女孩的头，口中连忙证明自己不伤心："当然不伤心啦，你毅哥哥是江宁第一才子。嗯，不过小七写词的天分这么高，以后估计会比我厉害，这首词送给我好不好？"

"嗯嗯。"小女孩点点头，片刻后又狡猾地补充了一句，"毅哥哥写一首词换好不好？"

"好啊。"宁毅笑着执起毛笔写了一首，将宣纸交给小女孩，然后将小女孩的宣纸折起来，"交换，以后你这首就归我了，我这首归你，好不好？"

"嗯。"小七用力点点头，将那首词看了好几遍，她也不清楚好不好，还问了几个生僻字，随后将宣纸珍而重之地放进怀里。

下午，书院之中通常是些杂课，周佩与周君武今天没有过来，宁毅班上的一帮孩子随着其他班级出去蹴鞠，几个小女孩在旁边的草地上玩耍。

苏崇华在书院里巡视了一圈。

最近一段时间他的心情都非常好。

大房终究是撑不下去了，他是亲近二房苏仲堪的，一旦大房失势，接下来占优势的显然就是二房。他其实已经没有太大的野心，当个山长也就足够了，但大房失势之后，那个宁毅显然会更好管，更容易压住，书院的局势也会更稳，他能得到的好处不管是什么，肯定会更多。

　　说服五叔的事情，他还帮了不少忙，眼下一切顺利，就等几天之后的宗族大会召开了。

　　环顾四周，书院的弟子们玩闹正欢，他以往最重视的宁毅已经走掉了。他怀疑最近这段时间宁毅每天在外面借酒消愁。这也是人之常情，随他去吧。这人才华还是有的，他没了威胁之后，自己也好更加重用他嘛。低落一段时间也无所谓，是好事，对谁都好……

　　突然，啊的一声，女孩子的尖叫传来，一张稿纸被风吹了过来，在地上滚啊滚啊，一个小女孩正在往他这里跑。哦，是小七。苏崇华笑了笑，平日里他也蛮喜欢这个小侄女的，于是跑上去几步，俯身将稿纸捡了起来，笑眯眯的："小七啊，跑慢点儿，跑慢点儿，别摔着了。"

　　稿纸上有字，是一首词，他于是低头看了看。

　　"呃……《定风波》？"

　　豫山书院外庭的小草坪边，苏崇华笑着往那纸上看了看，随后微微皱起眉。这时候小七跑了过来："山长伯伯。"

　　"嗯。"

　　"山长伯伯，那是我的。"朝着苏崇华恭敬地行了个礼，小七望着宣纸，笑着说道。

　　苏崇华看着可爱的小女孩，将稿纸递了回去，待到小七接过，珍而重之地折叠起来准备放进怀里时，苏崇华的笑容中才带了些犹豫。

　　词他只看了开头的一点点，但字迹他可是认得的。

　　《定风波》……

　　这个词牌名令得他心中有些在意，于是说道："小七啊，可以把那个……给伯伯看看吗？"

　　"啊？"小七停下动作，眨了眨眼睛，随后哦了一声，将词稿双手递了过去，抿着嘴望着他。她似乎想要提醒山长伯伯别把稿纸弄破了，但又觉得这样太没礼貌，于是最终没有说出来。

　　苏崇华笑着接过稿纸，小心地打开，轻声读了一遍，皱起了眉头，随后又从头看了一遍，好半晌，方才神色复杂地叹了口气，看看旁边的小七，笑了出来："小七啊，这首词……"

　　"我的。"

　　"呵呵，知道，是立恒先生写给你的吗？"

　　"嗯。"小七点了点头，"毅……呃，先生他跟小七换的，说是小七的了，要小七好好保管。"

"哦。"苏崇华想了想，点点头，随后将宣纸交给小七，"一定要好好保管。"

小七将词作收入怀中走了。苏崇华望着小女孩离开的身影，好半晌，方才摇了摇头，笑了出来。立恒这人，才华果然是有的，不过到得这个时候还在写什么《定风波》，还只写给一个小姑娘看，也是因为知道只能孤芳自赏、自我安慰一番，放出来会被人笑吗？

宁毅现在已经不怎么重要了，而自己今天下午还有些事情，晚上有个诗会要赴，于是苏崇华将此事抛诸脑后，去处理其他事情了。

下午看起来依旧安闲宁静，织造业的紧张气氛并未传至江宁的平民身上，大街小巷，行人穿梭；酒楼茶肆，乐声轻扬，偶尔也会有人聊起眼下江宁的趣事，布行的苏家、乌家也会被提起。也是在这个下午，某座稍显僻静的茶楼中，苏檀儿与几名经过筛选、真正信得过的掌柜以及三名丫鬟，跟以乌承厚为首的乌家人见了面。

"宁毅……为何不来？"没有多少招呼，环顾周围之后，这便是乌承厚的第一句话。

"商场小道，夫君素来不喜，那日写诗奉劝世伯之后，他便再未过问了，妾身也不好再为此事烦他。"

苏檀儿平素在商场上应对进退皆极有分寸，但隐形的强势作风是谁都能明白的，虽是女子，却从不愿屈居人下，但她这时候仿佛依附在夫君羽翼下的柔弱言辞反倒更令乌承厚愤怒。特别是那句"写诗奉劝世伯"，俨然是将那日的"朱门先达笑弹冠"再拿出来说一遍：夫君把事情做完，又提醒了你一遍，你还反应不过来，我们这边也懒得管啦，对你们来说是大事，对夫君来说不过小事而已。

"呵呵，如此说来，贤侄女与我乌家这许多人所行之事，尊夫倒是半点儿也没放在眼里了。"

苏檀儿笑了笑，神情带着几分理所当然，道："与世伯无关，只是侄女性子太过执拗，将成败看得太重。当日若非怜惜檀儿身在病中，夫君也不至于因为这等小事出手。今日之事，夫君在两个月之前便已预见，便是此后的发展，桩桩件件，他也安排得清清楚楚，待会儿侄女便说与世伯听听。夫君的才学见识、运筹帷幄，檀儿不如远矣，世伯不必为此事生气……"

"哼！"

风吹过茶楼附近的巷角，将这些并不热络的对话吹散在空气中。附近是行人往来的街道，下午的时间就在这样的行人穿梭间渐渐过去了。到得傍晚时分，苏檀儿与三名丫鬟坐着马车往家的方向赶，后方有几名掌柜的车跟着。苏檀儿拉开帘子看看外面的天色，随后笑了起来。

"婵儿，你说，我之前跟乌家那些人说的话霸气吗？"

"呃？"料不到自家小姐会问出这样的问题来，小婵愣了愣，傻眼了，"什么？呃，霸……气啊……"

"嗯，我也觉得很厉害。"苏檀儿想想，自顾自地点了点头。

今天的小姐有些奇怪，但骨子里还是没变，从从容容地与乌家那帮人交涉着，就是一开始说姑爷的那些话夸得有些过分了，连三个丫鬟都觉得有点儿脸红。后来乌家人觉得她有插科打诨的嫌疑，便不再提及有关宁毅的事情。

"不过啊，小姐跟乌家那些人说了姑爷的事情之后，曹掌柜他们可是被吓到了呢，嘻嘻，他们还不知道为什么乌家会秘密地把这么多东西给我们。中间休息的时候，婵子听到他们在议论：'啊，原来宁姑爷这么厉害吗？两个多月以来，就这时候最开心了。'"

后方跟着的几名管事和掌柜并非在苏家多么举足轻重的人物，但基本上是由宁毅与苏檀儿共同甄别出来，与此事无涉的中层人士。这次与乌家交涉，就算乌家能老老实实把整个乌家拿出来给苏家选，整个过程也相当烦琐。婵儿、娟儿、杏儿虽然也能帮帮忙，但光凭她们，还是弄不清楚这么多事的，接下来的几天，还需要这帮人帮忙。

苏檀儿只是命令他们过来做事，要求保密，并没有跟这几人说太多，因此以曹掌柜为首的几人自然不是很清楚内情，但他们在苏家，对于这两个半月以来的形势没什么不明白的，眼看着尘埃落定，谁知苏家陡然出了这一手，听着苏檀儿与乌家人的对话，看着乌家那帮人一脸愤恨却要打落牙齿和血吞的表情，他们哪里还会不明白是乌家在这样的情况下吃了大亏，苏檀儿反败为胜了。

事情转折如此之大，保密到这种程度，听起来竟然是家中宁姑爷做的主导。这两个多月里，也不知宁毅与苏檀儿这对夫妻在暗中做了多少事情。看着大房要出事，他们原本对宁毅腹诽不已，偶尔闲聊起大抵也会摇头一番，替苏檀儿感到不值，这时才在工作的空隙摇头感叹这对夫妻的算计之深。

如果按照苏檀儿说的能吃下多少就吃下多少，在这之后，整个乌家恐怕都得一蹶不振。

此时知道这等振奋人心的事情的，还只有后方几辆马车上的区区数人。一路往家的方向赶去，途中遇上宁毅，苏檀儿停下车让他上来。后方几辆马车上的掌柜们望着他的目光已经大变样，感慨、叹息、佩服、猜测混杂在一起。接着，苏檀儿下车叮嘱了他们一番，随后双方暂时分道扬镳。

回到苏府，苏檀儿才知道表姐今日到了。对于这个名叫苏丹红的表姐，宁毅不是第一次见，明白苏檀儿与对方之间的关系，便陪着她过去了。不过，随后的见面谈不上有多愉快，苏丹红对他明显不冷不热的，宁毅大概知道其中的原因。晚饭之后，他一个人出去散步，快到院门的时候，苏檀儿跟了过来，代表姐姐向他道歉。

"没什么，她为你担心而已，压力也大，我不会放在心上，你回去陪她吧。"

"嗯。"苏檀儿抿了抿嘴，随后又道，"让小婵陪着你吧。"

说完苏檀儿将小婵叫过来，让她陪着宁毅出去散步。

苏丹红与苏檀儿互为知己，一番察言观色之后，她也知道自己这样的情绪多有不该，至少是让苏檀儿为难了，于是道了个歉，但随即又道："不过……若不是他，也不至于就这样丢了皇商的生意，你都准备这么多年了，我也觉得可惜。"

"红姐，你不知道……"

"你跟他还没圆房吧？"苏丹红既然过来了，晚上大抵是跟苏檀儿一块儿睡，此时看看她闺房的布置，便猜到了一些内情，"其实……你就当开玩笑吧，当初你若是嫁给席掌柜，这事……怕是会不一样。"

苏檀儿蹙了蹙眉："红姐，这玩笑以后别开了。"

"嗯？"苏丹红皱起眉头，疑惑地望着她，"你对你这相公，到底是怎样的感觉啊？"

"我……我也不知道呢……"苏檀儿摇着头，脸微微红了。

对宁毅的感情是怎样的，她其实真说不清楚。就如同苏丹红指出的，两人成亲这么久了，到此时还没有圆房，在苏丹红看来，委实是生分了，但在苏檀儿看来，假如自己的相公还是曾经的那个书呆子，双方相处了一年多快两年的时间，她大概早就认了命，圆了房，偏巧在眼下，还得过一段时间才行。

其实以好感而论，若只到"认命"的程度，或许去年年关便差不多了，但与相公的相处，对她来说，是很奇怪的事情。若放在千年之后，类似的事情大概得叫作"谈恋爱"，但在这时，谁家的姑娘能有这样的机会，她身在其中，也是好奇、忐忑兼而有之，无法归类到某一种心情里。直到前次病倒，她才有了说出圆房那番话的机会，只是此后一直卧床，卧床过后又一直处理事情，以稳住目前的乌家，只能等到诸事定下之后再好好安排这件事。

到得此时，她已经将这事看得很重了，不愿意如同"认命"一般马马虎虎地做，认为得有仪式感，但又不想让外人知道她与夫君现在才同房，这样大家或许又会说夫君的闲话。总之苏檀儿也是蛮苦恼的，因为时间差不多了。

这天晚上，苏檀儿与表姐睡在一起，她拉了拉苏丹红的衣袖，小声问道："红姐，你说……夫妻住在一起的时候……到底是怎么弄的？"

饶是她平素在商场上强势，这时候声音也是细若蚊蝇。以苏丹红此时的心情听来，其中似乎有些萧索的味道："你……你干吗这时候问这个？"

"那个……成亲的时候……我跑掉了，没有听……听娘和那些大婶说这个……但这事又不好去问婵儿、娟儿她们。"

苏丹红心中一时间有些伤感，又想起父亲和席君煜他们说的那些话。表妹一向性子刚强，但这次真是形势比人强，表妹估计是认了命，想要在这之后摆脱女强人的身份，安安分分做个归家娘吧。偏巧这事她那相公还得负些责任，往后过起日子来，她的心情怕是不会太好。

于是，此后几天里，她对宁毅的观感一直没有改善过，每次看见宁毅都有些不冷不热。不过，她不冷不热，宁毅也就对她不冷不热，这方面分不出高下来。苏丹红每次看见宁毅与苏檀儿走在一起，想起苏檀儿要"认命"，都有一种"鲜花插在牛粪上，好白菜快要被猪拱了"的感叹，仿佛宁毅变成了一头猪，正拿着苏檀儿这棵白菜拱啊，拱啊，拱啊的。她自然不知道，苏檀儿这棵大白菜眼下想的是在身上绑条红绸巾，让自己被拱倒的过程更正式一点儿，并没有她想象的那么介意和逆来顺受。

也只有住到了苏家，她才能切身体验到眼下苏家大房承受的那股压力。宗族大会一天天逼近，二房、三房开心地到处活动。一切已定，大房原本就势单力孤，这时候更是显得众叛亲离，任何人看过来的眼神似乎都在说"过几天你们就要失势了"，偏偏她自己都得认同这样的看法。苏仲堪、苏云方、习安之、于大宪……一个两个都在以胜利者的姿态高谈阔论……

在这样的情况下，苏檀儿每天早出晚归，疲累是看得出来的，至于偶尔的阳光和开心，更像是确定了什么都挽不回之后的认命，让她心疼，而整日里悠闲无事的宁毅显得更加碍眼。有时候苏丹红忍不住冷嘲热讽几句，宁毅毫无惭愧之色，还奇怪地看看她。有一次苏丹红讽刺他，他忽然开口："我刚才在想啊……"

"什么？"

"表侄的名字，为什么不叫苏化剂？"

"呃……"苏丹红愣了半响，不明白他为什么说这个，"我夫家又不姓苏……这个名字有什么不对吗？我觉得不错啊，你喜欢的话，跟檀儿的长子可以叫这个……"

宁毅首次被打击到，叹了口气，灰溜溜地跑掉了，苏丹红想了半天不知道为什么。

事实上，宁毅之前就开玩笑般地想过，反正他是入赘的，可以考虑女儿叫苏丹红，儿子叫苏化剂。这一次他是觉得苏丹红太过无聊，于是顺口讽刺了一句，讽刺得太顺口，说了之后才反应过来对方的丈夫可不是入赘的。苏丹红歪打正着，宁毅被自己的调侃攻击到，一时间有些沮丧。

五天、四天、三天、两天……时间在苏家这样的气氛里奔向宗族大会召开的日子。

这一天是农历十月二十四，距离乌家第一批灿金锦的交货期限还有一天。晨光熹微，雾气弥漫在这片乳白的光芒里。

苏家这天早晨的气氛极不寻常。

犹如新生一般的感觉洋溢在这片宅邸当中，对许许多多人来说，似乎推开门时的感觉都有些不同。苏云方打开房门，深深地吸了一口气。他隔壁的院子里，名叫于大宪的掌柜朝着东方投去目光。苏仲堪从凌晨开始便在院子里坐着，看着雾气飘移，看着晨光升起。习安之从院门外走过，朝他拱了拱手："二爷，早上好。"

今天会有一场战争，一场他们赢定了的战争。或者说，今天晚上，他们要让一件事情得到确认，进而收割果实。

苏家之外，也有许许多多人正在暗暗注视这边的情况。

薛府中，几个兄弟在清晨碰了碰头。这时薛延正站在屋檐下，朝苏府的方向望过去，与众人相视一笑，拍了拍弟弟的肩膀："今天晚上我做东，去柿子街那边新开的一家月香楼吃饭。"

柿子街与苏府相距不远。

"苏家的事情，今晚要有结果了"，类似的话，正在不少经营布行的家庭当中响起。

宁毅不在苏家的宅子里，他维持着晨练的习惯，奔跑在那片雾气中，眼下已经离开苏府好远。方才他经过了河边那栋小楼，与门前美丽娴静的女子打了个招呼，不过他还得跑上一阵，折回之后才会在小楼里坐坐。

对他来说，今天没什么不同。

"今天会很忙吧？"进入那栋小楼后，女子笑着为他端上茶水，"立恒家中开大会呢。"

"宗族大会，我是入赘的，不能参加。"宁毅毫不脸红地说着这话，"所以跟我没关系。"

那帮傻瓜要开会，他不用参加，真开心……

这几天，苏崇华心中偶尔会有奇怪的感觉掠过，具体理由为何，连他自己都说不太清楚。

由于老太公的重视，苏崇华在苏家的地位一直不低，而由于豫山书院真正的管理者是苏仲堪，好几年来，他都算得上苏家二房的重要参与者。最近一段时间，二房、三房联手对大房动手，准备将苏家这人丁单薄看起来却最具威胁的一支先排除掉，他也参与其中，偶尔在各种聚会上说说眼下苏家二房的局势。虽然外患未除，但至少内忧稍定，在争夺苏家真正管理权的道路上已经往前走了一大步，对此，大家都是相当开心的。

今天算是一个大日子。从早晨起来，他心中便明白，遇到这样的事情，大家的情绪都会有些不一样。清晨在附近的院子里遇上苏仲堪，遇上一些亲近二房的掌柜与管事，大家都是言笑晏晏。

他明白今晚的事情已然定下。苏檀儿为了争夺皇商的头衔花了太多钱，却没有带来任何收益，眼下又导致了外面那帮商家对苏家的不信任，这些事情，今天晚上都可以拿出来说了。苏家之中许多人一同发力，一些原本就不赞同女子掌家或者有些动摇的长辈也站在了二房、三房这边，就连一向强势的三堂叔这时候也无能为力。

可是，就在二房众人心中都洋溢着期待的时候，那种感觉不时会浮出来，特别是这几天偶尔从侧面看见宁毅那道悠闲率意的身影时，苏崇华总会忍不住担心节外生枝。

《定风波》……

他偶尔想起的，便是几天前看见的这首词。

苏崇华还是有些真材实料的，在江宁也算是个小有名气的文人，写诗写词这么多年，能够让他一见便觉得震撼的作品不多，偏巧宁毅之前的两首都是如此——《酌酒与裴迪》自然不算，眼下看到的这首《定风波》也是。当然，若是只看这首词，他会觉得这首词只是文人的自我安慰、自我陶醉，明明是败得一塌糊涂了，偏偏要把自己写得好似胜者，宁毅还藏着掖着不敢拿出来就是明证。

然而，每次看见宁毅，再结合这首词作，或是看见其他人写的一些诗词之后，苏崇华的感觉就会有些不同。此时，他便在私塾课室的一边若有所思看着宁毅。

"这里说到筹算之学，大家下午才会学到这个。我不想告诉你们怎么算，而是想让你们知道筹算中的一些逻辑体系，就是想事情的原则和办法，很有趣……在极西之地有一个叫希腊的国家，那里有一个故事，叫作'芝诺悖论'。有一天，一个跑得很快的大英雄遇上一只乌龟，乌龟说'你如果跟我赛跑，你永远追不上我'，"课室前方，宁毅笑着讲着课，用粉笔在黑板上画着线，"大英雄说'我就算跑得再慢，速度也是你的十倍，怎么可能追不上你'，于是乌龟说'那我们打个比方，你距离我有一百丈远，你速度是我的十倍，然后你来追我。当你跑了一百丈，到我现在的位置时，我往前跑了十丈；你继续追了十丈，但这个时候，我又往前跑了一丈；你追上这一丈之后，我仍然在你前面……你可以一直接近我，但永远都追不上我'。大英雄觉得它说得没错啊，顿时丈二和尚摸不着头脑……"

他的课程总是这样，明明是说《大学》《中庸》之类的课本，偏生要扯上很多乱七八糟的东西，但通常都比较有趣。

后方那个名叫周君武的新弟子举手道："先生，希腊在什么地方啊？"

于是宁毅又笑着开始讲解希腊。

看着这般悠闲几乎全不将今天甚至苏家最近一个多月来的变化放在心里的身影，再配上那首《定风波》，古怪的感觉又浮了上来，苏崇华皱起眉头，好半晌方才转身离开。

这立恒，写词的功力真是深厚，单凭一首词作竟能这样强烈地影响到自己。

苏崇华心中想着，随后摇了摇头。

上午渐渐过去，到了下午，苏家一些院子里聚满了人，热闹得犹如年关一般。到得此时，阵营终于变得完全分明——反正已经不用顾忌太多，只要等待今晚的结果便行。大房、二房、三房的一些人还在陆陆续续地赶回来。

苏愈所在的院子里今日也是拜访者不断。

"我也觉得，二丫头执掌家中这么多事情，压力太大了。她的能力，大家当然知道，若是大房有个能接手的男丁，就算这次出了事，我们也觉得可以让她继续管下去，可毕竟……"

"看这三房的形势，确实不好再这样硬耗下去了，三哥……"

"唉，若伯庸没出事……"

待客的房间里，摆设并不算华丽，但显得沉稳雍容。苏愈坐在上首的位置上，拄着拐杖，闭目养神，下方的人你一言我一语。这些人都是家中的老兄弟了，今晚的宗族大会，归根结底还是要他们出面拿这个主意。晚上要商量的事情，还是先通通气，有个大概结论为好。

撇开各种立场与屁股问题，他们何尝不知道苏檀儿的能力，可眼下苏家的情况毕竟是三房夺产。苏伯庸倒下了，苏檀儿若再死撑，到头来恐怕会变成恶性循环的内耗。苏愈显然也是明白这些事情的，然而，到得此时，他依然没有明确表态。

这位老爷子毕竟太有威信了，他不表态，就不可能有个大概结论，这样的话，到了晚上说不定就会吵起来。都是老人了，他们大都不希望这种事情发生。若老爷子心里转不过弯来，晚上非得站在孙女的立场上与众人死磕，那后果可就难说了。

虽然这些年来苏愈一直都非常清醒，但人老了，谁也不知道他今晚会不会突然钻牛角尖。

"所以啊,三哥,这些事情,你总得给个话啊。"

下方的老七有些焦急,站起来说完,又与其余人互相看了看,有几个老人也附和起来。

苏愈将眼睛睁开一条缝,瞄了他们一眼:"给什么话?"

"二丫头的事情,你到底打算怎么办,总得有个准话啊。你说话,我们心里也有个底。"

"我心里都没底,怎么给你们准话?"

"不是……三哥,这次的事情……你不能没底啊,这么多年来,大家都听你的呢。"

"到了晚上,总得听听老大、老二他们怎么说,其他人怎么说,二丫头怎么说,这事才分明,大家也才看得清楚。"

"三哥您这就是胡说了。他们说什么,到时候当然要听,可大概会说什么大家都清楚了啊,您不先表个态,我们就……"

"老七,"拐杖戳在地上,苏愈望着前方这个五十出头的七弟,随后目光转柔,叹了口气,"不到最后,谁也不知道到底是什么样。总之,到时候有道理的,你们就跟;没道理的,你们就不理。大家不说蛮话也就是了,这事我现在也看不清楚。"老人闭上眼睛,继续养神,"总之,晚上再说。"

下午的日光照射在门口,洒下一大片明亮的光,嗡嗡嗡的议论声随后又响了起来……

唰唰唰,唰唰唰,稍显偏僻的茶楼之中,三个丫鬟与几名掌柜一边忙碌地翻动本子,一边抄写东西,对面则是属于乌家核心的几个人。日光洒在屋檐下,有风吹过来,偶尔传来轻微的交谈声。

苏檀儿坐在一边安静地喝着茶。自从乌家服软以来,一切都很顺利,眼下双方几乎已经形成了合作的默契,当然,合作的另一方是绝对不会开心的。

乌启隆也在不远处安静地喝茶,看着地上的光斑。第一天之后,乌承厚再没有来,一直是乌启隆做主导。

"今天晚上,听说薛延他们约好了在柿子街那边的月香楼吃饭,吕家、陈家多半也会有人到。"乌启隆吐出一口茶沫,仿佛在说与自己无关的事情,"他们很关心这事,之后的表情可能会很有趣。"

他说着"有趣",脸上的表情却完全看不出有趣来。

苏檀儿已经懒得拿这些事情来刺激他,第一天算是针锋相对,首先给人下马威,此后便不必再这样做了:"按照之前说好的,其他的事情今天也该告诉我了。"

乌启隆往旁边看了看："待会儿，能晚点儿告诉你就晚点儿告诉你，我高兴。"

"随便你。"苏檀儿将目光转向一边，"不过人要是被你拖跑了，我咽得下这口气，我父亲也是咽不下的。"

"哼。"乌启隆冷哼一声，过了一会儿才道，"你那相公，现在在干吗？"

"四处走走，找朋友下棋，或者去听哪位姑娘唱戏。"苏檀儿仰头笑了笑，"相公在外面的事情，我这当人妻子的也不好多问……把家管好便是了。"

宁毅确实在看姑娘家演戏。

竹记二楼，宁毅正在一个席位上坐着，喝茶，吃小点心。如今酒楼中长期有人弹唱表演，不过，宁毅看的戏，不是指这个。

元锦儿坐在他旁边，而斜对面的不远处，那位名叫柳青狄的大才子正坐在那儿，将注视的目光投过来。

前些天柳青狄就找到了竹记这里，不知道他到底是通过什么渠道找到元锦儿的，反正最近他常来。今天元锦儿在这边，见宁毅也在，她就施施然地坐了过来，跟宁毅的态度蛮亲密的。

江湖传闻元锦儿以前跟曹冠、柳青狄都有一腿。才子佳人之间的感情具体有多深很难说，或许到不了以前顾燕桢那么畸形的程度，不过柳青狄对宁毅的芥蒂也是其来有自，各种理由夹杂在一起，譬如大家都是才子啊，譬如元锦儿那次的表演啊。老被这样盯着，宁毅也有些无奈。这梁子横竖在燕翠楼就已经结下了，而且看起来一时间也解不掉。

"你觉得有意思吗？"宁毅笑着往元锦儿那边靠靠。

"有……意思啊。"元锦儿同样靠过去，一副小鸟依人状。

实际上宁毅一点儿便宜也占不到，花魁就是花魁，手底下保持着距离，将宁毅往外推。

"云竹呢？"

"云竹姐说，她就不出来凑热闹了，在里面整理账本。小女子只好出来，陪陪你这个大英雄了。"

时值冬初，衣服有些厚，两人看着靠在一起，其实隔了一小段空间挤来挤去，柳青狄在那边看得两眼冒火。

"既然现在我们的情况这么暧昧，你说我要是轻薄你一下，是不是也非常合理？"

"好啊，本姑娘豁出去了，这色相就牺牲掉，也好让云竹姐看看你到底是个什么样的人。"

"我会怕吗?"

"来啊。"

"有便宜不占的话……你这样让我很为难……"

元锦儿抿嘴一笑,模样清纯无比,两人的目光在空中相交,一瞬间仿佛火花四溅。下一刻,宁毅正打算做些危险系数高的动作,元锦儿身形一拧,啪的一声,清脆的耳光声响起在二楼的厅堂内。那边原本不愿再看这对"狗男女"行径的柳青狄将目光投了过来,其他人也都朝这边投过来注视的目光。

只见那清纯美丽的少女站起来,朝旁边仓皇地退了两步,带得桌上的东西都在哐啷啷地响。她一只手捂着自己的侧脸,双眼望着坐在那儿的宁毅,眼泪流了出来,委实是梨花带雨,惹人怜惜。

"流氓!"

糟糕,被抢先一步……宁毅心中暗呼不妙。

方才那记耳光根本就没打中,元锦儿看起来是陡然站起,一巴掌挥了过来,实际上只有衣袖拂过宁毅的脸颊。但元锦儿跳舞出身,此时穿的衣服袖子又大,她的双手在袖中啪地拍了一下,在旁人眼中顿时便成了响亮的耳光声。

"禽兽!猴急!登徒子!"

元锦儿抹着眼泪,朝宁毅单眼眨了一下。宁毅撇了撇嘴:"你狠。"

那边柳青狄已经霍然站了起来。

元锦儿道:"人家心还没许了你呢,你……你怎么能这样嘛……"

然后她就跑掉了。

酒楼之中大概不止柳青狄一个感到愤慨,但听得元锦儿最后那仿佛娇嗔的语气,一时间又弄不清楚这两人的关系。宁毅叹了口气,举起茶杯将脸撇向一边。

有几个多少明白宁毅跟元锦儿、聂云竹的关系的伙计在那儿愣了半天,不知道这帮东家又在搞什么名堂。

这茶没法喝了……

元锦儿噔噔噔地跑进里间,在走廊上得意了一下,随后酝酿了一会儿感情,才抹着眼泪往里面跑去。她推开里面的房门,捂着脸,哭得无比真诚:"云竹姐,宁毅他越来越过分了,我跟他开玩笑,结果他轻薄我,好多人看到了,不信你去问小丁他们。"

聂云竹愣了半响:"大庭广众之下……他怎么轻薄你了?"

"他在我脸上亲了一下。"元锦儿坐到聂云竹身边,吸了吸鼻子,目光倔强,"本来是开玩笑,可他一定是故意的!"

聂云竹捧着她的脸看了一会儿,随后在上面亲了一下:"好吧,帮他轻薄你。"

"真的！"元锦儿抗议，"云竹姐你总信他不信我！"

"大庭广众之下，他会这样才怪了，还要我信你——来帮我做账册。"

"这个很难说的……不对，怎么不会？男人都是那样的，他以为做得隐蔽呢。大庭广众之下你就不信，他就是算好了这点，太阴险了！要是下次他在大庭广众之下把我……"元锦儿挣扎半晌方才继续说道，"把我给那个了，那云竹姐你也不信我……"

虽然她们之前都是清倌人，不过毕竟在青楼之中耳濡目染多年，这种话旁的女子绝对说不出来。

聂云竹扑哧一声笑了出来："若他、若他在大庭广众之下真把你给……给那个了，嗯，不管是什么，我都不信。"

元锦儿绷着脸，随后也忍不住笑了出来："反正你就是偏心。"

说完她又扭头帮忙做账本。

"人家今晚有事呢，你还老去烦他。"

"喜欢他才去烦他嘛，我可不是因为讨厌他哦。"

砰的一下，茶杯被放下。下午的日光变成暖黄，洒在茶楼里，苏崇华也被这声音惊醒，望了望前方的中年男子。

"崇华兄最近几天似乎都有心事，莫非在为今晚家中之事担忧？"

面前的中年男子身材高瘦，留了一缕山羊胡，是苏崇华平日里的诗友之一，名叫陈禄，号空山居士，在江宁也有些名气。此人下午与苏崇华在路上遇见，于是一道过来喝茶。

"呵呵，晚上……大概不会有什么事情。"

"崇华兄莫要瞒我，这几日听说你苏家宗族大会将近，会有一番大的变动。你前两日参加诗会似也心不在焉，毫无兴致，不是心忧此事，又是为何？若今晚真无事，你干脆不要理那俗务，与我同赴昌云阁的聚会岂不更好？"

"宗族大会，纵然结果跟我关系不大，我终究还是要去参加的。"苏崇华笑着，随后想了想，"呵呵，不过说到前几日的诗会……其实在下只是在感慨诗词一道委实要些天分。前几日见了一词作，心情很是复杂，这几日常常想起此词，反倒失了写诗的兴趣。"

"哦？"陈禄立刻来了兴趣，"听来，此词甚好？"

"极好。"苏崇华摇了摇头，"只是写词之人与这词作配起来，委实让人心中叹息。"

"崇华兄这一说，我倒是越发好奇了，莫要再卖关子，快说快说。"

"呵呵，此人乃家中堂侄，便是那宁毅宁立恒。此人事迹，空山兄往日也听说了。我苏家落入如今这局面，也有他的一些原因……前几日他顺手写了一首词作，竟只给了家中一九岁小童私下观看，我是无意中看见的。这首《定风波》……其意境平生仅见，与其之前两首词作相比毫不逊色，因此每见此人，或是见到他人诗词，我便会忍不住想起来，以至于写诗写词都有些意兴阑珊。可这人，又确实不行……"

苏崇华摇着头，伸出手指蘸了蘸茶水，在这下午的阳光里，一面感叹着，一面将那词作写了出来，仿佛要通过这种方式再将那词作品味一番。

对面的中年男子听着、看着词句，目光也渐渐严肃了起来……

城市另一侧的小茶楼前。

马车都过来了，苏檀儿与乌启隆站在屋檐下，准备各自离开。

乌启隆望着日光："你想要的人，分别是……"

苏檀儿目光清冷，听乌启隆说出这些话后，她的目光才在某个时候颤了颤，她随后微微皱起眉头，但并没有说话。直到他说完了，苏檀儿思考片刻之后方才道："就是他们？"

"信不信由你。"

"不，我信你。"

"嗯？"

"有的人我们已经知道了，你若有什么藏着掖着，说不定真会出问题。"她笑了笑，说道，"你可知那日向你摊牌后，相公回到家，说的第一件事是什么？"

"什么？"

"齐光祖是内奸。"

"……"乌启隆皱着眉头望着她。

"因为你对相公说的第一句话是：'果然是你。'"

"那又如何？"

"齐光祖找周掌柜打听消息时，周掌柜其实没有喝醉。你那边一旦开始出问题，必定会尝试打听消息，相公当初就给周掌柜设计过几种无意间透露消息的方法。对着齐光祖，周掌柜说的是，他最佩服的是爷爷和相公……相公说，你不该把那个'果然'说得那样百转千回的，他一听就知道这到底是在猜，还是已经笃定了……我只是没想到还有他们……"

沉默犹如冰冷的洞窟将乌启隆吸了下去，苏檀儿看了他一眼。

"走了，接下来我们好好合作吧，我也不想将你乌家赶尽杀绝，那样对我苏家的声誉不好。"

刚转过身，苏檀儿的目光就冷了下来。

乌启隆站在那儿，望着苏檀儿的马车远去，日光照在身上也暖和不起来。宁毅洒脱的身影仿佛就站在那儿，目光也投了过来，将阴影投在整个乌家的上方……

苏府之中，人们说着、笑着从一座座院子里走出来，发出喧闹的声音，有轻松的，有担忧的，有说笑的，有窃喜的，各种各样的人如同过年一般渐渐会集在一起，互相寒暄。

晚宴已经准备得差不多了，晚宴过后，才是那个足以决定苏家之后数年方向的宗族会议。

城市之中，薛延、薛进等人也已经出了门，一拨一拨地往今晚的聚会场所赶过去。

"快点儿、快点儿，今晚聚会可是花了重金请了花魁过来，你们可有福气了，到时候好好表现一番。"

"花魁？莫非是绮兰姑娘？"

作为商贾之家，薛家平素与濮阳家也算交好，今年花魁赛濮阳家将绮兰捧为花魁，最近也不是什么旺季，能请来的多半是她了。

不过薛延摇了摇头："原本是想要请绮兰大家过来的，不过濮阳逸今日也宴客，又请的是一帮文人才子，什么曹冠、柳青狄都去了，这是濮阳家的面子，得绮兰坐镇，所以我请了洛渺渺。"

与此同时，在外面盘桓了一下午的苏崇华也乘着马车一路往家赶去。宁毅向聂云竹道了别，同样走在回家的街道上。苏家还在外面的人也已经在往家赶了。

车辆穿过街巷，苏檀儿坐在车厢里，闭着眼睛想了许多事情，随后她拿出一张纸，在上面写了三个名字，掀开车帘。耿护院就在外面的车辕上坐着，闻声回过头来。

苏檀儿将字条交给他，目光冷然："照预定的做吧，小心些，别到头来被乌家的人阴了。"

耿护院点了点头，将字条收进怀里，跳下马车，往另一个方向奔去。

日光从掀开的车帘照进来，并不暖人。

不久之后，某个接头的房间里，耿护卫将三个名字给另一人看了，随后将字条放进火里烧掉。

苏家某间店铺门口，席君煜坐在那儿晒太阳，闭目沉思着一直以来的一切安排。不久之后，他叹了口气，却也笑了笑，起身朝苏府的方向走去。

"差不多要吃饭了，大家都去准备吧。"苏愈院子的会客间里，上首的老人终于睁开眼睛，笑着开了口。

随后，大家纷纷站起来，在纷纷的议论声中一个个出了门。

脸色依旧苍白的苏伯庸坐在木制轮椅上，被妻子与小妾推着出了门。外面的院子里，包括苏云松、苏丹红在内，许多跟着大房的管事在等他，他笑着挥了挥手，当然脸色仍旧苍白："走吧，走吧，今晚有些忙……"

苏仲堪、苏云方、习安之、于大宪、苏文兴、苏文圭、苏文季……上百号人，各种各样的利益网开始收紧。

苏府门口也显得很热闹，苏檀儿从马车上走下来，随后看见了前方不远处正跟一个苏家亲朋寒暄完毕的夫君，于是她笑着走了过去。

"相公，我们进去吧。"

夕阳渐没，一盏盏灯笼，一张张桌子，许许多多人。现在是晚饭时间，规模和每年年节前后苏家亲朋齐聚的那种大型宴席一样，参与之人也差不多，只是今天的气氛有些不同。

人声鼎沸，热闹还是热闹的，只是没有了往日觥筹交错、肆意笑闹、毫无负担的情形，大房、二房、三房的人各自分出了区域，只有那些最为没心没肺的人才能拿着酒壶肆意吃喝。虽然大家都在笑着说话，与认识的人互相打着招呼，可是没有多少人喝酒。在热闹的表象下，各方的人都在互相打量、互相揣度，暗流涌动，气氛微带紧张。

苏愈坐在首席，安静地看着这一切，目光扫过二房、三房转向大房时，明显察觉出那边的颓废与安静，只有苏云松几个人在笑着活跃气氛，苏檀儿与宁毅坐在一边吃东西，小声地说着话，这两个人也是安安静静的。苏檀儿表情平静，偶尔往周围扫上一眼，但聊天时注意力仍旧停留在宁毅身上。

苏愈又将目光在宁毅身上停留了片刻，然后有人拿着酒杯过来了，是二房的掌柜习安之。老人这才笑了笑，收回目光，向他点点头，两人说起话来。

这场晚宴时间并不长，大家差不多吃饱之后就散席了。其间没有什么庄严的仪式或富有象征性的讲话，大家早就已经明白接下来是什么事情，不过还是有几名管事一一通知了要去参加这次宗族大会的成员。有的人先起身，往宗祠旁边的议事厅走去；有的人一边起身，一边在散乱的人群里找人，吩咐着什么；余下的人三三两两地说着话，发出嗡嗡嗡嗡的声音，一时间显得有些混乱。

能够参与这次宗族大会的一共有五十来人，其余参与晚宴的人多半是家眷和苏府的掌柜、管事，纵然不能列席，这些人多半会在附近的广场上和花园里等待消息。

转过前方的屋檐，灯火便从苏府的小广场向周围延伸出去。人群中，苏伯庸坐在轮椅上，被推着前行。旁边，苏檀儿与宁毅比他稍稍落后，也正往那边赶去。

"相公今晚……会不会觉得有些无聊？"

"不会啊。"

"不过……"苏檀儿低了低头，似乎想要说些什么，但最终只是笑了笑。

夜风之中，她悄悄伸手过去抓住宁毅的衣袖，夫妻俩亲昵地并肩前行。过得一阵，苏檀儿还孩子气地将手臂甩了甩，将宁毅的手也晃了好几下。也是在此时，她像是记起了什么，扭头往一旁望去，目光安静下来。

席君煜也在人群里，正与一名大房的掌柜说话，偶尔朝苏檀儿那边看看，说的是对今晚的忧虑以及今晚之后的立场问题。走过了小半座广场时，一个人从人群里走过来，笑着与席君煜打了个招呼，正是大房最信得过的人手之一——耿护卫。

"小姐今晚安排了一些事情，戌时一刻左右麻烦席掌柜与我出去一趟。此事重大，尚有半刻钟，席掌柜若手头有事，且先安排一下，今夜怕是要忙到很晚。"拉着席君煜走到一边，耿护卫小声说着。

"重大？"席君煜皱了皱眉，"今晚……是什么事？"

"暂时还不好说，总之是小姐的安排。"

席君煜想了想，面露喜色："事情尚有转机？"

"不好说，席掌柜到时候与我同去便知。"

"呵呵，好。"

席君煜点了点头，朝苏檀儿那边望过去，只见苏檀儿已经离开了宁毅身边，正俯身在父亲的轮椅边说着什么。

见他看过来，苏檀儿微微笑了笑，朝他与耿护卫点头示意，随后苏伯庸也转过头来，向这边微微点了点头。

席君煜便也笑着点头回应。

此时双方隔得有些远，看见苏檀儿转身往宗祠议事厅那边走过去的背影时，他才想起来，方才应该过去为今晚的事情先行安慰几句，不过……也罢，回来再说吧。

他望着那道消失在人群里的背影。

不过，还有转机？怎么可能？

席君煜皱眉沉思起来……

不久之后，第一轮祭祖的声音响起。

议事厅中灯火通明，照亮了偌大房间的每一个角落。

"按照惯例，我们大家每年至少会在这里聚一次，每一次都需要决定一些重要的事情。往年是在年关做完总账以后才开会，今年为什么提前了一个多月，还劳动族长、各位宗长出面，劳动大家从各地赶回来，是因为最近一段时间，我们苏家出了很多问题。问题可能很小，但也可能很大……不过眼下大家都觉得问题怕是会很麻烦……"

洪亮的声音响起在议事厅中，各个坐席间鸦雀无声。坐在轮椅上的苏伯庸精神不太好，眼观鼻、鼻观心，苏仲堪正襟危坐，苏云方像是在自顾自地想事情。厅堂中央说话的，是被几人称为"七叔"的苏安，他说到这里，微微顿了顿。

"关于这些事情，关于这个家里的事情，终究还是族长最清楚……"他回过头去，"三哥，你来说？"

苏愈皱着眉头，望望议事厅中的众人，片刻之后抬了抬手："老七，还是你接着说吧。"

苏安点了点头，转往一边朝一个人伸了伸手："具体的……还是让大管家来说说吧，他最清楚。"

他所指的，是管理这座大宅子具体事务的大管家。这个中年男子也是苏家的亲族，平日里比较低调，不参与争产之类的事情，但如今苏府在江宁的大部分事务最后都会流到他这里来做归纳。大房、二房、三房纵然都有藏着掖着之处，但他手上的账还是比较客观的。

不多时，他的声音响了起来。

"这些问题到底大不大，我不好说，不过最近一段时间，到我这里的事情，大概是这样的：第一，近三个月的时间，我苏家在江宁一带出售的各种货物的市场份额有一定下降，但总的来说，不到半成……主要问题是今后的利润这一块。最近一段时间，江宁一地，近六成的供货商家、合伙人开始与我苏家交涉，要求提高生丝的价格，降低拿货的费用。我这里列出了名单和具体内容：齐家要求……"

大管家的声音不低，那声音传出议事厅，在夜风中回荡，附近的广场上、侧面的花园里隐隐约约都能听见。苏文圭等人聚在不远的地方，一边听，一边议论。再远一点儿的地方，苏丹红正在与几个亲近大房的掌柜的家眷说话，偶尔皱起眉头。

一切都在按照自己的猜测发展。苏家眼下面临的问题，各方面提出来的要求，这些要求背后潜藏的危机，她清清楚楚。偏过头时，苏丹红无意中看见了正从那边走过的宁毅。这个男人似乎有些无聊，正摆动手脚舒展身体，往更远的地方走去。

　　苏丹红跟了过去。

　　她走过院门后，已经不怎么听得到那边的声音，仅能越过院墙看见议事堂周围的灯火。宁毅此时的身影与往日似乎有些不同，依旧显得轻松，但……又像是在那儿感受着什么，他在这座院子的凉亭边坐下，抬起头看向满天星斗，院子附近的巷道不时会有脚步声响起。

　　这人，莫非在品味大房失势前最后一刻的感觉？

　　她皱起了眉头。

　　议事厅中，叙述还在继续，只要是懂些商业的，都能感受到这些情况背后的危险及苏家的问题：饿狼环伺，落井下石……

　　大管家说了好长时间，将这些事情叙述完毕，这才回到座位上。下方没有人说话，上首几位宗族老人先后开口。

　　"这是在……认为我苏家无望了，认为我苏家要出大事了……"

　　"问题要解决，还是大家说说，找找原因吧。"

　　几位老人环顾四周，厅堂之中又沉默下来。苏崇华坐在人群当中，沉默地看着，大概能够猜到接下来会发生什么，不过这些事情不需要他发言或者出面陈述什么，他也就比较放松。只是看着看着，目光扫过门口的时候，他忽然又想起宁毅。

　　他现在在哪里？心情如何？那首《定风波》……

　　"这件事情终究是大伯遇刺引起的，当然，责任不在大伯身上，我们苏家要尽力找到那凶手背后的指使者，但如果仅说事情到底是为什么发生的，文兴有一些想法……"下首，点燃引线的人走了出来。他虽是苏家第三代，但最近已经管理了一些二房的具体事务，因此也可以参与这次会议。

　　"这次的事情归根结底还是因为我苏家高调争夺皇商未果……"

　　"如此大的声势，如此大的投入，到头来什么都没有……"

　　"所以外面的人已经开始怀疑……"

　　和预定的步骤一模一样：苏文兴引起这一话题，一波一波议论声终于蔓延开来。苏文兴说完之后，二房、三房其余的人开始参与讨论，随后苏仲堪与苏云方也加入了，话语有议论，有质疑，声音一阵阵地传出去。

　　"所以现在的问题是，檀儿在操作争皇商的整个过程中，到底花了多少……"

　　"大房……由廖掌柜往下，具体的情况……可惜廖掌柜今日不在江宁……"

"我们这边目前也出了一点儿问题，无法挽回，长久下去……"

"最近两年，不，三年，我们知道这一项运作的账目其实有些问题，此事应该是大哥这边比较清楚……"

按照预定的戏码，一个人接一个人开始说话。大房那边从头到尾都保持沉默，苏檀儿等人偶尔会开口。星月低垂，这个晚上，整个过程注定要花上很长一段时间。

议事厅外，苏文圭等人说着、笑着，有人离开又回来。

"今晚才开始呢。"他们说。

距离苏府几条街的月香楼上，薛延等人吃着东西，说着最近的一些事情，这时也朝苏府的方向望了望："说起来，那边已经开始了吧。"

作为江宁四大行首之一的骆渺渺在不远处笑道："薛公子与诸位今夜关心的，可不像是这些风花雪月之事呢。"

"哈哈，渺渺慧眼如炬，今夜，我等确有些关心之事。渺渺姑娘可知那布行苏家？"

骆渺渺想了想，眼中闪过一缕光芒："薛公子莫非指那宁毅宁立恒入赘的苏家？"

布行的事情毕竟只有行内人关心，骆渺渺如今虽然贵为行首，但知道的不多。她第一时间想起来的，还是那写出了《水调歌头》与《青玉案》的第一才子。薛延等人愣了愣，随后笑了起来。

"也是，也是，说起来，此事与他也有些关系。渺渺姑娘可曾听说，数月之前，江宁城曾经发生过一起刺杀事件，闹得沸沸扬扬……"

苏家宗族会议的预定模式已经开始，这边月香楼中也开始复述最近数月里江宁织造业的起伏。

同样的星空下，有一处地方，原本是与这些事情都无涉的——距离月香楼不算远的昌云阁是家规模颇大的酒楼，今天晚上，一场由濮阳家做东的聚会正在这里举行。

作为江宁首富，濮阳家经过这么些年的经营，又有了花魁绮兰坐镇，如今与江宁的许多才子也建立了一定的关系。虽然今天不是什么大日子，但聚会一开，许多有名的才子还是过来了，曹冠、柳青狄等人也在其中，毕竟这也算是一个文人云集的诗会。主持聚会的濮阳逸是个面面俱到的人，谁知道这个时候发生了一段小小的插曲。

今天不知道为什么心情不好的柳青狄喝了些酒，作诗有些狂放，在诗会上无意中与一名参与者撞了一下，随后双方就争吵起来。虽然有濮阳逸居中调停，但参与聚会的某些人之间还是隐隐有了些火药味。

一个号"空山居士"的才学并不非常出众的中年男子也在其中,他原本想要插插话调停一番,但随即被柳青狄给波及了。

诗会就在这种不怎么协调的气氛中持续进行下去,双方开始拼文采,气氛也逐渐热烈起来,濮阳逸于是也很开心。

当然,这个时候,他们与苏家的轨迹线还没有丝毫相接……

咔。宁毅剥开花生,扔进嘴里,轻声哼着歌,哼着哼着变成了《婚礼进行曲》。

苏丹红从旁边走了过来,因为心里有气,所以就这样看着他。

"红表姐,坐啊,不必客气。吃花生?"

"我不知道你这人到底在想些什么。"

"感受这种气氛……"

"檀儿争取了这么多年都没有放弃的东西马上就要没有了,你知不知道?"

"你猜错了。"宁毅淡淡地回答了一句,回头望望议事厅的方向,灯火从那边溢出,蔓延过来,其中有躁动的气息,"事情也该差不多了吧……"

第二章
千钧一发逆转乾坤 图穷匕见引狼入室

苏家议事厅内灯火通明，家族最近的问题，第一轮已经说明白了：大房、二房、三房的生意都在掉，供货商和分销渠道都开始要求拿好处。归根结底，是大房在重大决策上出了问题——皇商之事，一开始声势太大，到后来陡然跌落，管着这些事情的人又是女儿之身，终于引起了动荡。

当然，这是避重就轻的说法，其实引发动荡的，最主要的还是三房夺产，但在这里，这一点是不可能提及的。

"各位，这里我觉得应该说几句。"厅堂之中，苏仲堪站起来，声音压倒了窃窃私语声，"商场上，定下一个计划，想要做成一笔生意，不是有了想法就一定能成。大家尽了心力，生意最终没成，这也是常有的事情。此次争夺皇商，为何未成，其中的缘由，在座的大家都明白，实是乌家卑鄙，非战之罪。檀儿侄女的能力、商才，大家有目共睹，这次并非苏家哪个人的过错。

"可是，就算并非谁的过错，事情发展至此，总得有个交代。此次争夺皇商，到底花了多少钱，空了多大一笔账？有的人说我们为了皇商之事到处走动掏空了许多地方的存银，到底是不是这样，大家总得弄清楚。之前，这些事情皆是檀儿侄女在后方操作，我与三弟这边并未插手，因此我觉得，今日之事，当以让大家清楚亏空有多大为要务……"

他这话才说完，那边苏云松就站了起来："我觉得此事不妥。"

后方有人也站了起来："你竟是让我大房在此时公开账目？"

"你这是落井下石！"

"我苏家大房、二房、三房还没分得那么清楚吧！"苏仲堪皱起眉头，"更何况，如今因为此事，整个家都受到了影响，各位宗长今日总得心中有个数吧。假如皇商之事未完，这账目自是不能开放，如今此事已完，尘埃落定，栽了就是栽了，还有什么好藏着掖着的！"

苏云松望了望苏檀儿与苏伯庸那边："皇商之事牵扯甚广，背后的具体事项，之前未曾知会我等，今日如何能将这些账目做个总结？仲堪，此事总得等到……"

"不如等到明年吧！"二房那边有人站了起来，苏仲堪回头示意对方安静。

然后大房这边也有人站了起来："说什么呢！难道云松说的没道理吗？"

场面一时间又混乱起来。苏檀儿站起来，想要说话，上方苏愈陡然戳了戳拐杖："别吵了！"

房内这才安静下来。在这些人陆续坐下的过程里，苏檀儿正要开口，另一道人影自大房的众人间走了出来。他是大房之中地位比较重要的一名管事，是苏家堂亲，名叫苏亭光。他手上拿了一些东西，表情似乎有些犹豫，那边苏檀儿看着他："亭光叔……"

苏亭光看了苏檀儿一眼，叹了口气："今日之事，我……我其实是赞成二堂兄这边的，我这里有些账，是该拿出来了。"

所有人都看着他，议事厅里第一次安静得如此彻底，仿佛有什么东西到了临界点，终于要出来了。大房、二房、三房乃至上方的族长与众位老人，表情各异。

只有苏亭光的声音在下一刻响起。

"如果皇商之事未定，这些账就还是活的。可到得如今，家中这状况要说还能有所变化，那就是自欺欺人了。这几年以来，檀儿的努力，大家也是知道的，为了皇商之事，早早地就定下计划，早早地做了准备，也花了不少钱，非战之罪啊……"他叹了口气，"我这里有几年来暗中抽调袁州一带的账目，如今空缺为五万余两，已经无法补足了。大堂兄、檀儿侄女、诸位……"

上首的苏愈眯起了双眼，苏檀儿闭上眼睛，将头转向一边，苏伯庸低下头，让人无法看清他的表情，另一边，苏仲堪目光严肃，苏云方仔细地听着。

苏亭光还在说话，但声音已经听不清楚了，因为议事厅中一片哗然，并随着灯光蔓延出去，开始在周围广场上关注的人群中掀起波澜。

那喧闹的声音越过围墙，令得这边院子中的人也能够听到，从而意识到议事厅那边终于出事了，或者说，预定将要发难的人终于动手了。

"猜错什么？"苏丹红朝那边望了一眼，再转过头看向宁毅。

将花生壳放在桌子上,宁毅低下头。

"从……几年前开始,"他似乎是想了一会儿,方才开始说话,语速有些慢,"檀儿想要争苏家的家主之位——大家也已经知道了。不过,能力归能力,她终究是女儿之身,这一点根本没办法改变。就算是大房之中,真正信任苏伯庸的还是多数,对她一直有点儿摇摆不定——很多人摇摆不定。

"所以呢,就算老爷子帮她拿到这个家主的位置,问题还是会一直在,说不定什么时候这些人就会对檀儿没有信心。虽然这也是人之常情,但与其就这样看着,不如在有办法的时候顺手敲打这些人一下。"

苏丹红皱起眉头,满脸迷惑,不明白他到底在说什么。

宁毅抬起头来,望了望那边的灯火,隐约能听到许许多多细碎的议论之声:"发生今日这样的事情,主要是因为三房夺产,但这个不可能拿到明面上来说。要坐实大房已经没有能力管着这么多生意,催促宗族长老们壮士断腕——与其一直拖着,不如把苏檀儿这个不稳定因素排开——只能从皇商损失的账目上做文章,这是摆在眼前的。

"苏仲堪跟苏云方一直在活动,所以,一定会有人跳出来。这倒不全是忠心问题,主要是对大房、对檀儿不太有信心,一到紧要关头,他们总会想起檀儿是女儿之身。这些人就算现在不出事,以后也可能是个麻烦,所以……可以在檀儿正式确定位置之前给他们一次警告,做一次预演,让他们觉得,以后再遇上这样的难题,檀儿也是能解决的。"

"你到底在说些什么?"

"你猜错的事情啊。"宁毅笑了笑。

也是在此时,几道人影从那边过来了,以苏文圭为首。这家伙自苏伯庸遇刺那天耍小聪明挑衅,结果被苏愈一拐杖打得头破血流,此后看见宁毅就脸色阴沉,但这时候看见宁毅与苏丹红,他只是微微一愣,随后便笑了出来,朝这边走过来。

"立恒,为什么不去那边看看?知道吗,里面吵起来了,哈哈。"苏文圭笑着,随后压低了声音,"内讧了,你知道吗?亭光叔跟缅云叔都出来了,把你们大房亏空的账目拿出来了,大家正在吵呢,真是太乱了。檀儿妹子势单力孤,差点儿被骂了。你是他相公,你都不去看看,实在是……啧啧啧啧……没人情味……"

苏丹红脸上迷惑的表情还没有散去,听得苏文圭说这些,配合宁毅方才说的,感觉有些惊悚。她望望苏文圭,又回头望望宁毅。

苏文圭看见她的脸色:"咦?丹红表妹很担心?"

苏丹红就那样看着宁毅,宁毅笑了起来:"你看,你也感受到了……"然后他扭头看看苏文圭,掏出一把花生:"花生要吗?"

苏文圭盯着他半晌，耸了耸肩："不要。"
他还得回去看戏呢。

同样的夜晚，昌云阁。
砰的一声，酒杯摔在了地上。
"柳青狄，你不要目中无人，我告诉你！"
"我便是目中无人又怎么了？"人声之中，柳青狄面红耳赤，一字一顿地道。
场面已经变得有些混乱，作为主人家，濮阳逸有些头疼。当然，今晚的局面说起来还是蛮有戏剧性的，柳青狄今天也不知道怎么回事，喝了很多酒，现在已经控制不住，对今晚跟他吵架之人，一个一个地嘲讽过去，然后一首诗词一首诗词地写，颇有以文采鏖战群雄的架势。至于今日能跟他比肩的几人，譬如曹冠，则一直坐在旁边看戏喝酒，不说话，不参与。
这样一来，虽然今晚气氛不好，但事情传出去之后，或许能变成一番佳话，而柳青狄必然名声大振。一番疯狂的争吵之后，又有人忍不住了，开始放言。
"真以为江宁城中你最厉害吗？就我所知，有人私下里顺手写与九岁孩童的词作都比你的好千百倍。"
"那你说的是谁啊？"柳青狄喊道。
"宁毅，宁立恒！"
这个名字一出，在场众人一时间都愣了愣，濮阳逸皱起眉头，曹冠举着酒杯眯起双眼，柳青狄的脸色红一阵白一阵，随后眼神转为凶狠。
旁边有人开口问道："宁毅又有新词出世？"
"空山兄从何得知？"
"快拿出来一观。"
众人顿时议论纷纷，在那边忙着劝架的绮兰也忍不住抻长了脖子。柳青狄挥了挥手，好半晌才回过气来，吼道："拿出来啊！不会是《酌酒与裴迪》吧？他家门口那道士吟第三首了？"
号空山居士的陈禄哗地抽过来一张长几。他也生气了，面红耳赤，此时抓住快要掉到地上的毛笔，用力在那长几上拍了一下。
"我陈禄不是什么诗才横溢之人！我写诗写词，不过为了陶冶性情，也许没你写得好，可我就是看不惯你这等做派！这词不是我的，可也要让你看看，知道天外有天，人外有人！"
"好！"有人鼓起掌来。
"那就写啊！让我看看这厮到底又写出了什么来！"

陈禄瞪了他一眼，将毛笔在墨汁中乱搅，然后抽出纸张，唰唰唰写下潦草的三个大字："定风波。"

那笔一刻不停地走下去。一群着急上火、面红耳赤的人聚集过来，柳青狄憋了一口气，胸口起伏着。

宣纸上，词作很快就出来了——

"莫听穿林打叶声，何妨吟啸且徐行。竹杖芒鞋轻胜马，谁怕？"

写到这里，陈禄抬头看了柳青狄一眼，继续下笔——

"一蓑烟雨任平生。"

轮轴声断断续续响起，马车沉默地驶过一条条街巷，有时外面会传来人声和灯光，有时巷道黑暗，四周便一片寂静。席君煜坐在马车上，偶尔皱起眉头，看看对面座位上沉默的耿护卫。

"这个时候……到底是要去干什么？"

类似的问题他已经问过好几遍了，然而每一次的回答其实都差不多——

"席掌柜到时候就知道了。"

他一直在思考苏檀儿到底有什么方法能在这个夜晚反败为胜，最终，他觉得这不可能。皇商之事四个月前就已经露出端倪，一步一步发展到如今，今夜的宗族大会，二房、三房向苏檀儿发难已成定局，此事解决不了，苏檀儿的权力就会被解除，以后的计划皆成泡影，既然如此，她这个时候还能干什么？

他讨厌这种看不清局面的情况。苏檀儿等于是从他手底出来的学生，可这样的情形下，他竟然完全捉摸不透她的想法。不过，对于自己被信任的程度他还是有自信的，且看看她到底打算做些什么……

他在马车中计算着车辆此时到的地方，偶尔透过帘子看一眼外面的景象。车辆似乎是在往城外驶去，而且这辆车有些奇怪，并非苏府的马车，途中还绕了几个圈子，或许是在担心被人跟踪。席君煜心中越发奇怪：这一次苏家面临的敌手他心中都清清楚楚，到底是谁，是什么事情，需要这样的应对？

马车离开江宁城，最终在城外一座院子前停下了。席君煜看了看周围的环境，见这里相对僻静，但不远处是一个平日里还算繁忙，也相对龙蛇混杂的小地方，名叫十步岗。那里有几家店铺和鱼摊，附近一些村庄的人会过来买东西，偶尔会出些火并杀人抢地盘的事情。

席君煜走进院门。

下一刻，他停在了那里。有些事情很难置信，但确确实实出现了，这让他隐约意识到了一些东西。

一把尖刀抵在了他的腰间，门边浮现出人影。

"耿大哥，到底……怎么了？"

"先进去吧，席掌柜。先在这里等等，你想知道的事情，会有人来跟你说。到时候如果弄错了，我再向你赔不是。"

月香楼里，琴音清越，歌声柔美。骆渺渺拨弄着琴弦，在众人的注视之下悠然地唱着歌。薛延、薛进等人跟着唱和，陶醉其间。曲毕，骆渺渺方才微笑着举酒赞美了一番。

他们今天在这里等待苏家出结果已经等了好长一段时间，其间喝酒玩闹，有骆渺渺作陪，倒也不觉烦闷。过得片刻，薛进望望苏家的方向："说起来，苏家眼下也差不多该出结果了。"

"可惜未能亲自到苏家去看看，想来那苏家三房暗地里的钩心斗角必是十分精彩。"一旁有人笑着附和道。

"今日有渺渺作陪，我们只等结果便是，你竟还想去看那些钩心斗角之事，委实煮鹤焚琴，俗不可耐，置渺渺姑娘于何地？罚酒！"

众人笑闹了一番，又不免感叹苏家内部实在是不团结，庆幸他们薛家没有这种几房夺产的事情。说笑声中，又有人掀了帘子进来。这人是吕家的一名成员，一开始便到了，方才出去处理了些事情，此时方回。

薛延笑道："吕兄，大伙等你这么久，你总算是回来了。你可不知道，方才离开时错过了渺渺姑娘的表演是何等憾事……"

那吕姓青年便也笑着告罪几声，坐下来之后才笑道："方才在外面转了一圈，听说了一些颇为热闹的事情。哦，对了，苏家那边，结果可出来了？"

"消息尚未传过来。吕兄着急了？哈哈，方才就说嘛，吕家这次可是下了大功夫的，方才吕兄对渺渺姑娘都有些冷落呢，此事该罚。"

"呵呵，薛兄说笑了，谁不知道此次事情薛兄家中准备最为充分。一旦苏家出事，最占便宜的可就是薛兄家中的生意了。我们吕家嘛，不过是跟在后方捡点儿残羹冷炙，浑水摸鱼而已。薛兄说这话，绝对是'栽赃'。渺渺姑娘，不可信他。他必然是心系苏家之事的结果，因此拿别人来调侃一番。"

骆渺渺看了他们一眼："你们这些人哪，说的话没一句可信的，渺渺可真不知道该信谁了，怕是被你们卖掉都会替你们数钱呢，而且啊，还卖不出个好价钱。"女子笑了起来，"那苏家啊，真是可怜，与你们成了对手。"

几人哈哈大笑，薛延摇头道："不说此事，不说此事，苏家之事已成定局，何必操心？今日享乐为上，其余皆是附带。倒是吕兄方才说有些热闹的事情，到底是何事？"

"哦，昌云阁那边闹得正激烈呢，听说那柳青狄诗战群雄，呵呵，快要弄到拳脚相加了。"

今日濮阳逸在昌云阁设宴，柳青狄、曹冠等人都到场了，也算是江宁城中比较重要的一个聚会。那些诗人、词人在一起，薛延等人自然是参与不进去的，就算薛进等人有几分文辞功底，也仅仅是不写打油诗的水平。先前他们也有聊那边的诗会，这时候听说状况激烈，骆渺渺关心地问道："那绮兰姐姐没事吧？"

"呵呵，自然不会有事，方才那不过是夸张的说法，有濮阳逸在，不可能真打起来，只是双方都上了火。不过啊……"他顿了顿，看了薛延、薛进一眼，"此事有那苏家宁毅参与其中。"

薛进一愣："不可能，宁毅此时怎会在昌云阁？"

"并非人在，呵呵，而是有人在昌云阁中拿出了宁毅的一首新词来。这事呢，说来也是有趣。却说那柳青狄……"

这人一面说着昌云阁中的情况，从柳青狄与人起争端，说到他以诸多诗词技压群儒，之后空山居士发飙，说着，他从怀中拿出两张宣纸来，上面抄写了此次昌云阁聚会大家拼诗的一些佳作。

"最后那首便是宁毅所作之新词。据说他如今在家中的豫山书院授课，这首词是他前几日与一九岁幼童讲解诗文时顺手所作，未曾声张，是苏崇华看见后告诉了那陈禄陈空山。此词竟然名叫《定风波》。词确是好词，这宁毅的才名，过得今日恐怕又要往上一层了。不过，想到如今苏家之事，这词名实在有些讽刺……"

说笑间，众人将那两张宣纸接过去。今天在昌云阁的比拼算是高水准，哪一首都不错，不过看到最后那首时，众人的脸色突然变得有些复杂。骆渺渺接过之后一首一首地看，看得有些慢，眼中颇有神采，看到最后一首时，她迟疑了半响方才将词句念出来。

"《定风波》……莫听穿林打叶声，何妨吟啸且徐行。竹杖芒鞋轻胜马，谁怕？一蓑烟雨任平生……料峭春风吹酒醒，微冷，山头斜照却相迎。回首向来萧瑟处，归去……也无风雨也无晴……这词……"

在场好些人已看过这首词，骆渺渺念完，一时间竟有些冷场。

薛延在一旁看了看，随后笑了起来："定风波，定风波……哈哈，这宁毅诗词上的才华真是没的说。不过，有最近这些事，还写什么《定风波》，莫不是心头郁郁，想要自我安慰一番？"

他这样说着，其余人便也附和着笑了起来："难怪只给九岁小童看看，怕也是觉得太过自欺欺人，因此只能写与九岁小童以求慰藉吧。"

"我倒是觉得，不如他那日晚上悲愤之下写与乌承厚的那首《酌酒与裴迪》。那首便算是抄袭，至少也不会惹人笑啊，哈哈哈哈——"

"我等皆是粗人，不太会分诗词的好坏，渺渺姑娘的才学远胜我等，不知渺渺姑娘觉得此词如何？"

骆渺渺看看众人的表情，又看看手中的诗词，轻声笑道："词作倒是不错。"

见她只给了词作一个"不错"的评价，众人便笑得更加开心了。骆渺渺又"随意"地看了那首词几遍，方才笑着传给了别人，只在心中默念。

随后众人又开始谈笑，重复说起苏家两个月前的努力与最后华丽的失败，宁毅在乌家人面前悲伤地写出那首《酌酒与裴迪》，以及此后的种种。只是气氛不可察地出现了变化，有时候有人议论一下柳青狄写下的几首佳作，再拿着那稿纸看看，就免不了将视线在那首《定风波》上停留片刻，旋即转开。

这首突如其来的《定风波》犹如一道无形的小梗，横在这片空间之中。

不过，并没有人将这点说出来——原本也不是多大的事情，等到苏家那边的结果过来，这道若有似无的小梗便会烟消云散。薛延偶尔不经意地朝楼下看看，某一刻终于笑了出来。

"结果到了。"

一名家丁自楼下跑上来，众人都笑了起来。薛延所在的窗户靠着门口，他拉开房门，在众人余光的注视下走出去，家丁也从楼下上来了，众人能看见薛延等待的背影。

"来，喝酒、喝酒。"薛进做出不怎么在意的样子，向众人招呼着。

众人也笑着回应，等待着薛延进来说出那消息。

苏家之事的结果已定，通报不过一两句话的事情，就算有些枝节，想来也没什么可说的。众人等待着薛延笑着转身进来向他们复述结果，然而那家丁有些神秘地在薛延耳边一直说话，他们就这样等了很久。

"你说什么……"

"怎么……可能……"

"你说谁？"

好半晌，两人都没说话，隐隐约约有声音传进来，不怎么清晰，但坐在门边的一些人还是听到了。薛延在那里询问着、重复着，方才觥筹交错、谈笑风生的众人终于安静下来，互相交换着疑惑的眼神，不知道出了什么事情。不过，也可能是薛家出了什么意外状况，这么一想，陈家、吕家等的参与者倒不是很担心。终于，薛进站了起来，想了想，随后朝门口走去。

他是想问："哥，出什么事了？"不过，话语还没有出口，薛延已经回过头。他表情复杂，心神似乎都已经不在这里，只是看了弟弟一眼，举步走进去，看看房间里的所有人，张嘴想要说些什么，却没有说出来，就那样在众人的注视下一路回到自己的座位上，摇了摇头，似乎觉得有些事情不可理解。

"薛兄，怎么了？"吕家那人开口询问道。

"呵呵。"薛延笑了笑，过得片刻，低声说了一句，"苏家的结果出来了。"

"如何？"

"如何……"薛延重复了一遍，眨了眨眼睛，片刻后，很用力地按住额头，将眼睛紧闭。

薛家在对付苏家的事情上安排是最多的，到得此时，众人才多少意识到结果恐怕不太如愿，或者应该说是很不如愿。

薛延睁开眼睛，单手用力扫了扫身前的碗筷，然后便看见了旁边的两张词稿。他伸出两根手指敲了敲，将下面那张哗地抽了出来，举到眼前，过得一阵，口中念了出来，像是念给大家听。

"嗬……莫听穿林打叶声……何妨吟啸且徐行。竹杖芒鞋轻胜马，谁怕……一蓑烟雨任平生……"他将整首《定风波》念了一遍，听在众人耳中，是与之前完全不同的态度，随后他看看众人，"回首向来萧瑟处啊……如果我说，我们全都猜错了，所有人都被算计了，被算计得彻彻底底，你们会怎么说？"

没有人回答。

"四个月……"薛延望了望窗外，喃喃道，"呵呵，乌家大概是被算计得最惨的，苏家那无能的二房、三房也是……"

"薛兄……具体，到底如何？"

"就是这样。"薛延将那词稿拍在桌上，"人家在笑呢。结果……就是对苏檀儿来说的最好结果……内忧外患一次全清，那布……那布居然……"他似乎有些失控，伸手揉着额头，"现在想想……简直是……十步一算哪……

"宁立恒。"

当最后那个名字响起在厅堂内时，众人都愣住了，但对于整件事情仍旧不清楚。

薛延深吸了一口气，终于抬起头来，笑了笑："抱歉，诸位，四个月的布局……不，两个多月的布局，全砸锅了，以致我有些失态，大家多包涵。苏家的结果已经出来了，我说给大家听，大家就明白了。"

时间回到不久之前，苏府宗族议事厅。

一场争论终于到了尾声……

一波一波讨论与交锋在议事厅中蔓延开来，汇成激烈而嘈杂的声潮，并逐渐波及议事厅外的小广场乃至小广场附近，各种议论声此起彼伏，循着各自的逻辑，有时候也会引起一番小小的争论，纵然不至于扩大，但在以往的苏家，这种情况也是不多见的。

　　"五万两，一万两……那边又是两万多，我早就说过大房这些年来在乱搞……"

　　"当初饶州那边那批红布的生意我就看出来了，一直说没有余钱、没有余钱，要不是这样……"

　　"这根本是在乱来。看吧，今天之后，不知道还会出多少问题。"

　　"我猜至少是二十万两的亏空，也许还不止……真不知道怎么瞒下来的。"

　　"二姐这下肯定做不下去了。"

　　从苏亭光第一个站出来，拿出他手上的一些账目，到第二名、第三名掌柜站出来，仿佛某些潜藏在黑幕之下的东西终于炸开，类似的说法已经在外面无可抑制地蔓延开来。议事厅中，大房、二房、三房的人正争论着这些账目的成因。

　　事实上，在这种一家的生意操作分成三支的情况下，类似的情况并不罕见。如果真的仔细追查每一笔银钱的去向，这些资金未必真是多大的亏空，每年年尾算总账的时候，一年下来获得的利润和发展势头，大房未必比二房、三房差，这便是明证。只是苏檀儿的确是在牺牲了更大发展可能的前提下抽取了资金去运作有关皇商的事宜，到得此时，若没有弥补的方案，一旦曝光，这些亏空俨然会成为苏家账目中最不好看的地方之一。

　　议事厅外的苏文圭等人无须去考虑这些，即便将苏檀儿麾下的亏空说到百万两，他们也没什么心理负担，而对议事厅中的人们来说，当好几名属于大房的掌柜站出来将手上的某些东西坦白后，事情似乎已经没必要完全理性地去考虑。从苏亭光最初现身开始，各种各样的说法便吵成一片。

　　到得这时，争吵还在继续，但各房的一些主事人却渐渐安静下来。苏仲堪回到自己的座位上，一边休息，一边喝茶。苏云方则皱着眉，在与大宪议论一些事情。大房这边，苏云松已经渐渐看清楚一些事情不可逆转，他原本为着那些账目争论了一阵子，后来才发现，再争下去已经没有用了。

　　有些东西已经在争吵中显出了端倪。不论争吵的结果如何，摆在上方那些老人面前的，是大房已经不被看好，人心开始背离的事实。如果是旁人，或许还有机会，但作为女子，苏檀儿的身份经受不起一次这样的失败，这事与对错无关。

　　矛头所向，苏檀儿也只能在父亲身边安安静静地坐着，偶尔抬起头看看。

　　苏仲堪喝完茶，站起身来，试图为场地中仍在吵的双方调解一番，但随后又走回来坐下。争吵看起来依然激烈，一些知道此事若就这样结束，自己必然失势的大房成员依旧在争，二房、三房的许多人也就神情激昂地奉陪。苏仲堪自然不是为劝架，不过安排好的事情已经出现得差不多了，再过一会儿，下方的争论会平息，那时就该上方那些老人，尤其是作为族长的父亲，说出那个顺理成章的结论了。

这场会议一开始，父亲的情绪便并不高，说话都是由七叔代行，他只是一直看着，偶尔会严肃一些。这其中的原由，他是明白的——二侄女有能力，父亲也费了很大的心思，况且老人家这些年来都希望家中的情况好好的，大房这边突然出事，甚至引发了家族分裂，自然会让他心中失望、失落。

无论如何，父亲，事情已经没有办法回避了。我与云方出手并不激烈，只是顺水推舟而已。檀儿这次真是败得太大了，大哥又出了这种事……您是可以明白的吧……经过两个月，事情终于发展到今天这一步，局面已经清清楚楚，父亲应该也能够接受这一切了。苏仲堪在心中叹了口气，等待着最后这一刻钟或者小半个时辰过去。他看看一边的苏云方，三弟在那边笑笑，无声地摊了摊手。片刻之后，苏仲堪注意到，在激烈的争吵声中，上方出现了一个小小的变化……

苏崇华有些无聊，也因此，上方那帮宗长的一些变化，他或许是最先发现的。

从苏亭光出来开始，下方就吵成了一片，上方的宗长们未有干涉，而是皱着眉头，偶尔小声地议论着。这事非常正常，下方一直吵，上方则一直对这些事情进行归纳和总结。苏愈身边的两位老人分别是家中的老二与老四，偶尔，那位平素不怎么说话的二伯会皱着眉头与苏愈交谈几句，估计也是在为这个家族担心，苏愈不时会答上一两句，但只是望着下方的混乱，一直没有表态的意思。

这位老人始终是整个家庭的中心，就算是逼宫，大家也得给他足够的心理准备时间，今天这里发生的这一切，是为了逼迫这帮宗长，归根结底是为了逼迫他表态而准备的。

由于他一直表现得太过平静，因此，在这激烈而混乱的场面中，他有个小小的动作几乎被人忽略了——某一刻，二伯附过来小声说话的时候，苏愈偏过头回应了几句，然后，他从衣袖里拿出几张纸，递给旁边这位老人。

这或许是开会这么久之后，苏愈第一次做出某种明确的、有目的性的表态，只是这时候下方的大家还专注于争吵，没有发现这点。他们都知道，这边争吵得越明确，越有助于上方的人得出结论。苏崇华一开始也没有对那几张纸产生多大的好奇，片刻之后，他才注意到上方的老人看着那些纸张时的表情变化。

苏愈的这位兄长在看第一页时就已经皱起了眉头，他看了看苏愈，在翻过一页之后，又与苏愈说了些什么，然后继续看下去，越往后看，他的神情越是严肃。

或许……那是三伯做出决定的底稿……苏崇华这样想着。不过，随后的情况明显与他的猜想有些不一样。

周围几位老人注意到那几张纸，于是又有人靠了过来，似在关心地向苏愈询问什么，苏愈也偏过头答了几句。随后，一个、两个、三个……上方这些宗长似乎都已经不再关心下方的争论，围绕那几张纸议论了起来。

当苏仲堪注意到的时候，情况已经变成这副样子了——那几张纸吸引了苏愈身边的几位老者，坐在旁边的几位也注意到这一情况，于是也过来看了看，然后露出惊讶的神色。

苏愈望着下方，任凭旁边的族中兄弟议论，下方的争吵也在微微错愕间开始减弱。

不久之后，下方的争论声渐息，上方的讨论却还在继续。也有一两名老人看了那些纸张之后朝下方望去，眼神很是复杂。苏仲堪望望苏云方，不太明白那几张忽然出现的纸的含意，再望望苏檀儿那边，受伤后本就身体虚弱的苏伯庸依然低头保持静默，苏檀儿则还是安安静静的，让人看不出她心中所想。也是在这个时候，上方终于有拐杖戳在地上的声音响起。

作为族长，从头到尾看完了这一切的苏愈终于从座位上站了起来。坐了这么久，他看起来也有些疲倦，目光扫过全场。

"都……吵完了吧，我也听得差不多了。"老人缓缓地朝下方走过去。

议事厅中安静下来之后，议事厅外的争论也逐渐平息，苏文圭等人从门口瞧进来，等待着事情的结果。

"最近四个月里，我们苏家出了很多事情，有外患，外患之后，也有内忧。"他叹了口气，缓缓地说了起来，"我已经老了，有些时候会觉得有些力不从心，从伯庸遇刺开始，我就感觉到了。

"过去四个月里，苏家暴露出来的问题，其实大家都很清楚。大家从各地赶回来，也是为了解决这些事。也有些人告诉我：'老兄弟啊，我知道你不情愿，但有些决定，终究是得下了。'我其实也知道……"

注意到父亲的语气，苏仲堪与苏云方心中放松下来，啊，事情差不多了……

"早几年的时候，我其实就在想这些事情了。我苏家的情况有些奇怪，三房之中，一帮孩子呢，守成或可，开拓不足，也许是我苏家教导的方式不对吧，在大家看来最有想法和潜力的是个女娃。几年前我也很犹豫，不过，等到有一天我走了，伯庸、仲堪他们掌家的时候，小辈中能够管事的，有一个总好过没有吧，檀儿这孩子也是吃过苦的，所以当时我就让她试了试……"老人家顿了顿，"不过，做生意这些事情啊，女娃终究吃亏，人家花上一分力气能做到的，她得花三分。为着这事，当初檀儿的亲事都被耽误了，外面也有各种闲言闲语……反正，这些事情一直都让我很操心，若有一天，伯庸退下来，真能让个姑娘家掌管那么多生意吗？大家其实也没什么信心……

"檀儿这孩子志向高远,这些年来,她手底下管着的那些生意究竟如何,大家也是有目共睹的,可她终究年轻了些。特别是,伯庸出事之后,大家跟我说了这些事情,我就一直在想:现在她还能不能继续管这些事?伯庸退下来后,她还有没有这个能力、威望,能不能给大家信心?今天……我要拿这个主意……"老人闭上眼睛,议事厅内外的人都等待着。他睁开眼睛,朝后面望了一眼:"檀儿啊,你也准备一下吧……"

苏檀儿点了点头,俯身从父亲身后的轮椅中拿出一个小箱子,起身走出来。

老人转回身,朝座位上走去,拐杖点在地上:"从今天开始,原本伯庸管理的一切事务,各州的生意、账目,"他如此说着,"全部,交由其长女——苏檀儿管理。"

苏云方站了起来,苏仲堪迟疑了一下,随后也站起身,周围一片哗然。座位上,苏云松瞪大了眼睛。二房坐席上,苏崇华愣在了那儿,然而,有些东西开始从心底涌上来,一些画面在脑海中反复飘过:小女孩、宣纸、词。

"山长伯伯,那是我的。

"先生他跟小七换的。"

"竹杖芒鞋轻胜马,谁怕?……料峭春风吹酒醒,微冷,山头斜照却相迎。"——《定风波》

苏檀儿将那小箱子放在宗长们面前的桌子上,随后打开,将里面的东西一样一样拿出来,都是些银票、契约。她向前方诸人行了一礼,然后回过头来,安静地望着下面的所有人。议事厅内外,有的人甚至不由自主地被这道目光震慑得不再惊愕,不再议论,只想看看她准备说些什么。

"大家想要看的东西都在这里。"她如此说道,"这只是第一批。"

"你们……不,檀儿……早就预料到今天的事情了?"

院子里仍然有些安静,远远的能听到那边议事厅传来的声音。凉亭中,宁毅吃完了花生,有些无聊,苏丹红正处于某种复杂的情绪里。宁毅跟她说的一些话有些奇怪,仿佛他对眼下的情况早有预计,甚至早有安排,今天的事情似乎隐隐中存在转机。不过,宁毅似乎并不愿意把话说清楚,她也只得跑来跑去,偶尔去看看议事厅那边的争吵,到得焦急时,又忍不住回来一趟。

"你这么焦躁,是因为潜意识里你不相信檀儿有能翻盘的证据,因为她是个女人。那些掌柜的,譬如亭光叔他们,其实也是这么想的,未必有什么恶意,不过……"

"檀儿她是女儿家,旁人都是这么看的,我关心她,自然也会这样想……"

"但是没办法，你必须让他们不再这样想。这个没道理可言，她就算是女人，既然掌了这个局，就必须让人放弃那种想法，让人觉得她就算是女人，也有着绝不输给男人的能力。如果不能让人忘掉她是女人，就得让人深刻地记住一些事情……你听，那边没声音了。"

然后，哗然的声响又传了过来。

"这一下他们一定会记得很深刻。"宁毅笑了起来。

"怎么、怎么回事？"

"超过四十七万两的银票，二十多处地产、房产、店铺的转让契约，生意的契约，大概五种布料的配方，其余的我不是很清楚，不过，这些东西暂时可以堵住所有人的嘴巴。"宁毅扫掉身上的花生壳，站了起来，"走吧，过去看翻盘。"

"你、你、你、你到底在说些什么东西？什么……银票地契的……喂……"

"这……不可能！"

苏仲堪摇了摇头，检查着桌上那些银票与文契，至于织布的方子，苏檀儿收进了衣袖之中不给任何人看。

"你还能从哪里拿来这些？不对，这块地是……怎么会是这块？"

"爷爷。"苏檀儿朝前方喊了一声。苏愈将最初拿出来的那几张纸收回来，递给她，苏檀儿将稿纸放在桌子上："二叔、三叔，还有大家，自己看吧，这一份……是乌承厚签下的文契，所有的东西都在上面了，最后要给的，不只桌上这么多。"

苏仲堪等人在那儿翻着文契，七叔公皱着眉头询问道："乌家明明……他怎么可能把这些给你？"

"这样一来他乌家还能有多少？！"有人说道。

"不可能有这样的事……"

"可他乌家的布褪色了啊。"

"他乌家明明……啊……"

所有人都愣住了，苏云方抬头看看面前这位侄女："你说什么？"

苏檀儿笑了起来："他乌家的布褪色了，他不来求我，还有什么办法？"

"乌家的布……"苏云方想了想，目光转动着，"将要进贡的布？褪色了？"

"嗯。"

室内陷入了安静，众人想着这突如其来的消息，望着面前这个笑起来时甚至带着些天真的女子——她毕竟只是十九岁的年纪，这时候笑容天真而明朗。

"这么说，四个多月前，你就已经……"

"乌家偷到了假的配方？"

"真的配方在你这儿?"

"这几个月,你都是装的?在等黄布褪色?"

室内一片哗然,苏檀儿不置可否地笑笑。片刻之中,议事厅内外的众人就已经勾勒出事件的整个轮廓。上方,苏愈叹了口气。

"现在,大家不用去质疑皇商的结果了……四个月前,伯庸遇刺,檀儿也病倒之时,大房便定下了这一计划,铤而走险,我当时……也是知道的。

"此事须得严格保密,要成功也是不易,很多人出了力,也有很多人被蒙在鼓里……我也知道,大家心系我苏家,皆是出于真诚。其实,若非我苏家局势至此,此事原该待到一切落实之后才说出来……"苏愈站了起来,跟众人说着这四个月里发生的事情,说着这事要成功的难度,布局的精细,对人心的掌握与操作,"此事之后,我也终于知道,我苏家的两名内鬼:其一,齐光祖!其二,管理盛兴街那边仓库的韩七!两人如今已经被看管起来,明天便会送官查办!"

所有人都还失神于这番惊天逆转,当老人陡然吼出两名内鬼的名字时,才有些人惊醒过来,看看那边的苏檀儿。今次之事,不光是乌家被这样摆了一道,家中二房、三房全部失利,竟然还一次性揪出了家中的内鬼。

一旁,先前受了苏仲堪、苏云方游说站了出来的苏亭光等人,这时一副慌了神的样子,目光飘飘忽忽的没有归宿。

"此事运作之难,获利之多,大家都看得清楚。在外,一直盯着我苏家的薛家、吕家、陈家等等,谋算完全落空。此事的成功离不开我苏家众人的齐心协力。"——这是套话。

"以及檀儿对大局的掌控与操作。"——这自然是真的。

"最重要的是……"老人家顿了顿,"立恒的,运筹帷幄。"

这个名字一出来,苏仲堪就抬起头望向了父亲,以为他是说错了话。苏云方、苏云松等人都瞪大了眼睛,苏崇华靠在椅背上。桌旁,原本微微笑着的苏檀儿也愣住了,表情僵在了脸上。女子回过头,有些错愕地望向侧后方的爷爷,苏愈笑望着她,目光未有丝毫变动。

"檀儿,你有个好夫君。子安兄……有个好孙子。"

"爷爷……"

苏丹红与宁毅绕过小道,朝议事厅走去,快到小广场时,终于感受到了某种气氛。

宁毅走得不快,一边走,一边看着一拨一拨的人,大多数聚在议事厅门口的人,脸上的表情很震惊。里面的人在说话,听不清楚,但他大概能猜到在说什么。不得不说,这时候看起来,那些人的表情确实蛮有趣的。

就在宁毅开始靠近的时候,哗然声突然变大,有人回过头,朝他这边望过来,有人议论纷纷,有人指指点点,其中包括苏文圭等人,他们都用看见了鬼一般的惊愕表情朝他看过来,还有越来越多的人望过来,都是苏家的亲戚,但宁毅确定那些目光是在看他,而不是在看旁边的苏丹红。

他停了下来,目光转动着,抿了抿嘴。

这些围观的表情不是他喜欢看到的,因为实在是多了些。

苏丹红看看众人,也扭头看向他:"怎、怎么了?"

"看起来不该跟你走在一起,影响不好……"宁毅摇了摇头,转身,尽量不着痕迹地朝一个僻静的角落走过去。

唉,先躲一下吧。

只剩下苏丹红站在那儿,疑惑地看看自己,又看看别人……

就如舞会终了,音乐渐息,当夜色越发深邃之时,风卷动了凝结在城市上空的云朵,徐徐将那片阴霾驱散。苏家宗族议事厅中的这场聚会已至尾声,这个晚上的变化一波三折,苏家大部分人到此时还未来得及将眼前的现实消化,但无论如何,几个月以来皇商事件引起的一系列巨大风波、背后的黑幕、最出人意料的结果,终于在这里被掀开了一角。

虽然许多人真正反应过来,将整件事情抽丝剥茧、一缕一缕理清楚还需要一段时间,但仅仅是掀开这个角落,就足够令关注今晚这些事情的人们惊愕不已——一系列算计与反算计,沉默背后的布局,让原本沉甸甸的期待落了空。特别是背后这些布局者的名字——苏愈、苏檀儿,而最令人愕然的,无疑是那个一直以来游走于整个局面之外的宁立恒,他在背后的出手,在整个过程里,是谁也没有想过的。

大房、二房、三房以及议事厅内外的其他人,这时候还在纷纷议论中消化这逆转的局势。在这里,或许只能感叹苏愈这个四个月里都相对沉默的老人对这个家族还有着极强的掌控能力,当事情揭晓,皇商事件的成果明明白白地摆出来之后,他就顺势说服了周围的宗长接受这一现实,随后又以事实压服家中所有人接受苏檀儿上位的现实。

事实上,若非这几个月家中的局面真的很难看,这些老人也不会出来跟苏愈打什么商量,眼下既然证明了苏愈对整个局面的掌控依然,惊愕之余,他们自然接受了这等现状。因为在苏愈的掌控下,这个家成功渡过种种难关的事情也不是第一次了。

"那么……让檀儿接手伯庸原本负责的事务一事,大家有什么想法,接下来可以说一说了。"

在众人的议论声中，苏愈再度说出这些话来，带着借着事态逆转全局的强势，一时间没有几个人敢提出质疑。几个宗长随后也表了态："檀儿既有如此成绩，接手这些事情，我们自是无话可说。"

　　事情渐渐定下，原本的危机成了转机，这场为危机召开的宗族大会也没有更多需要商量的事情。老人们在上方说着善后的方案，议事厅内的众人怀着满满的难以言喻的复杂心情，苏仲堪、苏云方等人时而看看那边已经回到座位上的苏檀儿，时而看看上方坐着的父亲，另一侧，苏云松几乎是长长地叹了口气——看着苏檀儿，他便会想起这几日里见到的那个被女儿说成整日闲逛的书生。

　　"仲堪、云方，散了之后，到我那边去一趟吧。"

　　临近尾声之时，苏愈走过去，对两人说道，兄弟俩点了点头。这几个月来操作不断，他们却成了彻彻底底的败者，但父亲威严犹在，他们就算为此愤懑，也解决不了问题。

　　另一方面，感受着所有人惊愕的目光、议论的言语，终于在这里摊开底牌，彻底赢下这一局的苏檀儿，心情却不怎么好。

　　那并非大胜之后心软了，她也并非想着父亲已然瘫痪，自己付出了多少代价。在捧着盒子走上前去的那一刻，她心中有着女皇加冕般的激动与期待，那些银票、契约被拿出来的时候，她的整颗心都在颤抖，但这个时候，一身淡青色长裙的女子偶尔会看看议事厅外，忽然有些不知道该如何走出这扇门。

　　她有着担心的事情，那原本可以说是件小事，可到得此时，忽然占满了女子全部的心神，让她几乎感受不到成功后的甘甜。

　　终于，老人们宣布这场会议结束，人们站起来，交谈，议论，将目光往一个个关键的参与者身上投去。苏檀儿迟疑了一下，随后也站了起来，随着爷爷、父亲朝外面走去。

　　离开那扇大门时，她朝四周看了看，没有看见心中想着的那道身影，一时间有些放心，另一方面又有些担忧。苏丹红正从另一侧过来，她没有注意，在走廊上与父亲等人分开，随着爷爷以及几名老人朝另一边走去。

　　转过一个转角，爷爷才注意到她，回头将她叫了过去，旁边两位叔公也与她说了一会儿话，她礼貌地回答了。待到叔公走开后，苏檀儿才微微蹙起眉头，望向老人。

　　"爷爷，您怎么能那么说……"

　　"嗯，怎么说？"老人慈祥地笑着。

　　"说立恒。"

　　望着孙女的表情，苏愈沉默了半晌："说他，有什么不好吗？"

"爷爷,他是我相公,我希望……可以简单一点儿。"四周都有人影,苏檀儿皱着眉头,"而且,相公他能听懂的。爷爷,我该怎么跟他说今天的事?"

老人叹了口气:"立恒入赘到我苏家,你既是他的妻子,他原本就该保护你,当你的挡箭牌。今次之事毕竟太过激烈,你二叔、三叔必定心中有怨,立恒能替你分担一些也是好事。再者,伯庸如今身体不便,有立恒在你背后,你也不至于势单力孤。此事纵然对不住立恒,但毕竟是帮你这妻子做些事情,也是他分内之事和应尽的情分。"

苏檀儿闭上眼睛,用力地说道:"可爷爷你这样是让整个苏家的人看住他,相公会明白这一点的。"

她从小性子刚强,再大的事情也难以让她露出过分软弱的神态,特别是在爷爷面前。即便是在黄布褪色的那段时间里,她都不曾露出过无能为力的眼神,一直撑到支撑不住病倒。可这时候,在做完了一件牵扯如此广泛的事,定下了大房的掌控权之后,为着这件事情,她竟露出快要哭出来的神情。

有些事情是没办法跟爷爷说的,没办法告诉爷爷自己与相公之间的感情才刚刚到了夫妻般的程度;没办法告诉爷爷自己与相公才刚刚决定了将要圆房;没办法告诉爷爷自己与相公这些天来的感情到底是怎样发展的,相公到底是个怎样的人……可她心中知道,相公一定能听出爷爷话语背后的含意。

他为自己做了这么多事情之后,父亲也说了类似的话,现在爷爷也怕了,开始提防他,提醒整个苏家的人注意他,就算这其中并没有多少恶意,可相公心中会怎么想呢?自己又该怎么跟他说这些事情?虽然相公心胸豁达,可自己该怎么去说……

老人看了她许久,终于举起手,拍拍她的肩膀,又笑了出来,这笑容与平素的有些不同,有几分了然,也有几分欣慰:"原来……是这样啊……"

"爷爷……"

"子安兄有个好孙子啊。原本让你掌这个家,我也是想了很久,除了能力以外,主要是担心你太过刚强。女子要当家,就得比别人更刚强,可就怕这样一来,你感受不到家的滋味,没了真正关心的人。现在哪,爷爷总算是放心了。立恒当初入赘,我不想以赘婿待他,是怕他没有多少适应能力,这次说出来,固然是对他有一份担心,可最主要的,是因为他有这份能力了。"老人顿了顿,"有这份能力,旁人就伤不了他;有这份能力,便可以站在你前面。你为他担心,这自然是件好事,爷爷也觉得欣慰,可是在爷爷这里,他是你相公,哪怕是入赘的,他既然担得起,就该为你担些东西,这也是爷爷的私心。男人在这个世界上,这些责任总是会压下来的,没的道理可讲。你是他的妻子,多关心他一些,也是你的应尽之责。呵呵,也是好事,夫妻俩,便是这样嘛。"

爷孙俩一边说话一边往前走:"至于你那些兄弟,皆是庸才,在他手底下两三招都过不了,真要伤他,没这个本事。有今日之事,往后你在商场上看起来势单力孤,可旁人想要算计你,总会想起你背后之人。今后呢,你若真喜欢他,你们俩的第二个孩子,便让其姓宁又如何。此事拿捏皆在你,我对子安兄,也算是有个交代了……喏,他在那边呢。"

如此说着的同时,苏愈朝前方示意了一下。宁毅正从不远处往这边过来,途中被一个叔公喊住,大概是在说些鼓励之类的话。那个叔公走开后,苏愈带着苏檀儿走过去,随后拉起苏檀儿的手,放进宁毅手中:"这孙女便交给你了。"

宁毅呵呵地笑出声来。

苏愈离开后,苏檀儿握着宁毅的手,沉默了好一会儿:"相公,我们……成功了。"

"我生气了。"

"呃……"苏檀儿的手心瞬间凉了下去,她大概明白宁毅指的是什么,但一时间说不出话来。

宁毅看了看周围,拉着她往前走,摇了摇头:"今天晚上跟你分房睡。"

"……"

"老头子太不仗义了。"

"……"

"没商量,说生气就生气。"

"……"

"让我不爽我就拿他孙女撒气。"

"……"

"你哭也没用,今天晚上独守空闺。"

"……"

"哈哈哈……喂,你别真哭啊,不用这副样子吧。"

两人已经往前走了一段,到得没什么人的廊道间,苏檀儿拉起宁毅的衣袖在脸颊上碰了几下,方才竟是真的流了眼泪出来。灯光下,微微的笑容与眼泪混在一起,随后才恢复成冷静的微笑:"本来想替爷爷向相公道歉的……"

"我保留追究和生气的权利。"宁毅笑了起来,拍拍她的肩膀,"不过,你还是先处理好善后的事情吧,今晚事情很多?"

苏檀儿这才放松下来,点了点头:"嗯,还有些事情要去处理……"

"那就快去。"

灯光下,宁毅笑着挥了挥手。苏檀儿站在那儿看了他好一会儿,似乎还有些迟疑，但最终点了点头，转身离开了。

宁毅目送着苏檀儿的身影远去，对于苏檀儿接下来的计划，他并不是很清楚，想来只是一些收尾工作，他没什么必要参加，苏檀儿在闲聊中也未提起太多。

在苏府前方的一座院子里换了一身不怎么起眼的男性衣物之后，苏檀儿乘着马车离开了这条街道，随行的还有几名最得力的苏府护卫，他们赶上了前方的两辆马车，一路朝城外驶去。

时间已经将近午夜，十步坡附近的房间里，豆点般的灯光正在微微摇曳。席君煜坐在桌前，双手平平地放在木桌的桌面上。房间里另外还有两个人，一是耿护卫，他就那样坐在席君煜的对面，另外一人身材有些干瘦，但目光有神，靠在门边的阴影里，手上提了一把尖刀，一看就知道并非善类。

苏府生意做得大，时常走镖去外地，有时候自然也涉入一些地下交易，席君煜也知道，这个时候还是不要轻举妄动为好。

时间的流逝枯燥而乏味，席君煜听着远处传来的钟声，猜测着苏府那边可能的发展，但并没有太多头绪。

"苏家这时候也该有结果了吧？"他开口问了一句。

但耿护卫只是摇了摇头："我不知道。"

"还能怎么翻盘呢？"

"这是二小姐的事情。"

"不过我确实想不通。"席君煜叹了口气，他真是不喜欢这样的感觉，"谁来给我个答案也好。"

这话说完之后，房间里又安静下来。他只能这样子安静以待，外面偶尔传来一些声响，席君煜道："耿大哥，你知道吗，我在苏家这么些年，看见檀儿慢慢接触到这些东西，虽然教她的人很多，她见到什么东西都愿意去学一下，可真讲起来，她几乎是我一手带起来的学生。可到了现在，我越来越看不懂她了，这种感觉真是不怎么好……"

"总会有这个时候的。"

"可现在还早了一点儿，对于……"他看看周围，"对于这些事情，我确实有些想不通……"

短暂的沉默后，有道声音在外面响起来："我也有些想不通。"

那声音有些冷。过得片刻，有人推门而入。苏檀儿穿着一身黑色的短打，头上戴着头巾，看起来干净利落，便于行动。她站在门口朝这边望来，不过，这种男性装扮其实令她显得有些矮、有些单薄。席君煜觉得她现在的眼神简直跟她很小的年纪时第一次看他时的眼神一模一样，有些陌生、有些疑惑，还带着打量。

"君煜哥……我记得很小的时候第一次见到你，父亲当时让我这样叫你。你教了我很多东西，这也许是我最后一次这样叫你。"苏檀儿走到桌边，坐下，目光深处蕴着陌生和冰冷，这也算是席君煜教她的东西：谈判，就得划出明确的距离。

席君煜想从那陌生里看出心痛来，可惜只有疑惑。

"到底是因为什么事情，为什么要做到这种程度？"

"到底出了什么事？"席君煜皱起眉头，看看周围，"今天苏家宗族大会这副样子，你该不会觉得是我弄的吧？"

"不，我是指……"苏檀儿安静地摇了摇头，用清澈的目光望着他，"为什么叫人刺杀我爹爹？"

宗族大会散了之后，混乱的声音朝着四面八方散开，看起来像是电影在散场。不过，没有多少人能够一边吃瓜子，一边感叹之前发生的事情，就这样云淡风轻地回家去。接下来，大家都有足够多的事情要做。

平素所有人最怕的，就是这种毫无准备的事情。先前也有过大量的预测和安排，然而揭开底牌，整个事态的发展与他们的准备完全背道而驰，这在以往的商战中并不多见。当白忙了几个月的失落与放足了期待最终完全落空的错愕结合在一起的时候，心中的疲累就会变成巨大的负荷，几乎让人觉得做什么都是徒劳，问题偏偏在于，许多事情不得不做。

二房与三房必须想办法压住这事造成的离心与负面效果，那些嘲笑过大房的众人也要考虑怎样跟大房修好，老太公则必须安抚一下苏仲堪与苏云方这两个儿子，调和其余老兄弟之间的关系，让这事尽量平稳地过去。

至于大房，也不可能觉得事情就这样定了，苏檀儿必须抓紧机会，雷厉风行地将过去两个月里大房开始动摇的地位完全稳固下来，安抚、拉拢各路人马，将己身的利益最大化。

另外，那些被苏仲堪、苏云方说服了，在宗族大会上跳出来的人，经过一定的敲打和惩罚之后也得让他们安下心来。如同宁毅说的那样，这些人未必是不忠心，他们或许只是对苏檀儿没有信心。这些人也是有能力的，敲打不宜太过。有了这次的事情，今后再遇上类似的事情，他们或许比别人会更加坚定。

除了家中这些人，这次宗族大会的结果已经在片刻间一点一点地从苏家传了出去，在江宁城里诸多关心苏府结果的大小商业势力中扩散开来，掀起一层层波澜。月香楼中薛延等人的目瞪口呆并非特例，而在昌云阁，当濮阳逸在争吵间接到苏家传来的信息后，也是呆愣了半响，未曾想过不过是随意了解一下的信息能给他带来如此巨大的震撼。随后，他将这几个月来布商中发生的一系列事情说给了仍在争论的众人听。

　　濮阳世家乃是江宁首富，家底比之苏家、乌家都要厚上许多。濮阳逸长于商事，以往在许多场合亲近宁毅也是因为感佩其才学。这几个月来，江宁布业中的钩心斗角，他不过是个观众，看着诸多人物的表演，对于宁毅的参与，一开始就没抱多少期待。后来的发展也不出他所料，只是这样一个才子跑来经商却铩羽而归，他的心情自然有些复杂，有叹息，其实也有些高兴，这种心情类似于：写诗词你很厉害，我也佩服你，但在这方面，还是我厉害多了，你不该参与进来的。

　　对于今夜苏家局势的预测，濮阳逸与其他人没什么不同，当然，这对他来说也不是什么重要的事，他自然没怎么上心。当消息传过来后，他才是真真正正地被吓了一跳。江宁几乎所有关心这件事的人，几个月的笃定竟完完全全落了空，那种感觉，委实难以言喻。

　　所有人都以为宁毅是一个无足轻重的参与者，甚至可能连参与者都不算，到得此时才发现原来这个人才是事件的中心。在这几个月的时间里，他以一人之力拉着整个局势往前走，竟然无人发觉……

　　在座之人对于苏家的事情本也没有太多感觉，一半以上的人甚至根本就不知道。当那陈禄将《定风波》一词写出来之后，柳青狄的脸色红一阵白一阵，紧接着就笑着嘲弄这不过是对方的自我安慰，词作再好又有何用。他将苏家的事情说了一番，于是双方又是一番争吵，直到濮阳逸出来说道："苏家刚刚出了结果……"

　　然后，所有人才真的被吓到了。

　　当初一系列看似无意的举动变成了一步步的缜密算计，几个月以来看在众人眼中的隐忍和憋屈俨然也有了另一重含义——云淡风轻、虚怀若谷，巨大的局，最漂亮的翻盘，简直是演义故事中才会有的桥段。一群文人士子在目瞪口呆之后开始感叹，而柳青狄根本说不出话来，方才的各种抨击此时俨然成了一个大笑话。最重要的是，宁毅根本就不在这里，他那首不过是写给九岁孩子的词，在经历各种抨击之后，终于化作一记巨大的耳光，结结实实地打了下来。

　　这还只是苏家的事情这一晚在江宁掀起的第一重波澜，眼下还没有人知道，到了明天，这波澜会一重一重扩展成什么样子，薛延口中那"十步一算"的评语又会被传成什么样。作为当事人来说，宁毅也不可能知道这个晚上会有人拿着那首《定风波》弄什么人文互见，会有一帮文人才子也被卷进这番波澜中。

　　他目前还是比较乐观的。

　　老太公在宗族会议上将他说出来的事情固然让他感到稍许无奈，但如果说他真有多么惊愕、意外，那就未免矫情了。姜是老的辣，苏愈会走这一步棋没什么出奇的，这是一步不错的闲棋，如果是他，他也会这样走。假如他宁毅有野心，这步棋可以让整个苏家都提防他；假如他没有野心，那再多人提防都没什么意义，顺便还能成为苏檀儿背后的一枚筹码，吓吓别人。

偏偏他还真是没什么野心。当然，他之所以对此毫不在意，是因为若有一天他真要做些什么事情，老头子的这番布局对他来说还真没什么意义，随时有能力破局的人自然不会在意这点儿小事。老太公为苏家着想在情在理，你不可能期待人家毫无理由地一直对你释放善意，只要能确定大部分时候都是善意，那就成了。

此时此刻，波澜正在以苏家为中心不断向外扩散。苏府内部，宁毅已经没什么事了，三个丫鬟都有自己的事情要忙，苏檀儿已经出门。她今晚的安排，宁毅并不清楚，但一切已经走上正轨，苏檀儿在处理细部事务上不比自己差多少，自己无须介入。

送走妻子之后，他在苏府之中闲逛了一阵，看看各处慌乱的气氛，听听孩子惹大人不高兴后被打的哭声，脑中想起最近一段时间的化学研究以及竹记准备扩展二分店之事。

望远镜弄出来以后，他大概说了一下原理，然后跟康老换了一些东西玩——如今的火药、军中研究的火箭与突火枪等，这些成品改良一番后多少可以用来防身。另外，他考虑到将要打仗，望远镜这东西对武朝军队会有些帮助，算是在安闲生活之余随手尽一份力了，康老那边大概还在仔细研究。

竹记这边，则是准备在开了酒禁之后二分店就开业。目前预计，过年前酒禁多半就会开，到时候高度酒可以一并投入，要弄些噱头出来。

其实，宁毅更多想到的是吕梁山那边。望远镜、酒精、火药、枪，后两者目前还没开始弄，但在如今武朝成果的基础上做提升，问题不大，不过他在考虑该不该将这些东西告诉康老。武朝的问题其实不在军械上，而在于军队的根本不行。金兵打辽兵，可以两万破七十万，而武朝军队遇上辽军就闻风丧胆。大家都是人，主要是人心的问题。就算将如今的突火枪改良到有实用价值的程度，给军队配上是福是祸也很难说。

他只是想要体验一下东西改良之后的成就感，往后若能联系上陆红提，还不如弄批东西给那边，只是不知道还得等待多久。几个月过去了，陆红提该是回到吕梁山了，不知道现在是什么样子。

不久，发现他在闲逛的苏云松过来与他交谈了一会儿，随后，这位苏家大房举足轻重的负责人有些错愕地发现，这家伙对于接下来的事情还真的是什么都不想管。从女儿那边了解到宁毅在整个过程里的表现后又察觉了这一点，苏云松看着宁毅的表情是有些古怪的：他本以为宁毅是苏家大房的一头卧虎，虽然不参与太多事情，可绝不至于完全不关心，至少是暗中帮苏檀儿管着许多事情，可现在……哪儿有这样的人啊。

也就是在这样的气氛里，有些无论苏檀儿还是宁毅都没有预料到的存在悄然盯上了他，让这个晚上枝节横生。

与苏云松交谈完毕，宁毅准备回房看书，顺便整理一下自己对现代枪械的所有了解。他还没到达小院，一名家丁朝这边跑了过来："姑爷，婵儿姐她……在那边被东西砸伤了，二小姐不在，姑爷快过去看看……"

这话一说，宁毅立刻变了脸色，随着那家丁往他所指的院子走过去。这条道路通往苏府的一扇侧门，相对安静，就在快要到侧门时，那家丁落后半步，将一把刀抵在了宁毅身后："姑爷，别走太快了，接下来听我的。"

乌家的人疯了……宁毅皱了皱眉，虽然可能性不大，但眼下也只有这个解释。

这边距离侧门停放马车的小院子不远，宁毅举起手："婵儿没受伤？"

"我们不是很清楚到底谁是婵儿姐，不过……姑爷你若告诉我们，我们也不介意让她受点儿伤。"

宁毅点点头，笑了出来："太好了。"

城外，十步坡。

"为什么叫人刺杀我爹爹？"

苏檀儿这句话问出来之后，席君煜眨着眼睛，愣了半晌，似乎觉得有些荒谬："你从哪里……听到这种事情的？怎么可能？！"

"承认吧。"苏檀儿看着他，随后摇了摇头，"我刚才过来的时候在想，君煜哥你一直都很会看局势，所以我在想你到底会说出什么话来。我还小的时候跟你学了很多东西，那时候我想，君煜哥，你会是我一生的良师益友。我现在很伤心，因为我是个女人，所以你要如此折辱我？席君煜！"

说到最后两句时，苏檀儿身上的冰冷变得明显起来，她看着对面的男子，几乎是一字一顿地道。

"你……皇商搞砸了，宗族大会变成今天这样，我能理解你的想法，可是……"席君煜顿了顿，"你输疯了你？"

"你还在想着这些，可惜你都算错了……"苏檀儿摇了摇头，"我现在已经掌了大房，二叔、三叔都没有话说，今天宗族大会的结果，所有人都会被吓一跳，可惜刚才你不在那边……"

"怎么可能？！整个大房都已经没办法了，这么多人，你能翻盘？老爷子站在你那边强行让你上去也不行的……我没帮你想过办法吗？事情砸了就得认，你……"席君煜望着苏檀儿，有些迟疑。

一时间，他甚至真觉得眼前这个女人有些不正常了，相对于她真的知道了某些事，反倒是这个解释比较合理。他看看耿护卫，又看看旁边持刀的高瘦男子。

"乌家的布褪色了。"苏檀儿偏着头，等待席君煜消化这句话的含意，"这几个月，大家一直在局里。爹爹被刺杀的时候，你们让人相信有人要对付苏家，连消带打，爷爷去活动了好久才让事情平息。你们是故意的，让苏家在那一段时间掉以轻心，以你的能力，稍微放松一点儿你就能做很多事，你以为你在中间就掌握住了大局……"

她正说着话，外面突然传来乒乒两声响，那是兵器交击的声音。随后，人声陡然响了起来。

"来了！"

"杀了他！"

"别放他们走！"

席君煜朝那边望去，苏檀儿也偏头看了一眼。外面似乎有人想要进来，却被人发现，于是发生了激烈的火并，还有人奔逃。

"你的人？"苏檀儿问了席君煜一句，"他们居然真的会来救你，现在你信了？他们也觉得你不可能侥幸脱身。"

席君煜扭过头来，没有说话，眼中神情错愕，不明白为什么会发展到这一步。

"爹爹遇刺那天，施粥本来是我与相公过去，爹爹是不去的。而刺客一早就安排在那里，也安排了那么多说辞要毁我苏家的名声，这不可能是原本要刺杀我，却临时改变主意行刺爹爹。一定有内鬼，知道爹爹回来的时候会在那停下来，这个内鬼还是很清楚苏家状况的人，才清楚各人习性，所以决定在那时候刺杀爹爹。你聪明反被聪明误了，这么大的纰漏，当我们骗了所有人让大家都相信苏家的黄布很好的时候，那个内鬼也一定会相信，因为他一定能亲眼看到……

"现在乌家的布褪色了，他们一点儿办法都没有，欺君之罪，只能来求苏家，乌启隆他只能说出来……我本来想过苏家有内鬼，只是没有想到你才是主谋。好厉害的操作啊，你也很得意吧？可惜你也早在局里了，这个局比你的大……"

外面的打斗声不断传来，陡然又响起一声惨叫，往里面冲的明显不止一个人，但埋伏在这院子附近的人也有很多。

苏檀儿从怀中拿出几张纸来："这是乌承厚签下的东西，我抄了一份，你要看看吗？"

席君煜靠在了后方的椅背上，听着外面的打斗，没有去看桌上的东西，脸色复杂。过了好半晌，他方才望着苏檀儿："欺君之罪……"桌上的东西不看他都能猜到一些，此时只是摇了摇头，"这不是你做的……你还没成长到这一步……"

苏檀儿沉默片刻，随后淡淡地笑了出来，那笑容很是柔和。随即，她轻声做出了回答："是啊，不是我……"

苏府，侧门附近。

两道身影跟随着前方两人一路走过去，在这里稍稍停了一停。

因为前面的身影停了下来。其中一人做家丁打扮，另一人走在前头，左手上缠着绷带，这时候举起了手。

"老二得手了，过去让老四驾马车，咱们立刻出去。"

"好嘞……你得看住老二，别让他下重手，文弱书生一个，打死了不好交代。"

"知道。"

见前方两道人影开始往前走，跟着的两人看看周围，快步跟了上去。不一会儿，老二与那书生转过前方的院门。那边道路比较暗，他们跟到院门时，砰的一下，前方一道人影倒在了地上。

"老二这性子……"

其中一人暗骂一句，快走了两步，然后两个人都站在了门边。

星光勾勒出那书生的身形轮廓，他站在那儿，偏头看着倒在地下的人影，缠了绷带的左手在空中挥了几下，右手拿着家丁的那把尖刀，有些为难地抓了抓头发。跟着，他转了个方位，弯下腰，似乎是想要将倒在地上的人拉到一边去。然后他回过头来，看到了门边两道人影，立刻站了起来。

六目对视，脉脉含情……

第三章
苏家宅中反杀绑匪 十步坡前火并梁山

午夜，树林边的小院子附近，人影闪动，晦暗的光线中，血花飞溅，喊声、惨叫声交错而起。由方才开始，三名江湖装扮的人想要从不同的方向潜入那亮着灯光的小院，却被早早埋伏在四周的人发现，只好展开厮杀。其中一人当场重伤，另外两人则被追赶着冲进了树林。

随后，又有人自黑暗中杀出，想要攀墙而入，但那道身影只在墙头愣了愣，便被从里面飞来的几根套索套住，拉了进去，惨叫声响起片刻后便没了声息。不过，这应该只是试探和开始，黑暗中也不知道双方具体潜伏了多少人。

大家显然都不是什么善类。十步坡附近，夜间人烟稀少，类似的江湖火并、帮派相争却已经不是第一次了，往往第二天凌晨才有人发现。远远听来，树林里的声音犹如夜枭的鸣叫，唯有那座小院子依旧安安静静地伫立在那儿，里面和附近也不知道还有多少人埋伏着，灯光从窗户透出来。

"这不是你做的……你还没成长到这一步……"

见席君煜还在理解桌上的契约和眼前的一切，苏檀儿笑了笑。

"是啊，不是我……"她微微顿了顿，"你终于承认了。"

"那到底是谁？老头子？你爹？"

苏檀儿皱眉望着他。

"不可能是廖开泰，苏云松也不在这边……"

"你不会知道的。"

女子把双手十指交叠放在桌上，语气清冷，摇了摇头。她此时做男装打扮，样貌却依旧清丽，不过几年来积累的气势已经显露出来，配上以往常有的大家闺秀气质，委实有着一份迫人的冷冽。说话间，屋外又传来明显的厮杀声，苏檀儿往那边看了看，对于这类事情，她或许还是有些不适应，于是皱了皱眉。

"乌启隆跟我说的时候，我还有些不信，不过会这样子打过来的，应该不是乌家或者薛家的人，你背后居然有这样的人……"

"总会有机会遇上些这样的人。"沉默许久，席君煜方才说出这句话来，随后看了看后方的耿护卫，"之前在苏府，耿老大通知我，给我时间准备，便是为此？"

"你以为我输定了，耿叔告诉你我胸有成竹，你必然疑惑，以为今晚的关键在你们这里。以防万一，你当然会通知你真正能用之人，我们便能顺藤摸瓜，把他们全都找出来，顺便算一算我父亲遇刺的账，我只是没想过他们真的会这样过来救你。"

"好算计。"席君煜讽刺地笑了笑，"还有四个月的隐忍布局，这样的局……到底是谁布的？"

苏檀儿吸了一口气，并不回答他："十步坡月月火并，官府都管不了，明天见这边死了人，只会当成类似的事情来处理，就算有路人被波及，也只能道声可惜。你以往说过，我们这些商人最怕撕破了脸，坏了规矩。刺杀买凶之类的事情谁都怕，做了以后就是没完没了，所以一旦出了这种事，能找回来的一定要找回来。我原本害怕，这事若真是薛家、乌家的人干的，我反而不知道该怎么办，现在是你……这样也好。"

她说着推开身后的凳子站了起来，似乎准备离开。

席君煜皱了皱眉："到底是谁？杜庭忠？"

这也是平日里比较靠得住的一名掌柜。

"我说了，你不会知道的。"

"你就不想知道我为什么做这些事？"

苏檀儿站在那儿，停了一下："人非草木。席掌柜，我曾视你为师为友，今日之事无论结果如何，苏檀儿心中都无甚快意，只觉伤感。你那理由越是好听，越只能让这心烦增添几分。我只知道我苏家未曾薄待于你，又何必要听你那些理由？"

席君煜愣在了那儿，心中第一次明白过来，苏檀儿或许从未想过会与他在"男子""女子"这类概念上有瓜葛，直到此时，她心中所想的，依然是那种纯粹的师长与学徒、上级对下级的商事上的关系与友谊。

"哈……"他一时间几乎笑了出来，随后陡然提高了声音，"那到底是谁？"

苏檀儿走向门外。他坐在那儿，又说了几个可能的名字。

"总不至于是你家三个丫鬟想出来的！

"宁立恒？"

走到门边的苏檀儿停了停。

席君煜注意到她的微表情，想了想："你开什么玩笑……"

苏檀儿推开门。门外院子的屋檐下，坐着轮椅的苏伯庸正在与一名身材魁梧的中年男子说话，苏檀儿后方的房间中陡然传来咬牙切齿且不可置信的质问声：

"是……宁立恒？！"

同一时刻，城内。

宗族会议的余波未散，苏家大宅内内外外还稍显混乱，临近侧门的这座院落里光芒昏暗，细碎的声音从很远的地方传来，反倒将周围的空气衬得死寂。书生望着进来的两名"家丁"的身影，陡然间放松了身形："你们是管哪里的？"

听那声音有几分愤怒，两名"家丁"微微一愣。书生点了点地上倒下的人体："有人混进来了知不知道？马上去叫人！你，来看住他，我去找根绳子来！"

昏暗中，他的声音严肃而又急促。从两人进来看见前方的同伴倒在地上，到那书生说完话转身就走，不过短短片刻。两人还有些分不清楚对方是真将他们当成了府中的家丁还是装的，无论如何，真让他叫了人来，恐怕一切都要砸了。这两人说了声"是"，连忙跟上去，身体则保持着错愕与提防的姿态，手握上刀柄，随时准备拔出来。

距离迅速拉近，书生不过走出两三步便回过头来："还不去叫人！"

走在左边被他看着的那名"家丁"迟疑了一下，瞧了一眼身边的同伴。片刻间其实想不了太多，哪怕双方都怀疑对方在演戏。眼下有两个选项，要么说声"是"继续演下去，要么立刻拔刀翻脸。就在两人迟疑间，那书生却挥了挥手上的刀子："对了，这个拿去。"

两个人其实都在提防书生手上的武器，但他接下来的动作委实有些出乎两人的意料——他竟将那把刀直接扔给了走在右边步伐稍快的那人。两个人心里都微微一松，右边那人伸手接刀，左边那人微微点头，"是"字才要出口，就在这一瞬间，空气中绷着的那根弦在稍稍放松片刻之后陡然绷紧到极点，随即以令人无法反应的速度砰然断裂！

放松的心情落在了空处，攻击的破风声呼啸而来，两道人影陡然间撞在一起，发出轰然一声响。左边那人呀的一声拔出刀，刀锋反射着星光，如一泓乍然漾起的湖水自空气中掠了过去。砰的一下，火花在空中拉成长线，反震的力道同时传来。左边那人本是仓促拔刀，这时不由自主地踉跄后退，右边同伴的身体朝一侧飞了出去，轰地撞倒了院子一旁的小石桌。

出现在视野中的是那书生陡然逼近又开始拉远的背影，此时那背影哪里还有半点儿书生气？他提着刀，与左边这人拼了一下之后，径直朝倒在石桌石凳间的伤者逼近。

左边这拔刀后被逼退的"家丁"惊魂甫定，停住脚步之后还是没能适应整个状况。

先前那书生摆出毫不怀疑两人的做派，这两人必然是不信的——谁也不会信这种事情。可那书生要走，他们自然乐得顺水推舟地跟过去，同时保持着最大的警惕，提防那书生忽然大喊或者发飙，但一切发展得太快，许多事情只能做出第一反应。他们心中有防备，因此格外注意书生的行动，就是在这种气氛中，当书生随意地抛出他们最为在意的那把刀时，不可避免的微微错愕才让他们出现了一丝疏忽。

就在这错愕间，右边那人下意识地伸手去接刀，左边这人的心情则陡然松了一瞬间。刀还在半空中，名叫宁毅的男子就已经做出了袭击，他直接打飞了右边那人，抓住空中的刀，与另一侧挥来的刀拼了一下，随后借着那股力量一刻不停地朝被打飞的那人逼近。

金铁交击的火花还在空中飞散，宁毅心中其实也有些惊愕。陆红提当时告诉他，教给他的是二流内功，打斗时可以增加爆发力，但算不上上乘，用多了甚至伤身。他练得也不太久，今天算是第一次全力施展，想不到一脚踢在人身上威力这么大，看起来一般人口中的"二流"跟高手口中的"二流"概念有些不一样？这个念头在脑中闪过的同时，他一刻不停地将尖刀从右手换到左手，俯身抓起地上一块青砖，砰地拍在倒在石桌石凳间似乎还能动弹的那人脑后。

他转过身时，方才与他拼过一刀的那名"家丁"正冲过来，然后举着刀停住了。两名同伴都已经倒在地上，他往前方看看，又往旁边看看，呼吸急促："你、你……"

"这样都可以，你们真行……在下宁立恒，江湖人送匪号'血手人屠'。"晦暗的光芒里，书生拱了拱手，如江湖人士一般笑了笑，"仇家太多记不清楚，敢问几位，到底是谁派来的？"

不管怎么样，"血手人屠"这个外号说出来好像真的挺拉风的……

宁毅在侧门附近遇刺的消息传的范围不广，过了一段时间之后，几名家丁与目前应该是最好找的杏儿才朝这边赶过来，随即将那小小的院子守住了。

今晚才开了宗族大会，一转头便出了如此敏感的事情。行刺，或者说绑架的指使者还不甚明了，这个时候是不可能将这件事张扬出去的，只能由大房内部处理。杏儿赶到时，宁毅已经领着几名家丁清查了附近一些地方，当场将一名可疑的新进车夫抓住了。

管理这边的一名管事喝了酒，大概还不知道宗族会议上发生的事情，见是宁毅带着人来，不明就里还想要阻拦一番。杏儿正好过来，看到宁毅没事才松了一口气，朝宁毅行了一礼，随后便蹙起秀眉，冷冷地告诉那管事她要去找大管家告状，这个管事酒才醒了，忙不迭地道歉。

杏儿不过十七岁年纪，模样秀丽，但在三个丫鬟中一向是大姐的身份，性格强势，对于惹得起的，她一向是学着苏檀儿的模样冷冷地说几句；如果是别房身份差不多的、惹不起的人，如果不讲道理，她也会不依不饶地跟人争吵许久。据说有几次为大房的家丁、丫鬟出头还差点儿挨了家法。久而久之，旁人也就熟悉了这个丫鬟的执拗与强悍。宁毅今天难得看到她生气，也觉有趣，不过当务之急还是考虑与这起绑架有关的事情。

"这事有预谋，到底是什么人做的难说。我没事，不过檀儿现在去了哪里你知不知道？"

无论是二房、三房还是薛家、乌家，要做什么事情，主要矛头肯定是对着檀儿。宁毅本来以为诸事已定，没想到眼下会节外生枝，他立刻便考虑到妻子那边的情况。听他提起这事，杏儿才想起了什么。

"小姐……小姐她应该没事，不过小姐现在在哪儿，我也不知道……"

"嗯？"宁毅皱了皱眉，"怎么回事？"

"小姐是去处理大老爷被行刺那件事情了，娟儿应该知道，我去找她过来。"杏儿神色有异，吐了吐舌头，跑掉了。

宁毅心中疑惑。

一旁的房间里，家丁们还在拷问被抓住的四名潜入者。过得片刻，娟儿气喘吁吁地跑过来："姑爷没事吧？"

显然她也是听杏儿说了遇刺的事情。

一旁的房间里不时传出刺客惨叫的声音。

今晚婵儿、娟儿、杏儿都有事情，宁毅本来想着这类事情比较暴力，或许只有杏儿的接受度比较高，不过这时候才发现，听到里面的惨叫声，娟儿并没有露出多少不适的神色，皱着眉头往里面看了一眼便忙着问起宁毅有没有受伤来。宁毅说了一下过程和自己的担忧，娟儿犹豫片刻之后，才将知道的事情说了出来。

"小姐跟大老爷他们去了十步坡，要去处理大老爷遇刺的事情，准备找出幕后主使，然后把他们一网打尽。为此，小姐找了百刀盟的程盟主出手，很多人，应该没事的……小姐今天才知道，原来当初行刺大老爷的主谋是……是席君煜席掌柜，他背后有人……"说到席君煜的时候，一直微微低着头的娟儿偷偷看了宁毅一眼，正与宁毅的目光对上,她连忙低头抿了抿嘴。

相对而言,平日里婵儿性子柔和,杏儿性子大方,娟儿则是三姐妹中最为文静的一个,虽然做起事情来不含糊,但生活中有时候会给人一种胆小害羞的观感。不过,想不到这些事情杏儿不清楚,反倒是她知道。

宁毅用看特务的眼光看了看她,随后才皱起眉来,问了一下她口中百刀盟的相关事情。原来这百刀盟在江宁城中算是一个大帮派,平日里虽不怎么张扬,但颇有实力。帮主程烈与苏伯庸交情颇深,算得上苏家在黑道中可以动用的最大的一股力量。

"这次的事情,其实是大老爷与小姐一同安排的。小姐以往没怎么碰过这些事,娟儿知道的也不多,这次是怕姑爷担心,所以没跟姑爷说⋯⋯"

娟儿解释了一番,宁毅也就大概明白过来。苏伯庸这人不是没有脾气,这次遇刺瘫痪,仇肯定是要报的。苏檀儿以后掌家,也得开始多接触这方面的事情。倒是娟儿在说起席君煜的时候,语气有些耐人寻味,这其中的理由他大概能清到一些。不过,刺杀事件竟然是由家里一名掌柜发起的,这一点他以前的确没有想到过。

"背后有人。"宁毅点了点头,"什么人?"

"呃,现在还不清楚⋯⋯"

"程叔,他们到底是什么人?"十步坡的院子里,苏檀儿也在向身边的人询问。

院子外还在打来打去,但参与的人数不多,也看不清整个战局。方才有一名百刀盟的弟子撞破了大门进来,浑身是血,但仍旧处于双方试探的阶段。院中已经有几名伤者正在流血呻吟,对女子来说,恐怕是一件极为凄惨的事,苏檀儿站在那里脸色未变,只是一只手暗暗抓住了衣角。这类事情她不是第一次见到,早年有一次离开江宁,途中遇上山贼买不到路,双方打了起来,也算是看到过血流成河的景象,但无论如何,这类事情总是无法适应的。

在她旁边的是先前与父亲说话的中年男子,身材魁梧,四十出头的年纪,须发白了一半,样貌犹如狮虎,有着一股沉稳与威严的气势,手边放了一把大刀。这人便是百刀盟的程烈盟主,此时他偏头听着外面传来的声音。

"还很难说,他们人不少,一开始没能偷袭成功,接下来也只有硬拼了。哼,不是我们江宁人。"

"不是江宁人?"

"生面孔,敢打敢拼,看路数也是从外地来的,怕是之前水患时到了江宁的几批不要命的家伙之一。"

江宁富庶,捞偏门、走黑道的人自然不少,每年都有外地人过来打拼、抢地盘,而每逢天灾人祸,这类失去了一切,随后以猛龙过江的姿态来到江宁的亡命者就更多了。对众多小帮派、小势力来说，这类人往往会造成巨大的威胁——已经被逼到没饭吃的人不要命起来总是很有破坏力的，但百刀盟这类势力受到的冲击倒是不大，程烈也就偏了偏头。

"侄女放心，强龙不压地头蛇，这些野路子没必要担心，他们以为自己有些人，今夜便让他们死得干干净净。今年来江宁混饭吃的外乡人我们这边心里都有数，只要知道了他们到底是哪一批，那些今晚没来的，我保证他们没办法活着离开江宁。这事……嗯……"程烈言辞沉稳威严，带着满满的自信。当然他的确有这个实力，不过说到这儿时，他才意识到正跟自己说话的是个小侄女，于是犹豫了一下，挥了挥手："别跟他们磨叽了，动手！"

这院落间的屋檐下、阴影中都站了人，虽然外面看不到，但小小的院子简直像是一座守卫森严的小碉堡。他这一挥，旁边一人立即打开了一支竹筒，烟火在天空中爆开的瞬间，外面陡然有人喊起来："杀——"

这片刻间，应和声如潮水般涌来，响彻夜空："杀——"

"杀啊——"

原本被安排在十步坡各处的百刀盟成员同时发动，如怒潮般扫向小院周围的树林，与对手短兵相接，那些早就埋伏在附近的外乡人也被真正逼了出来，打斗声瞬间激烈起来。小院之中，也有六七人从门口冲了出去。混乱当中，苏檀儿想起一些事情，朝程烈问了一句。

"什么？"程烈没有听清楚，大声问道。

"程叔，我想问，这些外乡人中，有没有从鄂州那边过来的？"苏檀儿大声问道。

"鄂州？"

"嗯，我记起来了，当初陷害爹爹的那个人，就是鄂州的！"

"什么地方的都有，不过鄂州……有一批人。鄂州附近的人多，为首的叫作欧鹏……啊呀！屋顶！"

程烈话未说完，霍然大吼，转身，左手操起大刀，右手抓起旁边一枚不知道干什么用的铁环，朝着后方关押席君煜的房间的屋顶掷出。只见一道人影不知什么时候已经到了屋顶上，铁环轰然激起屋顶上的茅草，那道人影竟在瞬间反应过来，反手往背后一抽，也抽出一把大刀，朝着铁环用力砍下。

砰的一下，火花在夜空中亮起，铁环被砸飞，那道人影也跟跄着退出好几步，踏穿了茅草，掉进房间。

"啊——"

"去死！"

混乱陡然加剧。

方才苏檀儿出来后，苏伯庸让一名护卫推了轮椅进去，也不知道跟席君煜说了些什么，这时候正准备出门，闻声往后看了一眼。苏檀儿身边的程烈已经飞快地朝房间冲了过去，直接劈散了半扇窗户，轰然冲入。房间里只有一盏油灯，昏暗的光芒中，人影乱成一片，乒乒乓乓之声不时响起，刀光旋舞，火花随着大喝声不断爆散开来，桌椅、木架被砍裂了，飞舞在空中，被火花染亮。

一道人影砰地从窗户飞了出来，这人身材高瘦，却是先前制住席君煜，随后是一直在房间里的那名百刀盟成员。他也算得上一名好手，但这时显然是被打出来的，在地上滚了几滚，吐了一口血又站起来。苏檀儿本想朝父亲那边跑过去，苏伯庸却挥了挥手示意不用，因为耿护卫已经持着刀退了出来。如今房间里还有三个人，席君煜、程烈以及那名方才被打下屋顶的入侵者。打斗还在继续，火花惊人，也不知道被波及的席君煜有没有被砍死。

"去死！"房间里，程烈陡然大喝一声，随后但听一声巨响，又一道人影飞出了窗户。

那人握着钢刀，半具身体都已经被鲜血染红，头巾也被打掉了，狼狈异常，显然就是那名入侵者。他从地上爬起来，大喝一声，疯子一般朝苏檀儿这边冲过来。百刀盟的高瘦男子横移几步，挥起手上的尖刀将他挡住，两人兵器相交，那入侵者暴喝一声，大刀在手上飞快地转动，乒乒乓乓拉出无数火花，但这一次高瘦男子已然有了经验，两刀之后将他逼开。

附近屋檐下、阴影中的百刀盟成员同时朝这边围了过来。

"走！"房间里程烈喝了一声。

席君煜被踢得踉跄地走了出来，还没站稳，一柄大刀稳稳地落在了他的脖子上。程烈单手持刀，从房门里走出来，看着院子里被围住的那人："你是何人？"

那半身染血的使刀者伸手拨开了头发，咬牙道："爷爷叫马麟！"

"好，杀了他。"

程烈也不废话，偏了偏头。院门那边的打斗声却陡然激烈起来，破风声过后，两名百刀盟的成员被打飞，同时有两人被逼退。程烈刀光一转，磕飞了一枚飞来的暗器，大刀旋即又稳稳地落回席君煜的脖子上。

院门口出现的是一名同样身材高大的男子，他手持一柄铁枪，一步跨进来，站在那儿，审视着院落中间的同伴以及……满院子的敌人。

"我见过你。欧鹏，果然是你们。"程烈摇了摇头，"你们这帮外乡人，在江宁玩得很开心嘛。"

"混口饭吃而已。"那高大的男子举起手上的长枪，"谁挡我吃饭，我杀谁全家。"

我知道你姓程,这路你让不让?"

程烈皱皱眉头,随后却是有几分狰狞地笑了出来,一字一顿地说道:"我看,那还是不让了吧。"

院落之中,但凡百刀盟的弟子都明白程烈这下子动了真火,已经预备朝那欧鹏杀过去。欧鹏缓缓退出院落的门槛,片刻后陡然转身,朝一旁跑去。

"杀了这帮不知死活的东西!"

程烈阴沉着脸,把手中大刀一晃,啪的一下将席君煜打倒在地,导致他几乎半张脸都肿了起来。程烈提着刀朝院落中央的马麟逼近,一些百刀盟弟子同时朝院外追去,与原本就在外面的同伴一同追杀那欧鹏。一时间,十步坡附近,厮杀声激烈得几乎让空气都沸腾起来!

同一时刻,两辆马车驶出了苏家的侧门,一路往城外而去……

火焰在夜风中呼啸着燃烧,光芒摇动得疯狂而激烈。当程烈顺手将席君煜拍倒在地上,提刀而走时,院落中的百刀盟成员大都已经知道,被方才那欧鹏的态度影响,这位盘踞江宁已久的黑道枭雄,今天是动了真火了。

虽然说起来,动不动真火结果大概就是这样。

一批人已经冲出去追杀那不知死活的欧鹏,喊杀声、惨叫声自树林蔓延开来。院落里,有人暴喝一声冲向已经半身染血的马麟,火星飞溅中却被马麟劈得退了出去。苏檀儿则在两名家丁的护卫下靠向父亲与耿护院那边。

"没事吧,小姐?"

"没事。"苏檀儿摇了摇头,"说起来……耿叔叔,好像是谁的刀越大就越厉害呢。"

院落里血光点点,被围住的马麟看起来已经没了出路,他横刀避开周围几名围困者,身上溅满了鲜血,模样狰狞可怕。苏檀儿用手捏住衣角,不过自己这边占了上风,没什么问题,她有心开个玩笑缓解一下心中的紧张,于是如此说道。这个名叫马麟的家伙手中的钢刀虽然也剽悍,比起程烈那柄古朴厚重的大刀来却又有不及。

那马麟"啊呀呀呀呀呀"狂喝着与程烈拼了几刀。耿护院本身也是使刀的,看了看手上的九环大刀,笑了起来:"说起来,一般人拿的兵器没有太大分别,不过大到一定程度的时候,还真是像小姐说的这样。那马麟的刀法很猛,而且怪,方才在里面,他突然进来,我也差点儿着了他的道。不过,程盟主手上的刀厚重至此,招式却是举重若轻,每一刀都是沉稳有度,不走那等偏锋,你看他方才单手持刀的气度便知道。这马麟顶多再有三招便要败了……"

苏檀儿自然不懂这些,不过认真地听着,主要是宁毅在家中偶尔会说起这些事情。想到宁毅，她又扭头看了看一旁被打翻在地的席君煜。

该杀掉他才是……

对于席君煜的处理，由于前因后果今天下午才知道，她一时间还没有想出具体的方案。到底今晚什么时候杀，怎么杀，她以往毕竟没有做过这么激烈的决策，最后觉得还是该由父亲来拿这个主意。毕竟人非草木，对席君煜，她还是有一份对师长、朋友般的感情。既然确定他今晚会死，又有人拿主意，她也就不去考虑这些了。

苏檀儿原本是不想让席君煜知道宁毅的，因为那样一来，他如果不死，就会对宁毅造成威胁。既然眼下他知道了，就该早些杀掉——这是她今晚第一次考虑这件事。

院落中央，马麟在歇斯底里的大喝声中被一刀接一刀地劈退，程烈刀风沉稳，连环几刀劈下，他虽然正面挡住了，但每一次都在轰轰轰地后退。火光、血花飞溅在空中，地面扬起灰尘，被硬生生逼退的脚步连续在地面犁出好几道凹槽，空气干燥，一时间黄尘四散。

当程烈再次扬刀，大喝一声劈下时，马麟终于连人带刀都给劈飞出去，轰然撞在院落后方的墙壁上，口中喷出鲜血来。也是在此时，墙壁另一侧的打斗声大盛，一道身影从那边的墙上借了力，冲天而起，手持长枪在空中挥舞，却是沿着小院外侧墙壁奔跑打斗了一阵的欧鹏。紧接着，他跃了进来。

"老匹夫！"

"地狱无门……"

随着轰然一声巨响，长枪呼啸着下击。程烈须发皆张，暴喝一声，举刀上撩。两人在空中僵持了一瞬，然后在火花飞溅中同时退开。

"你闯进来！"

程烈后退了一步。欧鹏那一击本是凌空劈下，双腿还未落地便被劈回后方的墙上。他双腿一蹬，便那样直接朝程烈扑了过去。程烈挥刀一荡，待欧鹏刚刚落地，火光摇曳中，几乎凝成金色的刀芒如雷霆般劈下。

轰的一声，又是漫天的火花，欧鹏的双脚在地上滑了三四米才停下，周身灰尘滚滚。这时候，院子周围已经都是百刀盟的弟子，他还未站稳，便挥舞着大枪开始击退周围的敌人，然而一扭头，程烈的刀又已经化作雷霆扑来。

见程烈出手，这些百刀盟的弟子没有一同攻击，只是往后方退去，随着战圈移动。程烈刀风沉猛，那欧鹏也是身材高壮之人，两人打得惊心动魄，仿佛在院落中央刮起了一场巨大的风暴。

树林中的打斗声依然很激烈，片刻间，院落中的人都被这打斗吸引住了心神，百刀盟的弟子光注意围住欧鹏与那受了重伤的马麟，却没有发现警戒圈被引得往某个方向挪了几米。就在这时,一阵轰隆隆的声音自小院外的一侧袭来,转瞬间逼近。

轰——

无数土坯、砖石在空中飞舞,一辆大车硬生生撞倒了院子一侧的土砖墙,灰尘漫天,两名百刀盟弟子几乎被当场撞飞。这道破口正好靠近席君煜所在的地方,一道浑身是血的壮硕身影霍然自灰尘中冲出,撞飞了附近的一名百刀盟成员,同时顺手拉起地上的席君煜。随后,又有两道身影扑了进来。破口外,百刀盟的弟子围困住了推车的人,双方正在激烈地火并。渐渐地,还是百刀盟占了上风,破口也基本上被堵住,但就在片刻间,不到十个人的阵容竟然救下了席君煜。

程烈回头看了一眼,见满院子的人都在往他这边看。那身材壮硕、浑身是血的巨汉擦了擦嘴边的鲜血,嘿嘿一笑,将一把沉重的镔铁巨铲轰地插在地上。

"来啊!谁敢来?!"

两秒钟后,院子里的所有人都往那边拥了过去。

战火开始蔓延,某一刻往小院这边压过来,然后又朝十步坡那边的小小街市、鱼档延伸过去。

不远处的小山坡上,两辆马车正停在路边,一名男子举着长长的圆筒往十步坡那边望过去。

"哇,怎么打成这样……"

看起来,这场火并足足聚集了数百人。能打到这个程度,足以证明席君煜背后那股力量惊人。宁毅原本也以为,以苏家这种势力可以动用的力量,去捏席君煜这种人背后的小团伙就如同捏蚂蚱一般。

现在看来,这只蚂蚱并不是那么容易捏死的,这事肯定是闹大了。

夜晚静悄悄的,那边的嘶吼声、喊杀声这边也能听到,偶尔还能听到些乱七八糟的声音,宁毅皱起眉头……

另一方面,百刀盟程烈一方其实也在惊讶,讶异于这帮外乡人的顽强。

方才在那座院子里百刀盟的人已经围住了那些人,但最后还是让他们硬生生地冲杀了出去。这帮人当中,那欧鹏本领甚高,一时间竟能与程烈平分秋色。另外,他们还有会排兵布阵的人,因为当这帮人被围困在中央后,外面在小树林里火并的人们就开始朝小院这边冲杀过来,到最后竟会合了,虽然百刀盟人数占上风,但还是有一部分人冲杀了出去。

不过,就算真是过江猛龙,这帮人救了席君煜之后,也是损失惨重,一路往十步坡小街市那边冲杀,中途又折损了不少人。仅仅由二十来人组成的阵营中,欧鹏居首,一名手持一柄铁铲的巨汉殿后,受伤不轻的马麟则居中,与围上来的百刀盟成员火并着。马麟旁边的席君煜身上也被劈了一刀,正与一名身材清瘦的男子说话。

"蒋大哥,这次是我不好,连累大家了……"

"我辈行事,有恩必报有仇必偿,你于我等有恩,当初帮你也是心甘情愿。只可惜,这算计原本完美无缺,此时才知竟从一开始便已被人翻盘,那宁毅厉害……"

"他在暗,我在明,既然已经知道这人,此次输了,下次找回来便是……"

提起"宁毅"这个名字,席君煜也是咬牙切齿,但事实上,他到此时还是没有真实感。席君煜身边这人名叫蒋敬,也是善于算计之人,当初整个布局以及安排刺杀他都有参与,这时候,他只是冷冷地笑了出来。

"输?那可未必。"

"嗯?"

"事情到最后,总能以力破巧。不过,此事未定,待我等先冲杀出去再说,大家往南冲!"

"杀啊!"

队伍后方,持铲的巨汉将一人砰地打飞到空中。前方欧鹏枪舞如风,一次性迫退四五名围过来的百刀盟成员。不远处,程烈带着苏氏父女又出现在视野中,持刀要冲过来。欧鹏单手一扬,一枚暗器往苏氏父女那边飞过去,程烈砰的一下挥刀挡住。

欧鹏哈哈大笑:"苏家人听好了,我等今日若脱困,异日必领兄弟来,杀你苏氏满门,以告慰今日死伤兄弟在天之灵!"

"哈哈。"队伍中间,马麟挡开一人的攻击,"算我一个!苏家的小娘们,记住你马家哥哥,哈哈!"

打斗之中,互相谩骂挑拨也是一种战术,类似的话已经不是第一次骂出来了,这帮人又皆是亡命之徒,眼下死伤了数十兄弟,早豁出去了,只图口快,毫无理智可言。一时间,骂声此起彼伏。

"你苏家给我记住……"

"只要我今日未死……"

"你们若敢……"

那蒋敬也笑着喊道:"告诉那宁立恒,我异日重来,他可就没这么好的运气了。"

"那苏家的小娘们记着,他日弄你的时候,我要让你相公在旁边看着……"

远处,苏伯庸双手捏得轮椅扶手吱吱作响。耿护院早已阴沉着脸朝这帮人冲去。苏檀儿明知道他们是故意这般,还是气得满脸通红。可惜,这毕竟是江湖式的火并,很难有军队一般的包围效果,百刀盟的防线大概是来不及截住所有人了。

就在此时,十步坡侧面的道路上,一辆马车从远处奔驰而来,不要命地冲入了百刀盟弟子松散的包围圈中。

一道人影被推了出来，有道声音在喊："住手！谁敢动手——"

马车上灯光摇曳，车帘掀开，被推出来的是一名被五花大绑的男子，穿一身书生长袍，而在后方，几名苏府家丁打扮的人将钢刀架在了这人的脖子上。

周围百刀盟的人见是苏府家丁的服装，一时间也闹不清他们是哪一边的。随后，车上的灯笼被晃灭了。不过，这片刻的时间足以让一些有心人看清那书生的模样。蒋敬看了一眼，陡然笑了出来："哈，成功了！成功了！兄弟们，杀过去啊！"

席君煜以为自己眼花了，远处被绑住的那人分明就是宁毅："蒋大哥，那是……"

"宁毅，哈哈，那就是我安排好的后招儿。宗族大会的结果出来，我猜到你被阴了，于是双管齐下……反正也是之前安排好的，这时倒起大作用了，抓住了人质，正好迫他们让路！"

百刀盟势力雄厚，哪怕他们勉强突围，接下来也得面临一系列的追杀，哪儿有人质的作用来得大。众人方向一转，朝着马车那边杀了过去，已经受伤的马麟哈哈哈哈地杀在前头："那苏家小娘们，今日便让你知道什么叫痛！"

这一边，程烈向苏伯庸、苏檀儿询问发生了什么事，只有苏伯庸回答了几句。远远地包围过来的百刀盟弟子也有些糊涂，不太明白那马车上的苏府家丁该怎么定义，眼看这帮人往里面杀过来，众人只能先保持合围的姿态。一时间，十步坡附近的喊杀声竟稍稍平静下来。

苏檀儿站在那儿，整颗心都沉了下去。

按照她以前接受的锻炼，作为商人是该保持冷静的，在任何情况下都应该保持冷静，同时想办法应对，因为即便慌张也于事无补，有了问题就得解决问题，但在这一刻，她几乎连呼吸都暂时停止了。

她脑袋一下子就蒙了，身体犹如坠入了冰窖之中，连思绪都冻僵了。

那辆马车被阻拦，在坡上停了下来。兵器的交击声还在持续，马麟如尖刀般直冲向马车，准备与车上的四名兄弟会合。终于，他重刀劈飞了最后一名拦路者，走到那辆黑暗的马车边，偏过头，看了看坐着被绑在车辕上的宁毅，再偏过头，举起手中的刀："住手！你们谁还敢围上来试试看！"

程烈这时候已经从苏伯庸口中知道了宁毅的重要性远非一名入赘女婿那么简单，在他的示意下，继续围过去的弟子陆续停了下来。

蒋敬张开手站在半坡上："哈哈，你们能怎么样？我说了，我们会找回来的！"

"这样下去不行，损失只会更多。"远处，程烈扭头对苏伯庸说了一句。

片刻后，苏檀儿陡然摇了摇头："不！不行！"

喘息片刻，欧鹏拖着大枪往上方走去，众人也陆续转身往那边走。他们与马车的距离不过四五丈，但由于没有多少光，上方的人看起来都只有一个轮廓，马麟站在马车边，人质坐在车辕上。

然后，他们看见人质站了起来。

他的动作轻描淡写，但有着足够令人错愕的冲击感：人质为什么能这样站起来？

黑暗中，那身影面朝众人，朝旁边的马麟举起手，一点红芒在黑暗里闪烁。

砰。

半米外，一朵火光在黑暗里绽放开来，像是开了一朵花，将马麟的整颗脑袋都兜在了里面，血肉接续着火光扩散冲向远处。

马麟甚至来不及摇一摇，火光敛去后，便直挺挺地往一边倒了下去。

所有人都停下了脚步。

黑暗中的身影放下手，低头把身上的绳子拉了下来。

巨大的爆炸声还在夜空中扩散、回荡，久久不息。

"听你们在这边说起我，说得这么开心……"他将绳子扔向一边，张开手，热情洋溢地说道，"所以我就来了！"

百刀盟的弟子也从四面八方围了过来，刹那之间的变故让许多人一时间说不出话来。

远远的，苏檀儿看着那道身影扔开绳子后，愣了一愣，片刻后，哈的一声，抬手捂住了嘴，眼中一片湿润。

旁边，一名百刀盟的成员看了看同样有些奇怪的程烈与苏伯庸："掌、掌心雷？"

从这边看过去，那道身影不过是站起来朝旁边抬了抬手，火光便喷射了出去。然而此时，十步坡附近还回荡着那惊人的响声，看声势，真与传说中的道家神通"掌心雷"无异。不过，隔得近一点儿的，隐约能够看见宁毅手上拿着一个筒状物件，发射之后，火星舞动间，那个物件隐隐泛着幽光。

马惊了，在那儿拼命扑腾，被一名苏家家丁用力拉住，但马车还是摇摇晃晃的。那个名叫宁毅的人却是丝毫不为所动，张着手，自顾自说着话。马麟倒下时，欧鹏这边的队伍中有人啊地叫了一声便要冲上去，几乎就在同时，那闪着幽光的圆筒便对准了这边，旁边立刻有人拉住了要冲上去的那人。

蒋敬讷讷半晌，咽了一口口水，朝四周望去。

原本自己这边还有二十来人，有机会当场突围，虽说就算突围了或许依然逃不掉百刀盟的追杀，但眼下至少希望很大。然而，这个时候，他们又兜回了百刀盟的包围中。

他朝上方望去，宁毅站在那儿，看不清表情。他们这些人多少听过或见过宁毅这个人，因为从几个月前开始，他们就已经在配合席君煜对付苏家了，对这个入赘的姑爷多少有过探查。只不过，当时是一种观感，到得今天晚上苏家宗族大会的消息传出来，又是另一种观感了。关于宗族大会的观感还来不及成形，此时，这个让他们一度看走了眼的文弱书生以一种令人咋舌的方式霍然出现在他们面前，对方的这种形象，即便是在宗族大会的消息出来之后，他们都没有想过。

也是因为事情发生得太过紧迫，以至于他们没有多想的余地，绑架或者暗中弄个意外干掉宁立恒是蒋敬一早就与席君煜定下的计划，今天晚上正好成了一个后招儿，他们派出去的，也正好是四名穿苏家家丁服装的同伴。方才的情况本来就紧急，待到这些线索一一对上，他们哪儿能不欣喜若狂。

然而，他们突然发现，希望的大门前一刻还大敞着，下一刻就被关闭了。再加上先前乌家针对苏家的四个月的布局被轻松化解的那种错愕感，这道身影出现时的强势，那神秘火器的威力，让蒋敬等人陡然间有些蒙了。持巨铲的大汉看看周围，准备前冲，欧鹏也握紧了手中的长枪，然而大家都受了伤，气虚力竭，谁也没有往前冲。

因为在宁毅的后方，几名苏府护卫正拔刀戒备，百刀盟的弟子也在往这边围过来。

持巨铲的大汉往前走了一步，那红芒敛去的器械陡然朝他这边一转，大汉连忙又退了一步。

宁毅突然垂下手中的器械，笑了出来。

"我有科学，你有神功……呵呵，骗你们的。"他的声音在坡上回荡，"这是我随手做的东西，只是把竹筒改成了铁筒，放了火药之后跟二踢脚没什么两样。填充很麻烦，只能单发，没有膛线、准信，打着乱飘，而且有效杀伤距离还不到一丈……"

他摇着头，意兴阑珊地说着旁人听得懂或者听不懂的话。

远处，捂着嘴的苏檀儿眼中泪水未消，但却感受到了某种熟悉的东西，噗的一下笑意更甚。

"因为这样，如果不是近距离对着人的头或脸来一下，那除了很吓人以外，几乎一点儿作用都没有。这位……"他扭头看了看地上的尸身，想了一会儿才选了个名词，"这位壮士第一次就能被打中，不得不说运气很好，所以我决定把这东西命名为'喷你一脸'。"他反手将那把"喷你一脸"扔回马车车厢，偏着头对旁边的护卫说道："以后给他们立块碑，上面写——死于嘴贱。"

此时百刀盟的合围已成。宁毅在上方说了这么些话，欧鹏等人完全弄不清他的虚实，也是因为之前老爷子的爆料，方才这事又来得突然，加上宁毅过分从容的神态造成了心理压力。没了多少办法，他们反倒稍稍安静下来，积蓄力量准备做最后的一搏。

那边笑声也响了起来："哈哈，这位便是宁贤侄吧。"

却是程烈提着刀走了过来。

"在下宁立恒，江湖人送匪号'血手人屠'。这位是……程盟主？"夜风中声音传得远，宁毅拱了拱手，把拉风的名号拿出来吓人。

程烈微微一愣，周围的百刀盟弟子交头接耳，都有几分疑惑：以前没听过这个匪号啊。

欧鹏、蒋敬等人也愣了愣，想不到这宁立恒在江湖中早已有了这样的名声，也许以往那个书生身份根本就是个假象。

一幅景象在他们心中被勾勒出来：或许早在与苏檀儿成亲之前，这宁毅便是江湖人士，还在某地闯出了偌大的名声，被人称为"血手人屠"，后来他回家成亲，自己这帮人就一脚踢到了铁板上……也是因此，他才根本不怕自己这些人……

微微错愕之后，程烈便转了回来："呵呵，老夫便是程烈，宁贤侄果真与传说中的一样。此次苏家多亏贤侄运筹帷幄，眼下不过小施手段，便断了这些人的去路……欧鹏，你还有何话说？！"

程烈的声音回荡在夜空中。欧鹏握紧了手上的枪，缓缓地转向宁毅，又看了看地上的尸体，几乎是一字一顿地道："我那马麟兄弟被你的古怪暗器所伤，你胜之不武……'血手人屠'？你可敢与我一战？！"

"马麟……欧鹏？"宁毅扭头望了望地上的尸体，表情变得奇怪起来。过了半晌，他伸出脚尖踢了踢地上的尸体，发现那人果然已经死了，鲜血淌在路上。宁毅叹了口气，看了看那手持大枪的欧鹏："你现在……有什么资格与我一战？"

他本身便有着一股足够令人信服的气质，配上轻描淡写的表情，竟令欧鹏说不出话来。说完，宁毅扭头走向旁边的马车，拉起缰绳，掉转车头。

"对付这等奸邪小人，不用与他们讲什么江湖道义……大家并肩上吧！"

众人觉得这家伙说话好生古怪，百刀盟的人也好，欧鹏的人也好，每日里与人火并、抢地盘，哪里有那么多浪漫的江湖道义可言，但意思还是听得懂的：该一起上，结束这场战斗了——原本就该这样。

于是，这句话才说完，杀伐的血腥气息便陡然浓烈了起来，人群之中，持铁铲的巨汉啊的一声吼叫撕裂夜空，随后，是更多怒涛般的喊声，再度令夜空也为之沸腾。

"杀啊——"

程烈一马当先冲向包围圈的中央，长刀经天，如雷霆斩下。众多百刀盟的成员挥舞长刀朝那边扑了过去。

马车朝着反方向驶去，宁毅回过头，望了望那片合围的人潮，刀光、血光交集在一起，那手持大枪的欧鹏与同伴开始做最后的一搏，席君煜也被围在了中央——当然，这人对他来说，倒是毫不重要，无须放在心上。

欧鹏、马麟……这不是梁山上的人吗？他现在满心都想着这事，真是有趣。虽然说他会出现并表演一番，就是因为这帮人嘴巴太坏，他才发挥举手之劳拖延时间，让这些家伙逃不出百刀盟的包围，但老实说，经过方才苏府院子里一对三的那一战，他对自己的二流内功多多少少还是有了点儿自信。在以往的世界里，他也有过火并的经验，所以这次也算是带着自信来的，但听到这两个名字以后，他忽然觉得还是战略性避战为好。

肯定的，自己练的是二流内功，而且练的时间不久，何必呢——何必跑去跟名人打架呢？回头看看那欧鹏在人群中豁出命去杀出的一片血浪，宁毅在心中大概想了一下林冲、李逵、鲁智深该是什么样子……其他厉害的武林人士该是什么样子，此时已经起兵的"圣公"方腊该是什么样子，这一两年听传闻，那方腊也是非常厉害的。

与此同时，他又想起陆红提。这些人的打斗方式与陆红提的有些不同，比千年后的街市砍人其实要厉害，但似乎仍然比不了陆红提当初行刺时让人感觉到的那股铁血与惨烈。欧鹏看起来很厉害，特别是受到生命威胁的情况下，一杆大枪舞得疯狂，挡者披靡，就连同样厉害的程烈一时间竟也被他迫退，虽然并没有乱了章法。宁毅现在感觉不太深，只是觉得与陆红提功夫中那种仿佛野蛮蒙昧的感觉有些不同。

她当时说她的功夫是在与辽人的战斗中磨砺出来的，与中原的武林人士没有太多瓜葛，不知道这些人能接下她几招，梁山上武艺顶尖的林冲等人，或者方腊等人，能与她打成怎样的局面。

宁毅对于眼下的火并结果并不上心。欧鹏领着手下众人在十步坡上横冲直撞，但旁边的同伴正在不断减少。宁毅只是在远处一边观战一边想着各种乱七八糟的事情，回头之时，却拿出望远镜，往江宁那边望了望。

似乎有一队火光从那边过来了，大概是官府的人终于对这边的火并做出了反应。宁毅驾着马车，在一片惨烈的杀伐、呼喝、嘶吼中，转向苏檀儿与苏伯庸所在的位置。

官府过来的时候，这边也该杀出个结果了。管他呢，自己是个科学家，不参与打架。他拿着那粗糙的小火铳，或者说小火炮，无聊地想着。

那边，激烈的火并还在继续，苏檀儿推着父亲的轮椅，在护院们的环绕下迎向宁毅。夜空下，十步坡前看起来就像是两拨毫不相干的人恰好在这里相遇，一边在上演相聚，一边在演绎死别，仿佛阴与阳的两极……

十月底，温度降了，天也亮得晚了。鸡鸣之前，苏家大宅便已经从睡梦中苏醒，渐渐动了起来。昨夜苏府变乱，今天注定是忙碌与混乱的一天。

宁毅醒过来的时候，微弱的光在窗外晃动。婵儿早已习惯了他的步调，此时已经起了床，在小厨房里烧热水。走廊上映出她走动的身影，她步履轻盈，细细碎碎地哼着小曲。

昨夜诸多事情三个丫鬟都有参与，宁毅与苏檀儿自城外回来时，已经很晚了，大家又忙了一阵方才睡下。宁毅有陆红提教的内功，每日里睡两个时辰就能恢复精神，但对小婵来说，这样子未免有些伤神，好在从歌声听起来小姑娘的精神还不错。不过，片刻之后，宁毅听得她在那边轻轻咳了一声，也不知道是被烟熏了还是怎么了。

宁毅在房间里点起油灯不久，小婵非常合拍地端了热水过来。门打开时，晨风呜咽，灯光一阵摇晃，小婵连忙踢上门。她也是起床不久，一身粉红色的薄袄，发鬓也没有整理妥帖，却是越发显得清新可人。将脸盆放在架子上之后，她走到床边替宁毅挂好蚊帐。

"今天早上风大呢，有点儿冷，说不定会下雨，姑爷也要出去跑步吗？"

"嗯，现在没下吧？"听得外面屋檐下吹过的风声，宁毅打量了小婵一下，将一只手覆到小丫鬟的额头上，皱起眉头。

小婵眨着眼睛，一脸疑惑："姑爷，怎么了？"

"你好像有点儿感冒。"宁毅下了床，将一件外衣罩在小婵身上，随后将她按在床边坐下，看了她一眼，做了决定，"待会儿继续回房睡吧，天冷了，多盖床被子。"

小婵伸手捂着自己的额头好半响："没、没有啊，不热啊。"

"你自己当然感觉不出来。昨天晚上那个时候才睡，早上风这么大，你才穿这么一点儿衣服。"他走到架子边拧了毛巾洗脸，表情认真。

小婵在后方辩解了一番："没事啊，小婵的身体很好的……"

事实上，婵儿这几个丫鬟虽然看起来娇弱，但平日里做这做那的，身体自比一般人要好上不少，就算是苏檀儿，也远没有一般富家女子那般柔弱。不过宁毅才不跟她争辩，洗完脸，小婵要过来端水盆的时候，宁毅便握了她的手，将她拉出房间。

小婵与宁毅在心灵上虽然亲密，身体上之前也已经有过诸多接触，早自认是宁毅的人，但毕竟在小姐真正与宁毅圆房之前这事还未得到落实。此时她被宁毅这般拉住手，立即便红了脸，不敢争辩，低着头随宁毅出去了。

院子里尚显安静，娟儿与杏儿不必伺候早起的宁毅，加上昨晚也累了，还未起来。宁毅将婵儿拉到她的卧室门前，她才小声辩解了几句："但是……还有事情要做呢，反正起来了，还要烧水……真的没生病啊……"

宁毅笑着推开门，把小婵推进去，指着床："去睡觉，不许顶嘴。"

小婵裹着宁毅的单衣坐到床边，噘了噘嘴："姑爷也没睡多久。"

宁毅失笑道："我是身怀绝世武功的一流高手，你这种无名小卒怎能跟'血手人屠'相提并论。听话。"

他此时年纪也不大，但偶尔与小婵交流时，总是将小婵当成孩子来对待，总说诸如"听话""不许顶嘴"这种语言，小婵心中对此老大不高兴，主要是不喜欢姑爷将她当成孩子。可真到宁毅说话时，她也只能乖乖听话。这时候她嘟着嘴看了宁毅片刻，终于还是脱了鞋子，就那样裹着宁毅的单衣将身体蜷进被子里，露了张小脸在外面。

宁毅走到床边，看着少女那怨念的神情，笑了笑，过得好半响，方才俯下身子，在她的前额上亲了一下。小婵眨着眼睛，小脸瞬间烧了起来，呆呆的，没说话。

待到宁毅转身吹灭灯出去，关上了门，小婵才将手从被褥中伸出来，捂住额头被亲的地方，然后捂了捂热得发烫的脸。房间里黑乎乎、静悄悄的，外面降温后的风声传来，小丫鬟裹在被子里，只觉得浑身上下似乎都被姑爷的影子笼罩住了，温暖无比，只有那晕陶陶的感觉让她觉得自己也许真的感冒了……

其实婵儿的身体还好，未有感冒的迹象，但毕竟这些日子太过操劳，宁毅看在眼里，想着如今事情已经定下，也该让她休息一会儿。

他回房端了脸盆去倒了水，随后去到小厨房。灶里的柴火还在烧，婵儿方才说，反正起来了还得烧水，便为娟儿、杏儿她们多烧点儿放在这里。水还得烧上一阵，左右无事，宁毅便在旁边看了一会儿，其间扔几根柴进去，随后听得院子里吱呀一声轻响，一道白色的身影从那边出了门，朝这里走过来。

微光之中，那身影依稀便是苏檀儿。她身上穿着白色的单衣、长裤，白绸制成的裤腿上有两朵黄色的小花，脚下踩着月白色的绣鞋，因为是睡衣的打扮，她又在身上披了一件长外套，用手拢着，走到小厨房门口。确定里面的人是宁毅时，她才微微笑了笑，走进房间，在他身边的灶前蹲下，大概也有些冷。火光射出来，将那玲珑的曲线映在宁毅的眼里。

"婵儿呢？方才似乎听到她在这里烧水。"

"她也睡得不久，所以让她回房继续休息了。"

"但也不该让相公过来做这等事情……"

苏檀儿对体恤丫鬟还到不了这个份上，不过，最主要的还是宁毅未将顺手到厨房烧火当成什么大事来看。他又拿了根干柴扔进去，火光中传来噼啪的声音。

"没什么，这几天她们也都累了。你也是，怎么这么早起来？"

"我……"苏檀儿蹲在那儿，踮了踮脚，望着炉灶里的火光，却不答他的问话，低声道，"相公早上又出去跑步啊？"

"嗯，今天也没下雨。"

"这几天……要不然不要去了吧？"

见苏檀儿看了他一眼，宁毅想想，随后就明白过来了。昨夜的事情到如今其实还未完，百刀盟的人毕竟不如军队那般有秩序，当他们最后围住了欧鹏等二十多人，这些人拼死突围之下，官兵到来之时，终究还是有四五个人浴血杀出，那欧鹏竟是拖着重伤的席君煜逃离。

百刀盟在江宁一带影响颇大，此后一路追杀，但毕竟结果还未明了，那些官兵赶到之时，宁毅、苏檀儿、苏伯庸这些人只好尽早离去。

苏檀儿也睡得不久，估计心中挂着这事，昨晚又没能与宁毅说起，这时候听得动静，才想要叮嘱宁毅这几日不要出门，看看风声再说。她匆匆忙忙下了床，也未来得及换衣梳头，睡衣外裹了件外衣便过来了，足见对这事着紧得很，不过说话的神态还如同平日里闲话家常一般。宁毅笑了笑，表示此事并无大碍，无须担心。

事实上，也有那类悍勇之人，吃了亏后立刻就杀个回马枪，打得人措手不及，只不过昨日那等情况，他们跑来抓自己已经出了那些诡异的事情，估计他们现在都还没想通。这些人纵能逃脱，也已经受了重伤，他们的同伙也会受到百刀盟的追杀，这时候向自己动手，那就不是悍勇而是蠢了，可能性不大。宁毅尝到了武功的甜头，自信心大增，这时候也懒得为了这种不怎么可能的事情避来避去。

两人细细地聊了一阵，又说笑了几句。水烧开后，宁毅将灶里的火焰弄弱了些。苏檀儿叮嘱了几句，最后裹紧衣服回了房。从后方看，那背影仍旧单薄，但是回过头时的笑容温暖恬静。许多事情已经在心中定下，十九岁的姑娘在此时也就是十九岁的模样。

这天早上宁毅照例沿着原路奔跑锻炼，果然没有多少人来骚扰他。后来他与聂云竹在小楼中说了会儿话，说的都是有关竹记分店的选址、装修以及高度酒的事情，于昨晚诸事并无提及，倒是元锦儿生龙活虎地跳出来说他写新词的事情，他才愣了半晌。

宁毅不提这些事，但聂云竹哪里不知道最近这段时间苏家的变化，她自然也是关注的。元锦儿又是个活蹦乱跳的包打听，昨晚那首词作一传出来，元锦儿第一时间便听说了。

昨夜宁毅赶往城外之时，两名女子便在闺房当中议论着这些事情，复原整个夜晚发生的事情。

元锦儿刀子嘴豆腐心,对宁毅本人是没什么好话的,但因为云竹姐的关系,多少还是将宁毅当成了很特别的"自己人",她跟宁毅抢云竹姐是一回事,但这个是内部矛盾,对外是另一回事。聂云竹的心情更是无须多提。

这事说起来她们也没有参与,关系不大,但元锦儿叽叽喳喳地说,聂云竹笑着听,偶尔插句嘴,小楼与苏府相隔颇远,但在这栋河湾边上的小楼里,两名女子的心情倒是比她们自己在某些事情上胜了更激动。宁毅还不知道那首《定风波》引发的事情,元锦儿便添油加醋地说了昨晚昌云阁与月香楼之中的动静,说起那句"竹杖芒鞋轻胜马,谁怕",聂云竹也笑着插嘴补充了一番。

到得最后,宁毅只好笑着摊摊手:"这下又出名了。"

"十步一算宁立恒。"元锦儿立刻批评了一番,"这人太阴险狡猾了,云竹姐,你以后别理他,要不然被他卖掉还要帮他数钱呢。"

聂云竹笑着望望宁毅,并不回应。其实她心中已许了宁毅,想来与卖给了宁毅无甚两样。只是她信任宁毅的人格,若说宁毅会将她再卖掉,她自是不信的,这等事情想都无须去想,心中自无芥蒂。

好半响,聂云竹方才朝锦儿笑道:"都已经没有多少人认得我啦,卖不了多少钱,要卖也是卖掉锦儿你才划得来。"

元锦儿翻了个白眼:"哼,我才不会给人卖掉呢。"

如此说笑一阵之后,宁毅离开小楼,回到家时仍是早晨,回到小院的时间也就是平日里坐在一块儿吃早餐的时间。最近几个月来,小院中一直比较冷清,然而宁毅今日一回来,路上便有许多人打招呼,到得小院门口时,他发现这里聚集了很多家中的丫鬟、小厮,里面的会客间正传出说话的声音,还有几个丫鬟端着茶从门口进进出出。

宁毅走到门边看了一眼,才发现苏檀儿已经起床梳妆完毕,房间里的是几位堂兄弟,还有两位族中的叔叔伯伯。苏檀儿只坐了下方的位置,正笑着与几人说话,笑容从容、知性、优雅,不久前那属于十九岁少女的清澈又被掩盖在了其中。

以往苏檀儿待客时,宁毅通常是没什么存在感的,但这时只是在门边出现了一下,正准备离开,房间里的人就已经发现了他。片刻间,整座小院子竟然都安静了下来。苏檀儿回头看见他,起身笑道:"相公回来啦。"

宁毅便与这些亲戚一一打招呼。这些人此时重视起宁毅来,才发觉并不是很了解宁毅的性格,也不知道该说些什么才好。

宁毅笑道:"大家继续聊,我不是很懂这些,还是去让杏儿她们准备早餐吧。"随后如同往常一般走掉了。

离开这边的客厅,回到对面的小楼里,找杏儿她们准备早餐的时候,宁毅首先发现了哼着小曲端着东西过来的小婵。她看着宁毅,脸红了红,随后扁了扁嘴:"姑爷,我没生病呢。"片刻之后又认真地补充道,"我睡到刚才才起来的。"

显然是害怕宁毅又推她去睡觉。

不久之后,宁毅、苏檀儿夫妇与这帮亲戚在旁边的房间里吃起了早餐。这些人其实大多是与大房有些亲近但又不够亲近的那种,虽说是聊些家常联络感情,但聊的也是生意上的事情。

在与苏檀儿交谈的过程中,大家都看着宁毅的表情,注意着宁毅会回答什么。他们话中所指、心中所想,宁毅自然一清二楚,不过他不理会这些事情,整个早餐过程里,除了偶尔招呼几声吃东西,其余时间就是一个人埋头喝粥吃菜。旁人看不清他的态度,有人想:莫非这宁毅真的对家中的事情毫不在意?

事实上,宁毅心中想的都是那《定风波》传出去后可能引起的波澜,还有那"十步一算"的评语之类的无聊事情,还想着今天去上课时得把小七那个不能保密的小丫头说一顿。不过想想她老爸被自己摆了这么大一道,她估计也不好过,还是宽宏大量地原谅她,安慰一番算了。

自然也有人觉得他沉默是不轻易表态,估计背后还会与苏檀儿商议。在座的也只有苏檀儿大概明白宁毅的性情,心中只觉得好笑。

苏檀儿这古怪的相公到底是个怎样的性子,估计要好一段时间之后,大家才会真的明白,或许对许多人来说,恐怕一辈子都明白不了……

第四章
促感情苏檀儿烧楼 搬新家小夫妻圆房

接下来的几天，除了周围的世界喧嚣了一点儿，其余的事情都是常态。

宁毅回到苏府后，打招呼的人多了一些，热情了一些，家里人的邀约多了一些，需要拒绝的事情多了一些，书院中原本离开了他班级的几名学生也想要返回，家中的亲戚于是跑来说项……这些早在意料之中，人之常情，算不上多么奇怪的变化。

倒是《定风波》传出去之后，加上一些人绘声绘色地说着苏、乌两家的大战，跑来豫山书院中拜访的人多了起来，与那首《水调歌头》最初出来时的情况差不多，只是如今拜访的人成分又复杂了不少。

例如濮阳家的濮阳逸这类商人也过来找了他一次，邀请他赴某某画舫的聚会，还说有绮兰姑娘作陪云云。虽然宁毅对濮阳家的观感不错，但这些聚会，他还是按惯例婉拒了。

绮兰于他来说，诱惑力不大，只要有需要，他完全可以去小楼那边听聂云竹弹琴唱歌。聂云竹在这方面的造诣绮兰是比不上的，更何况聂云竹已经熟悉了宁毅的口味，有时候还可以照着宁毅教的现代唱法唱几首颇不一样的歌曲。

就算绮兰是花魁之首，这边也有个元锦儿是四大行首之一，虽然连支舞都不愿意跳来看看，整日里只管跟他斗嘴，完全没有花魁高高在上的感觉，不过至少有一份真性情。

过得几日，宁毅与秦老、康老有了一次碰面。两位老人拿着他"十步一算"的名号开玩笑，但说起整个布局，都道是举重若轻，有大将风范。之后康贤笑着说道：

"只是相对'十步一算',那'血手人屠'的匪号可就有些奇怪了,老夫着人打听数日,都未曾听闻以往有谁闯下过如此名堂……"

康贤隐藏的力量颇大,他既然对宁毅最近这番动静感兴趣,会知道十步坡的事情也并不出奇。他将那晚宁毅参与的事情说给秦老听,秦老皱起眉头:"这等事情,斩草须除根,真惹上了这些江湖人,跑了几个,怕有后患,此时可有结果了?"

康贤笑道:"知晓此事之后,我已知会官府,对这等强人发出海捕公文,附近几个州县也都快马加鞭将公文发布下去,今天早上听说已经截住一人。此人已是身受重伤,拘捕时便被杀了。"

秦老点点头:"既是全力出手,这些人怕也躲不了几天。"

两人算是儒学方面的大家,以往下棋聊天,侃侃而谈的也是一些与人为善的原则。但这时候康老开了头,秦嗣源接下去,竟没有半句话是对这种火并杀人的不满或规劝,而是从一开始便作为一件摆在眼前需要处理的事情来考虑了。

康贤这几日竟然已经在动用他的影响力对事情做干预,宁毅还不知道,但这时候听了,不由得摇头笑笑。

以往下棋的过程中其实已经大概明白了对方是何等作风,这时候无非是看得更清楚了,眼前这两个老人,虽然平日里作的是道德文章,但真到做实事时,可是一点儿都不含糊。

事实上,对于这件事,大家聊起来也只是围绕宁毅当时的出现将快要冲出重围的二十多人全部拉了回来这一点,至于商家动手、帮派火并、死了多少人这类事情,秦老与康老都不甚在意。毕竟苏伯庸遇刺在先,苏家报复回去,那也是应当的。真要说在意的,大抵是康贤觉得宁毅该是做大事的人,没必要为了这种事情以身犯险,真要出了什么意外,几个小毛贼的命,偿不了家国天下的损失。

"你发明的千里镜已经着人送去东京,这边也在加紧研究制作,目前已有几件成品,将来投入军阵,肯定大有用处。"康老与秦老在下棋,摇摇头,将十步坡那群毛贼抛诸脑后,说起真正觉得重要的事情。

"只是你如此低调,要给你请功都难,让人生气……我家中有一群技师匠人,你若有兴趣,倒想全都拨归于你,你要做什么事情,让他们动手便好。最近听小佩与君武说,你在研究那些与火药有关的东西。老实说,军中对这类事物不是没有研究,我知你有想法,可毕竟危险。那突火枪之类的东西,你即便真用铁制,也可能爆炸伤到自己,军中不是没试过。你何不说说想法,只交由别人动手。"

如今武朝军队也有研究将火药作为武器,各种设计都有,但总离不了"华而不实"的评价。康贤对宁毅另眼相看,自是不想他因为研究这个而受伤。光是那赈灾的小册子加上千里镜,宁毅的价值就已经大得惊人了,更何况加上这些时日在许多小地方表现出来的运筹能力。只是,他想要为国举才,宁毅这人偏生有自己的一套想法,这些想法他与秦嗣源眼下都还未弄清楚,暂时也只得由着宁毅去。

宁毅对火枪的热情暂时仅止于此,主要是技术层面上受限制,还不到真正可以发展这个的时候。枪支再怎么发展,暂时都不如强弩。下一步该弄点儿什么他还未想好,只好摇头婉拒康贤的好意。若真答应下来,那也是一层束缚。

"不过,还有多久会打仗?"

听宁毅问起这事,康贤笑着摇了摇头:"不清楚,那边还在谈。经国公主持此事已有数年,我平日虽未多问,但看时局,也差不多了,只是如今已入冬,辽东那边的天气想必更是恶劣。若能谈妥,开春之后当有结果……秦公以为如何?"

秦老想想,点了点头:"童贯此人虽是……咳,虽是阉人,但办事还是不错的,不过我现在倒是有些怕了……"

"怕什么?"

秦老举起棋子好久方才落下,叹了口气:"怕仓促。"

康贤未入官场,不过秦老以往是位高权重之人,如今的经国公童贯当初也位居他之下,或许也得归他节制。只是秦老平时于这些事情并不多谈,这时候也只是说了几句就拨开话题,不过宁毅能看出,老人应该是因为心中在意,反倒不愿多说。

与康老、秦老一起下棋,谈论有关政治的事情不多,绝大多数时间说的还是一些学术问题以及江宁城中发生的一些琐事。

就这样到了十月底,宁毅与苏檀儿之间的关系更显和睦,天冷之后,晚上大家聚在客厅中聊天、下棋、讲故事,温暖也温馨。苏檀儿这几天仍旧显得忙碌,但最为挂心的事情基本上已经做完了。

整个苏家最近其实也在忙碌,以往苏家计算业绩、分红,每年大都是在十一月底十二月初,但今年各地有分量的管事人都提前了一个月过来,年尾该做的工作也已经陆陆续续地做了起来。由于一帮亲朋聚集,每日的苏家都是热热闹闹的状态,白日茶楼酒肆,晚上青楼楚馆。由于十月底的这一出转折,苏家的招牌在江宁的商界当中也变得越发响亮。

由于这些关系,苏檀儿其实不怎么闲得下来。宗族大会之后,表姐苏丹红常常过来陪着她,宁毅与她独处的时间倒是不多,不过夫妻之间的关系已经经过了沉淀,苏檀儿有主见,他倒也无须关心太多。只是到得十一月初五这天下午回到家时,宁毅看到苏檀儿在做一件怪事。

虽然气温已经降下来了,但这天下午天气不错,宁毅提前回到家。小院之中很是安静,宁毅本以为没人在,但看了一眼之后,才发现苏檀儿坐在凉亭之中,面对着自己住的小楼,沉思着什么。

理论上来说，宗族大会之后应该没什么大事了，不值得她皱眉苦恼成这副样子，宁毅看了几眼，有些疑惑。苏檀儿想得入神，面上表情变换，没有注意到他。片刻之后，只见她抿了抿嘴，似乎做了个决定，站了起来，深深地望了那栋小楼一眼，转身朝旁边的小厨房走去。

她做决定时的表情看起来有几分稚气，是属于十九岁少女的表情，就是不知道艰难做出的决定是什么。宁毅耸了耸肩，先回了房，才关上房门，就见苏檀儿有些匆忙地从小厨房出来，大概是想到了什么，她快步走到院门边，朝两边望了几次，确定没人之后，再回到小厨房，抱了一捆干柴出来。

苏檀儿平日里比较在意规矩和形象，如果说在库房搬货物的时候可能帮谁一把，那么在家中绝对是个大家闺秀，生火、搬弄柴枝这些事情基本是不会做的。但这时候气氛的确颇为神秘，宁毅偷偷地从房间望出去，见苏檀儿搬着柴枝又在打量自己这边的小楼，随后朝着楼房后面走去。

宁毅关上门，悄悄地跟过去，只见苏檀儿将那些挑拣出来的、易燃的细柴枝堆在自己住的房间后头的窗户边，摆放的时候似乎还权衡了好一阵子。

宁毅有些傻眼：这女人想了半天做的决定是准备谋杀亲夫？还是烧死这么残忍？

不久之后，他才发现，事情的发展跟自己想的有些出入……

苏檀儿最近有些烦恼。

这种烦恼是属于私人的，对她来说，眼下这份烦恼是一种比较陌生的感情。家中大事定下后，这几天偶尔想起这些事就会脸红，但她没有跟丹红表姐说太多，心中勉强压抑住害羞的情绪，努力地思考着。

当初成亲的时候，自己要是没跑掉就好了……

她如今在为这事后悔。人生之中，许多事情没办法预料到过程和结果，因此后悔其实是一种比较无用的情绪，但心中所想的事情反正与生意无关，所以她总是忍不住去想。只是苦恼地考虑过之后，大部分时候她也只能抿抿嘴，怪自己幼稚，没有先见之明。

伸头也是一刀缩头也是一刀，当初也想到了的事情，明知道无益，自己最后还是忍不住跑掉了。已经记不起当初的自己是怎样想的了，那时候要是本着闭上眼睛被咬一口的态度逆来顺受一番，现在她也不至于要每天苦恼这种羞人的事情了。

圆房这种事情……是要有气氛和由头的，可是这些日子忙于家中的事情，如今该拿到的成绩已经拿到，但真要忙也还有许多事情可以做，相公估计也以为自己最近还得忙碌下去吧，他是正人君子，眼下大家的相处已经安定下来，他不会突如其来地想着哪天把自己推倒在床上。其实，他若真这样做，她倒是不介意……

现在，她不得不思考和计划这件事了，夫妻之间总不至于还要把这件事情拖过这个冬天。然而，想到"夫妻之间"，当她真正以这样的角度来看待这件事情的时候，却又不得不承认，两人如今这种相处模式，是由自己开的头建立起来的。以往她觉得，有个家的样子，好好对这个相公也就行了。现在想来，作为妻子，自己并没有尽到什么责任。

不过，她不是那种整天自怨自艾的小女子，在商场之中的这几年，气魄已经锻炼出来了。为这事苦恼了几天之后，她首先考虑的，是自己的事情自己解决。当然，这事不可能真跑去跟相公摊开了说，她终究是要面子的，加上现在对宁毅挂心起来，自然更加重视对方对自己的看法。

总之，要尽早解决问题。虽然事情有些麻烦，但是一旦开动脑筋，也难不倒这位有着女强人身份的少女。

这天早上起来，苏檀儿想到一个主意，虽然在一般人看来未免有些荒谬和小题大做，但对苏檀儿来说，与在商场上做一个决断没有什么两样。她以运筹数十万两白银的大生意的气魄果断地定下了这个小主意，并且中午早早地回来，安排婵儿、娟儿、杏儿都去做事，同时调动了附近几座院落的家丁护院，确保他们一时半会儿不会一窝蜂地拥过来。一切都准备好之后，苏檀儿咬咬牙开始行动了。

她打量了那边的小楼一阵，弄清楚结构之后，从柴房搬了干燥的细柴枝放在周围堆起来。一开始，她考虑的事情比较多，比如火要烧得均匀，引火的地点必须精心挑选，再比如是不是该伪装成意外。不过，纵火这种事情她绝对是外行，所以最后她摇了摇头：管他呢，房子是我的，顺手烧掉就烧掉了，之后自己不许查，谁还敢多说话不成？

静谧的下午，作为苏家大房掌权人的少女紧张专注、偷偷摸摸地做着这些事情，随后想起一些问题来，又跑进相公的房间里，不知道还打算干些什么。

房门外，宁毅疑惑地贴上去，只见房里，女子打开他的柜子，匆匆忙忙地将一些东西翻找出来，进行辨认和整理。

"笔、墨、纸、砚、衣服，这个是……相公以前写的文章？"

"扇子……这把扇子应该还要……"

"这件衣服……算了，烧掉吧……"

"这个写的是什么？"

"画的画……图纸……"

"话本小说……呃，这个烧不烧？"

她一面整理，一面自言自语地考虑着，觉得还要的东西，便拿了放到离后方窗户稍远的地方，旧了的衣服等则顺手扔到窗台边。之后她又取了笔架，拿了几支毛笔挂在上面。跟着找了一方宁毅用过的砚台，想想又换成没怎么用过的，倒了些茶水进去，拿着墨条磨了几下。一大摞话本小说她先是搬到房间一侧距窗户远的地方，片刻之后看了看，又将它们全都抱回去，放到窗边注定遭殃的桌子上。宁毅看得有些惋惜，其中有几本他还没看完呢。

将各种东西大致整理好，苏檀儿又吭哧吭哧地调整了房间里桌椅的位置，做完这一切，她擦擦额头上的汗珠，点了点头。看她要出来，宁毅赶快跑掉，去到隔壁的空院子，踩着院子角落的一摞土砖，攀上墙头，饶有兴致地看着房后的动静。

不一会儿，苏檀儿咳嗽着，双手拿着一根点燃的柴枝过来了。那根柴枝比较粗，大概没有干透，又是中空的，因此一头燃着火焰，另一头的小孔拼命冒烟。苏檀儿大概只是看它可以当火把就随手拿来了，这时候被熏得够呛，眯着眼睛不停地挥着手，样子颇不自在。

宁毅捂着额头笑得不行。

苏檀儿行事果决，没有多想，就将堆好的柴枝一簇一簇点燃。她皱着眉头，模样专注，就是老被烟熏到。这栋楼房是木质结构，如此引燃，起火是十拿九稳的事情，不过苏檀儿又顺手点了两扇窗户，将那根害她被熏的大柴枝从窗户上的小孔扔了进去，这才拍拍手掌。

宁毅挺喜欢她拍手掌时利落的模样，就在这个时候，墙头的瓦片稍稍动了一下，宁毅伸手去扶，下一刻却愣住了。

他朝苏檀儿那边看过去时，苏檀儿也正往这边望过来。她目光愕然，嘴唇抿了起来，像是要变成兔唇，曾经知性从容的女子，此时脸上显现的简直是灾难临头般的惶然。

宁毅露出半个脑袋与她对视了大概半秒钟，第一个动作便是果断地将头缩了回去，笑声到了口中，使得腮帮咕一声鼓了起来。眼下最重要的是闪人，脚下却陡然滑了一下，那堆土砖也是放得久了，这时一角松动，害他落地，狼狈得差点儿把脚给崴了。不过，最后他是一边忍笑一边走人的。

宁毅在附近的道路间守了大概两分钟，扶着墙壁将方才看到的一系列有趣景象消化掉，也是为了确定暂时没有人过来，让小楼的火可以多烧一阵子。苏檀儿没有追出来，这个时候很难预料她的情绪，当然，如果自己待会儿见到她的第一个动作是捧腹大笑，那么今天晚上，这座院子里真发生"谋杀亲夫"惨剧的可能性会超过百分之八十。

聪明的男人都该知道什么时候要有幽默感，什么时候要严肃，什么时候要茫然，什么时候要痛不欲生……不过，还是很好笑……哈哈哈哈……

他在心中把该笑的地方全都预支掉，脸上倒是没有太多表情，两名家丁从这边路过的时候，被他一脸严肃地拦住了："哎，你们去哪儿？"

"啊，姑爷，我们之前去送东西，现在回去跟周管事复命。"

"东西送完了？"

"嗯。"

"待会儿可能要出去一下，你们暂时不用跟周管事回复了，去侧门给我准备一辆马车，跟我去办点儿事……不过，如果半个时辰内我没有过去，就说明没事了，到时你们再去跟周管事复命。"

他现在在家中已经无人敢忽视，话一说，两名家丁连忙答应下来，转身就走。

宁毅回头看看，估计火烧得有些规模了。也是在此时，他听得那边传来妻子的声音。

"来、来人哪，走水了、走水了！快来人哪……"

听那声音，还是蛮镇定的。

起火了，附近两名家丁闻信首先从院门跑了进来。火暂时只是在楼房的后面烧，但前方已经有烟尘弥漫出来。院落中央，苏檀儿皱着眉头："走水了，快点儿想办法救火！"

"是！桶、水缸……水缸在哪里，二小姐……"

"来人哪，走水了！"

两名家丁一时间有些慌乱，而刚刚接手大房生意的二小姐是个做大事的人，表现沉着："等等、等等，厨房里没水了……你们先叫人。还有，快点儿把房间里的东西搬出来，别被烧了！快点儿。"

说话之间，又有一名家丁跑了过来，苏檀儿道："快点儿，你也去……"话音未落，宁毅的身影已经出现在院门边。她没好意思去注意相公的神态，只是脸上陡然一红，瞪着眼睛愣了愣，然后望着那名家丁："你也去帮忙！"

随后她将头扭了回来，去看那冒烟的小楼，酥胸起伏着，心怦怦怦怦地拼命跳。

然后宁毅也跑了过来："怎么回事？怎么回事？怎么会起火的？"他满脸错愕，痛心疾首。听到他发出这种声音，苏檀儿也是微微一愣，扭头看了他一眼，只见宁毅气喘吁吁，皱着眉头："怎么、怎么会起火的……"

宁毅这样说着，看了她一眼，苏檀儿的脸唰的一下又红了，她扭过头去，努力变成商场上那张面孔："我、我也不知道，突然就起火了。可能是……没人在的时候，我烧了点儿热水，后来……后来火没灭掉……我刚才在休息……"

"哦。"宁毅点了点头，沉默片刻，"呃……冬天了，天气干燥，起火……起火很正常。"

他正没话找话，旁边的小厨房里，一名家丁提着水桶就冲了出来，并且告诉另一名家丁："阿山，这里只有两桶水了！去隔壁院子里看看……"

他说着话就要往房间里冲，宁毅跑过去："你干什么？"

"救、救火啊……"

"两桶水救不了火，先搬东西、搬东西！找床被单，把水淋在上面，这样才不会被火烧到……"

"哦……"那家丁一点头，哗的一下将整桶水倒在自己身上，直接冲了进去。

火焰熊熊燃烧着，烟雾直冒，一名名家丁、丫鬟赶了过来，从楼里往外面搬东西。苏檀儿与宁毅站在院落中央，少女皱着眉头，表情严肃认真，只是没怎么望过宁毅。两人的声音在一片大呼小叫声之中不时响起。

"先把那把椅子搬出来……喀喀……"

"床头、床头有个盒子……"

"八仙桌不用管了！"

"书啊、书啊……那几卷竹简……对了！"

"东西先放到那边屋檐下……"

"小婵房间里的东西！对，快点儿、快点儿！当心，别烧着了……"

"烧伤的待会儿去支十两银子的汤药费……"

"都有奖赏……"

院子里一片忙碌，宁毅说着话，交代家丁搬哪些东西，苏檀儿指点家丁将东西搬到院落另一边放下。于是，已经开始救火，提着水桶、水盆的众人陆陆续续地跑过去。不一会儿，小婵等人也叫着"怎么了，怎么起火了"匆匆忙忙地赶来。一名管事大概是没看到正在一边休息的苏檀儿与开始参与救火的宁毅，进来大喊："怎么会起火的？！怎么会起火的？！有没有烧到人……"

这一切让这个下午变得更加热闹。

"那个……冬天嘛，天气干燥，起火是很正常的事情……"宁毅将一桶水泼进火里，过去拍拍那个管事的肩膀，"现在大家都很急也很烦了，别老是问为什么，少说话，多做事。喏，桶给你，快去救火吧。"

院门口，婵儿端了个脸盆跟几名丫鬟一同跑进来。

苏檀儿喊道："小婵，你别去了，别被烧着。"

小婵扭头道："没事。"

刚说完她就砰地摔在地上，水洒了出去，脸盆乱滚，呼声四起，顿时又是一阵混乱……

火烧过之后又被水扑灭的气息弥漫在空气里，当夕阳亮起暖黄色光芒的时候，那栋烧黑大半、垮塌小半的小楼还立在院子里，已经确定住不了人了。

院子里摆了许多搬出来的东西，桌椅、柜子以及诸多杂七杂八的物品。家丁在火场中善后，一些亲戚陆续赶了过来，苏愈与苏伯庸方才也过来了，大人物在七嘴八舌地说话，小人物便不怎么敢发出声音，家丁们在管事的分派下开始将那些东西搬入另一边的小楼。小婵被安排住在娟儿与杏儿旁边的房间里。家丁们搬着东西，小婵也在娟儿与杏儿的陪同下清点救出来的那些物品。

她的归属是明确的，只是更多的东西，立场看起来就有些模糊。

方才管事去跟苏檀儿请示的时候，苏檀儿正在跟一名堂叔说话，便顺手指了指："先放房间里的桌子上吧。"

管事便照做了。

那是属于宁毅的一些琐碎物品，而她指的是自己的卧房。当然，这时候她不过是随口回答，这些事情也没有引起任何人的注意。

她很忙，谁也不会认为她在这么混乱的场景下一句随口的回答会有什么考虑在其中，她忙嘛。

夕阳渐没，周围点起油灯、火把，到得快要吃饭的时候，负责善后的家丁们也被命令暂时停止了工作。小院之中，气氛变得诡异起来。

院子里已经没有什么东西了，宁毅最后坐过的那把椅子也被他顺手拉进了饭厅。这个时候，有些人才发现，先前那些东西，大多数被塞进了苏檀儿的房间里，散乱地堆放着，将整个房间塞得有点儿挤。

谁也不明白为什么会变成这副样子，方才在院子里，苏檀儿一直在应付众多亲戚，也没有指挥过将什么东西搬到哪里去，宁毅则在忙着其他善后。渐渐地，那些东西没了，具体是谁会的意，谁发的指令，回头想想，竟是找都找不到。

苏檀儿去看了看拥挤的房间，似乎有些苦恼，但也没说什么。宁毅也去看了看，大概也很苦恼，今天晚上不知道该睡哪儿。婵儿、娟儿、杏儿也去看了看，对于怎么整理，同样没有头绪。

气氛不知道是从什么时候开始变得古怪起来的。

接下来或许会是一个尴尬的晚上，当然，也可能是个有趣的晚上……

入夜之后，接到吩咐的家丁们相继离开了，为了火场善后接连点起的火把随后也灭掉了。院子里原本的两栋小楼如今只余其中一栋亮着灯光，倒变得比往日更明亮温暖了。

晚饭过后直到亥时左右，探访的亲戚还在陆续过来，询问起火状况，嘘寒问暖一番，这些人的丫鬟或跟班没资格进来坐，但聚集在附近也非常热闹。

白天大家聚集过来，一大堆人忙碌地清理火场，还有几分灾难后的惋惜气氛。到了晚间，询问清楚火灾未有伤人之后，众人在庆幸之余俨然变成了聚会一般的心态，家长里短地聊了一阵，也有说宁毅与苏檀儿早就该换座院子了。火灾之后，大家聚在一起，反倒有些喜气。

　　也是，苏家本就不差一栋房子的钱，烧了也就烧了，既然没伤到人，就只算一场小小的意外。主人都不怎么在意，大家也无须为此事花太多心思，于是探访的人一多，就变成了一场小小的聚会。

　　事实上，苏檀儿之所以选择如今这座院子居住，本就是因为少女时期一时喜欢。理论上来说，她如今管了大房的事情，在吞并了乌家交予的各种事务之后，手下管理的生意将达到整个苏家的一半，这座院子再作为居住的地方就有些不太合适了。

　　这座院子的布局本就稍显自我，住起来虽然没什么不舒服的地方，但是于待客上显得有些不够大气。众人也觉得苏檀儿会趁着这次机会另选一座院子居住，于是七嘴八舌地聊着这些事情，发表各自的看法。

　　有些气氛大概只有特定的几个人能够感觉到。

　　苏檀儿与过来又离开的亲戚们聊得开心，笑语盈盈，但其实有些心不在焉，应对只是些公式化的表达。当然，苏家之中能够感受到这些的人恐怕不多。

　　宁毅与平日里无异，一帮亲人过来，礼貌从来都是做足了的——与苏檀儿一同招待这些人，为着房子的风格问题天南海北地跟众人聊，俨然什么事情都没有发生过一般，有时候还拿出笔墨纸张来写写画画做做设计。

　　由于来的人多，婵儿、娟儿、杏儿三人不时进进出出，搬果品、奉茶、招呼过来的人，也负责将随着过来的跟班与丫鬟安排在隔壁院子里。她们在家中本就与管事级别的人无异，此时做起来自然是驾轻就熟。

　　看起来，一切如常，什么问题都没有。

　　如同去年年关，天气冷下来的时候，大家会聚在客厅之中。苏檀儿看看账本，或是与丫鬟们做做女红刺绣，听听宁毅讲故事，大家在一起下棋、聊天，来了客人，三个丫鬟便奉茶招待。一切都与今日没什么两样，再正常不过了。然而，今天毕竟起了火。

　　一切都太过正常有时候反而会形成莫名的违和感，旁人或许感受不出来，但随着时间的流逝，至少婵儿、娟儿、杏儿几人都会觉得有些奇怪。

　　没有人对之后发表任何看法。

　　这并不是指善后方面。苏家不差钱，苏檀儿不差钱，烧一栋楼没有什么大问题，因此旁人不会对此感到古怪。但无论如何，那栋小楼被烧了，宁毅与小婵的住处被烧了，小厨房和浴室也受到了波及，理论上来说，就算不在乎，也总得有几句交代才行。然而，没有任何人提及这件事。

小婵的一些东西已经被搬到娟儿旁边的房间里，但关于她今后是不是住在这间房里，苏檀儿并没有发表看法。当然，她本身也是有些权力的，房间里许多东西被烧掉了，她可以暗暗叫家丁们直接拿过来。那小厨房跟浴室怎么办呢？最主要的是，宁毅今晚住哪儿呢？没有人提及这些。

以往从来都是个面面俱到的领导者的苏檀儿，今晚没有对火灾之后的任何事情表现出明确的态度，她只是忙着应酬探访的亲戚。宁毅本人也没有提出任何询问，仍旧是往日的态度，要拿笔墨纸砚的时候就去苏檀儿的房间里找——此时他的物品已经将房间堆得乱七八糟，过去找的时候还叫了杏儿帮忙："他们搬进来的时候把我的笔墨纸砚放哪儿了……"然后两个人一起翻箱倒柜。

苏檀儿如今的这个房间，才是最大的违和感。东西该搬到哪里去，没有人提起，时间也已经不早了，苏檀儿今晚总是要睡觉的，这些东西堆在这里，她怎么办？她似乎已经忘记了。婵儿、娟儿、杏儿大概是想过要问的，然而在想过之后，心中不免浮现出一些诡异的感觉和猜测来，到得最后，大家只能眼神交流，心中嘀咕，情绪复杂，却是谁都没有问出来，大家默默地忙碌，"粉饰太平"。

亥时过去一半，过来探访的人们已经陆陆续续回去了。周围安静下来之后，三个丫鬟收拾了房间，打扫了一通。待到她们没事做了返回来时，苏檀儿正与宁毅下着五子棋作为消遣。三个丫鬟觉得有些古怪，坐在一旁无聊了一阵子，然后杏儿喝茶，娟儿做女红，婵儿无聊地数娟儿纳的鞋垫上的针脚，随后三人找出一堆竹片做的牌来打。

苏檀儿低着头，并不与宁毅说话，只是偶尔想起些事情，跟三个丫鬟问问方才某某亲戚过来的时候有没有招待好，杏儿与娟儿便小声回答一句。棋盘上，夫妻俩以很久没有拿出来的作风耐心地堵对方的棋子，堵得津津有味。那边拿着竹片牌心不在焉地打着，三名少女每出一张牌便报一个数，听来倒是有些可爱。今天晚上可能发生一些事情，因为这种可能性，三个丫鬟也有些忐忑不安。

大家唯一比较热络的时候是宁毅问起婵儿被烧的东西多不多的时候，婵儿回答没什么贵重的东西被烧掉，宁毅说她可能有首饰或者很喜欢的衣服被烧掉，苏檀儿便说往后给婵儿买。

气氛诡异，时间也变得有些难挨，婵儿、娟儿、杏儿有时候出去一下，打来热水泡茶，房间里偶尔响起几句对话。时间就这样到了子时，也不知道接下来会怎么样，主人家没睡，也没有吩咐三个丫鬟离开，她们也没办法走掉，但看起来苏檀儿跟宁毅像是可以津津有味地下到明天早上去。

而事实上，苏檀儿这时候哪里又好意思挥挥手说："你们去睡吧。"

时间越流逝，她心中其实也越发忐忑。

时间过了午夜，钟声传来，周围的院子也变得越发静谧。昨日其实颇为忙碌，正在打牌的杏儿忍不住打了个哈欠，宁毅看了她一眼，苏檀儿也望了过去，终于开口道："呃，杏儿，你们也累了，先去睡吧。"她把这话说完，手上拈着棋子，低下头继续做出专注想棋的样子。三个丫鬟起身告退，准备离开，临走前又将茶点之类的东西收拾好。宁毅偏过头，笑着与她们一一打招呼。在这些动静当中，苏檀儿的心情才稍稍平静了一些。

婵儿、娟儿、杏儿都从房间里走了出去，走廊上的身影似乎在做睡前要安排好的工作。又下了一盘棋，宁毅起身去隔壁的院子上厕所，回来的时候在路上遇上了婵儿。她手上端了个铜脸盆，有些沉默，但那并非失落或沮丧引起的沉默，少女的表情有些复杂，或许是因为遇到了某些自己还无法处理的感情，看见宁毅，她啊地轻呼一声。

"不是说要睡了吗？"

"脸盆没了，所以去拿了一个来。"婵儿低着头。

两人朝院门那边走过去，过得片刻，宁毅不知想到什么，轻声笑了出来。婵儿看看他，他还在笑，似乎是对今天的这些事情感到有趣。随后，婵儿也忍不住轻声笑了出来。走到院门口时，她低声唤道："姑爷……"

"嗯？"

婵儿看着他："姑爷要……呃，姑爷要……"不知道她想要说些什么，但想了片刻，小丫鬟笑着摇了摇头，"不说了。"说完抱着脸盆往自己的房间跑去。

苏檀儿其实一直很焦虑，时间愈推进，焦虑愈甚，如同等待一桩大生意尘埃落定时的心情，只不过生意上她是熟手，这类事情上她却完全是新手。

一整天她都有些害羞，对于纵火被发现的事情，她心中根本不敢去想。她无法预测下一步要面对的是什么，不知道她的相公会不会也无法归纳这些情绪，不知道接下来会怎么发展，不知道会有怎样的对话，也不知道相公会不会忽然说一句"我今天晚上住哪儿"——如果他真这样问，自己该怎么回答呢？

各种心情交织在一起，但自己现在也只能见机行事了。宁毅离开之后，苏檀儿坐在那儿，心情不安，随后又起身来回走了几步，不知道要干吗，拿起茶杯喝了一口，看见饭厅屏风后的一盆盆栽似乎有些缺水，便忍不住走过去把茶水全倒了进去，倒完之后意识到茶是热的，又赶快找冷水来中和掉。她做完这一切，宁毅的脚步声也越来越近了。

她吸了一口气，端着茶杯走回去，心中在想不知道还要下多久的五子棋，却发现宁毅的身影已经走到了卧室那边，似乎在对着一大堆被胡乱塞进去的家具发愁。苏檀儿放下茶杯，也走了过去："相公。"

"啧。"宁毅笑了笑，"这些东西，把房间堆得一团糟了，清理一下吧。"

桌椅和其他物品将房间挤得混乱不堪，主要还是因为有些小东西比如包袱、盒子之类的在搬进来的时候被放在了苏檀儿的桌子、凳子上，都混在了一起，此后也没人收拾一下。

苏檀儿点了点头："好、好啊。"

她从有点儿堵路的柜子边过去，挪开一把椅子。宁毅则已经走了进去，开始归纳他的个人物品。苏檀儿也翻开一些包袱，拿出宁毅的衣物整理，偶尔将手边的东西递给宁毅。

"《论语》《孟子》……

"讲课的底稿……

"广源斋的玉佩，啧，这个竟然还在……

"这几份图纸……应该没用了。

"呃，这个应该还有一本，放在哪里呢……

"这谁的扇子？我的？"

虽说宁毅这人于物欲上看得比较淡，但东西还是比较多的，两人成亲的时候尽管苏檀儿逃了婚，但在老太公的指示下，家里还是准备了各种各样的东西，加上各种别人送的或是宁毅自己收集的物品，加起来还是很多的。这时候，两人在小小的空间中整理着，一点点归类放好，费了不少时间。苏檀儿坐回自己的床边，看看这个已经不怎么像闺房的闺房——一半的空间已经被宁毅的东西占据。

"这些大件，今天晚上没法摆了。"宁毅将一把椅子收到书桌前，"明天再叫人来整理一下吧。"

"嗯。"苏檀儿点了点头。

过了片刻，她感到身边的床沿震了一下，身子陡然间一个激灵——宁毅也在旁边坐下了。

宁毅来她房间的时间不算多，最多的是她生病那段时间，纵然是那时，他要坐到旁边，也是搬张凳子过来坐着。这是她的绣床，以往也只有过她的气息，顶多与丹红表姐同住过几晚，但在此时，属于男子的气息靠近了。

宁毅态度平和，看起来就是收拾完东西随便坐一下而已，苏檀儿却心跳加快，缩了缩肩膀，不敢往旁边看。外面打更的声音响了起来，子时已经过了。宁毅看看周围，笑了起来。

"这个新房还真糟糕。"

苏檀儿扭过头，视野之中，宁毅已经靠了过来，伸手贴上了她的脸颊。

"时间不早了。"他的嘴唇快要和苏檀儿的贴在一起,"接下来还是交给我吧……"

"嗯……"

没有喜字,没有红烛,油灯的光芒里,两道身影连成了一道。四唇相接,苏檀儿的目光变得有些迷离,她举起双手,不知道是想要抱住眼前的夫君,还是因为呼吸不过来而想要将对方推开,但手晃了好几下,最后什么也没敢做,就那样举在空中。不久之后,她的身体被宁毅推得缓缓倒在了床上。

"啊……门、门没关……"嘴唇离开几秒钟后,意识稍稍清醒过来,苏檀儿忽然慌张地说了这句话。

宁毅俯在她身上回头看看,主卧与客厅连着,他们先前还在下五子棋呢,不光卧室门没关,外面的门也开着,灯也是亮着的。他挠了挠头,轻声笑道:"我去关吧。"随后他走到客厅,关了门,吹灭了灯。

苏檀儿躺在那儿,呼吸急促,酥胸起伏着,一双眼睛望着蚊帐顶,双手轻轻握拳交叠放在心口。她不知道这时候该干什么,一时间动也不敢动。宁毅去关了门,熄了外面的灯,走回来时她还是这副样子,也不知道脸已经红到了什么程度。宁毅坐到床边,抓起她的一只手,她也就任由对方抓着。

既然宁毅已经说了交给他,她这种态度就是决定整个晚上都任人摆布了。

宁毅俯下身去,总觉得怪怪的,大概是因为苏檀儿的状态未免过于紧张。他回头又看看这"新房"的格局,随后在苏檀儿的嘴上、脸上亲了几下。苏檀儿只是脸红,全不敢动,他不由得笑了出来:"对了,要不要有些仪式什么的,比如喝点儿酒啊……要不然喝点儿茶也行。别人成亲的时候一般会怎么样……"

他这话没说完,苏檀儿想起了什么,啊地低呼一声:"白、白布……"说完她赶快爬了起来,跑到自己柜子前面翻箱倒柜,随后从最底层拿了一小匹折好的白布出来,脸上更红了。接着,她走回床边:"相、相公……"

"这种感觉真奇怪。"宁毅笑着,替苏檀儿搬开床上的被子,将白布在床铺中央摊好。

苏檀儿低了头:"妾身、妾身也觉得蛮奇怪的。"她说着也忍不住笑了出来,但一脸的害羞还是难以抑制。

"不过也该圆房了。"宁毅笑着说完这句话。

苏檀儿不敢搭腔,坐在床边,片刻后才脱了月白色的绣鞋往床上挪去。她今天一袭白绿搭配的裙装,脱了鞋之后,双脚缩在裙摆里,屈着身子坐在那儿,看着白布,有些发愁。按照她的计划,应该是自己躺在白布上,眼一闭牙一咬,被夫君单方面折腾一晚上就圆房了,但有了方才摆白布的那些行为之后,她又觉得现在主动躺到上面一咬牙一闭眼会显得很淫荡,于是犹豫着要不要躺上去。片刻后,贝齿咬了咬下唇："相公，熄灯吧……"

宁毅点点头，吹灭了油灯，房间里暗了下来。没了灯光之后，苏檀儿终于没那么紧张了，她放下蚊帐，宁毅上去之后放下另一边的蚊帐。不久，里面有窸窸窣窣的声音响起来。

"相、相公……该怎么做……"

"我想说放轻松就可以，不过看来你暂时是没办法放松了。"

"很、很奇怪。"

"应该这么想，以后我们都会住在一起了，每天都会这样……谁叫你嫁给我了呢。"

"嗯，妾身……其实很高兴……嗯……"

片刻后。

"要、要脱衣服吗？"

"通常来说都是要脱的，这个没办法。"

衣带被解开。

"嗯……很奇怪……"苏檀儿闭上眼忍着。

腰带被扔到蚊帐外的地上，随后是脱下来后被从身体下抽出来的外衣。宁毅掀起被子将两人盖住。

"呃……哈……"响起来的声音犹如哭声。宁毅的手触到了苏檀儿背后的肌肤，她将身体微微拱起来，但片刻之后又啊地低呼一声："反、反了……"

宁毅愣了半响，随后抱着她的身体笑了起来。

苏檀儿感受着两人身体贴在一起，反倒没那么害羞了，随后也赧然地笑了一声："怎么办啊？"

兜肚的一根系带原本系的是活结，宁毅拉错方向，一下给拉成了死结。苏檀儿面红耳赤地想着待会儿趴在这儿让宁毅给她解绳扣的羞人情景，说不定还得点灯。不过，宁毅是个豁达的人，不管兜肚，开始进行下一步。苏檀儿双手揪着床单，闭上眼睛，羞得连大气都不敢出，任由对方摆布。白色的长裙被扔到帐外，不久之后是贴身的亵裤。她原本想要伸手，至少抓住这件，但相公还是将亵裤扔了出去，她只好并拢了修长的双腿，一时间几乎要哭出来。

最后，兜肚的系带是被双手直接拉断的。这件衣服离开蚊帐之后，苏檀儿全身滚烫滚烫的，双手只是揪住被单，就连感觉身下的白布歪了一些也没敢伸手去整理，眼睛死死地闭着。

宁毅也脱了衣服，就是故意把过程弄得很长，打算先让对方适应一下这种感觉。这一次这种几乎全都按照笨步骤来的情况让他觉得颇为有趣。

不久之后，两具身体贴在了一起……

"接下来怎么做，我们一块儿研究一下吧。"

这是宁毅站在夫妻立场随口开的玩笑，出乎意料的是，苏檀儿闭着眼睛，竟微微点了点头："嗯……"声音细若蚊蝇，但当然还是听得到的。

夜色深邃，外面的天空中没有月光，连星星似乎都因为这一幕羞得捂住了眼睛，躲到了云层的后方。夜晚的时间还长，接下来，还有很多很多事情等着他们去研究。远处灯火凄迷，一束灯光划过，轻轻地眨了眨眼睛……

微光不知是从哪里照进来的，悄悄地洒在房间里，照出某些事物的轮廓，隐约间传来狗吠的声音，也不知什么时候了。

蚊帐悄然动了几下，属于女子的光裸手臂从那里伸出来，手指在床前的木垫上够着。垫子上散落着各种衣物，房间黑得很，那只手够了一阵，拈起一件衣物，缩回了蚊帐后。

大概是为了不惊醒旁人，这些动作的幅度不大，没有发出太大的声音。只是过得片刻，那只手又从蚊帐中垂了下来，那件衣物也随之落回木垫上，动作似乎有些沮丧。微光之中，我们能看清楚那是一件兜肚，青蓝的底色，上面绣着红藕白莲。作为女子隐私的象征之一，这件衣物仿佛也带着少女般的纯净与清澈，还有盎然的古意。只是它的系带断了，中间又被打了个死结，不太好穿。或许也是因此，那只手才又沮丧地将它放了出来。片刻之后，手才又动了起来，这次又摸到一件衣服，并悄悄将它拉进蚊帐里。

安静了片刻之后，窸窸窣窣的声音响起。随后蚊帐又被拨开了，这次是一对白皙赤裸的纤足伸了出来，轻轻落在了木垫上，只以脚尖点地。等蚊帐再被拨开一些时，才能看见女子坐了起来。

她身上披了一件宽大的袍子，只用单手拉着，一头长发披散着，凌乱而慵懒。她用手拨了拨头发，低头在木垫上寻找绣鞋，好不容易方才找到，踩上去准备站起来时，却微微蹙了蹙眉，捂着小腹又坐了回去。

静谧的环境里，女子抿了抿嘴，随后微微鼓了鼓腮帮，终于还是站了起来。她深吸一口气，转身蹲下来收拾地上那些衣物。她身上仅仅穿了外袍与绣鞋，下方的胴体偶尔会显现出来。连她自己也有些不明白干吗要收拾地上的衣物。她将衣物全都抱起来，放在书桌前的椅子上，随后转身打开自己的柜子，摸索着从里面找出新的兜肚与衣裙。

房间里仅有微光，但依照往日的记忆找到自己的衣裙并不困难，但找出来之后，她只是抱在身前，回头看看那床铺，似乎在考虑要不要穿上。最终，她将新衣服放到床边的柜上,又转身找到火折子,悄悄地吹燃,点亮了油灯。

她尽量用身体遮住那光,走到另一边新搬进来的柜子前,小心地找了几件衣服出来,然后吹灭油灯,将那属于男子的衣物叠放在自己的衣裙上。做完这些,她才又坐回床边,脱掉绣鞋,缩回床上。

这本就是她的绣床,一切都熟悉得很,只是在今夜,有一个男人第一次入侵到她的天地里,但是她并不讨厌,甚至有些喜欢。她坐在那儿看着黑暗中的轮廓,掀开被子准备再躺进去,又想了想,脱掉裹在身上的长袍,方才自被褥一侧躺了进去,手上拿着那件袍子,又从蚊帐的缝隙里伸出手去,将袍子扔在床边。

她没有穿衣服,温暖的感觉从旁边笼罩过来,随后小腿也碰到了被褥中夫君的身体,于是苏檀儿微微挪了挪。由女孩变成少女之后,自从明白贞洁、害羞、男女授受不亲的概念之后,她第一次这样全身赤裸地与一名男子躺在一起,并且试图让这个情形变得理所当然。

感觉,就像是自己属于了某个人一样,在这个事实面前,以往的规则变得不适用了……

她其实也不明白方才为什么要出去做那些事情,也有些不明白,为什么自己再次睡进来时仍旧脱光了衣服。也许是可以穿上的,可是心中不太想让相公知道她晚上醒来过。

她侧身转向夫君的方向,黑暗中其实只能看清楚一个轮廓,被褥里倒是能够清晰地感受到对方身体发出的热量,于是她在被褥里低了头,悄悄往那边靠了一靠,直到双方的身体微微相触。然而,下一刻,夫君似乎也感受到了她,转了个身,就那样将她给抱住了。

肌肤贴合在一起。

她蜷缩着,不太敢动。这种赤身裸体的状态,脑子只要稍稍清醒,就会感到害羞。也许会这样被夫君抱到天亮……衣服就在旁边,自己待会儿要不要穿上兜肚呢?苏檀儿脑子里嗡嗡嗡地响,身体却还是不怎么敢动。也许自己是喜欢抱在一起的……她脑子里偶尔会迷迷糊糊地闪过这样的念头……

终于……和相公是夫妻了,以后都会这样子……

就这样想着想着,苏檀儿的意识又渐渐模糊了,她在对方怀中进入了梦乡……

宁毅醒来的时候,天已微亮,外面下起小雨来,沙沙沙沙。

作为他妻子的女人睡在他怀里,平日里总让人感觉到棱角的女子此时温顺得像个孩子,充满活力的身体柔软而温暖,抱起来很舒服。宁毅很少有这样的感觉,那种抱住了一个人就能在心理层面上感到温暖的感觉,甚至可以说,这种感觉从不曾有过。

以往，应该说现在看来已经是很久很久以前的那段生命里，他从来不曾缺少女人，年少时也疯狂寻求过这方面的欢愉和刺激，有过对此很感兴趣的年月，虽然那段记忆已经很模糊了，但那时候也没有过这样的感觉。后来他似乎是过得太忙碌了吧，找女人仅仅是为了解决生理上的需要。解决生理需要有一个就够了，再多没意义，毫无节制的性爱只会让人觉得累，甚至分散对工作的注意力。虽然男性的劣根性之一就是他们会不断标榜自己在这方面的能力，但累还是会累的。

　　恋爱之类的事情几乎没有过，除了青春期的一些回忆，账目倒是记得清清楚楚。不论是一夜情，还是高级应召女郎，都可以给予男人一个晚上想要的任何东西。而真正追求一个女人需要投入大量心思，会因此而分心，有时候甚至会痛苦，若是放在生意上，背后涉及的都是以亿计的代价，这是比较划不来而且没什么胜算的生意。于是到最后他连一夜情都不找了，因为仍旧难免对方有进一步发展的想法——几次遇上这样的事情，看过那些女人的哭闹纠缠之后，他就只选择那些银货两讫的交易了。

　　有人说权欲和控制欲许多时候会凌驾于性欲之类的感情之上，因为在物质条件到达一定的水平之后，后者很容易得到满足。这种说法或许有道理，他懒得多想，但很少会觉得这样子抱住一个人有多大的意义，但现在，他的确觉得抱住妻子的感觉很不错。

　　这个古老朴实的世界的确能让他忘掉许多以前的东西。那个世界存在于还未到来的一千年后，在那个世界，即便抱住另一个人，也只能感觉到自己的温度。诚然，那种情况有一部分是他自己造成的，但现在产生了这种想法，说明应该是个好的开始？

　　如此思绪浮动了一会儿，又拥着妻子睡了一会儿，宁毅这才决定起来。理论上他应该是睡在外面，但不知道为什么最后到了里面，于是他尽量轻手轻脚地出去，看见摆在床边的衣物时，他不由得笑了笑。

　　自己该去隔壁的院子洗个澡，至于檀儿这边，外面的婵儿她们会帮忙处理好一切。如今情况特殊，大家是第一次住在一起，这个妻子在这方面难免有些害羞，因此，床上沾了鲜血的白布以及同样需要换洗的被单，便由她们处理吧，自己没必要掺和。

　　其实昨晚自己也挺累的。妻子毕竟是第一次，干脆双眼一闭，俨然是引颈就戮的模样，自己只能努力让她放松。后来进去的时候她大概还是痛，自己只管注意她的情绪，自然顾不了自己太多。不过，她痛，自己累，夫妻之间就算是扯平了。自己费了那么大功夫，妻子以后应该不会留下什么阴影才是。

　　宁毅原以为妻子害羞，自己就这样出去，她要么装睡，要么真睡，不会有太多事情，没想到准备离开时，那边还是传来了细微的声音："相公。"

宁毅扭头看看，见苏檀儿已经醒来，手拉着被沿，正躺在那儿望着他，露出一个笑容，轻声说了一句："早上好。"

这是宁毅以往与她打招呼时常用的方式，听她说出这句，宁毅不由得愣了愣，随后笑着点头："早上好。"

这一天是武朝景翰八年十一月初六，离宁毅与苏檀儿成亲已有一年半的时间，此时，家的感觉终于在夫妻两人之间弥漫开来。入冬已久，气温下降也快，又过得几天，初雪降下，江宁城真正进入了漫长的冬季。

院落另一侧被烧焦的小楼残骸就那样矗立着，暂时不方便动。这边的卧室里，宁毅的东西终于与苏檀儿的东西混在了一起，房间暂时显得有些挤，但至少在这个冬天，大家并没有考虑换房的事情。

他们准备明年开春的时候在院子里大兴土木，加上这栋小楼，弄出一个全新的格局——最近宁毅与苏檀儿都在商量这些事，不时叫婵儿、娟儿、杏儿来出些主意。晚上，主仆五人在客厅里燃起火炉，暖洋洋的气氛仍旧与往日一般。当然，婵儿她们明白小姐跟姑爷之间的关系已经有了进展，所以在一起时自然有些更加亲密的玩笑可开。

小婵偶尔会有些落寞和羡慕，但更多的还是为两个最重要的亲人高兴。宁毅与苏檀儿待她与往常并没有区别。她当然明白，小姐与姑爷才有进展，不可能姑爷现在就把她收房，偶尔心中羡慕时，她便在房间里的梳妆台前偷偷对着铜镜说："小婵不着急，一辈子的事情呢……"随后对自己抿抿嘴，以示鼓励。

她已经知道姑爷是怎样的人，怎样也不会扔下她的。

天上的云层依旧很厚，但天地之间已然明净。时间已是十一月中旬，东京这些天也下雪了。今日冬雪初晴，那片白色看起来俨然在大地上沉淀了下来，城市就像是一片白雪之中露出来的垫子，街道上的白色稍浅，在城市当中画出一条条线来。

从御街边的茶楼上下来，李频回头看了一眼远处巍峨的宫墙，呼出一口热气。

两个月来一直在东京各处奔走，两天前，他终于从吏部审官院拿到了文书。这也意味着当初得罪吏部侍郎傅英的阴影已去，他终于有了第一份实缺，正式进入仕途，可以开始大展拳脚了。

上任时间是明年二月，他将要北上邢州任南和县令。说起来，南和是个好地方，甚至有着"畿南粮仓"的美誉，在邢州的位置举足轻重，很容易做出成绩。新入官场就能补上这个缺非常不容易，应该是过来前秦嗣源秦老替他写的那封信起了作用。

想起秦老，他不免想起离开江宁之时宁毅遇上的麻烦：自己离开江宁时，皇商刚刚决定归属，苏家被乌家这样摆了一道的危机不知道该怎样解除，立恒本是赘婿身份，此事之后，想必在苏家就更难自处了。只是冬日行路难，明年二月就将上任，自己没办法在这样的天气再回江宁一次。

想到这些，他总觉得欠了对方人情——对方有麻烦自己却无法帮忙，心中有些愧疚。如今他怎么说也是个县令了，大小是个官，如果能回去帮忙，总能起到点儿作用。虽然他潜意识里总觉得此事有蹊跷，而且宁毅或许也不用怎样帮衬，但至少能尽朋友之谊。

他能当上南和县令，宁毅为他引荐的秦嗣源起的作用不小，不过，其中一些关节让他觉得很奇怪。

秦嗣源是个大人物，虽然引荐的时候宁毅轻描淡写，但当时他就明白了，也记起了这位曾任吏部尚书的大儒的名字。毕竟对诸多学子来说，三省六部，唯吏部最关切身利益，六部当中，也唯有吏部的重要性隐居六部之首。当初见到的那个老人，在数年前的朝堂之中，可以说只居一人之下，仅有寥寥数人可与之比肩。

不过，他退下来的理由相当复杂，若非宁毅引荐，李频根本不知道还有这样一个大人物隐居江宁。黑水之盟以后，秦嗣源自朝堂上无声无息地退了下来，之后几年里，那位老人身上背负的甚至是"汉奸"之类的骂名。拿到那封举荐信时，李频其实很怀疑这位老人还有没有影响力，或者说，朝堂之中即便有些人顾念旧情，但因为黑水之盟，说不定反倒是敌人比较多，自己拿着秦嗣源的荐书过来，也不知道会不会起到反效果。

然而随后的情况非常耐人寻味。

他感觉，许多环节都给了他方便，开了后门，费了两个多月的时间似乎也是为了给他安排一个南和这样的好位置。在京城活动的这两个月，他总觉得这个结果并非自己活动得来，那些大官的笑容颇堪玩味，甚至隐约听说，圣上曾有意见他，后来又打消了主意——这个消息就有些吓人了。

他仅是数年前的进士功名在身，又非三甲，且无功绩，他宁愿相信这一传言是假的。

不过，某些时候，他又忍不住将这些信息与最近听到的一些东西联系起来。

北地不平静了，正在酝酿战争，这是在江宁就已经感受到的，只是东京官员会集，类似的感受让神经绷得更紧了一些。在这之外，有的人又将黑水之盟的事情挖出来说，说朝廷颇有深意，早在六七年前就已埋下伏笔，近年来金、辽纷争，固然是完颜阿骨打雄才大略不愿屈居人下所致，但同时也有武朝从中运作之由——与金人暗中交易各种物资，引其贪欲，近乎阳谋……俨然话本故事也似。

但最近一段时间在东京感受到的这种气氛，让他忍不住去想，这等天方夜谭，说不定竟是真的。京官的嗅觉比外地的要灵敏得多，这段时间以来，外界到处都在传武朝与金人密谋之事，辽人也不断派使节向武朝求援，若说这伏笔真从七年前秦嗣源挂冠而去时便已埋下，如今自己拿他的荐书上京有此待遇，还真解释得通。

其实，去年在江宁就有人在暗中传这事：黑水之盟看似屈辱，实则挑拨离间、驱虎吞狼，想借两强交锋收回燕云十六州。当然，那时候没什么人信这种梦话般的说法，这事毕竟太大了，李频如今也没法相信，但金、辽之间必有一战，武朝若加入，邢州居北上途中，南和富庶，到时候必为中转要地，自己过去好好经营，建功立业指日可期。

如此想想，他禁不住热血沸腾。若那传闻属实，说不定……隐居江宁七年之久的秦嗣源也将洗刷一切罪责而后复起。这位精明强干的吏部尚书若复起，一个相位怕是跑不掉，只看左相还是右相罢了。到时候，立恒恐怕也将顺势进入朝堂，这真是再好不过的事情了。

想到这里，他不由得笑了起来。在景翰八年冬季难得阳光明媚的日子里，李频在御街上抬头望着那日光，微微眯起了眼睛。

驱强敌，收燕云，复汉室河山，洗百年耻辱。时局已乱，接下来也许将是一个波澜壮阔的时代。

总觉得……自己能在这个时代成就一番大事呢……

这一天，还未上任的小县令在心中如此想着。

宁毅最近察觉了一些东西，比如秦老家的客人似乎多了起来。

时间接近十一月底，最近宁毅一直在忙。与去年一样，他主要是陪着苏檀儿到处拜访各种各样的商户，新的老的都有。去年还只是走走流程，那时候他的身份仅仅是苏家赘婿，今年则已经有了"十步一算"这样的美誉或者说恶名，无人敢轻视他，如此一来反倒麻烦。不过，陪着"新婚"妻子做这些事情本也是天经地义，没什么可埋怨的。

同房一个月不到，如今两人正处于蜜月期，如同所有的新婚男女，如今两人最爱待的地方应该是床上。苏檀儿有着自己的矜持和修养，但以她能够为了让两人关系进一步而烧掉一栋楼的性子，当某些关系正常化之后，她也就不扭扭捏捏了。

下午和晚上她在房间里处理商业上的事情，颇有女强人的感觉，处理完后便拉着宁毅说些比较小女人的事情，与之前跟宁毅隔几天就有的约会差不多，只是此时的谈话更加私人，包括了他们今后住的地方的格局，要生的宝宝的名字之类的，家长里短也说，生意上的事情也说，说着说着说到床上去，便被宁毅脱光了衣服。冬天嘛，滚床单是有益身心健康的事情，接下来的情形也就可想而知了。

闺房之乐有不少有趣的事情，但苏檀儿那绣床毕竟用了好些年了，两人睡了半个月，有一天晚上，床忽然开始发出小声音。第二天，宁毅回家后发现床铺已经被拆得干干净净，几名家丁轻手轻脚地将一张看起来就非常结实绝对不会动的新床抬进来，轻手轻脚地组装。他们之所以轻手轻脚，是因为苏檀儿就坐在旁边的书桌前埋头处理事情，大概吩咐了这帮人尽量不要打搅到她，因此这些人只好尽量放缓动作。

就这样，明明是苏檀儿吩咐换床，她却在旁边装作完全看不到的样子，这帮家丁也只好痛苦地组装着床铺。宁毅看了觉得好笑，搬了张凳子坐到旁边看，随后发现自己有点儿挡路，于是砰砰砰地挪到苏檀儿身边去，也不说话。苏檀儿的脸倒是全红了，但仍旧埋头处理公务。想起来，两人的第一次也是在这种装模作样中度过的。

除了与苏檀儿相处和到处拜访，空余的时间其实还不少。这段时间里，宁毅向康贤要了一批匠人，准备研究水泥，主要是为了给自己修房子做准备。

他没有在这事上花太大功夫，只说了个大概的方向——石灰跟黏土要怎么混合烧制，采用不同的原料要多做实验，其余的便交由那批匠人慢慢去弄。

这事的难度说小不小，说大也不大。如今建房、建城墙有一批水泥的替代方案，只要确定了方向，弄出一批水泥来并不困难。只是没有非常专业的生产线，研究和制取的花费肯定很高昂，但无所谓，拿钱砸就行了，自己先修栋小别墅再说。这个无所谓造福万民，先造福一下自己，开了个头，之后如果康老有兴趣，或者那批匠人有兴趣，便交给他们去发展吧。

这段时间，宁毅去了秦老那边两次，两次秦老家中都有客人，似乎还是从外地来江宁的官员，要么是途经江宁，特意上门拜访；要么是回江宁省亲，于是过来探望秦老，与去年的情形大有不同，说明有些事情已经开始发生明显的变化。

宁毅第二次去的时候是十一月二十一，仍是大雪天，这次他见到了秦桧。

此时江宁已开了酒禁，聂云竹那边的小作坊开始酿造第一批高度酒，并且有了成果。他正好是从聂云竹的小楼过来，便顺手拿了一坛准备送给秦老。去的时候，里面正在待客，他将酒交给秦夫人，特意叮嘱了几句"这酒度数高"便准备走。秦夫人早将他当成值得信任的子侄辈，这时候将他留下："你且等等，我去拿些东西给你带回去。"

这位老夫人知道宁毅的性格，也不说让宁毅见秦嗣源，随后偷偷地过去知会了秦老，方才拖着他进去见人。秦老当过大官，老夫人于官场上的事情还是知道一些的，也知道让宁毅见见这些当官的总有好处。有秦老在，宁毅吃不了亏，而且用这种方式让他过去，其实也是极亲昵的表现。宁毅一时间无法推却，只好领情，在秦老的引荐下，与里面的两个中年人通了名字。

其中一人便叫秦桧，字会之，时任御史中丞——秦老没说这个，但宁毅大概知道是这人。其人身材高大，样貌端方，目光看起来颇为睿智，气质、谈吐都显得十分沉稳，很能给人好感与可靠的感觉。

两人皆是大官，大概认为宁毅是秦老的子侄辈，与他交谈了几句，倒也亲切。随后宁毅拿小盅倒了几杯酒，邀请大家一起品尝，两人针对这高度酒发表了几句看法，可谓相谈甚欢。

见面大抵便是这样，宁毅没什么可评价的。

另一方面，学堂准备放假的时候，周佩跟宁毅提起拜师礼。康王原本打算大张旗鼓地弄，就是拉上一大帮人，打着王爷的旗号到苏家拜访，把拜师礼弄得隆重无比，也是给足苏家和宁毅面子，从此苏家在江宁就有了一个大大的靠山。对此，宁毅认真地拒绝了。

人的关系网有时候很有趣，当你处于某个低层次的时候，高层次的人不会主动将目光投过来，可如果你忽然表现出层次很高的样子，人们的目光就会主动投过来，就如同去年人们对宁毅的态度与今年的对比。有了这种主动，恩怨就会慢慢产生。虽说因此而招来仇怨的概率并不高，但这种高层次的关系，宁毅并不想主动拿出来炫耀，因为没有意义，毕竟这些东西是可以当成筹码存起来的——苏家如果再遇上什么麻烦，就可以用王府的关系扫掉。如果现在就揭开王府这层关系，此后会遇上的问题也只会是这个层次上的。

虽然拒绝了如此隆重的拜师礼，但今年年关，宁毅倒是打算带着妻子去驸马府与秦老府上拜访一番。苏檀儿为此非常忐忑，准备了好久，但随后的见面其实就是普普通通聊聊家常。驸马府这种地方对苏檀儿来说非常高级，她后来问起宁毅为什么会跟驸马爷有交情的时候，宁毅笑着说道："因为我们都是入赘之人哪。"苏檀儿便轻轻地捶了他一拳。

虽然宁毅不介意，但苏檀儿并不喜欢他将赘婿的身份挂在嘴上。

大雪飘飘洒洒，似乎没有停过，白皑皑的积雪中，小院之中的房间里的火光总是亮着，五个人仿佛打算在这里互相依偎着度过这个冬季。

城市的一侧，秦淮河湾旁的小楼中也总是温暖的。宁毅时常早晨过去，等在台阶边的女子披着斗篷，脸冻得红扑扑的，她搓着双手，不时朝手上呵出热气，让她进去等她也不肯。有时候会有另一名充满活力的女子在台阶边蹦来跳去，她们在小楼旁堆起一个个雪人，充满活力的女子见到宁毅便会朝他挑衅，跟他吵架。

秦淮河结冰了，偶尔能看见那充满活力的女子在上面滑来滑去。不过现在毕竟是很冷的冬季，大多数时候，聂云竹与元锦儿还是会待在房间里，依偎着炉火，不知道聊些什么，颇有相依为命的感觉。

如果那个男人不来就更好了……想要独占云竹姐的元锦儿会这样想。

十二月在这样的气息里转瞬即逝，年关到了。爆竹声声辞去旧岁的时候，武朝景翰八年也终于逝去，取代它的，是武朝景翰的第九个年头。

这一年，富庶的地方仍旧太平，民不聊生的地方开始变得更加民不聊生。

这一年，天下大势风起云涌，天灾人祸频繁到来。

这一年，起义在各地掀起，旋即又遭到镇压。

这一年，战争爆发了。

北方。

天空昏暗，风雪呜咽，鼓动的风与大雪将草原上的一切都淹没了，能见度几乎不到三米的恶劣天气里，隐约有些细碎的、不协调的声音，恍如幻觉。

让我们将视线向前方巡弋，贴近地面，尸体与鲜血赫然映入眼帘。人死了不久，但血已经冷了，已经在风雪里凝固。

尸体不止一具，不仅远远地延伸出去，而且死状各不相同，但都很凄惨：手脚被劈断的、身体被刺穿的、箭矢射入脑门的……鲜血与碎肉混杂在一起。战场中央有两辆大车，周围的人已经死光了，一具尸体甚至被长枪贯胸而过，钉死在大车上，双足都离开了地面。

视线继续向前，风雪当中，三个人没命地朝前方奔逃，他们穿的是辽国的服装，脚步在地上掀起一阵阵积雪。陡然间，一支箭矢穿透雪幕，噗的一下，旁边一人被箭矢贯胸，身体飞了起来，砰地摔在地上。

模糊的视线中，侧面的风雪里显出巨大的暗影。另外两人跑远了，但已经逃无可逃，他们知道，更多人还在朝这边围过来。

落在后方那人挥舞起手上的刀，朝后看去，他的样子看起来是一个辽国将领："你们是什么人？！哪个部落的？！竟敢妄杀……天使。"

轰然间，风雪卷来，战马长嘶，他的身后仿佛落下一道响雷，同时传来的还有同伴的惨叫声以及身体被碾为肉泥的声音。他偏过头去的瞬间，视野的侧前方，巨大的黑色战马扬起双蹄，轰然踩下，将他同伴的整具身体都给踩碎了，而他的话也没能说完，有什么东西从他身体上穿了过去！

他感到风雪停了下来。然而并非如此，黑色战马上的身影犹如山岳，在一瞬间竟然挡住了漫天嘶吼的暴雪。他感到他的身体在往上升，胸口很痛，一杆大枪从胸口刺入，自背后穿出，马上的人将他单手挑了起来。

"你们辽国,已经完了。"

他听见战马上的身影这样说道。更多身影朝这边会集过来,犹如这个恶魔的随行者。

"你、你是什么人……"他口中吐出鲜血,想要用双手抓住枪杆,口中下意识地重复着问话,"哪个……部落的……竟敢妄杀……天使……"

战马上的恶魔冷冷地望着他。

"孛儿只斤……"

血真冷,这是辽将最后听到的声音。风雪怒吼起来,瞳孔在涣散,他没能听见风雪中最后的三个字。

"铁!木!真!"

黑暗,降临了。

吕梁。

大雪封山,但雪已经停了。陆红提坐在寨子旁边那块拂去了积雪的大石头上,看着远远近近绵延起伏的白皑皑的一片。到处都是山,看起来真是蛮荒之地,不知道江宁的冬天会是什么样子。

不过,有些东西山里也是有的。她听着孩子们打闹的声音,一颗雪球从她的头顶飞了过去。嘿,没打中。昨天二红跟六子成亲了,今天还很热闹,寨内寨外,哪里都感受得出来。

她最近拒绝了朝廷的招安,也拒绝了占据绵山一带的"河北虎王"田虎的招揽。寨子里的人都不太明白她想要什么,拒绝招安好理解,招安也没好果子吃,但为何拒绝造反真是不清楚,大家本身干的就是造反啊。

上位者就是要有神秘感。

夕阳在这片山麓间洒下余晖,陆红提想起江宁城的那个书生——当初该把他绑上山来的。她微微眯起眼睛。

瑞雪兆丰年,今年是个好年景。

只要不打仗,其实年年都是好年景。

希望不打仗……

第五章
十步一算扬威江宁 轻描淡写畅谈人伦

新年刚过，还未至元夕，秦淮河边的街道上充满了年关的喜庆气息，鞭炮声偶尔传来，有的是店铺开张或者新年迎接房客，也有的是孩子们拿着爆竹满街乱放，嘻嘻哈哈跑动着，车辆与行人则伴着鞭炮声自街道上经过。

喜庆的气氛也冲不淡天气的寒冷，这片街市间，积雪被扫到一边，未有消融的迹象，堆得小山也似。道路一旁名叫听涛阁的酒楼包厢中却很温暖，熊熊燃烧的火炉一边给房间加温，一边保证了空气的流通。房间奢华，珠帘之后，焚香的气息袅袅飞散，又有空灵优美的琴音伴奏。抚琴的女子身段优美、样貌明丽，此时却只做陪衬，不多说话。

茶杯里斟了茶，水波中，叶子舒展开，热气浮动出来。

"年关时离了江宁，昨日方回，最近这些日子里，可有什么大事发生？"

"与唐兄一般，小弟也出城祭祖，拜会家中长辈去了，哪儿有什么消息可说。"

场面看起来平和，说话的两人其一名为濮阳逸，另一人则叫作唐煦，皆是江宁商界年轻一辈的佼佼者。唐煦这人温文尔雅，不光经商，在文学上也颇有建树。这两人既是对手，也算得上好友，偶尔会碰头一次，喝茶聊天。今天是年关以后的偶遇，正好花魁绮兰也在，于是抚琴作陪。

"这次出城，听说北方一带闹雪灾，林寿州那边运了一批货过去，路遇雪崩，血本无归，可怜。"

"林寿州这人手段多得很，东拼西借，总是能过去。呵呵，就是这两年运道差了……"

"确是厉害之人。快要打仗了，听说他早在北地投入了许多，一旦开打，便等着发财，如今大概是掰着指头在算吧，也算是富贵险中求……"

"那帮卖布的最近都在议论，说前两天与织造局的人吃酒，一帮叹气的。"

"嗯？去年弄的事情还不够？如今又有什么事了？薛家也有动作了？"

"仍是苏家与乌家的事情。"

濮阳逸喝了口茶，有点儿意外："去年十月底苏家闹分家那会儿不就完了吗？乌家可是被那宁毅算计得够惨，如今那些生意应该交接得差不多了，莫非不服气，还打算闹点儿事情？"

"余波未完。"

"还有余波？"

"我也是今天猜了猜，不过布行中的人嗅觉更灵敏，估计也反应过来了……乌家主动拿下了江宁一带所有的岁布份额，去各级官员处走动相当频繁。"

"拿岁布？他疯了？"

"逼不得已吧。听说最近这段时间乌家花钱如流水，家中势去也有如山崩，被苏家敲走了三分之一，又拿了岁布，上下打点几乎又去了一半。打点的事情年关以后才有人察觉，还是因为他们活动得太夸张了，如今大概才松了一口气。这事之后，估计乌家的底蕴不足以前的三分之一，而且几年之内怕是都只能为皇商忙碌了。我遇上了乌启隆一次，他内敛了许多。"

濮阳逸张了张嘴："为何会这样？"

"你猜猜，我也是才反应过来。"

濮阳逸将茶杯放在嘴边，眨了眨眼睛，又将杯子放下："那布褪色……解决不了？"

这话并非询问，而是深思之后的猜测。

唐煦在对面点了点头："我猜也是这样，应该也有不少人已经察觉了。"

"这件事情真是一波三折，竟然到此时还未完……"濮阳逸喃喃地说了一句，表情复杂。

"都被骗了，就连后来大家都还在被骗。"唐煦笑了起来，"从苏家人遇刺开始，就一直骗来骗去，八月底决定皇商归属时，大家觉得苏家被骗，对乌家惊叹不已；十月底苏家宗族大会，大家才意识到是乌家被骗；谁知道十月揭晓之后，大家竟还都被蒙在鼓里……看当时苏家与乌家的态度，几乎所有人都以为苏家与乌家达成了协议，是以真正的灿金锦去要挟乌家，现在看来……"他抿了口茶，表情复杂，"竟是空手套白狼，真是令人佩服……"

濮阳逸沉默了一会儿:"这样说来,苏家并非用真的灿金锦换去乌家的三分之一,竟是用一个秘密就换去了三分之一,而乌家还不得不自己去败掉另外三分之一。十月底事情已经传开了,竟没人怀疑这点,这还真的是……十步一算……"

"如今想来就是这样了。"唐煦点了点头,"乌家底蕴雄厚,若仅是损失三分之一,应该仍能保持织造三家的鼎足之势,但此事之后,苏、乌两家已结下大梁子,若我是宁毅,也不会允许这等局面继续下去,只能把乌家彻底打垮,让他们无力竞争,方能放心。只不过放在当时,这胃口未免太大,因此无人去想,只觉得苏家当时已经占了大便宜,见好就收也是常理……薛家等错过了最好的机会。这宁毅看似温和,实则……可怕啊。"

两人不过闲聊口吻,他们家族的生意比苏家的要大许多,也没有竞争关系,但聊起这件事情时,还是对背后的操作感到错愕和惊叹。原本十月底苏家宗族大会上透露出来的结果就已经够吓人了,局中之局,一环套一环,但当人们以为那就是结果的时候,却想不到这事居然延续到了现在,将乌家打得只剩三分之一,而背后的操作人,就是那样一个书生。

"不是敌人便好。"

"呵呵,这等奇谋,也未必随时可用,怕也有巧合在内,濮阳兄未必就怕了他吧。而且小弟可是听说濮阳兄与那宁立恒私交不错,此人到底如何,濮阳兄之前莫非未有察觉?"

"只是聚过几次,未必算得上有私交。此人性子淡泊,于聚会寻欢之事兴致不高,以往也只以为他诗文上功底厉害,想不到这次为家人出头,竟能掀起如此惊人的波澜,一个乌家就这样被生生折腾垮了……十月之后我也去拜访过他,只是听说自皇商的归属决定后,他便又继续在那豫山书院中教书的生活。偶尔在街上闲逛遇见,对于苏家之事,竟是再不理会,过得可比你我都要洒脱多了。"

"竟有这等怪人。"唐煦笑了笑,举起茶杯,随后说道,"我倒是在想,此后若再有人要算计苏家,恐怕得掂量一番苏家背后这宁立恒的分量……"

想想如今苏家的情况,若作为苏家的敌人,有个被称为"十步一算"的宁立恒始终在后方站着,还真是会觉得头皮发麻。他一次出手就将乌家抹掉了三分之一,旁人就真得好好掂量才行。

一旁的珠帘后,绮兰抚着琴,终于渐渐弄懂了这两人谈论的事情,就这样认真地听着。

才子佳人的故事总是欢场主流,她如今已是花魁,偶尔会听人说起宁毅,然后将她也说进去,她心中其实多少会有些异样的感觉。宁毅真是江宁最奇怪的才子之一了,既被人认为是第一才子,偏又不怎么接近欢场,以往哪儿有这样的才子,可偏偏她也觉得宁毅实至名归，甚至比曹冠还厉害，这种感觉也真是奇怪。

他不近欢场是谁也不接近，但如果有兴趣，与自己应当是合得来的——绮兰偶尔会在心中这样想。毕竟自己是不同的，而且上次花魁大赛他不是还打赏了自己几千两吗？

当然，她如今有了地位，其实也蛮忙的——替濮阳家待客，报答知遇之恩，以至于每天都有各种各样的事情，也认识了其他一些厉害的才子，只是空闲时才会这样想想，想到宁毅的时候不多，但每次想到，绝不会讨厌便是了。有时候她会听说那宁毅与已经从良的花魁元锦儿有来往，也不知道真实性如何，欢场之中总是不缺流言。

今天的聚会不用她说太多，她也就乐得在一旁信手弹拨，随意想着这些事情。濮阳逸、唐煦又聊了一阵，方才起身告辞。濮阳逸还说过几天会去苏家拜访，顺便邀请宁毅参加元夕的诗会。不知道他会不会来，绮兰心中猜测着。

濮阳逸还有事，送走唐煦之后，便在听涛阁门口与绮兰告别了，反正绮兰有丫鬟跟着，也有车夫驾车直接送她回去。不过，这天乘车走在路上的时候，绮兰还真的看到了宁毅与元锦儿。

年关过后，街道上即便已经有了不少行人，那种纯粹优哉游哉逛街的其实也不多，大多是串门拜年，各有目的。马车沿着秦淮河边一路行驶，到得一个街口时，她掀开帘子，正好看见宁毅的身影与另一个人走进河边一栋酒楼。与宁毅同行那人看起来有些像元锦儿，但又有些奇怪，与以往的感觉不同，于是她叫停了马车。

主要还是因为濮阳逸与唐煦才说起宁毅，绮兰才会下车看看。河边的酒楼还在装修当中，大概是因为过年才停了工，但格局很奇怪，风格上也有些小变化。仔细分辨后她发现，这种变化虽然不多，但的确将这栋大概是作为酒楼用途的两层小楼给凸显了出来，看起来很是花了一番心思。由于天冷，宁毅穿得挺多的，加上戴了顶帽子，看起来有些土气。他旁边那人是女子，也穿得很多，一身褐色的衣服，戴着帽子，帽子上有着白色的绒毛，虽然仍旧掩不住靓丽，但远远看去就是圆滚滚的一团。

绮兰分辨了一下，与宁毅走在一起的，的确是传说中已然退隐的元锦儿。

作为花魁来说，绮兰今天依旧是一身清丽的衣裙，漂亮，其实也保暖，很是花了一番心思。元锦儿以往也是花魁，往日里肯定不会做这种看来有几分自掩艳色的随意打扮。宁毅与元锦儿走到那酒楼中，手里拿着几张纸，对酒楼大厅里的摆设指指点点。绮兰皱了皱眉，让丫鬟在这边等着，自己跑了过去。

楼层才装修到一半，有的窗户都没有关好。宁毅手上拿着一支笔，与元锦儿商量着什么，偶尔趴在桌子上写写画画一番，元锦儿在物品杂乱的大厅中推着东西乱跑，对话声隐约从里面传出来：

"要的本来就不是大改，但必须衬托出整洁……嗯，其实最近也蛮忙的，两个徒弟，小的那个整天想做危险的实验；大一点儿的……大一点儿的也是个小萝莉，最近整天板着脸，今年才十四岁，听说家里在给她挑夫婿，所以挺烦的……"

"十四岁也很大了啊，可以成亲了，起码定亲行了。"

"深奥的年龄问题，跟你说不清楚……嗯，我决定加几张凳子……你多大了，干吗还不把自己给嫁了？"

"我命苦，只能跟云竹姐相依为命啦……你就别指望了！对了对了，我最近在想，可不可以把这边叫作'竹记锦儿店'？你答应我，我就去定做招牌了。"

"把'二店'改成'锦儿店'？"

"嗯。"

"好啊，没问题，随便你。"

"你的表情怎么这么奇怪？"

两人在里面有一搭没一搭地说着话，有些话语她听不懂，但那感觉竟然很温暖。

俨然是一家人，夫妻或是兄妹般的感觉。

宁毅是下午闲逛时与聂云竹、元锦儿两人遇上的。过年期间，竹记分店的施工停了一阵，眼看元夕将至，工程又得开始了，宁毅也算是忙碌了一阵子，有空就被拉着过来看看。半途中，聂云竹有些关于进货的事情要顺便知会相关人员一声，于是分店这边，便由元锦儿陪着宁毅先过来。

装潢到现在，店铺的风格基本成形，需要宁毅决定的事情已经不多了。至于店铺的名字是叫二店还是锦儿店，宁毅并不介意。这栋酒楼临河而建，许多窗户还没有装好，当风口的一侧还积了些飘进来的雪，好在两人穿得都多，宁毅的二流功夫已有小成——至少他自己感觉是这样，而元锦儿向来活泼，前不久自吹可以在大雪天下河洗澡，这会儿也没觉得冷，两人有一搭没一搭地聊着天。

"等到这边店弄好之后呢，我决定亲自上台表演三天，聚聚人气。"

"很久没表演，人都生锈了吧？"

"滚，我只在云竹姐面前表演……呃，你觉得怎么样？"

"我都没看见过，肯定很差。"

"我说我上台表演。"

"你自己清楚的，少添乱了。"

虽然看起来彼此性情不合，但在许多大事上元锦儿还是蛮佩服宁毅的，她对这家挂了自己名字的店铺自然寄予厚望，说想要上台表演来聚人气，但宁毅这样说，她也就撇了撇嘴，不再提起。

"那就只能找以前的姐妹了，很花钱的呢。"元锦儿拖着凳子在大厅里找了个避风处坐下。

她人缘不错，在替竹记找关系的事情上起了大作用，但对钱的认识其实不是很明确，有时候聂云竹算账，她跟在一旁看，总是为着支出生气，小气得不得了。

"可以打出名气，又不用陪我这样的臭男人，双赢嘛。"宁毅将几张凳子放到圆桌上，清理出空间，笑着说道，"而且呢，竹记以后真的做大了，可以自己培养一批表演者。"

"培养……"元锦儿眨了眨眼睛，小声道，"你想开青楼？"

"你思想怎么这么龌龊！"宁毅瞪了她一眼，"以后……等到竹记的规模变得很大的时候，可以自己培养一些女孩子，男的也行，让他们学习各种各样的东西，组个班子，从戏曲歌舞到戏法杂耍，都可以表演。反正外面吃不上饭的孩子很多，算是做点儿好事，解决一下剩余劳动力问题。"

听着宁毅的计划和展望，元锦儿愣了半晌："那……很花钱的啊，不开青楼只表演的话，草台班子根本赚不了多少钱，而且……要多大才行啊……"

她根本没办法想象这些事，毕竟只是到处跑到处表演的话，那不是跟表演戏曲的草台班子没什么两样吗，谁肯为这种事花很多钱啊？

"分店开到三家以上之后，鸡生蛋、蛋生鸡就快了，到时候做一套流程出来，让它自己慢慢发展下去。"宁毅在纸上写着关于店内布置的注意事项，"重要的是……官商合作。云竹跟秦老一家已经比较熟了，跟康驸马也认识……那老头最近欠我蛮多东西的，这样至少可以保证整个流程顺利进行，按部就班，不至于被官府干扰太多，也有门路……"他顿了顿，"重点是要走高档路线，往南发展，往苏州、杭州等地发展，配套的娱乐设施慢慢做起来，只要经营和宣传得当，生意总是会有的，这武朝……反正穷得只剩下钱了。当然，还得看你们喜不喜欢做太大，要不然可以随时停下来。"

在生意方面，宁毅有着足够的运筹能力，更何况这年头做生意最重要的反而不是运筹，而是靠山。让竹记的生意借着驸马府的势力走，在这方面不用太客气，问题不大。以往他没怎么跟聂云竹她们说起这些，这时候元锦儿听了，一脸讶然，苦恼地想着自己今后也许会变成大富翁，又想这家伙也太敢说了，她才不信呢。

说话间，聂云竹已经从酒楼外进来了，一边关门还一边往侧前方的道路上看。她与元锦儿不同，元锦儿有时候会穿得像个男人，而聂云竹通常都是女子的裙装，顶多颜色单调，远看有些土气，近看时靓丽的容姿还是掩不住的。见她过来，元锦儿笑了一声扑了过去，跟着张望："云竹姐看什么呢？"

"呃，刚才好像看见……绮兰姑娘从这边过，也许看错了。"

"绮兰？"元锦儿推开门看了好几眼，"巧合吧。不过，反正以前跟她就不是很熟，当初花魁大赛还有梁子呢，肯定跟我们没关系。"

"你什么时候又跟绮兰有梁子了？"

"她拿了花魁啊，而且姓宁的还给她捧场送了两千朵花，害我没面子，这梁子够大了吧。"

元锦儿当初原本就没想过要争花魁，唯独这事，兴之所至便拿出来说一次，以指责宁毅的无耻。聂云竹听了扑哧一笑，宁毅则是无奈地拍了拍额头。他距离大厅一侧窗口下的雪堆不远，此时无声地走过去，捏起一颗雪球，元锦儿神色一滞，想要逃跑。聂云竹笑了起来："好吧，打她。"

宁毅可没有什么怜香惜玉的心情，特别是对元锦儿这种总是挑衅的"敌人"，手一挥，雪球呼啸而去。元锦儿抱住头，啊地低呼一声。她原本想着挨了这一下之后一定要表示自己会报仇，但下一刻，雪花飞溅开来。

聂云竹缩了缩脖子，根本没反应过来——雪球在她的头上飞散开来。宁毅保持着掷出雪球的姿势，一时间也愣住了。元锦儿忍着笑，片刻后，整张脸都鼓了起来。

"还武林高手呢……雪球都打不中……"聂云竹拍打着头上的雪，垮下肩膀，眼神有些幽怨，随后抿着嘴往外走。元锦儿笑嘻嘻地跟出去，两名女子在屋檐下捏起雪球。

"喂，大水冲了龙王庙，这是个误会啊……云竹你比锦儿懂事，你们不能这样啊……"

事实证明，即便是懂事的人也不会愿意平白挨打。不久之后，三人再从大厅中出来时，宁毅拍打着身上的雪沫，表情有些无奈。

"暗器功夫也是要练的好不好……"

"这说明你的暗器功夫没有我们的好。"元锦儿整理着头发，看来像是刚刚被人蹂躏了一番，随后她回过头去看那家还有待装修的店铺，"二月就可以开张了吧？"

"嗯。"宁毅点头，"二店。"

"锦儿店！"

"好吧，你说了算……"

时间已经不早了，店铺装修的细节，该说的已经说完了——实际上这本身也并非重点。三人在街头分开，聂云竹与元锦儿坐了马车回去，宁毅则是从另一边回家。

天气依旧冷，城市中积雪颇厚，回家的路上，道路两旁开着门的店铺茶楼和道路上行人的容色，仿佛预示着今年依旧是太平年景。宁毅想了想关于竹记的发展，这些事情说起来是生意，但于他来说，则类似于家家酒一般的操作。

理智上来说他倾向于往南方发展，武朝毕竟积弱，辽人也好，金人也好，无论局势如何发展，将来或许都会由北方杀下，南边肯定更加太平一些。只是如此一想，又想起跟陆红提说起的将来把生意做到吕梁山的事情，这样一来，倒是很难做过去了，特别是那边为贫困地区，如今又有田虎作乱，今后真想做生意，恐怕得走其他模式。

宁毅是有着把生意做过去的打算的，当然不是为了全国连锁之类的无聊成绩，最主要的，其实是为了之后武器一类的发明。之后他肯定会做这些，如果真能做出来，他又不想直接交给康贤，理由很复杂。

一来半吊子的火器意义不大，真的要起什么力挽狂澜的大作用，需要宁毅介入的地方很多，这样一来，他肯定得出来做事。官场内部钩心斗角，上面还有个皇帝，宁毅是当惯了上位者的，虽然不是应付不了钩心斗角，但肯定很烦，他不喜欢这种老有人指手画脚的模式。二来他对这个朝廷没有认同感，倒是对陆红提认同感比较强，他欣赏这个坚强且强大的女人，如果有可能，不妨帮她一帮。

当然，当一个思考扩大到"国家"这个范围的时候，在具体之处总是会显得极为虚浮，现在只有两家店就想着全国连锁似乎也有些浮夸的意味。宁毅如今的活动范围不过是在江宁城内，最近一段时间陪着苏檀儿跑来跑去地拜年，平日里接触到的大抵也是家中或商场的一些琐事。

这并非信息爆炸的年代，随便一个路人都能够谈起政治谈起爱国。后人看历史，或许可以看见有多少多少爱国者，有多么悲壮多么可歌可泣的故事，但其实以目前的社会来说，连北方打仗或许都是一个极其空泛的概念，生意场上或许与辽人的商贩有接触，但金人到底如何，那些在青楼画舫上泛泛而谈的儒生其实都不清楚。

宁毅只是从秦老与康老偶尔的聊天里了解了一些情报，接触更多的，还是江宁城中的悠闲度日。书院附近的清幽竹林，一帮孩子读书时的摇头晃脑，妻子在家中一边记账一边聊天时的俏皮笑容，这些东西，终究更有实感。

不过，有些感觉其实在渐渐扩大。年关前后拜访秦老的官员将这个老人的身份变得更复杂和立体了一些，有一点大概是可以肯定的，那就是秦老今后应该没办法再去秦淮河边摆棋摊了。秦老具体做了什么事情，宁毅并不清楚，只能根据旁人的说法大概勾勒出一个轮廓。老人在这方面极其沉稳，平日里聊天从不谈这些事，但自年关以来，宁毅能很明显地感受到一些绷紧了的东西。秦老也好，康贤也好，大家都在等待北方一些事情的发生。

然而，等待的事情暂时还没有来。

这年春天，金、辽两国订立了停战协议，看起来将至的战争一时间竟又变得遥遥无期起来……

天尚未亮，灯光之中，卧室感觉闹哄哄的。

"那个消息传过来后，这几日里到处都吵吵嚷嚷的，特别是那些读书的学子，闹得厉害呢……"

裹着被子，苏檀儿自床上支起身子，伸出手来为相公整理了一下衣衫。还未出正月，外面犹然天寒地冻，房间昨晚虽然烧得暖和，此时毕竟降了些温度，苏檀儿只穿了件小衣，胳膊从被子里露出一阵便又钻了回去，只露出头来与宁毅说话。

她虽然已经是大商铺的掌舵人，经营各种生意数年，但到去年年尾方才与夫君同房，平日里还是落落大方，此刻在家中裹着被子与相公说话倒是犹显青涩可人——也是这个时代的风气如此，苏檀儿纵然已经在商场上经历过许多事情，但在闺房之中，依然如少女一般。

婵儿与娟儿已经端着水盆拿着脸帕进来了。苏檀儿的闺房本来就不大，年前宁毅的东西全搬了进来，后来虽然整理了一番，但四个人在其中感觉还是有些挤，只是苏檀儿于这些事情并不讲究，只说这样反倒温暖，温暖的确是挺温暖的。宁毅接过小婵递来的脸帕，坐在床沿说了几句闲话。

"书院那边这几天也在讨论这些事，大家都有些慌，生怕金国跟辽国打不起来，有些人说，是金国势单力薄，虽胜了几仗，但终究还是怕了辽国；也有人说我们武朝不够主动，若能更主动一些，估计金国也会坚决起来……呵呵，这些人倒是蛮有想法的……"

"昨天在布庄听齐家的夫子说，庆园的仲衡公他们想要号召一批名士上书官府呢，还来向我打听相公的意思。"

"昨天倒是有两个老夫子来书院找我……我能算什么名士。"

"相公可是江宁的第一才子，他们来找相公也是正常的。相公答应了吗？"

"崇华叔帮着说话，想出风头，我答应到时候签个名。反正也是个噱头，没什么用。"

"众志成城呢。"

"呵呵，未必真有多众……"

几人在卧室里走动着，宁毅拿着脸帕去洗，小婵伸手想要接过，被宁毅挥挥手拒绝了。小丫头扁了扁嘴，俨然被宁毅抢去了自己的工作一般。

由于前一年金国与辽国剑拔弩张的信息在武朝已经传播许久，这时候两国和谈的消息传来，民间顿时一阵失落。不少文人士子觉得可惜，甚至有的人觉得武朝应当主动出兵，抓住时机联合金国，总之讨论得挺热烈的，宁毅、苏檀儿也将这些事情当成起床时的谈资。

"妾身倒觉得晚点儿打起来也好。"

"家里跟辽国也有生意？"

"嗯，是有一些，不过倒不是为了这个……"苏檀儿在被褥中点点头，随后又摇了摇头，"只是乌家那边的生意刚刚接手，还没定下来呢，若是现在就打起仗来，容易出变故……当然，我也就是说说。"

那边整理衣柜的娟儿忽然笑了出来："说到乌家，姑爷、小姐，乌家现在，估计要被气死了吧？"

这丫头平日乖巧安静，偶尔有些腹黑，这话说完，整个房间的人都忍不住笑了起来。宁毅当初威胁乌家，就是借着要打仗的大势，把乌家吓得不敢拿全家的性命来冒险。现在才出年关不久，乌、苏两家已经交接完毕，旁人只以为乌家壮士断腕，弃车保帅，若是知道具体内情，怕是真得笑死。

正是清晨，油灯在房间里渲染出暖黄的光，一屋子人笑得不甚大声，气氛却真是暖洋洋的。不一会儿，苏檀儿提起了其他事情："相公若是无事，今年夏天咱们一家人到处走走如何？"

"夏天？"

"嗯，过几个月，春季蚕丝收完之后，往苏州、杭州那边走一趟，一路游览。俗话说'上有天堂，下有苏杭'，家中在这几个地方也有些产业，天热的时候，正好可以过去避暑。"

"也好。"

"那妾身便开始安排了。"

见宁毅点头答应，苏檀儿立刻高兴起来。实际上才一月末，若是夏季出游，原不必此时就开始打算，不过苏檀儿其实有些私心。以往她掌管大房产业，每年都会出去一趟，初时是随着父亲，后来便是自己带上家丁、护卫，这也是为了熟悉各地产业的具体情况，免得真接手生意时还是待在家里闭门造车。

当初她与宁毅成亲时敢于私自离家，也是因为之前就有出门远行的经验。此时自然与那时不同，今年她已经接了整个大房，原本不该到处乱跑，但是如今与宁毅的关系融洽，苏檀儿心中一方面重视家中的生意，一方面也想把这段婚姻经营好，打算将来做个贤妻良母，为此甚至觉得少一些生意场上的锱铢必较也是心甘情愿，于是想要假公济私一番，按照往年"惯例"一块儿出去游玩。

另外还有一些比较深层复杂的原因。去年对付乌家的那一手，她与夫君宁毅玩得漂亮，大大地打出了名声，也稳定了她在苏家的地位，但父亲伤愈之后，对大房还是有着足够的掌控力。苏檀儿学的本来就是父亲的风格，且又是女子，于各方面的细微操作极其熟练，但真要说到老成持重，与父亲相比还有一定的距离。

苏伯庸虽然瘫痪，但毕竟年纪还不算老，脑子也清醒，席君煜的事情暴露之后，也是他下令找了百刀盟，几乎将对方赶尽杀绝。老人家的狠辣、威信，在大房之中，终究还是不可替代的。苏檀儿的地位如今已经确定，无法动摇，但接下来的数年之内，可以想见，依然得父亲为她护航一段时间。

苏檀儿与苏伯庸虽然在亲情上有一定隔阂，但于权力的传承上没有太多芥蒂，要苏伯庸将所有的权力交出来，问题不大，但苏檀儿此时未必全部接得住。内部自然是有默契的，可到了外部，一方面苏伯庸于大房有掌控权，另一方面老太公又宣布了由苏檀儿接管大房，在外人看来，难免会产生一些分歧。由于这些因素，苏檀儿便首先做出了选择。

在对付乌家取得大胜利之后，她停下脚步，收敛锋芒，稍作休整，先将这次的结果尽量消化，确定不出乱子再说。另一方面，作为苏檀儿个人的风头已经出够了，她才二十岁，这时候不必心急火燎地往前走，仍然要将父亲放在前头。而且当她的形象淡化后，旁人就会看见整个苏家，不仅仅是大房、二房、三房其实也有利益可占。这个时候，她已经不需要局限于区区大房来想事情，可以开始考虑给二房、三房匀出利益来。虽然两房未必领情，但总有些人会记得她的漂亮手段。另外北方打仗，她也想着要将各种生意的重心往东南方向转，苏州、杭州是最发达的一片区域，必然是未来的重中之重，她在江宁突出苏家的形象，自己则可以到苏、杭观察一番，也是数全齐美了。

当然，这些事情无须提起太多，她也只记着这次与相公出门远行，自己可是做了大牺牲的呢。先前她还在床上躺着不想起来，此时便穿了衣裙起身，准备为夏天的出行规划一番。婵儿与娟儿也是喜欢出去玩的，一面伺候小姐穿衣洗脸，一面轻声与她商议着。

宁毅向她们招呼了一声，推开门准备出去晨练了。天刚蒙蒙亮，积雪堆在院子里，几个雪人在庭院间隐约显出轮廓，宁毅在屋檐下做了几个舒展的动作。临时搭建的小厨房中，杏儿正坐着烧火，从那边探出头来："姑爷起身啦。"

晨风寒冷，鸡犬相闻，整个苏家大院已经醒来。

"那竹记到底是什么来头啊？"

将将到了清晨，秦淮河畔的街上已经热闹了起来，航船在冷冽的空气中驶过江面，街道上来来往往的行人车马已经预示了一天的热闹。名叫聚宾楼的酒楼门口，一辆马车停在那儿，从车上下来的是一名三十来岁的男子。这人下巴有些尖，一身贵气的员外服，背后插了一把折扇。老实说，现在带扇子是一件很傻的事情，而他从背后取出折扇后还打开在冻耳的晨风中扇了几下，此时正皱眉望着道路对面临河的那栋漂亮的酒楼。

这"尖下巴"看穿着有些像是富家员外，看摇扇子有些像是文人士子，但看他在这种天气摇扇子又像是傻瓜，看样貌精神则与街头的泼皮无赖有几分相似。他背后的聚宾楼关着门，里面亮着灯光，大概是在做开门前的准备。四不像的"尖下巴"到来之后，门便打开了，一名掌柜赶快从里面迎了出来："陈四爷，您来了，这么早？"

"早什么早！刚从燕翠楼那边出来呢，正准备回家补个觉，路过这边……这什么竹记锦儿店，这不虎口夺食吗？谁开的？什么来头啊？"

那掌柜的愣了愣，随后行了一礼："回四爷的话，之前竹记的掌柜的来送过拜帖，姓林，是个老头。不过背后的东家似乎是两个女的，每天看见她们过来，没听说有什么来头……哦，倒是听说是两个自青楼从良的姑娘。"

"从良？"那陈四笑了起来，"你唬我……哪儿有什么姑娘会从良。"他又看了那酒楼几眼，沉下脸，摇摇头，"这酒楼开在这里不行，抢生意，摆明跟我们陈家过不去嘛……让她们搬走。"

周佩最近正纠结于自己快要长大这个事实。

作为康王府中的小郡主，她去年十三岁，今年过了年之后便要十四岁了。十四岁算不得很了不起的年纪，但对女孩子来讲，有些东西开始变得迫切和明显起来。最明显的，便是家中那个一直不怎么负责任的父王在这次过年时开始考虑给自己找一个驸马。有一次父王询问了她的意见，最近还在对比江宁一带的青年翘楚，这些事情让她有些苦恼。

她倒不是完全排斥成亲这种事情。以周佩的郡主身份，她从小受到的教育其实是极好的，《女诫》《女训》、三从四德都学得滚瓜烂熟。这年头，作为女人，特别是能够受到教育的皇室女人，说从儿时开始所受的教育都是为了将来成为一个合格的妻子并不为过。

诚然，无比优渥的环境也容易培养出某些并不怎么为人喜欢的性格来，但周佩在这方面还算是比较好的，她对于将来的婚姻未尝没有期待。将来的驸马会是什么样子，要与另外一名男子组成一个家会是怎样的感觉，成为别人的妻子之后该怎样做，这些事情光是想一想，她都会脸红心跳，但另一方面，这些事情也清晰地告诉她，今后或许只能是个女人了。

在"女子无才便是德"上，周佩是不合格的，她有着过人的天赋、敏捷的思维。当然，这也是一句没什么说服力的假话，聪明的女人才能真正掌住一个家，真正的笨女人是很容易吃亏的，小周佩从小在王府当中见过许多这样的笨女人，她才不会跟她们一样呢。

从小她就见过各种老师，要说最重要的一位，还是驸马康爷爷。老爷子是个愤青，这对她有着很大的影响。从小康爷爷就会教给她与弟弟作为周氏皇族的荣耀以及"为往圣继绝学，为万世开太平"的理想——更多的其实是教给弟弟周君武的，但作为皇族，她自然也有这样的资格和使命感，譬如皇姑奶奶就与驸马爷爷做着很大的生意，暗地里支持朝堂在南方的运作，这些事迹本身就很有说服力。

康贤与老伴以身作则，有教无类，结果懂事比较早的周佩反倒被感染得更深，自小立下各种志向，并且从小就知道督促弟弟。虽说皇家对他们这些亲戚管得都比较严，但她心中常怀报国之念，就如皇姑奶奶与驸马爷爷那样，只要心怀希望，总是有办法为国出力的。有个责任心强的姐姐，作为弟弟的小君武反倒变得比较温暾。

两姐弟就在这样的情况下一路走来，父王则撒手把他们扔给康贤去管教。周佩责任心日强，但弟弟是块牛皮糖，秉承"上善若水"的原则，就是没什么长进，读起书来成绩马马虎虎，有时候还有点儿迷糊。如果有人说"为国捐躯"什么的，小家伙必定两眼一瞪，诧异无比。

事情明摆着，国家都没让他们去捐躯呢，父王整日里走鸡斗狗，朝廷对皇亲国戚参政又限制得死死的，他们自小就没有当官参军的门路。从小耳濡目染，小君武也是知道这些事情的，只是周佩信奉"有志者事竟成"，她与弟弟从小处于放养状态，于是她知道世事如何，忧心这天下时局，总觉得自己得去做些事情。最起码得督促弟弟去做些事情，他毕竟身为男子要为国分忧。这些年来没什么成绩，周佩心中着急，但弟弟毕竟才十一岁，还有时间慢慢来。可到得此时，她才知道，已经没什么时间了。

成亲这种事情，作为女子，终究是躲不过去的，为着父亲说的那些事情脸红心跳、心中忐忑的同时，她也意识到，一旦成了亲，自己就真的只能当一个女人了，只能管理家中的事情，相夫教子，心太大是不被允许的。皇姑奶奶与驸马爷爷那样的情况是极其特殊的，自己的驸马是怎样的人还难说呢。驸马都是入赘的，如今肯当驸马的，据说都是歪瓜裂枣……

总之，自己以往所思所想，一旦成了亲，就真得放下了，如今想起来，家家酒也似。

弟弟如今也有些感兴趣的东西，可惜与她之前想要弟弟接受的那些东西无关，一切都来自那个叫宁毅的"蛮子"。宁毅目前算是她师父，叫他蛮子未免有些不敬，但那是去年养成的习惯，眼下她只偶尔腹诽时用用。

这位师父被人称为"江宁第一才子"，并非沽名钓誉之辈，才学是没的说的，而且才二十岁出头，就是一点儿都不正经，授课随意，态度散漫，上课的时候没一点儿师长的模样，还老是讲一些市井间的小故事，常常弄得学生们哄堂大笑。课堂跟说书的茶楼一般，与严肃的驸马爷爷一点儿都不像，也不知道他们两人是如何成为朋友的。

老实说，那蛮子的才学，她是佩服的，每每有发人深省的说法，有时候随口说些事情都会让人惊叹不已。前不久她因为自己心中所想，在课堂上随口问了一句："人为什么非要成亲呢？"人要成亲传宗接代在周佩心里其实是板上钉钉无须讨论的事情，真要讲起来，这些有关人伦大道的道理，任谁都能引经据典说上一通，她也不知道自己为何会忽然问出来。

宁毅眼下教的这个班级，学生的年龄普遍较小，由于苏家是当成私学来办，其中也有几名小女孩，以周佩的年龄最大。她一个女孩子问出这句话来，课室中顿时鸦雀无声，一帮孩子都红了脸，只有小君武点了点头："是啊是啊，为什么呢？那帮女孩子最讨厌了，老是哭……"

小君武性格温暾，在亲族当中比较受姐姐妹妹的喜爱，想不到他本人的感觉是这样。这话一出，苏家几名女孩子瞬间黑了脸。

"我也讨厌你！"

"不跟你玩了。"

小君武连忙解释了一番，场面一片混乱。周佩其实一问出来就后悔了，料想师父要回答也简单，想不到宁毅想了一会儿，说出了一番让所有人目瞪口呆的话来。

"有一种说法是比较有意思的……"宁毅笑着开始说话，课室里便安静下来，大家都竖着耳朵认真地听着，却见宁毅指了指小君武，"譬如君武吧，你如今在家中算是独子，只有个姐姐，没有其他的兄弟和妹妹。"

周君武用力点了点头。

"这种情况要求你的爷爷奶奶，他们必须生出一个儿子来，那就是你父亲；你的老爷爷老奶奶也必须有个儿子，是你爷爷，然后，再上一代、上上一代……以此类推，到几千年以前，你们知不知道这有多幸运？"

孩子们的理解能力毕竟还是有点儿差的，宁毅等了等。

"这么说也许有些奇怪，但是，假如你就是你几千年前的一位祖先，要把血脉一代代传承下来，怎么样才能做到？君武，你要成亲，而且必须生出一个儿子来。"

周君武一阵脸红，孩子们都笑了起来。

"你的儿子也必须成亲，他们必须生出一个儿子来；你的孙子必须成亲，同样必须生出一个儿子来；你孙子的孙子……一直到你父亲，他也必须成亲，然后生出一个儿子来，才会有现在的你。我们都是这样来的，一条血脉，几千年几万年，几百几千代人，每一代，他们都必须有一个儿子……

"你们看街口卖面的黄伯，他们一家无儿无女。譬如最近闹得挺伤心的，齐家的独苗，出去跑生意，遇上匪患，死了。小七，你爹爹还去探望了吧。去年水灾，很多人，家里的儿女去世了。这样的例子很多很多。人生在世，经过几千年几万年才传到现在，这中间，各种事情都会发生。自三皇五帝以来，终究是乱世居多，你们某一代的祖先，遇上兵祸、天灾，没留下孩子就去世了，这也是很有可能的……

"可是，在这么危险的过程里，几百对几千对夫妻，我们的先祖，他们没有一对在生下子嗣之前就过世，而且……他们全都生了男孩子。几千对夫妻啊，全都生了男孩子，而且他们的孩子也必须生男孩子。你们母亲那一条的血脉也是，你们的外公外婆必须有女儿，然后往上，外婆的父母也必须生女儿……每一代都生女儿，女儿还必须生出女儿来，全都生女儿啊，可能性就更小了。毕竟谁想要女儿啊，你们家中都重男轻女……"宁毅笑着，"每个人都会觉得自己在这里是理所当然的事情，可是你们想想，大家的先祖，经过了多少代的延续，避开了多少危险，这条血脉，一代也没有断过，传啊、传啊、传啊、传啊……最后才传到你们这里。你们有多幸运，这样子说你们也许可以感受一下，自己身体里的血，跟你的父亲、爷爷，乃至一代代先祖之间的联系，他们历经千辛万苦，才让这条血脉传到现在，然后有了你，这是几千年几万年几万万年的努力，你们也不忍心让它就这样断掉吧……"

课堂上，几乎所有的孩子都呆掉了，有听懂的，有没听懂的，也有只能理解一点点的，周佩却是听懂了。她从小就听驸马爷爷说过许多东西，也看过许多诗文画卷，原本她以为自己明白了什么叫作宏伟，例如国家啊，例如长城啊，例如丝绸之路啊，例如她最喜欢的《滕王阁序》《梦游天姥吟留别》，可多么宏伟多么华丽的东西都比不上今天听到的这个。

她几乎能感觉出两条由几千年前，不，甚至是从天地初开，方有人类时便开始的两条血脉线从千万年前划过来，留在自己的身体里。这么长的千万年，竟然一刻都没有断过。

能够轻描淡写地说出这种事情来，自己这位老师……果然是很厉害很厉害的人。

可他在说起这种事情的时候，竟然半点儿华丽的辞藻都没有用，这令得她几乎有些恨他了：怎么能这样？！

"这些都是课余的闲谈，听得懂也好，听不懂也好，都没关系，大家不用想太多。如果回到课堂上，关于周佩的问题说法有很多，《孝经》有云……"

说完那些吓人的理论，宁毅又回到子曰诗云上说点儿正经的东西，然而那一下让所有人都混混沌沌的，哪里还有心情听他说这些。周佩也无心听那些陈腔老调，估计当时就算听了，也只会觉得这师父有心敷衍，说得还不如自己呢。当然，对于宁毅的才学，她自去年拜师后便没有太多怀疑了。

不过，才学是一回事，为人师长态度不端正太可恶了。周佩受康贤熏陶，对这一点整日不爽，她也喜欢听那些课和那些故事，可在教学之时听到就是不爽。她也想过拉着弟弟一走了之，可心中又知道跟着这师父的确能学到东西，于是为之纠结不已。最近这些天又为着自己要长大，可能会有郡马的事情而烦恼，好在她克制力强，不但没有失去理智，反倒更下定决心，要将这师父纠正过来。

新年开学后，宁毅教授的班级人数已经涨到二十余人，周佩平日里才学出众，与人相处时也挺温柔的，虽说男生们不太好意思与她说话，但她一直颇受爱戴甚至爱慕。这次她便下了决心，发动群众："虽然师父从不严肃，但我们自己要做出样子来。"

为着这事，周佩在宁毅未到课堂之前准备了洋洋洒洒一大篇演讲稿，什么大家将来是国家栋梁，当如何如何，课堂之上当如何如何。老实说，周佩还是挺有口才的，而且眼下各个书院的气氛也都差不多，夫子们一个赛一个地严肃、严厉，宁毅这样的，若不是山长维护，哪里还教得了书。周佩一说，大部分学生想想觉得有道理，便准备在课堂上对自己进行更加严格的要求。

其实这也是各人视角不同。周佩经历过的师父都是极其严厉的，她就算是小郡主，也被师父吹胡子瞪眼地说过，甚至被戒尺抽过手板，被罚抄过《论语》。就算不是这样，至少师父在课堂上也得严肃，不能胡说八道插科打诨。宁毅在课堂上讲故事这种事情她实在不待见，连带着对宁毅其他方面的印象也大打折扣。

然而，在宁毅看来，这帮学生经过他的熏陶之后，已经相当乖巧了。他刚开始教的时候还有几名调皮的，到得此时，班上几乎已经没有真敢调皮的孩子存在。这或许也是因为他在苏家的名声太响亮，真正说话、讲课的时候没什么人敢违拗。至于他讲故事，引申各种论点，原本就是要让学生自己去想，哪里有趣，哪里好笑，哪里值得深思，如同聚会般提几个问题、笑一笑本就是应有之事，何必阻止。

如果周佩有了足够的阅历，就应该能够发现，当她提出那些倡议之后，大部分孩子是觉得她说得"有道理"而决定信服的——没有威严不好，自己这些学生得帮着老师维护威严。另外的学子虽然说着"师父以前说过，轻松些更好"，但一时间还是随了大流。

此后几天，宁毅讲课之时，一帮学生正襟危坐，偶尔说个笑话，有人忍不住了方才笑出来，随即又努力做出非常非常认真的表情来，弄得宁毅疑惑不已。

不过，这样的自发性在宁毅的挑逗之下自然坚持不了太久，到得月底这天，宁毅有些好笑地问道："难道我已经过时了，说的笑话已经不好笑了吗？"这帮学生才你一言我一语地劝说他，道老师当对他们严厉一些，如此有助于维护老师的声望与清誉，一个个小大人也似。

宁毅如今不光在苏家颇受敬畏，才名也已经远播，不时便有不明白宁毅性格的人来拜访，一帮学生也是与有荣焉。只是他这离经叛道的教学方式总是为人诟病，加上他才执教一年，豫山书院也没出什么才子，学生们听得旁人议论，倒是为宁毅这个师父着想起来。随后宁毅才知道，是周佩用了这种理由方才说服了一帮学生，决定上课要更有规矩。

这宁毅听得目瞪口呆，啼笑皆非，也不知道该笑还是该感动。事情被揭穿，周佩在课堂上站了出来。小姑娘还是蛮漂亮的，只是这些天心情不好，此时也是木着脸："学生自作主张，请师父责罚。"

宁毅在众人的座位间走动，听一帮孩子说话，这时正好走到周佩前方不远处，听了这话，顿时目瞪口呆——小姑娘治学严谨，这是逼他表态呢。

看她一脸倔强的神色，宁毅心中觉得有趣，片刻之后哑然失笑："重要的是要有自己的看法，你做得很好，罚你干吗？"

小姑娘与他对峙半晌，看看宁毅手中拿着的平日里当教鞭乱指的戒尺，眼一闭，将手掌伸出来。

两人之间不过两句对话、一个动作，实际上却是谁也没相让，其余的学生自是听不出太多弦外之音来。宁毅啼笑皆非，好半晌，拿着那把没怎么用过的戒尺在对方的手掌上拍了一下。周佩紧蹙的秀眉抽动了一下，她却根本没感觉到痛，睁开眼睛时，宁毅已经笑着转身，开始讲述有关"理解"和"举一反三"在读书中的重要性。

小郡主瘪了瘪嘴坐下，一言不发，这堂课的内容没听进去太多。不一会儿，旁人已经不怎么看得出她的脸色有差，只是整个上午没怎么开口说话罢了。中午周佩打发弟弟独自去吃饭，小君武能够感觉到姐姐身上的杀气，不敢靠近，灰溜溜地跑掉了。

周佩在书院中转了一圈，几个女孩子与她打招呼她也没怎么理会，以往她是不会这么失态的。周佩走到书院角落的竹林边时，方才稍稍坐了一会儿。此时地面犹有积雪，白日里温度纵使高了些，但竹林这边终究寒冷，因此没什么人过来。她坐了一会儿，鼻头忍不住一酸，眼泪掉了下来，她伸手在脸上揩着，就那样哭了起来。

其实她也不太明白自己干吗忽然哭得这么厉害，以往她是不至于为这些事情生气的。师父是有本事的人，她心中不是不明白；他的教导方法未必无用，她也是明白的。其实这些天，她想想父王要为她挑选夫君的事情，心跳之余，又总觉得空落落的。

她才刚刚开始懂事，就要嫁人了，那些想要做的事情，其实什么都没有做到过。

若再大得几岁，她或许就会觉得此时感受到的困扰委实幼稚，但此时，只有十三岁的小女孩也只能坐在竹林边哭得梨花带雨、泪眼模糊。

正自伤感抹泪，却见一道身影站在不远处朝这边望过来，她连忙揩着泪水望过去，却见那道身影正是放了学之后准备走人的宁毅。周佩之前被泪水模糊了眼睛，没有注意到，宁毅走过去时也没有注意到她，这时候两人才将对方看清楚。十三岁的小女孩拼命想要板起脸来止住泪水，但一时之间却是怎么止也止不住……

下午阳光明媚，虽然还是没什么热度，但比之天阴时节，总是更能让人心情开阔起来。

小院子里的嫩草已经发了芽，归功于之前的主人并没有整理院子的打算，此时院子的地面上嫩草如茵，有的地方还有未消的雪堆，反而增添了生机盎然的气氛。屋檐下的风铃叮咚轻响时，穿着白绿相间的秀雅裙装的女孩正坐在栏杆上吃着手上的菜肉卷。

以这个时代的眼光来看，眼前女孩的打扮已然到了接近成年人了，但实际上，即便容姿再端庄，处事的态度再认真，个头只有一米三的女孩子看起来也不过是个还没长大的小不点儿。娇小的身形与那努力模仿大人的表情，配上贵气精致的穿着，倒更像是一个正在努力长大的瓷娃娃。

方才在书院里流眼泪被师父看见，尴尬、难过、忐忑等各种情绪在周佩心中混杂在一起，当时也难说是什么心情。她以往对于宁毅的授课方式，腹诽之余也是觉得有趣的，最近看不过去，却不过心情烦闷所致，加上这些事情终究没能做成，挫败感才在心头堆积起来。

只是这些事情自然不可能口头承认，她期待着师父能够说服她，哭泣被看见的事情不好提起，却也没办法当作没发生过，于是随了宁毅过来。她中午没吃东西，于是买了个肉卷拿在手上啃。

但宁毅的想法她自然也不可能明白。宁毅是不赞成一个女孩子十三四岁就成亲的，但这是武朝常态，礼法如此，不是自己的女儿，说也无用。周佩觉得自己已是大人，可她实际上终究是个孩子，他不愿意将孩子教得太成熟，又不好拿对付孩子的办法来忽悠她，人生的事情，也只得她自己去领悟接受了。虽然她现在心情烦闷，但真到成亲之后，总能自然而然地接受。

小姑娘坐在屋檐下没能等到宁毅的开导，以为老师又在里面做什么实验，她狠狠地将肉卷咬了几口，随后却见房门打开，宁毅背了个长长的包袱出来，朝他问道："你跟君武下午还在书院玩吧？"

周佩望着他背后那长包袱，咽下口中的食物，咬了咬嘴唇："师父要去哪儿？"

"去一趟驸马府，看你陆叔叔在不在，你先回书院吧。"

"找驸马爷爷……那我也去。"

周佩想了想，随后起身，提着裙裾跟在后方。宁毅背后的包袱包得并不仔细，一根竹管从边角伸了出来。这东西她与君武过来时看见过，虽然老师不许他们碰，但她知道是军中的突火枪。相对于跟君武在书院"玩"，她自然对正事更感兴趣。何况这几天的郁闷还不算解了，她自然得跟上去。若是师父提起，还得理论一番，让他知道自己不是那种只会哭的小孩子，方才被他看见纯属意外，这才是最重要的。

第六章
以寡敌众巧破杀局　水中显威力擒主谋

　　时间方至下午,他们自秦淮河边的街市上走过时,远远近近的皆是行人。开春雪融之后,来往的商旅也开始自江宁城中穿行,因此不时可见远行的旅人牵着马匹自街市上走过。也有附近整装的镖队商旅浩浩荡荡地护送车马,有的是本地出发的,也有自不远的城市过来的,途经江宁,便可以放松些许。持刀拿枪的镖师们左右顾盼,大声说话,与同伴议论着城市的繁华,毕竟一旦出了城,真正踏上旅途,这等繁华的景象就难得一见了。

　　道路两旁的店铺门口挂着招展的旗帜或醒目的招牌,临河的店铺多有用于上船或浣衣的石阶。雪融不久,周围的柳树尚未发芽,倒是一些鸟儿已经飞了过来,婉转啼鸣。碧波上不时有画舫行来,笙歌阵阵。

　　"师父,你看那画舫上的书生好像叫袁立,前些天也去拜访过驸马爷爷。"

　　这等初春的天气,让人兴不起太多紧张感。宁毅背着长长的包袱,与小郡主周佩行走在街边,侧后方有一名衣着低调但身材颇为魁梧的中年男子,这人乃一名王府侍卫,姓宋名千。周佩与周君武在豫山书院上课,向来有两名侍卫在附近等候,周佩既然要与宁毅去找康贤,背着几支突火枪出那小院时,便招呼了其中一人跟随。

　　这人在王府中担任侍卫多时,若不出什么大的意外,便如同隐形人一般,不会有什么存在感。

　　书院与驸马府相隔有些远,但横竖无事,宁毅更喜欢在城中散步一阵。小周佩的心事自然不能宣之于口,但与宁毅走得一阵,她听这位师父指指点点说了很多有趣的东西，便暂时放下了心事。此时走在河边的道路上，周佩看见不远处的船头站立的一名青衫公子，忆起自己知道的事情，便对宁毅说了起来。

宁毅扭头朝那边望去，那画舫之中颇为热闹，显然正在举办一场聚会。青衫公子立于船头，手中拿着一把折扇，头上纶巾飘飘，颇有几分风度。一名白衣姑娘自画舫中出来，站在他身边陪他说话，大抵是画舫中作陪的姑娘，身材倒是不错，只是远远的看不清样貌。

宁毅再扭头望望周佩，只见她一只手轻轻提着长裙，让自己在前行时不至于弄脏裙摆，一边伸长了脖子，饶有兴致地望着那画舫，一副八卦的追星小女生的模样，颇为可爱。

"好像是明玉坊的船，不知道那人是尹雪还是画屏。老师你猜他们在说什么？"

那明玉坊在江宁也有些名气，尹雪与画屏两位姑娘正是其中的招牌。这种事情在如今算不得坏事，只要有才子佳人，渲染一番便是佳话。周佩从小也是听着这等故事长大的，这时候颇感兴趣。

宁毅眯着眼睛看了看，漂亮的画舫行驶在初春的气息里，确实赏心悦目："袁立这名字好像是听说过，很厉害吧？"

周佩本想点头说厉害，随后却嘴一抿，眨着眼睛望了望师父。那人是有一些名气，能够与人一同拜访康贤，多少说得上话便是证据，只是在如今的江宁，若与"宁毅宁立恒"这五个字摆在一起，多少显得有些无力。看看师父背了个长包裹在背后，笑着问话不似作伪的样子，周佩一时间有些无奈，对那边才子佳人的兴趣也减了些，开口咕哝了一番："还好吧，前些天在驸马爷爷家中与人辩论，说起北方的事情，倒也慷慨激昂。前些日子老师不也在那份谏言上签了名吗？他是其中最热心的一人呢，这些日子听说都在与人议论这些，今天肯定也是……可惜金国与辽国和谈了，再开战不知要等几年，否则听说他便要效班超之志，投笔从戎……"

"倒也不用几年……"宁毅笑了笑，却也点了点头。

他与周佩、宋千一直往前走，画舫也缓缓前行，不时有笙歌飘来这边，隐约也能听见书生吟起诗来，秦淮河的闲适就混杂在街市的熙攘喧闹间。

周佩小碎步跟在旁边："师父也说不用几年？前些天跟着驸马爷爷去秦家爷爷那边，他们也是这样猜的……"小姑娘皱着眉头，随后又想起什么，神神秘秘地说道，"师父，你知道秦爷爷的事情吗？"

"什么事？"

"呃……就是那黑水之盟的事情。往年我只知道秦爷爷学问很厉害，驸马爷爷跟他交情很好，倒不知道他做了些什么事情，最近一段时间才忽然听人说起来。"周佩想了想，"什么黑水之盟的事情，打败仗的事情……秦家爷爷以往住在这里，都没什么人来探访他，也没什么人提起，最近探访的人也多了，说的人也多了，可是私下里听一些人提起，也有骂他的，说他做了很多沽名钓誉的事情，也有更加不堪入耳的话，说他……说秦爷爷是汉奸……"小姑娘皱着眉头，"我最近问驸马爷爷，驸马爷爷却不说什么，只说凡事怕是要盖棺才能论定，现在还不到说的时候。我大概知道事情和金国、辽国有关系，不过每次驸马爷爷去拜访秦爷爷，秦爷爷都不肯谈论这些，只是天南地北地说些闲话，好像对这些事情一点儿也不关心……"

"几年前的事情，我也不是很清楚……"宁毅想了想，随后摇了摇头。

最近一段时间，市井间传的一些流言他也听说了，只是这些流言说得玄之又玄，不足为信，只知道七年前那什么黑水之盟或许是秦老主导，签了个乱七八糟且丧权辱国的合约。如今有人提起这事，说金、辽之间的矛盾在当时便埋下了伏笔，便挖出"秦嗣源"这个名字来，但这等事情自然还是不信者居多。

以往秦老与康贤颇爱谈论天下局势，但最近这段时间对于北方之事谈论甚少是事实。特别是最近金国与辽国忽然和谈，耶律延禧册封了完颜阿骨打为大圣皇帝，消息传来之后，俨然给期待着金、辽开战的武朝人泼了一大盆冷水——理论上来说，辽帝耶律延禧这步一退，不论真假，总能守住几年平安日子，眼看将起的战争又要延期。这种时刻，宁毅偶尔去拜访秦老时，才发现老人家对这事竟是谈也不谈了，似乎已经全不理会，倒是康贤去秦老那边的次数隐约多了起来。

有些气氛宁毅是能够感受到的，猜测自然也有，但他并非真正的参与者，就连真正知道内情的康贤这时也屏住了呼吸不对此开口，这等严肃的事情上，他当然也不好信誓旦旦地对周佩乱说些什么。只是觉得做大事的人终究是做大事的人，卖国也好，误国也好，与那画舫之上、脂粉堆间商量要投笔从戎的人还是不同的。

他当下与周佩说了些有关金国、辽国的事情：那完颜阿骨打在白山黑水间以一己之力振兴女真一族，打出"女真不满万，满万不可敌"的神话，护步达冈甚至打出以两万败七十万这等战绩来，委实是厉害到极点的英雄人物。

武朝真正清楚这些信息的人不多，但最近一年以来，在宁毅的随口讲述下，包括周佩在内的一帮学生对这人也是既佩服且怕。好在女真人少，完颜阿骨打也不年轻了，他要在有生之年灭辽随后威胁武朝的可能性还是不大的。

周佩喜欢谈论这些事，偶尔推测一番，问一句："是吧？"说得一阵，心中先前的郁闷也就暂时解了。中午因为气闷，她只啃了一个小小的菜肉卷，又走了一段长长的路，这时候肚子饿了，因正好接近竹记新开张的锦儿店，小姑娘便旁敲侧击一番，要求停下来休息一下，吃些东西，顺便看看竹记的新店铺——以往宁毅带着他们姐弟俩去竹记的总店吃过几次东西。

两人于是朝那边过去，快到店门口时，却遇上了两个从那边过来的人。其中一位五十来岁，身形高瘦，虽做文士打扮，但周身有一股常年颐指气使养成的富贵之气，神情严肃，目光傲慢。这人宁毅以前见过一面，是江宁有名气的大儒，名叫张瑞，字宏源，也是康王府的教习之一，据说颇受器重。另一人则是三十来岁的样子，身材微胖，眯着眼睛，也是神情严肃，同样做文士打扮，拿了把扇子。这人宁毅却不认识。

那张瑞认出宁毅，和同伴说了几句便朝这边走来，不过周佩首先过去行了礼："张夫子、李夫子好。"

那两人连忙回礼："郡主也在，不敢当、不敢当。"

随后两人才与宁毅打招呼，互相介绍。原来这两人皆是康王府的教习，在江宁城中也颇有才名。那李姓的胖子名叫李桐，他眯着眼睛打量宁毅："原来阁下便是宁毅宁立恒，久仰大名，一直无缘得见，今日真巧。"

张瑞则望着宁毅与周佩，有些不悦："立恒竟带着郡主在这等市井间闲逛，这似乎有些……不大妥当吧？"

若是一般的偶遇，或许寒暄一阵也就分开了，但眼下说得几句，张、李二人却开始你一言我一语地将话题转到"讨教""坐而论道"之类的事情上，并且说起宁毅的教学方式，以及带着小郡主在这等街市间走来走去委实有些不妥。

他们提起这些事情的理由倒也其来有自。去年年底，周佩与周君武的拜师礼，康王府原本打算大张旗鼓，康王甚至准备亲自去苏家登门拜访以壮声势，后来被宁毅拒绝，拜师礼便由康贤居中引导，一切从简。但作为康王府的教习，这些人却是知道小王爷与小郡主多了一名师父的。

王府之中臣属颇多，一帮教习颇具才名，地位也不低，但主要还是教导王府之中各种下人的子弟，就算有的人与小王爷、小郡主也有师徒身份，但与那种专门去寻找的师父是不同的。

宁毅二十出头的年纪，又被人称为江宁第一才子，不被嫉妒不可能。这些夫子知道拜师之事以后也准备了颇大的阵仗，还找了家青楼准备办个诗会，随后递了请柬给宁毅，料想自己这些人分量总够了，大家都在王府，这个面子宁毅不可能不给。但连个王府客卿的牌子都是康贤塞给宁毅的，他认为自己不需要去王府做事，大家也算不得同僚。况且当时跟苏檀儿感情正好，成亲两年才同房，称得上感情正笃，苏檀儿需要他陪着到处拜访，他便按照惯例将请柬扔到一边，回了一封量产型的婉拒信，洋洋洒洒一大篇，意思其实就七个字：有事，不去了，抱歉。

这些人专门翻书复习了近半个月，还准备了些题目，结果期待却落了空，大为愤慨。今天张、李二人才在街上遇见了宁毅，那姓李的原本对于"江宁第一才子"的名头还有些忐忑，但见宁毅一副乳臭未干的样子，思忖着此人或许有些才华，称得上一个"奇"字，却绝对称不上"博"而"精"。当下便与张瑞一同决定要趁着今天与这人在学问上比拼一番，口中自然称的是"讨教"。

讨教宁毅或许可以说不敢，但人家说"只是一同坐坐，说说话"，他自然无法拒绝。随后，几人朝着不远处新开张的锦儿店走了过去，上了二楼，找个包间坐下。

"平日里在王府，早听说立恒才名，可惜上次聚会立恒未曾参加，一直无缘得见，在下甚为遗憾。今日一见，才知立恒少年俊才，果真名不虚传。我与张老本欲去东集看一方上好端砚，不知立恒与小郡主欲去往何处……"

"只是郡主年将及笄，如此在外走动，总是有些不妥……"

现在才二月初，虽然锦儿店开了没几天，生意颇为火爆，但时间已是午饭过后，二楼的包间还有剩余。宁毅、周佩、宋千，以及张、李二人一同过来时，下方大堂颇为热闹，就不知聂云竹与元锦儿在不在。不过领了外人，宁毅自也没必要找她们，于是在二楼要了个房间坐下，喝茶交谈。

这间房布置精美，位置也不错，推开后方窗户便能饱览秦淮美景，只是天气尚寒，窗户却不能开。几棵盆栽摆放在周围，墙上挂着几幅墨画诗稿，极有书香氛围。待到几人在房中坐下，店铺中的女侍奉上茶点，张、李二人就开口了。

那身材微胖的李桐笑容和蔼，负责扮红脸，态度热络地稳住宁毅。张瑞的身份地位则摆在那里，他年纪也大，皱着眉头直接对宁毅提出质疑。实际上，这两人心中对宁毅未必没有羡慕嫉妒恨。那李桐虽有才名，但进王府几年间与周佩、周君武并没有太多交集。张瑞在王府之中虽教过两姐弟一些东西，有着师徒名分，但无论如何也不可能像宁毅这样让两姐弟去某某书院听课，据说还时常带着他们这里走那里走，这种关系，实在是太不一般了。

周佩是思想独立的姑娘，若在往日，多半得为张瑞那"郡主年将及笄，如此在外走动，总是有些不妥"的言论生闷气，但今天这事有些不同。

上午才与宁毅较过劲，自己在无人处哭的事情还被看到，这时候两位夫子摆明是要来砸师父的场子，小周佩心中暗爽不已，对于老夫子说自己没有出门自由的事情也毫不介怀。她本就有些饿，这时候更是食欲大增，拿了糕点坐在旁边啃，做尊师重道听从教诲的乖宝宝状，恨不能用力点头一番，另一方面，心中又期待着宁毅拿些什么歪理来驳倒两位夫子。当然，这时候话题还在酝酿，宁毅只是笑着回答是要去一趟驸马府送些东西，因此顺道带着周佩过去。

李桐笑着点头："驸马府……可是明公府上？听说立恒与明公颇有交情？"

"算是棋友。"

"想必立恒棋力颇高，正好在下也有些心得，他日有暇，倒可约个时间，手谈一局。"

李桐说着客套话，张瑞却朝房间一角看了几眼："立恒要送去明公府上的，莫非便是那些东西？"

宁毅看了他一眼："张老认识？"

"这怕是军中的突火枪吧，不知立恒是从何处得来？"

见张瑞皱着眉头，宁毅简单解释了一番。这几把突火枪本就是他找康贤弄来研究的，突火枪技术含量并不高，如今大都已经弄懂，在小院子里留太多也没什么用，其中还有两把已经坏掉了。康贤在暗地里的势力虽然大，但这突火枪毕竟是军中之物，宁毅觉得还是还些回去让陆阿贵报备一番比较好。

大家已经说了些话，话题忽然转到枪上，周佩嚼着糕点，左顾右盼，有些迷惑——话题该往文采上引才对，三个人在这里比斗一番，先挑衅，然后两夫子文斗宁立恒，行酒令、写诗歌、做文章，最后被引为佳话才是她心中期待的发展。

这张、李二人说了些有关康贤的琐事，那张瑞道："突火枪我也曾见过几次，此等物件，实是令人生厌，置于军中也有如鸡肋，奇技淫巧，有害无益。立恒对这些事情感兴趣，老朽也曾听过几次，这等事情，实在不妥。立恒当专心学问，将心思放在有益之事上，否则，怕是难免自误。"

仿佛咚的一下，周佩的眼睛睁成了圆形，她双手拿着糕饼，屁股往后挪了挪，正襟危坐，眼睛骨碌碌地转动着，注意着宁毅与对方的神情，抿着嘴唇，看起来像只兔子，等待着宁毅的反驳，却见宁毅笑了笑，一拱手："张老说得是。"

没点起火来，"兔子"的耳朵耷拉了下来。她以往也听康贤说过宁毅的性子，自己这位师父从来就是那种可以为一件事情彬彬有礼地道一百次歉、点一千次头，行动上却绝对不改的人。今天若是秦爷爷或者驸马爷爷在这儿，他或许会拿出诚意来与人议论一番，但眼前两人显然引不起他的战斗欲，竟然就这样顺水推舟地点了头。

不过，宁毅肯退让，那边却未必肯放，张瑞摇了摇头："立恒年轻气盛，对老朽所言或许有些不以为然，但老朽所指，实际不在这火器本身。如今这火器，在老朽看来，不过发射时声音甚大，可以吓人而已。它射程不及弓箭，准头也极低，每次发射之间，装填极其麻烦，每放得几发便可能爆炸，导致伤及自己，又不能在雨天使用。唯一的好处不过是火药发射，即便是孩童老叟，对准了方向，也能用上一用，但……这也是最大的坏处。"这老人虽然摆明了踢馆的态度，但并非草包，对这火枪竟是十分了解，"将一孩童便能用的武器置于军中，有何益处？如今我武朝军士所缺的，从来便不是这些稀奇古怪的物件，而是军心士气。想那女真一族能以少胜多，将辽军打得大败，我武朝军士见了辽人却是望风而溃，人与人，莫非真差了这么多？我见过女真人，也不是什么三头六臂，如今我武朝军人贪生怕死，只知享乐，只能严格训练，唤醒其骨气血气方有制胜之望。可惜他们如今训练懒散，刀不能挥，弓不能开，不是没有力气，而是没有胆量血性。若将这些东西置于军中，只能令军队更加无用，便是这火器的威力增加一倍，也是有害无益！"

"是这个道理。"宁毅点了点头，这次倒并非敷衍，对方说的一些话他确实是赞成的。

"天行健，君子以自强不息。这些奇技淫巧只能让人懒散堕落，先贤所言，皆是至理。听闻立恒对这些事情感兴趣，本是年少之人，原也无碍，但如今立恒为人师表，听闻立恒竟让小王爷也去学习这些，这未免有些过了……"

张瑞与周佩、周君武有师徒名分，虽然不是非常亲近，但也知道小王爷最近忽然喜欢上了什么格物之学。这种说法骗一般人或许可以，在这些老人家眼里，却是实实在在的奇技淫巧，工匠之学。老人将话锋一转，终于转到了这件事上，那李桐却不清楚，皱着眉头："以立恒才学，当不至如此，不知张老到底是指……"

房间里的气氛终于变得古怪起来，但从某种意义上来说，称得上是终于进入了正题。周佩将糕点放在嘴边咬了一口，皱着眉头望望宁毅，觉得这事棘手了。若过段时间王府真传出张老头训斥宁立恒的段子，她也会觉得没有面子，于是担忧起宁毅该用怎样的言语去辩驳。

那边张瑞、李桐正你一言我一语地说着，忽然有人敲门。片刻后，一名围了面纱的女子托了茶盘进来，却并非酒楼中的下人。女子身形极美，面纱后目光灵动，看起来至少是酒楼中的管事之类的人物。她笑着说了几句客套话，又添了茶水、糕点，方才转身出去。李桐像是想起了什么，看着这女子的身形发呆，一时间忘了批判宁毅。周佩却是认了出来，这人在竹记总店她见过，是那个名叫元锦儿的花魁，元锦儿已经脱了籍，与师父是认识的。

果然，女子出去之后，宁毅笑着站了起来："两位先聊，我出去一下。"

打过招呼，宁毅离开房间，果然，不远处的廊道边，元锦儿鬼鬼祟祟地站在那里朝这边看着。她以往来这边指挥工人做事，从不介意自己的容貌被人看去，现在把自己当成锦儿店的老板，倒变得矜持起来，将脸蒙在纱巾后面维持神秘感。宁毅过去时，她道："最近可忙呢，你怎么过来了？"

"路过。云竹呢？"

"云竹姐方才在上面，现在我也找不到她了，不知道有什么事情被人叫了出去。我听小敏说你好像过来了，所以来看看。跟你一起来的，除了那个小姑娘，其他的是什么人啊？"

"抬杠的大才子。"

"才子？"元锦儿眨了眨眼睛。

宁毅点头："很有名气的。"

"难怪……那个胖子我好像见过……"

说话之间，从一楼大厅传来嘈杂的声音，还有表演的琴音混杂在其中。元锦儿大概也有事，自二楼朝街道开的窗户往外看了好几次，宁毅便也探头看了一眼，只看到行人来往的街道："看什么呢？"

"呃……没事，不关你事，你去跟那两个才子抬杠吧。"她想了想，轻哼一声，"老实说，你们这些臭男人比斗的时候没有女人在就不好玩，终究是为了在女人面前显摆。要不然待会儿叫个人进去看你们唇枪舌剑？燕翠楼的两个姐姐今天在这里，是美人哦。你总不会希望云竹姐去作陪吧，虽然她一定偏袒你。"

男人就为了在女人面前显摆，元锦儿这随口几句话还真是一针见血。其实今天这事没什么可辩的，张瑞这些人有着自己的逻辑体系，千锤百炼，无懈可击。真要认真分析技术上产生质变后的影响，如果是在秦老这种人面前，他或许会认真思考一番，遇到这些人却不会。

即便双方再诚恳，也毫无说服彼此的可能，这种事情就没什么诚恳的必要。宁毅倒是打算回去之后将有关奇技淫巧的翔实数据罗列出来把那两人忽悠一番，横竖闲着无聊。

他下楼上了个茅房，洗了手，再上来时，数据已经在脑海里罗列完毕，刚刚进入二楼的走廊，却无意间发现了一件事情。

喧闹的声音混杂着音乐声传来，宁毅正朝房间走去，急促的脚步声从后方传来，然后有人推了一下他的肩膀。

竹记二店店面宽敞，走廊并不狭窄，那人推了宁毅一下，显然因为心情很急，宁毅对这事倒是不介意。那人是一名身材魁梧的汉子，看装扮该是来自北方，他直接进了侧前方一间开着门的房间。

"就是那人了……"那汉子说了一句这样的话。

宁毅走过去时，有人正要关上房门，交谈声隐约从里面传出来。宁毅并不是非常在意，他看着前方廊道的转角，那里已经没有了元锦儿的身影。看她的样子，似乎有心事，不知道到底是为什么……正如此想着，他的脚步忽然停了下来，片刻后，手指在身侧敲打了两下。

自学了陆红提教的二流内功之后，宁毅的身体素质增强了许多，耳力也好了些，方才他从房门口走过时，似乎隐约听见了"那秦嗣源身边……护卫……"之类的句子，只是无法确定。宁毅退后两步，凝神听去，隐隐约约听见些残句。

"……确定要做？"

"……正好有机会……"

"……太仓促……"

"先看好，做完之后，立刻出城……"

怎么回事？

那房间里有人的嗓门大些，说的话听得清楚些，但一时间尚无法勾勒出全貌来。里面的人又交谈了几句，宁毅举步朝前走，随后那扇门打开了，里面出来的人应该是朝他看了一眼，然后才朝廊道出口走去。宁毅回头看时，却见一人身材高瘦，穿一身缀满动物绒毛的大衣；另一人却像是一名贵公子，两人的步伐都相当稳健。

宁毅想想，回头朝两人走去。

出了廊道是一层接着楼梯的平台，能看见大厅中的情况，从房间里走出来的两人便站在这里往下看。大厅之中这时候热闹稍减，从燕翠楼请来的姑娘正在舞台上表演。宁毅站到那两人旁边，朝下方看了一眼，随后向旁边招招手，叫来一名小二，问过了舞台上表演的姑娘的名字，再不多看，转身离开。

大厅一侧的一张桌边，聂云竹正陪着秦老与店小二说话，桌上还没有东西，显然是秦老过来坐下不久。早几天宁毅便听老人家说过，竹记二店开张之后，有空了他要过来看看。

旁边那两人注视的也正是这个方向。

房间里张瑞正在与周佩说话。对于方才宁毅的离开，张瑞与李桐的解释是宁毅落荒而逃了，周佩心中却知道不是这样，宁毅与元锦儿的离开，让她心中的八卦欲熊熊燃烧起来，恨不能追出去偷看一下。毕竟一个是第一才子，一个是曾经的青楼四大行首之一，说不定真有什么缠绵悱恻的爱情故事。只是她一方面不太喜欢宁毅丢面子，另一方面对于早上的事情还有些赌气，就没有跟着出去，只等宁毅回来扳回一城——对于师父能扳回一城这点她毫不怀疑，只是不知道他会用什么理论而已。

张瑞对于方才针对宁毅说的一些言论讲得正开心，顺便对周佩做出谆谆教导的样子，主要是为了让这个聪明的小郡主能迷途知返，认识到谁才是更好的师父。李桐则想着宁毅待会儿过来之后该是无话可说了，只是这事有些奇怪，才子之间互争一口气，一向是旁人若说自己错了，自己是绝不承认的，但今天那宁毅没火气，就笑着说了几句"你说得有道理"，实在让人难受。待会儿他来了，得说得再严重些才行，往后传出去，必定要让人认识到这宁立恒丢了面子。他随后又想起这家店铺名叫锦儿店，那个女人看起来很像元锦儿，一时间将心思放在了这些事上面。

不久，房门打开，宁毅走了回来，首先却是向坐在一旁俨然隐身人的王府侍卫宋千轻声说了几句话。那宋千皱起眉头，神情严肃地出去了，之后，宁毅才朝两人走来。李桐笑道："立恒，方才我与张老又聊了一阵，有些想法……"

那张瑞皱着眉头："不只是想法，立恒，我确实觉得，此事颇为严重，事关小王爷将来，不可轻忽。你这几日，终究要给出个说法才好。否则，今日之事不仅将在王府之中传开，老朽也将向王爷谏言。此事倒并非针对你，然则……然则……"

老人话没说完，眨了眨眼睛，李桐则瞪圆了眼睛，一旁的周佩正缩着脑袋啃糕点，见状，张着嘴巴，一时间没能咬下去。宁毅并没有回答两人的话，回头望了望房门，然后从房间的角落里拿起那个包着五把突火枪的长包袱。他将包袱放在桌上，解开看了看，抄起一把枪，解开一个小小的火药包，将火药往枪管里倒，再拿根长铁钎捅了捅，开始填弹。

宁毅站在那儿进行手上的工作，于那无聊的辩论已然没了兴趣。圆桌对面，张瑞跟李桐呆呆地坐着，不知道这家伙要干吗。宁毅装填好一把枪，想想又去装填另一把，目光扫过两人面上时，还冲着他们善意地笑了笑，眼角却往门口那边瞥过去。当然，眼下的张瑞与李桐是没办法注意到这样的动作的。

"你……你……"李桐咽了一口口水，"君、君子动口不动手啊……"结结巴巴地说完这句，他没办法再说下去了。哪儿有这样辩论的，因为说他的奇技淫巧没用就要把自己两个人给崩掉……

宁毅从身上取出一支火折子，打开在手上晃动几下，吹燃了，再盖上收起来，接着将两把装填好的突火枪包好，以随时可以抽出来的姿态背起来，然后深吸了一口气。

"外面有些事情，你们在里面坐会儿……也许是搞错了……"他想了想，又道，"希望是搞错了……"

宁毅背着长包袱从房间里出来时，大厅那边还不断传来丝竹之声，担心中的骚乱并无苗头。

对话只零零碎碎听得几句，那帮人说的到底是不是"秦嗣源"，又是否会做出些令大家不愉快的事情，宁毅其实并无把握，自己想岔了、听岔了，那也是有可能的。

他也希望是这样，竹记这家店刚刚开张，经不起太多麻烦事。而且平淡的日子已经过了许久，对于心中的这份推测，他也觉得未免有些巧，但那帮人的确给他不太好的感觉，不怕一万，只怕真有万一。

他从这边过去，到那廊道转角时，前方那扇房门又开了，几个人从里面走出来，都朝外面的平台方向走去。这伙人一共有五个，除了宁毅已经见过的身材魁梧的大汉、高瘦结实的男子与贵公子，另外两人也颇为高大，都穿着毛皮外衣，短打装扮。其中一人脸上有道疤痕，另一人稍胖，但看起来也相当壮硕。

这几人看起来像是走南闯北的江湖人士或行商，他们出门时打量了宁毅一眼，并未在意。

大厅周围的平台边或走动或站立的人不少，也有酒楼的小厮走来走去。宋千按照宁毅的吩咐站在了靠近楼梯的位置，手中拿着瓜子在磕。五个人走出了二楼走廊，站在可以俯瞰大厅情况的平台上左右顾盼。宁毅跟在他们后面，朝宋千使了个眼色，示意这些人是需要关注的对象。

一名端着茶盘的小二自这边走过，宁毅朝栏杆边靠了靠，与那正注意下方的高瘦男子挤了一下，随后笑道："抱歉、抱歉。"

高瘦男子瞥了他一眼，过去了一点儿。贵公子该是在与旁边的同伴说话，看到有人靠过来，就闭了嘴，待到宁毅走开，才低了头继续说。

宁毅走过宋千身边，自楼梯下去。聂云竹与秦老还坐在那张距离相对较远的桌子边，宁毅并不愿意在这时引起注意，以免云竹或秦老向他打招呼。他混入人群，回头看了看，平台上，那五个人还在栏杆边望着下方皱眉说话。

热闹的大厅里人影来去，乐声怡人，并没有要出事的征兆。那边是一向表现得与世无争的秦老，只是最近生活状况才有了少许波澜，今天也不过是来这家新开张的酒楼坐坐。宁毅吸了一口气，各种猜测在心中转来转去，却始终得不出一个确切的结论。他扭头去看周围的人，但这里的工人他认识的不多，好半晌才找到一名小二。他将人拉到角落里吩咐了几句，话还没说完，却见蒙了面的元锦儿正站在不远处的墙角的窗户边，朝他看了几眼，随后往这边走过来，露出一个笑容。

"宁毅，你在干吗？看见云竹姐了吗？"

"看见了。"

"嗯，她就在那边。"元锦儿隔着人群往聂云竹那边指指，"秦家那位老爷子也过来了。对了对了，那个秦老爷子……很有地位吧？"

"算是吧……"宁毅疑惑地看了她几眼，"有事？"

"没事。"元锦儿心中明显有事，但此时只是一点头，笑得干脆而狡猾，估计就算有事也不怎么重要。

宁毅朝侧上方望过去，陡然间皱起眉头。那五人似乎已经商议好了，其中一人点点头，开始朝楼梯的方向走去，贵公子还在指指点点地吩咐其余三人。楼梯口，宋千扭过头，朝宁毅这边望过来。

身后，元锦儿问道："你找郑全有事？"

郑全便是那个被宁毅叫住的小二的名字。

宁毅陡然偏过头，朝那名叫郑全的小二示意了一下："去拦一拦那个脸上有疤的高个子，记得道歉。"同时往宋千那边使了个眼色。

宋千本就站在楼梯口，这时候一转身，首先朝大厅走来。那脸上有伤疤的汉子跟着下楼，走到一半时，端着茶盘的小二郑全迎了上去，两人在楼梯上往左挪一下，往右挪一下，终于撞在了一起，盘子里茶水、糕点全都翻了出来。

只是一件小事，那小二连忙道歉，拿起挂在身上的抹布开始擦拭对方衣服上的水渍。那疤面汉子注视着大厅里的情况，不耐烦地拒绝了，想要走下楼去，但片刻间被那小二挡了好几次。仍在上方的四人也注意到了楼梯上的情况，探头看了一眼，并未放在心上，贵公子继续说话。这段时间里，大厅前方的小舞台上，请来的歌姬唱着《琵琶行》，正到"冰泉冷涩弦凝绝，凝绝不通声暂歇"。宋千穿过大厅，走到秦老身边，俯下了身子。

平台上，贵公子停止了说话，望着那儿，站直了身体，周围几人，包括楼梯上的疤面汉子也都朝那边望了过去。宁毅则在侧面朝那里望过去，眉头皱了起来，一口气闷在胸口。后方，元锦儿叽叽喳喳地说着话。

歌姬的琴音转缓，她唱到"别有幽愁暗恨生，此时无声胜有声"时，指尖按下，将那乐曲微微停了停，目光扫过大厅。前方桌旁，宋千已经与秦老说完了话，握住秦老的手臂站了起来，转身要朝外走时，他回头朝上方的平台扫了一眼，随即拉着秦老，大步而行。上方，那最为魁梧的汉子身形直了直，他手下抓着的木栏杆却陡然间裂开了。

宁毅在角落里深吸了一口气，后方元锦儿呀地轻呼起来，也不知道在说些什么。

大厅中，弦音惊颤，那歌声陡然变得尖锐起来，唱道："银瓶乍破水浆迸，铁骑突出刀枪鸣……"

那边宋千与秦老穿过人群，一身素白衣裙的聂云竹不知道具体发生了什么，迷惑地站起来，左顾右盼。楼梯上，名叫郑全的小二啊地滚了下去。没有多少人在第一时间注意到这些，只有角落里的宁毅陡然朝后方退了一步。

疤面男子直冲下楼梯，贵公子身边的瘦高男子与身形稍胖的汉子朝着两边冲了出去，方向也是楼梯。宁毅心中的猜测在这一刻终于被证实。

后方的元锦儿却不知道看见了什么，口中说着："还真的来了、还真的来了……"

宁毅只是低声喝道："快找个地方躲起来！"

他话音未落，大厅中轰的一声响起，平台下方，一张桌子犹如爆炸了一般，碎片在尘埃中飞溅，坐在周围的人猝不及防地朝四周摔了出去，一样东西从空中飞过大厅，直冲秦老与宋千所在的地方，但终究缺了准头，打中了一个坐在旁边的男子，导致男子在地上飞出两米多远。

没有多少人能反应过来发生了什么事情，台上的唱歌声还在继续，只有一直注意着上方的宁毅大概看清楚了：疤面汉子已经冲进人群，瘦高汉子与身形微胖的壮硕男子从不同的楼梯往下冲,那贵公子身边,身形最为魁梧的大汉竟直接踢断了一大截栏杆,并挥手将断掉的栏杆朝宋千那边扔过去,随后直接跳了下去,正落在下方的桌子上,将那张八仙桌砸得稀烂,与此同时,有人被打飞了出去。

"啊——"的喊叫声此时才响了起来。

身在局中,一时间恐怕很难明白发生的事情,但混乱很快到来。大厅当中人本就不少,加上走动的伙计和各种桌椅摆设,一旦乱起来便显得有些拥挤。若从上方望去,人群里就像是被破开了四条明显的通道。跟在贵公子身边的四人皆是身材魁梧的东北汉子,即便其中一人在宁毅看来高瘦,但那瘦其实也是因为对方那惊人的身高。这几人犹如战车一般冲向了正朝大门而去的宋、秦二人,不及走避的客人被推飞在地,桌椅也尽被打碎、踢开。

"秦老贼——"混乱之中,身形最为魁梧的大汉暴喝一声,"看我取你狗命!"

乐声已绝,小舞台上的歌姬目瞪口呆地望着大厅里的一切。那贵公子已经拔出一把战刀,紧随着四人冲将下来,尽管衣着华贵,面上却同样是凶悍的气息。他朝着侧面一个方向看了一眼,随后又盯死了宋、秦二人。

混乱的大厅中,穿着白衣白裙的云竹站在八仙桌前,完全弄不明白为什么会发生这样的事情,因为一切都发生得太快了。不远处,身材微胖的壮硕汉子直冲向聂云竹,下一刻,她身前的八仙桌被轰然掀飞,她的手也被撞了一下,她低呼一声,前方,一只大手朝她抓了过来。

方才在平台上,几人注意着秦嗣源,自然也注意到了与秦嗣源坐在一起的女子。那壮硕汉子的冲势犹如战车一般,眼见手臂便要抓住她的颈项,却有一股力量将她的身体朝旁边扳了过去。同一时刻,一截竹筒样的东西从她的耳畔冲出,迎向那胖子的头脸。

宁毅一只手抓住聂云竹的肩膀,将她的身体拉向一边,另一只手上举着火枪,尾部,引线燃烧的光点已经延伸入枪管当中。

胖子的瞳孔放大了一瞬。

砰的一声巨响震耳欲聋。

大厅之中,火焰绽放,滚滚烟尘腾起,犹如蝴蝶展开双翅,几乎将所有人都罩了进去。另一边,冲天而起的鲜血与碎肉几乎跟这烟尘组成了对称的扇形,劈头盖脸地飞溅而出。宁毅及时将聂云竹拉在身侧抱住,胖子的身体冲过烟尘,冲过他们身边,直冲出四五米才摔倒在地,将一张凳子砸得四分五裂。他的头颈已是血肉模糊,鲜血自伤口飙射而出,身体还在抽搐。

这几人本身武力高强,又下了决心,从上方冲下来,一时间几乎没有人能够反应过来,也几乎没人能够阻挡。然而,就在他们打算一鼓作气时,陡然遭遇的反击凌厉到惊人。那壮硕汉子眼看已经死透了，同样冲到近处的疤面男子又冲了几米才愕然地停了停，随后暴喝一声，朝着宁毅杀了过来。

奔行最快，身形也最为魁梧的大汉却并未注意这边，他几乎是在片刻间就跟宋、秦二人拉近了距离，此时已然追到大门边。与此同时，宋千拉着秦老已经出了门，谁知大街上竟有数十人浩浩荡荡地朝竹记分店冲了过来。这些人不知是从哪儿来的，但看着竟也是来者不善。

这一下，真是前无去路，后有追兵了……

人声呼喊，哀号四起，酒楼之中，一时间喧闹得犹如炸开了锅。不过，身处其间，无论是谁恐怕都难以把握住事情的全貌。

当宋千拉着秦嗣源冲出大门时，后方那魁梧的汉子也分开人群，直冲过来，眼看便要追上两人；前方路口，浩浩荡荡的几十人迎面堵来，一时之间让人觉得是中了预先安排的埋伏。

虽说如今宗亲没什么实权，但能够进入王府当侍卫，那宋千也不是什么好欺负的人，眼见前后都是来势汹汹，他一咬牙，拔出了随身的长刀。这时周围一片喧嚣，冲出门口的不光是他们，还有原本就靠近大门的一些客人，他们从门口冲将出去，看见对面几十人浩浩荡荡地堵了过来，也是微微一愣。不过，对面那领头之人似乎也愣了愣，猛地一举手，让队伍停下来，形成对峙的局面。

谁都弄不清楚到底哪些是敌人。大厅之中枪声回荡，震耳欲聋，而那威猛大汉从人群中厮杀而出，直奔秦嗣源，宋千钢刀出鞘欲拼命，却难下决断到底先与哪一边拼。一道声音在这喧嚣中响起来："便是他们！给我拿下！"声音沉稳，中气十足，随后虽然也淹没在混乱当中，但人们已经清楚了，说话之人正是跟在宋千后方的秦嗣源。

事后想来，虽然变起仓促，在不明所以间就被人拉着出去了，这位年过六旬的老人却未有丝毫慌乱，首先做出了反应。后方那魁梧大汉自也听清楚了，啊的一声暴喝，抓起一个盆栽扔将过去。宋千挥手一格，却被巨大的冲击力轰得朝旁边退了几步，破碎的陶瓷片与泥土飞舞在空中，那盆栽的主体却稍稍转向，朝着街口堵来的几十飞了过去。当先那人刚刚举起手让一帮喽啰停下，蓦地见到一盆东西飞过来，仓促间双手一砸，虽然没受什么伤害，但被飞溅的泥土弄得灰头土脸。

"他们也准备了……"那领头者一抹脸上的湿泥，陡然从身侧抽出一根棒子，"兄弟们，砸烂他们！"于是几十人啊地冲了过去。

门口的混乱转眼间聚成狂潮。大厅之中，元锦儿躲在一个柜台下探头往外看，根本不明白为什么忽然间会乱成这样，只闻呼喊声和枪声，只见蔓延的烟尘与飞溅的鲜血。这年月突火枪所用的火药烟尘巨大，响声也相当惊人，陡然爆开一蓬，声势委实骇人。烟尘中，血肉飞起，噗地延伸出去，洒了后方一些人满脸满身。

在二楼廊道出口的平台上，也有几人匆匆出来看着这一幕，那是与宁毅同来的周佩、张瑞、李桐三人。他们看见宁毅拿了突火枪出去，迟疑了一阵才跟出来，还没出廊道，便见有人自平台上跳了下去，随即混乱展开，下方乱成一片。周佩被吓了一跳，蹲到栏杆边朝下方看，还未弄清楚大概，就听得一声巨响，紧接着烟尘升起，混在其中的，还有惊人的鲜血。

然后，周佩和两位夫子就发现，方才算是与他们坐而论道的书生已经没有了方才那种文质彬彬的气息。当大厅陷入混乱，门口也乱成一片时，这陡然出现的一枪真是干脆利落，没有丝毫拖泥带水。枪管一收，书生搂着身边的白衣女子便要从人群里退走。

平台上方的三个人到底适应不了突如其来的鲜血与死亡，无论是平日里比一般女子多见世面的周佩，还是通识军略的张瑞、李桐，忽然见到一具身体倒在地上鲜血乱飙，脑海中顿时一片空白。随后，却见下方一个疤面汉子停了下来，陡然冲向了穿着长袍的书生。

"呀——啊——"

"先杀秦老狗！"

"突火枪！别让他再点火——"

这些声音是从几个人口中发出的，不过，在上方呆呆看着这一切的周佩在混乱当中连是谁说的都分不清楚，她只能看见那疤面汉子在一声愤怒的呼喊声过后冲向了宁毅。这北方大汉比宁毅高了足有一个多头，身材又魁梧，转眼间，两人就在未散的烟尘里冲撞在一起。

小姑娘的心一时间几乎提到了嗓子眼。印象中，师父宁毅一直是个文弱书生，就算偶尔听他吹嘘一番"血手人屠"如何如何，她也只归结于他喜欢江湖传说的低俗趣味，但这时候哪里开得玩笑，双方的体形根本不在一个等级上，师父被稍稍一撞怕是便要吐血飞出，然而下一刻，却见烟尘之中，两人竟已经交起手来。

几乎从第一时间开始就是最直接的碰撞，这样的打斗没什么武学的美感，周围的桌椅被轰然撞飞。宁毅手上的突火枪的枪管是竹筒，只在尾端镶了些金属，宁毅抡起枪管就往这疤面汉子的头上砸去，对方一挡之下，整根竹筒都裂开了。不过竹片的弹性几乎将这突火枪变成了一条鞭子，尾端的金属也在对方脑后擦了一下，随后宁毅也被撞得飞了出去。

他修习内功已经有一段时间，身体素质远超常人，偶尔爆发出来的力道也很惊人，若非如此，那突火枪也不可能在他一抡之下就成了鞭子，但这种力道只在爆发的一瞬有用，他的身体终究比不得这疤面大汉，眨眼之间身上已经挨了一拳，他还了一拳，抢起一张凳子却被对方顺手砸碎，这短短的几下交手已经证明了双方力量上的不平等。下一刻，那疤面大汉反手挥起一条钢鞭猛地砸下，一张桌子被他砸得四分五裂。

　　那钢鞭通体黝黑，来势沉猛，若被挥中一下，少不得肉碎骨折。宁毅躲过了第一下，那钢鞭一刻不停地横扫而来，宁毅朝后方一跳，外袍哗的一下被划破，肚子似乎也火辣辣地疼，不知是心理作用还是真的受了伤。他根本不敢等到对方第三下挥来，双足猛地一用力，纵身扑了上去，豁出最大的力气箍住对方的脖子与右肋。

　　宁毅的内功在霍然爆发时力量惊人，陆红提当初也说过这种发力方式对身体有害，因为不是从小练起，无法完全适应发力方法，但关键时刻的效果委实霸道。对方似乎也没料到一个书生竟有这样的胆识与力量，一时间，颈项与右手仿佛被铁环箍住，咬紧牙关竟也无法挣脱，右手上的钢鞭自也砸不下来，两人轰然滚倒在地。

　　整个过程都发生在片刻间，那疤面汉子冲过来，两人悍然交手，随后便轰然滚倒，四周的烟尘也被这阵打斗搅得狂乱。疤面汉子倒地后猛地一滚，左手朝宁毅抓过去，宁毅却已经放开了手，身体滚动间拼了命地抱住那疤面汉子持钢鞭的右臂，双足绞向对方的肩膀。

　　来到这里之后，宁毅对武功有了兴趣，有了内力之后便学了几套拳，但他这半年多来未曾经历过厮杀，于这些套路根本无法形成条件反射，没有条件反射，武功也就毫无用处。这时候临敌，脑子里几乎一片空白，他一交手就知道在武功上是打不过这帮人的，只能豁出命来，用的依然是以前的章法。

　　对方手上有武器的时候，逃跑几乎没什么意义，只能迎上去。

　　这人力道刚猛，若在战阵上或许是一员大将，但毕竟不是陆红提那样的武学大师。在陆红提面前，宁毅根本连近身出手的机会都没有，就算真将对方抱住，她顺手便能用技巧挣开。这汉子只是凭着悍勇和力气大，虽说搏斗经验也丰富，但以往格斗，以他的力道，往往随手便能将人扔飞、打倒，而在这片刻间，两人在地上滚动了好几次，一个书生抱住了他的身体，时刻准备用夺命的关节技的事情，却是他从来不曾遇到过的。

　　现代格斗体系当中，关节技的发展由于有科学手段的配合，对于要害的认知几乎已经到了极点，格雷西柔术贴身动辄致命，合气道、空手道也有诸多反关节的技巧，中国传统的擒拿功夫、各种散打防身术也都有针对不同弱点的招式。宁毅固然到不了柔术大师的境界，但他在生死之际头脑清醒，知道一旦放开自己便死定了，力道配合内功猛烈爆发，几次换位，要么抱住对方头颈，要么是手脚，同时使着关节技的动作。这时他往右一翻，随后陡然左滚，试图将对方的手足掰断。

或许只有真正练过这些关节技的人才能明白人的身体有多脆弱,但那大汉对于危险的逼近也极为敏锐,虽然一时间被弄得狼狈不堪,但依然能在千钧一发之际大力将宁毅迫开。不过,只是迫开一瞬,宁毅很快又纵身扑上。两人在地上滚动不过十数秒钟,但每一秒几乎都是生死一瞬。周围的桌椅板凳遭了殃,被那乱挥乱打的疤面汉子打得稀烂,宁毅腿上也被他的左手打中一拳,但宁毅依然豁出命去要拧断他的手脚。这时他再将对方的右手箍住,试图大力掰断,那大汉左手也用力朝宁毅抓过来,陡然间,一道白影冲了上来。

那人却是打斗之初便被宁毅推在旁边的聂云竹,她躲在旁边看了几眼,这时候一咬牙,拔出头上的发簪扑了上来,将那发簪猛地扎进对方的小腹当中。

那大汉啊的一声暴喝,一脚将聂云竹踢了出去,这一脚位置不太对,踢在肩膀上,虽然未尽全力,但聂云竹也滚了出去。宁毅却不知道聂云竹伤在了哪里,他咬紧牙关,猛地一使力,将那大汉的小臂咔地掰断,紧接着,大汉手中的钢鞭也掉在了地上。

手臂断裂、小腹被刺的剧痛使得那大汉双目圆瞪,身体又是一个翻滚。这一下书生却没有再跟过来,他顺势站起,刚刚抬起头,宁毅却已经握起那条数十斤重的钢鞭直冲而上。

"去死——"

砰的一下,钢鞭的棱角砸上了疤面男子的左脑,半个脑袋在一瞬间爆开。他此时正站在大厅的墙边,身体被宁毅这全力一击带得几乎飞了起来,将临江的一扇窗户都给砸烂了,上半身往外晃了晃,随后又掉落回来。

平台上,周佩目睹了宁毅那一下挥击使得对方的头都爆开的情景,嘴唇颤抖着,说不出话来,脑袋里都是空白的。

宁毅回头去看聂云竹,只见她正捂着肩膀坐起来,努力地对宁毅露出一个笑容。大厅另一边,锦儿啊地叫了一声,朝这边跑过来。

大门那边也不知道多少人乒乒乓乓地打成一片,身材最为魁梧的大汉正在其中,还在不断地逼近混战中的宋千与被保护的秦嗣源。这人显然是五人之中最为厉害的一个,那从街口堵过来的几十人虽然手中都有武器,但都阻不了他太长时间,特别是宋千也被卷入了战斗,虽说宋千武艺不错,但毕竟保护着秦嗣源,又被人挡住,一时间也冲不出去。

那身材相对高瘦的汉子这时候也挥舞着双刀杀进混战的局中,堵过来的几十人不过是混混,转眼间便被砍翻几人。他回头看了一眼,见同伴的脑袋竟被砸开,而宁毅手持钢鞭,当即便想要回头冲过去。宁毅与他对望几眼,目光中的凶狠丝毫不逊于他,同时猛地再次挥起钢鞭,又一下砸在那疤面汉子的头上。旁边的木制墙壁也算结实，但方才被撞了一下，这一次再被撞，竟然裂开了，疤面汉子的脑袋也被打得面目全非。

"来啊！"宁毅扔开钢鞭，朝那边喝了一句。说着，他反手拔出剩下的一把突火枪，另一只手拿出了身上的火折子。

与此同时，刀风袭来，落在最后方的贵公子回过头，朝他冲了过来："杀了秦老狗——"

刀光舞动，直迫向前，那贵公子还不忘回头大喝，让两名同伴先取秦嗣源。

宁毅手中持着突火枪，另一只手已经取了火折子，但一时间被逼得连退几步，无法为火枪点火。门口的人群里，高瘦汉子猛地掉头朝秦嗣源那边杀去，几个呼吸间，身材最为魁梧的大汉也注意到了这边的情形，他抢过几名混混手上的兵器猛力挥砍，转眼间便清出一条路来，几下蹿到了宋千面前，两人拼了一刀。

那贵公子此时已经冲到疤面汉子的尸体旁，朝那具凄凉的尸体看了一眼，随即望向无法去门口救援的宁毅，表情狰狞地冷哼一声，唰地将钢刀一振，便要冲上。宁毅正打算放开火枪，陡然听得旁边一声女子的呼喊传来。

"啊——"

砰的一下，两道身影从已然破裂的墙壁和窗户掉了出去，掉入农历二月间的秦淮河里。

"锦儿——"

那却是见聂云竹受了伤，哭着冲过来的元锦儿，她竟然抱着那贵公子一起掉了下去。这时候江宁有的地方冰雪还未融尽，天寒地冻，河水冰凉，一般的女孩子哪里受得了。宁毅吓了一跳，探头往河面上望去，聂云竹也从地上爬了起来："锦儿没事的，你去帮秦老……"

按照聂云竹的心思，这帮人如此凶悍，宁毅能躲开最好，但愿望归愿望，她也分得清事情的轻重缓急，这时连忙说了这句话，也站在破口边往下看。只见水面上一片混乱，两人的身影却未瞧见。宁毅多看了两眼，终于一咬牙，朝着门口冲过去，跑出几步才听得聂云竹叫了一声"锦儿"，但他也没空回去看看元锦儿的情况。

从变乱乍起到现在，算起来恐怕只有一分钟左右的时间。门口混乱不堪，厮杀中，一些原本打算冲出去的客人又开始朝里面跑。宁毅打开火折子在手上挥舞了几下，让火光变亮，然而往门口冲时，却连续被奔回来的客人挡下，完全跑不过去。

混战中，身材最为魁梧的大汉连续与宋千交了几次手，虽然隔着混乱的人群看不太清楚，但依稀可见是保护秦老的宋千落了下风。宁毅大喝："让开！让开！"但哪里有效果，他只好举起突火枪瞄准对面："给我住手！"

手持双刀的高瘦汉子听见了宁毅的喊声，他的面上鲜血淋漓，一刀朝宁毅这边抢了过来，宁毅朝旁边一挤，那钢刀扎进了后方一个人的手臂当中，顿时又是一片惨叫声。

高瘦汉子却不怕宁毅开枪，因为准头根本不够，又有这么多人隔在中间，但他注意到那贵公子没有跟着宁毅，不知道出了什么事情，于是也目眦欲裂地暴喝一句："来啊！"与宁毅方才的挑衅姿态一模一样——他那个身材魁梧的同伴眼看便要杀了秦嗣源，只要拖住这人一会儿，同伴便能得手了。

宁毅伸手点燃了突火枪，将枪口对准那高瘦汉子，随后又对准那身材魁梧的大汉，然而，人群之中，枪口好几次被挤到一边。引线还在燃烧，高瘦汉子朝旁边挪去，叫道："当心那厮的突火枪！"

正与宋千拼斗的大汉冷冷地朝这边望了一眼，刀光暴绽，又是几刀将宋千砍得飞退。

不过是一个呼吸之间的事情，引线渐短，高瘦汉子看宁毅在人群中挤得狼狈，面上露出一个嘲弄的笑容，下一刻，却见宁毅将那火枪用力扔了出去。

"接枪——"

"小心——"

"啊——"

呼喊声汇集在一起，火枪带着引线的光点飞过人群上空。宋千举起刀高高跃起，一面朝那魁梧大汉砍去，一面试图举手接住从大汉背后飞来的火枪。

下一刻，宋千一只手抓住了突火枪，却因为身在半空，被一脚踢飞。

却是那魁梧大汉陡然回身，踢飞了宋千，他甚至朝着宁毅狰狞一笑，手上抓着那把火枪，唰的一下，再度回身，对准了几米之外已经没有宋千阻隔的秦嗣源。

时间仿佛凝固在这一瞬间。

砰——

枪声响起，像是巨大的爆炸声，烟尘伴随着红芒升起，随后，血光飞了起来，魁梧大汉的身体稍稍朝后仰了仰。

然而那不是后坐力导致的。

原来，这一刻，火枪炸了膛，竹片和铁制的把手挟着巨大的冲击力，掠过那魁梧大汉的半张脸，同时带走了他的一只眼睛。

火枪若是普通发射，炸膛时的威力一般不会有这一次这么大，并且多数情况下还是会有弹丸朝前方发出，但这时的爆炸不一样，火药的量比普通发射时多了几倍，枪口也被堵得严严实实的，几乎将冲击都导向了后方。

宁毅这次准备交还给康贤的几把火枪，大半是用坏了的，他在装弹时便考虑过，这些火枪装填困难，真到了高手面前，威力其实有限。这些若真是艺高人胆大的刺客，在城内出手之后肯定还准备逃跑，自己大抵只有一次出手的机会。如同那冲过来的贵公子，对方根本不会给他二次点火的机会，因此他只装填了一把火枪，另一把干脆做成了手榴弹，以防万一。

宁毅原本是考虑对方人多，就算自己一枪干掉一个，自己与宋千也只有两人，对方还是占了上风。如果把火枪背在背后，只要露个破绽让他们主动来抢，一枪之后自己还能多废掉一个人。只是这个计策可一不可再，第三把也就没必要带了。这时候的情形虽然与计划的有些不同，但他故意装出被人挤着过不去的样子，果然奏了效。

那边传来撕心裂肺的痛呼声，其中也有着明显的错愕。高瘦汉子一时间愣在了那里，可惜他不认识宁毅，也没听说过"十步一算"的外号，否则心中肯定会有更不一样的感觉。与此同时，方才被挡住的宁毅大力推开了好些人，朝着高瘦汉子那边冲过去，同时低喝道："你们死定了！"

身材最为魁梧那大汉举手捂着脸，稍稍清醒后，似乎还要凭着一腔悍勇往秦嗣源那边冲去，却被高瘦汉子拉住了："快走！快走！"

"杀了他们！杀了他们！"大汉挣扎了几下，终于意识到事不可为，与高瘦的同伴冲开那些堵在路口的混混，迅速逃走。

宁毅对于与这些高手近身作战本就没有太大的信心，方才那疤面汉子便是例证，若不是自己对于关节技之类的防身技还算有心得，又曾经与陆红提一块儿研究过，恐怕已经死了。这时候看到他们离开，他自然不敢去追。门口还有些不知道从哪里冲过来的混混，被两名大汉以及宋千波及，倒下了大半，但剩下的似乎依然想要打。宋千已经爬了起来，他大概也意识到这帮混混的来历跟那几名刺客不同，于是挡在秦嗣源前方，拿出一块腰牌："康王府在此办事，你们是什么人，竟敢与刺客一道，想造反吗？！"

这话一出，那帮混混也愕然地停止了打斗。

事态稍缓，周围立刻便是哀声震天，大厅当中一片狼藉。好在方才虽然拥挤，但主要还是因为许多桌椅摆设占了位置，后来有的人索性躲到了桌子底下，因此没有出现恶性踩踏事件。直到望见站在墙壁破口处的白裙女子时，宁毅才陡然记起元锦儿跟那个贵公子掉进了河里。他连忙走到一边去看，正好见到水波翻腾，那贵公子的半个身子刚刚冲出水面，随即又沉了下去。

水中乱成一片，几秒钟后，贵公子的两只手又扑了出来，想要抓住什么，但随后又沉了下去，如此反复了好几次。他偶尔伸出头，想要叫"救命"，然而往往叫得半截，河水就又灌进他口中。元锦儿的身影却一直未出现，不一会儿，水中竟有鲜血涌上来。

宁毅看了一阵，才隐约看见有一道身影犹如美人鱼，不，应该说如食人鱼一般在水里围着贵公子的身体打转。随后秦老也走了过来，老人家毕竟见过大场面，心神已经定了下来，在宁毅身边看了几眼："那是……"

"应该是锦儿……"

鲜血朝着下游延伸出去，水中的动静却渐渐平息下来，过了一会儿，一名女子陡然从水里钻了出来，爬上了河边的石阶。她浑身湿透，长发如水草般披散下来，正是元锦儿。她一只手拖着一名男子的身体，口中却叼着一根发簪，被她从水中拖出来的男子下半身还在涌出鲜血，正是那个贵公子，他已经奄奄一息了。

方才在水里的时候，元锦儿不只是一直将他拉进水中，还顺手拿了发簪往他的大腿、屁股上猛扎。水里视线不好，这期间她或许扎错了几个地方，例如扎屁股的时候扎到了前面也是有可能的。宁毅以前也知道元锦儿水性了得，这时候却看得心头发凉，暗道自己以后跟这女人斗嘴的时候一定要远离水面。

女子在这种天气的水里浸泡许久肯定会感到冷，上岸之后，元锦儿抱着身体吸了吸鼻子。随后有人过来，将一件衣服披在她身上。她抬头看看，却是宁毅将身上破了的袍子脱下来为她披上。她也没有拒绝，宁毅搂着她的肩膀时，她还往宁毅怀里靠了靠。

"没事吧？"

"没事……"她吸了吸鼻子，"云竹姐呢？"

说话间，聂云竹捂着肩膀赶了过来，将元锦儿自宁毅怀中接过去。宁毅看着她白衣上肩膀处的印子，担心地问道："没事吧？"

"有些疼。"聂云竹笑了笑，"不过应该没事。"

"我马上叫大夫来。"

"嗯，我先带锦儿上去，她得换身衣衫，洗个澡。"

聂云竹虽然心头混乱，想要与宁毅说话，但心知元锦儿不能以这种状态在这里久待，说着，她扶着元锦儿离开了。这边的乱局和那帮混混自然有宋千来处理，宁毅看了看那已然死了一半的贵公子，朝秦嗣源问道："秦老，这到底是哪路人，你有头绪吗？"

秦老也看着那人，想了想，片刻后，神色复杂地笑了起来，却又叹了口气："已经好些年没遇上这等事情了，这些……怕是辽人……"

宁毅点点头，想想这些人的北方装扮，确实像是辽国那边过来的。只是他们虽然武勇，但今天的行动似乎没有经过正式的策划和组织，这倒是有些奇怪。

宁毅再看看秦嗣源，以往尚以为他日子清闲，这段时间还真是峰回路转，不光有人赞他、骂他、拜访他，居然还有辽人来刺杀他。这样想来，那些市井间的流言，怕是有不低的可信度——近年来金、辽之间的纷争，怕是真有这个闲居江宁多年的老人出的一份力,宁毅心下微微感叹。不过看秦老的态度,不到真发生大事的时候,恐怕他仍旧不会针对这些事情开口。不过,纵然觉得这事波澜壮阔,有些意思,但宁毅并非八卦之人,以往也不是没有做过类似的事,加上心中挂念着聂云竹的伤势与元锦儿的状况,当下不再去想秦老的事,转身吩咐人叫来大夫,为两人查看伤情。

　　这个下午的事情,大家都是适逢其会,门口那几十名混混也不知道是来干吗的,宁毅叫来大夫之后过去一问,才知道竟然是被人叫来竹记砸场子的。那宋千在王府之中地位本就不算低,方才经过了一番生死搏杀,此时还心有余悸,但也知道这次自己真是立了大功。他对扔枪过来的宁毅佩服不已,连带着看这帮混混也极不顺眼,他已经知道了宁毅与竹记有关系,闻言轻哼道:"勾结刺客当街行凶,这次不光他们,包括他们背后的主使,一个都别想逃。"

　　他自然知道刺客与这帮人无关,但既然遇上了,就是他们活该。

　　捕快已经来了,不一会儿,王府、驸马府也有人赶过来,为首的正是陆阿贵。他们将那奄奄一息的贵公子押了回去,从他身上搜出一些东西,其中便有通商的文牒。

　　"辽国人。"陆阿贵将那文牒给宁毅看了,"未曾料到会有这等事情,秦公都已隐居七年,这帮家伙……真是欺人太甚!"

第七章
苦追寻无意得线索 暗跟踪却遇解铃人

苏府小院。

入了夜，灯光摇曳在房间里、屋檐下，年关过后稍稍安静的院落今夜又变得热闹起来。

晚饭后，陆陆续续过来坐了一阵又走掉的人不少。宁毅本不想因今天下午的事情招来这些探视的目光，但那番打斗之中，身上终究是挨了一两拳，腿上也受了些伤，虽然问题不大，他在竹记便敷药包扎了一番，但药味毕竟瞒不过人。婵儿听说他遇到凶险又受了伤，泪汪汪地替他检查。

"姑爷老喜欢那些危险的事情……去年那个刺客也是……手被烧，好了才不久呢……现在又这样……"

过了年关，婵儿算是十七岁了，这个身材娇小、样貌可人的小丫头并未将她家姑爷"血手人屠"的赫赫凶名放在眼里。虽然宁毅每天锻炼身体，偶尔跟家里人吹嘘一番自己已经天下无敌，年前甚至有用火枪撂倒一名凶悍匪徒的骄人战绩，但在婵儿心中，还是将自家姑爷归类成文弱书生一流，自然为着姑爷受伤心疼了一番。不一会儿，苏檀儿与杏儿、娟儿回来了，听小婵说了后，苏檀儿让杏儿叫来大夫，不到天黑，宁毅今天在外面受了伤的事情便在苏府传开了。

今天下午在竹记发生的事情已经在江宁城中引起了不小的波澜，不过半天的时间，苏府之中就有几人听说了，不过版本比较激愤，是一个发生在竹记酒楼，辽人行凶刺杀朝廷命官，终被大伙制止的热血故事。其实，这也是宁毅后来做了安排，康王府、驸马府等一些势力配合的结果。

下午忽然出手，是因为要救秦嗣源，当时如果可能，宁毅并不希望在竹记之中开打。毕竟生意热闹，客人众多，人家受了一次无妄之灾，以后哪里还敢来。可惜那帮人出手的意志坚决，最后也没能避免事情的发生。

后来算一算，受轻伤重伤的一共有三十余人，没有无辜的客人丧命已经是大幸。大概了解伤情之后，宁毅自店铺的资金中支出了重金进行赔偿，当然用的不是"赔偿"这样的字眼，而是"奖励"在阻止辽人的过程中表现英勇的众人。就连未受伤的，只要当时人在大厅，就有一笔钱可拿。

话是这样说，当时谁知道那几人是辽人，几个刺客行为悍勇，武艺又高，根本没什么客人敢与他们交手，躲都躲不及。不过这样安排之后，宁毅又让陆阿贵安排了些人帮忙散播流言，宣传了一番。主要是说辽人气焰嚣张，欺我中原无人，竟然敢直入江宁行刺，好在我武朝百姓群起而攻之，虽然对方凶悍，但我武朝人也不是吃素的，大家英勇扑上奋不顾身云云。主要是将之渲染成一场值得称道的英雄事件，挑动众人的爱国之情，甚至添油加醋将那些伤者称作英雄，并且计划在接下来的一个月里，店内主打宣传这件事，说不定反倒能将这件坏事转成好事。

危机公关也只能做到如此地步了，好在宁毅对此也是驾轻就熟，加上康贤手下势力的配合，当无大碍。

对于这个下午发生的事情，宁毅还是有些奇怪：这五人本领虽然不错，但整场刺杀本身有些无脑，并非经过深思熟虑的安排，也就说明他们背后很可能没有指示的组织。何况辽国目前正向武朝求援，当不至于费力地过来杀掉秦嗣源，因为根本没意义。后来配合从那贵公子身上搜出来的一些东西，宁毅与秦老、陆阿贵等人合计了一番，推测出一个令人哭笑不得的结论——

那个为首的贵公子大抵是辽国的小贵族，带着厉害的家将南下，以通商的名义游走各处。如今金、辽关系紧张，辽国算是憋了一口气，而武朝民间要求趁机攻辽的声音四起，他大概也听说了有关秦老的流言，到了江宁，适逢其会，于是愤然决定刺杀秦老。

这算是可能性最高的一个推测，具体是不是，还得进一步调查才能知道。对方那帮人还跑掉了两个，目前官府的势力还在进行抓捕，若是抓不到，估计有些麻烦。自古以来，狂热分子都是最难缠的，这些能够拿出行动的愤青正是其中的一种。眼下也只能希望仅有那为首的贵公子是辽国愤青，其余人都是听命行事，否则他们要反过来报复，自己倒没什么，就怕找上竹记。

至于那帮适逢其会的混混，宁毅懒得去操心了，康贤、陆阿贵乃至宋千都不会轻易放过这事。宋千救了秦嗣源一命，康贤对他大为感激，他肯定会有升赏，而这帮混混围殴了他一顿，他们包括他们背后的人，肯定要倒霉了。

陆陆续续将前来探访的人打发掉，宁毅才将下午事件的详细过程说了一遍，不过没说自己杀了两人，主要说了说秦老相关的部分，打斗的部分则笑着添油加醋了一番。

"接下来的发展，我可以用一句'峰回路转'来形容，因为忽然之间……杀出了一个牛魔王……"

他如此说笑一番，待到夜深上床睡觉，苏檀儿趴在他的胸口上，似乎在嗅他胸口绷带上的药味，过了一阵方才轻声说道："其实今天下午的情况很凶险吧？"

"嗯？"

从今天傍晚回来，听宁毅大概讲了受伤的事情，苏檀儿便很是安静，还一直陪在宁毅身边。婵儿拿来脸帕、茶水她就帮忙接一下，宁毅不清楚她为什么是这样的表现，这时候才听她说道："回家之前便听说了辽人行刺的事情，只是没想到相公也在。说是刺客凶悍得紧呢，最后死了两人、重伤一人，还有两人逃了，伤的那个眼睛都被打瞎了。那栋酒楼的人伤了几十个，有人开了火枪……"她微微顿了顿，两人都窝在被子里，苏檀儿只穿着兜肚，与宁毅贴在一起，声音很轻，"说是几十人都奋勇擒凶，哪儿有这种好事……有个书生开了枪，后来跟拿刀拿棒的凶徒打在一起……死死伤伤的，想想都觉得很危险。其实当时没想，回来之后看见相公才开始想的……"

宁毅微微愣了愣，手在她的后背上停了停："呃……其实没什么……"

事实上对他来说，这场打斗确实极其凶险。

苏檀儿却没有就此再说什么，而是将脸颊在绷带上轻蹭了几下，闭上眼睛："嗯。"房间黑暗而静谧，又过得一阵，苏檀儿睁开眼睛，轻声笑道，"相公找个时间……把婵儿收了房吧。"

"呃？"

"我不够关心你……"苏檀儿轻声道，"我觉得一定是很危险的，相公不该随便参与到这些事情里去。可我想想又觉得，相公遇上秦家老爷有事，一定会冲出去，妇道人家也不该说什么，所以我就没法说了，虽然……还是担心的，想想会后怕……"她将脸颊侧了侧，笑了起来，"若是相公收了小婵，我就可以让小婵整天监督相公，嘻——"

宁毅沉默片刻，抚着她的脊背叹道："你得自称'妾身'才能显得更贤淑……"

事实上苏檀儿在贤淑上基本是毫无问题的，绝大部分时间自称也是"妾身"这样的用词，有时候称"我"还是被宁毅带出来的。

两人以往每次在对面二楼举行楼台会的时候，用词会比较肆无忌惮，宁毅往往用朋友的口吻感叹："苏檀儿你很狡猾……"苏檀儿便也尝试以朋友的态度与他进行交流，心情若好，碰面的时候，类似"兄台是谁，为何来我家阳台""你家相公""幸会幸会"的寒暄也是有过的。现在两人的关系已经到了最亲密的阶段，以往的肆无忌惮自是变成了一种情趣，苏檀儿也只在两人独处的亲密时刻才偶尔摆出不怎么淑女的姿态，平日里若是有人，哪怕是婵儿、娟儿这几名丫鬟，她也从不会这样。

苏檀儿点了点头："妾身错了……"过了一阵，她才收起了开玩笑的心思，"其实相公也是喜欢小婵的吧，小婵倒是喜欢相公，只是不知道，呃……"

这是两人圆房之后第一次谈起小婵。有些事情算是彼此心照不宣，对于宁毅往后可能会将小婵收为妾室，苏檀儿不是没有心理准备，之前她就曾经主动支使小婵去陪宁毅，只是圆房之后再说起这些，心情必然是复杂的。她其实不清楚宁毅与小婵有没有真正发生关系，若有，她一直不说话，就未免辜负了这名情同姐妹的小丫鬟。

她是见事极清的人，这个晚上方才说起小婵的事情来。宁毅想了想，便择重点将与小婵之间的事情说了——小婵作为丫鬟，不好在小姐之前怀孕，打胎的药物伤身体，宁毅有所顾虑，就未曾圆房。宁毅以前就大概知道苏檀儿授意小婵的事情，这时候笑着提了几句，苏檀儿有些报然地笑笑，窝在宁毅身上不再开口。

此后一夜无话，第二天清晨，宁毅又早早地起了床。他身上虽然有伤，但在优秀内功与药物的作用下，此时已经没什么感觉了。陆红提教他的那份功夫本就是在平日里的运动中练习，强身健体效果不错，只在陡然发力时才有些伤身。他在院子里做了些预备动作，随后慢跑着离开苏府，在晨雾笼罩中，一路沿着秦淮河往聂云竹所住的小楼而去。

昨天聂云竹受了伤，元锦儿又在这样的天气跳进了河里，他终究还是有些担心的……

河上漾着稀薄的雾气，天才蒙蒙亮，宁毅抵达那栋有着暖黄灯火的小楼时，只见两道身影正在门口说话。聂云竹转身的姿势像是要关上门，随后隐约听得元锦儿的声音传来："啊，来了来了……"

两人斗嘴也算是斗出了一番友谊，但宁毅过来时，元锦儿都是一脸不爽的样子，这次难得她这么兴奋，俨然是想要炫耀什么东西。

方才两人也不知道到底是在门口干吗，聂云竹的样子看上去似乎有些为难，她伸出手，一边哭笑不得地将元锦儿往房里推，一边朝宁毅这边望望，原本打算关门的动作也暂时停了。宁毅走到近处，才闻到厨房那边传来一阵药味。这药应该不是熬给聂云竹的，因为站在门里的元锦儿穿得严严实实，用两层风衣将自己裹得像头熊猫，大有恨不得将被子都裹上身的架势，半边身体倚在聂云竹的肩膀上，目光里有着小小的得意，光荣地向宁毅宣布："我生病了。"

"呃……"宁毅愣了愣,"那干吗站在这里……"

"才不站在这里,我就是来拉云竹姐进去的。"裹在棉衣里的小手拉住聂云竹的衣服。

过得片刻,宁毅才弄清楚方才到底发生了什么事。以往聂云竹每天早上都在门外等着宁毅过来,这事让元锦儿颇为不爽,觉得美丽、大方、高雅的云竹姐像个逆来顺受的小媳妇。她也抗议过几次,但是毫无效果。

今天早上聂云竹照顾一会儿生病的元锦儿,估摸着昨天发生了那样重大的事情,宁毅今早会过来,于是出来看了看。谁知道病中的元锦儿穿了衣服,像个不倒翁一般摇摇晃晃地走了出来。晨风寒冷,元锦儿这样本身就已经感冒的人哪里还能受寒,聂云竹一见,便推着她准备回去。

元锦儿道:"那云竹姐也要进去陪我。"她本身怕冷,穿的衣服将自己裹得几乎肥大了一倍,苗条的身躯就快变成圆形了,但口头上还是"你不答应我就让自己在外面生生冻死"的气势。聂云竹哭笑不得地点头应承,两人正往回走,却见宁毅从那边过来了,元锦儿便在门口停下来,要跟宁毅炫耀一番——

经过长期的"抗战"之后,这次,云竹姐终于是我的了哦!

以往两人趁着聂云竹不在的时候彼此斗嘴,向来都是情敌一般的立场,宁毅此时哪里会看不出对方的意思,一时间有些哭笑不得。元锦儿今天是从床上直接起来,未有丝毫打扮,虽然平日里就算不打扮也是青春靓丽的美女,但这次毕竟还在生病,面容中还是有着掩不住的憔悴。即便是这样,她还是恶形恶状地向宁毅表现自己的得意,疯婆子也似。

聂云竹也是起床不久,一身朴素的衣裙,一头长发还未绾起,就那样在脑后流泻而下。她这时主要还是担心元锦儿,一边推着元锦儿试图往里走,一边哭笑不得地说道:"好啦好啦,回去啦。"

元锦儿摇晃了几下,终于也转身往里走,但她发着烧,脚下平衡能力不足,这一转身,左脚往右脚上一绊,仰面朝天地摔倒在地上。

"锦儿你没事吧?!"

聂云竹被这番状况吓了一跳,宁毅也有些被吓到,随即只见元锦儿躺在地上挥起手来:"没、没事……"

厚厚的棉袄与一层层衣物看起来像是粗大的炮管,从里面伸出两只小手,看起来简直像是摇篮里的婴儿。

聂云竹俯下身去试图扶她,元锦儿在地上扭动了几下,将身体往左边侧了侧,随后又往右边侧了侧,短手短脚在地上晃动着,简直像是一只肚皮朝天的乌龟。挣扎了一番,元锦儿发现自己竟然爬不起来。

事实上，这也是因为她身在病中根本没什么力气，而聂云竹昨天肩膀受了伤，这时候也使不上多少劲。此时在这小楼中的还有聂云竹与元锦儿的两名丫鬟——胡桃在年前已经成了亲，但因为昨天的事情，晚上还是赶了回来照顾小姐。只是宁毅过来与聂云竹碰面的时候两名丫鬟都不怎么出现几乎成了惯例，一时间没能赶过来帮忙。元锦儿如乌龟一般在地上挣扎了几次都没能爬起来，她与聂云竹一时间都有些尴尬，宁毅则是愕然半晌，随后幸灾乐祸地笑了起来。

聂云竹没好气地白了他一眼："笑什么呢，还不来帮忙。"

"这个，男女授受不亲……"

"不要他帮，死也不要他帮！"元锦儿看起来短短的四肢在地上一摊，脑袋一偏，她气愤地说道。她的脑袋裹在斗篷里，只露出一张气愤的小脸，看起来像个赌气的小女孩。

宁毅笑着将话语继续下去："不过，看她这么抗拒的样子，我忽然就觉得有了帮的价值了……"

"少瞎说了，快点儿来帮忙啦，我没什么力气。"

"不许碰我！不许碰我！我就不起来，我就喜欢躺着……"

"别胡闹，地上凉，快点儿起来回房。"

"不要他碰，我元锦儿清白之躯……"

"清白你妹啊，你现在就是个圆的，这么厚的衣服，什么都碰不到，都不知道你到底穿了多少……"

宁毅笑着试图将她从地上扶起来。若在平素，两个人都懂得点到为止，元锦儿估计就顺势起来了，这时候人在病中，心情自是不同，想着方才像乌龟一样倒在地上起不来被宁毅看到，这时候赌气挣扎个不停，就是不肯站直。宁毅肩一耸，顺手将她打横抱了起来。

以元锦儿如今的装扮，宁毅抱得比较困难，原因在于对方不怎么配合，不过他现在力气大，所谓"一力降十会"，无论如何总不至于让对方摔下去。元锦儿衣服穿得这么厚，腰啊、屁股啊、大腿啊摸上去基本没什么分别，不但宁毅感受不出来，元锦儿自己估计也感受不到，她伸手往宁毅脸上挥了一下，最终那只显得很笨拙又很短的手只碰到了宁毅的肩膀。

"再不放开我，我抓瞎你的眼睛哦。"

"有种就抓过来啊。"

"锦儿你别闹了。"

如此折腾了一番，宁毅终于将元锦儿送回卧室——原本元锦儿是与聂云竹同床睡的，但昨天感冒了，此时便被安排在客房里。进门之后，聂云竹回头去拿热水，宁毅将元锦儿放在床上，顺手拉了床被子将她盖住，虽然她脚上还穿着鞋子，但宁毅到底不方便替她脱掉。躺在那里的元锦儿俨然被强暴过一样，目光不爽："我穿这么多你还给我盖被子，你想要热死我啊！我动不了你就想谋杀我对不对？"

"刚盖上有什么热的，懒得理你，云竹马上就过来，到时候让她帮你脱掉衣服。真不知道你干吗要穿这么多……"

"不穿多一点儿，要是风寒加重怎么办……"元锦儿嘟囔了一声。

这年头医疗水平有限，虽然风寒感冒这些病已经有了比较靠谱的治疗方法，但因为这种病死掉的人也不是没有，她的心中毕竟还是害怕的。

这片刻间，聂云竹还在外面没有进来，却见元锦儿说完话，脸色微微变了变，臃肿的身体又开始试图往旁边翻滚，只是侧了一下身子又倒了回去。宁毅皱起眉头，走过去将她的上半身往床沿拉："怎么了？"

元锦儿嗯地伸手捂住了嘴，宁毅这才明白，赶紧将放在一旁应该是用作痰盂的陶罐拿了过来，让她哇啦哇啦地往里吐。大概因为昨天已经吐过，此时能吐出来的东西倒也不多。宁毅伸手在她背后拍了拍——为了让她趴在床沿，宁毅侧身坐着，笑道："几个月了？"

元锦儿吐完才稍稍缓过神来，听他这样说，脸一翻："走开，不许碰我！"

"不拉着你，你就直接栽下去了。"宁毅没好气地将她拉回床上，随后去一旁脸盆架边拧了脸帕替她擦了擦嘴角，待到聂云竹过来，才将元锦儿交给聂云竹，转身出了门。关门时，他看见元锦儿朝这边指指点点，跟聂云竹窃窃私语，大抵又是在聂云竹面前告他的黑状。

过了许久，聂云竹方才从房间里出来，打开门时，只见元锦儿躺在床上，让被褥蒙得严严实实的。这时聂云竹已经替她脱了衣服，那身体便褪去了方才的臃肿。小脸自被褥里露出来，应该是聂云竹方才替她擦洗过，脸蛋红扑扑的，看来已经睡着了。

"每次过来，就知道跟锦儿斗嘴，她像个孩子，你也像啊……"此时天色已然大亮，聂云竹端了茶水过来，语气微嗔。

宁毅笑道："有童心是好事……对了，你的肩膀怎么样了？"

"使不上大力，不过没事了，你呢？"

"都好。对了，你跟锦儿最近一段时间最好不要出门去竹记，虽然那几个跑掉的刺客回来找上你们的可能性不大，但还是小心为好。或者今天下午我与陆阿贵他们商量一下，另外给你们找个地方住住。"

聂云竹喝了一口茶，望着他点了点头："嗯。"

又聊了一阵昨天的事情，聊了聊秦老，宁毅方才从小楼离开。东方天际，太阳已经升了起来，晨曦万丈。

宁毅没有注意到的是，在他进出小楼的过程里，一直有两双眼睛望着小楼的方向。不远处的树林里，一辆马车静静地停在那里，两名捕头一直守在附近。两人一人姓陈，一人姓徐，是衙门里的正、副捕头，这次正好碰上了辽人刺杀的案子，任务压下来，几个班子如今都在江宁城里忙碌。

这里不算是他们重点蹲守的地区，毕竟辽人会报复这两个据说参与到了昨天打斗中的姑娘的可能性实在太小，但她们应该有些背景，因为上面安排下来任务，要求必须保护她们周全。昨晚这里原本是由陈、徐二人的手下守着，他们到了早上才过来，算是替手下代个班。没想到，在这片刻的时间里，他们竟然发现了一些有意思的事情。

"大清早的登堂入室，这书生是谁，看起来可不像是普通来往那般简单。"

"去年调查的时候，我们没有收到过这等信息吧？"

"那聂云竹从良之后甚少与陌生男子来往，便是以往熟悉的，也都是干净利落地断了关系，确实未曾查到有这书生的存在。"

晨光之中，两名捕快望着那书生的背影，小声地交换着心中的疑惑。事实上，早在去年，他们便与聂云竹有过一次交集，当时暗中调查并没有查出太多有意义的信息，加上后来上面急于结案，不支持继续查下去，关于那桩案子的行动便暂时停了下来。这时候，姓徐的中年副捕头笑了笑。

"两名花魁行首般的女子，从良之后竟只与这书生一人有密切来往，事情若是传出去，怕是不少自诩风流的男子得气死吧，至少那顾燕桢……"

"老徐，你知道我现在在想什么吗？"

"顾燕桢？"

"当时不就有这样的猜测吗……"

"也好……我跟上去查查。"

顾燕桢的死因，陈、徐二人当初有过好几个猜测，但说起来都没有具体的事实依据，也是因此才没能查下去。这时候说起来，副捕头点了点头，一路跟上。陈姓捕快留在原地，想着断线已有半年多，上面也早早结了案子，这次找出线索的可能性估计不大。又过了一阵，那徐捕头返了回来。

"怎么样？"

"差点儿被发现，没办法再跟下去，那个书生……警惕性很高。"

"嗯？"徐捕头愣了愣，"倒是看不出来。"

"还记得当时的推测吗？"

"什么？"

"当时干掉杨翼、杨横两兄弟以及后来过去的顾燕桢的，是真正的狠人哪，武艺上或许比不过杨氏兄弟，但心性上，那是真正的亡命之徒才能做出来的事情……这人又跟那吕梁山的女刺客有关系。当初随意调查找不到他也没什么可说的，事情隔了这么久，若真找到了这家伙……陈头，你真的想清楚了？"

虽然他们这样的捕快总是与各种犯人打交道，心性已经锻炼出来了，不会为一般的犯罪所动，然而，当面临的对手真疯到某种程度时，如果能不去碰，一般人还是会选择避开。当初的杨氏兄弟算是这样，当初灭杨氏满门的那人，也是摆明了不好惹。他们继续调查，若是猜错了，自是另当别论；若真找到了，迟早是要与那人对上的。

陈捕头想了想，随后将一根草茎叼在嘴里，摇了摇头："当初也只是随意推测，人海茫茫，哪儿有那么容易便撞见……类似聂云竹、元锦儿这等女子，从良之后，若说真没有任何男子与她们有关系，那才是笑话。只是这事终得保密，那书生警惕心重大概也是由此而来。没那么容易真对上号的，不过，真对上了……"他笑了笑，"亡命之徒，我陈峰又怕过谁来……"

宁毅并没有真的发现有人跟在他后方，只是在经过某个街口时心有所感，观察了一会儿，没有发现异样，便只当是自己太过多心，并未再追查。

这天上午他自然还是去到学堂上课。昨日全程目睹了那场厮杀的周佩看见宁毅过来，一脸惊愕，课间抽了个空问道："师、师父，你昨天受了伤，没事了吗？"

待宁毅回答没事，她才放下心来。

昨天下午发生之事，让她心中震惊得无以复加——干脆利落的枪法，惊人的身姿，面对着那等凶悍之人也没有丝毫退避的态度……周佩从不知道有哪个书生可以在仓促之间干出这种事情。临危不乱、面对生死毫不畏惧的读书人她倒是听说过，但那也仅仅是引颈就戮的勇气而已，一方面读着圣贤书教着学生，一方面能与人厮杀到这种程度的人，她却未曾听过。

书生的儒雅与胸有成竹，以及那同武人不相上下的凶悍都让周佩印象深刻，不过，最令她震撼的，还是宁毅后来扔出的那支火枪。在最危急的关头，火枪被那最为凶猛的大汉抓在手中，令她的心陡然提到了嗓子眼，然而下一刻，火枪发射后的场景，着实令大部分人脑内一片空白。周佩当时根本反应不过来为什么会出现那一幕，后来心稍稍定下，去见了秦家爷爷，听他们说话，逐步推导，才大概知道，在这场突如其来的变故里，一个个参与者到底是怎样斗智斗勇的。

师父的不露声色、后来的出手、那把早就安排好的炸膛火枪，包括秦爷爷在门外喊的那句"就是他们，给我拿下"，这中间包含的临危不乱与机智应变，无不令一般人瞠目结舌。小姑娘以前自诩聪明人，总想着将来要做一番大事，但直到昨天，她才第一次看见，真正厉害的人是什么样子。

驸马爷爷应该是知道这些的，因此才让我和君武拜在师父门下吧。相处了这么多年的驸马爷爷应该也是这么厉害的人，只是在自己这些小孩子面前从来不表现出来。

以为已经长大了的自己，果然还只是个小孩子而已……

抱着这样的心情，今天早上见到师父时，周佩感觉自己变得有些奇怪，只是这种心情她自己也闹不太清楚。其实，对于昨天上午丢面子和后来哭泣被看到的事情她还是有些介意的，只是觉得"这蛮子师父确实是很厉害的人呢"，在意就少了一些些，变得可以忍受了。

至于张瑞、李桐两位夫子，昨天原本打算与师父辩一辩，在见到事情发生，后来又看见秦家爷爷对师父的态度之后，便只是客套地打了招呼就赶紧走掉了。

小姑娘被昨天的事情冲击到，心情有些不同，就连选郡马引起的烦恼也消散了一些，感觉这世上有师父、秦爷爷、驸马爷爷这类人，自己也不该为了这些小事烦来烦去才是。只要自己变得厉害，什么事情都可以应付。宁毅若知道这小郡主今天的想法，还将这种想法置于婚姻之上，估计会为她将来的郡马默哀一番。

到得下午时分，宁毅准备去往秦府看看情况，才到秦府所在街道的转角，便见前方车马轿乘停了一路。秦嗣源定居江宁，原本默默无闻，但今年已经有不少人过来拜访，昨天又出了那事，涉及辽人，到得今天，各路人物便一起拥了过来。宁毅看了几眼，转身便要离开，决定风头过了再来，谁知才一转身，便被人挡住了。

"立恒若是就这样走了，怕是老爷夫人都得责怪妾身呢。"

出现在他面前的，是秦嗣源的小妾芸娘。这名知书达礼的女子戴着面纱，身后跟着一名丫鬟，朝他微微一福，宁毅连忙行礼："呵呵，芸夫人，刚从外面回来吗？"

"妾身是专程来等公子的。"芸娘笑了起来，"夫人知道公子今天会过来，方才在家中说，待会儿必定要好好谢过公子对老爷的救命之恩。其时康老也在旁边，笑着说道，若公子见了门口的架势，必定掉头就走，要过好些日子才会来，姐姐便吩咐妾身在街口等着。公子的反应，果真与康老所料的无差呢，呵呵。"芸娘说完这些，微微敛去笑容，严肃起来，"公子昨日救了老爷性命，对秦家上下都有大恩，请公子受芸娘一拜。"

她与身后的丫鬟屈下身，极为郑重地行了一礼，宁毅也只好郑重还礼。

话说到这里，宁毅不可能抽身走人了，只能随着芸娘进了秦府。果然，秦家聚集了不少人，或是官员，或是大儒，只有少数几人是宁毅认识的，大抵都是秦嗣源曾经的棋友，见宁毅过来，纷纷询问他是否受伤。其余人则互相询问这年轻人是谁，问出个轮廓之后，大赞其英雄出少年。也有知道他赘婿身份的，不禁惋惜一番，"十步一算"的外号倒是没什么人介意，只当他在做生意上有些小门道，少年英雄却是个商人，这实在是让人惋惜的事情。

其后大家在客厅之中闲谈了一番，免不了聊聊辽国刺客，聊聊辽国，随后又聊到秦嗣源身上。不过，此时要说他昔日的"功业"还有些早，毕竟金、辽两国关系还难说，秦嗣源也不愿谈这些。说话之间，众人的注意力不免会集中在宁毅身上。宁毅如今虽然已经不热衷于应酬，但在这方面的修养却是深厚无比，云淡风轻地谈笑一番，偶尔引导一下气氛，可谓是驾轻就熟。

此时满屋都是有身份地位的官员、大儒，一般的年轻人在这等场合即使应对得极好，或者应对得体、不卑不亢，也总能看出身份地位造成的落差，宁毅的表现却有些不同。他平素与秦嗣源等人便是平辈论交，这时候倒没有因此表现得张扬，只在旁人与他说话时才回答两句。他本就有着上位者一般的气质，有时候说个有趣的话题，大家都笑了起来，也没人觉得他在长辈面前乱开口，过于狂悖张扬，而秦嗣源、康贤对他的重视也让宁毅更好地融入其中。

当时觉得自然而然，散去之后，其中一些人想起来，才察觉这个年轻人的不简单，这种姿态如今江宁年轻一辈几乎无人可及。知道宁毅以往便与秦嗣源、康贤有来往之后，有人猜测，这人或许是秦嗣源在这几年里培养的弟子，显然，驸马康贤也有参与。

这个厉害的老头子若真有大功，他日或许还会复起，或许也只有他，才能在这几年里培养出一个这样厉害的弟子来。

只不过这个弟子既是赘婿，又是个商人，真是……奇怪。

农历二月，春色渐浓，秦淮河畔，纷扬的柳絮夹在两岸的笙歌之中，在盎然的春意里飞舞。

清晨时分人们坐在闹市街头的酒楼上，常常可以看见不远处吉祥街口来去的行人。这吉祥街是江宁有名的青楼云集之地，这个时间段可以看见不少夜宿的男子从那边出来，有的在路上还在整理衣冠，也有神色比较仓皇的——大概有事，披着衣服一路飞奔，当然，这样的不算多。

这年月，狎妓是件挺正常的事情，有的书生神清气爽地在街头与认识的朋友打完招呼，随后勾肩搭背地议论一番昨夜又在哪位姑娘那儿登堂入室了，也有一脸正派如同正人君子的，儒雅风流的模样让旁人看不出太多端倪来。

"哦，小婵，你看那家伙，还买了肉粥提着，应该是打算拿回去给老婆孩子吃的……倒还挺顾家。"

"那位公子吗？看来不像啊，姑爷你不能因为人家从那边过来就这样说人家。"

"你不懂，表面上看起来虽然都差不多，但晚上在自家睡的男人跟在外面睡的男人在神情气色上还是有一定差别的。"宁毅坐在二楼窗前,将一个银丝卷扔进自己嘴里。

"姑爷懂怎么看吗?那教教小婵好不好?"

"你想干吗?"

"以后姑爷留在青楼不回家,小婵就能看出来了。"

"呵呵。"

宁毅这两天之所以非常无聊地跑到酒楼上来观察谁夜不归宿,主要是因为发现这家酒楼的早点味道不错。小婵今日无事,便一同来了。这时候两人坐在二楼窗前指指点点,时有惊人发现。

"姑爷、姑爷,你看那个老公公也是从青楼里面出来的哎。"

"你怎么看出来的?"

"因为侧面那栋小楼的窗户后面还有姑娘在跟他招手啊……"

"老当益壮,真是太令人……羡慕了……"

"姑爷才不羡慕呢,这种地方从来都不去的。"

主仆两人如此说笑了一番。这时候酒楼里有了不少人,其中几名做书生打扮,那个被宁毅看出夜不归宿的男人便在左边一张桌前坐着,衣冠倒是整齐,精神也好,正以诗文形容着昨夜的情形,偶尔哈哈大笑一阵。小婵听着那些诗词,不时小心地回头看一眼,又红着脸转过头来。

这帮学人才子说起风流韵事每多轻狂之态,过得片刻,才有人做出压低声音的姿态:"喂,你们说,那师师姑娘这次过来,咱们几人,可有机会见上一见?"

"听说这李师师只是访友,并不待客,恐怕是难得一见。"

"说是这样说。"

"就算见也是见那些大人物。"

"那倒是。不过,似曹冠、柳青狄等人,总能见上一见吧。"

"籍昌兄家学渊源,族叔又在府衙为官,恐怕也是能见到的。"

"哈哈,说笑说笑。去年那顾燕桢回来,说是在东京之时见过这李师师,我可没这个福气。"

"那李师师被誉为'京师第一名妓',倒不知与我江宁的绮兰、骆渺渺等人相比如何……"

"绮兰等人怕是有所不及。而且,在下觉得,李师师此次访友真是选对了时间。你们想想,如今那花魁绮兰乃濮阳家蓄意捧出来的,虽然艺业也算惊人,但毕竟沾染了太多铜臭。骆渺渺的舞蹈绚丽有余;实际上不够大气。那冯小静以往被称为'空谷幽兰',但……唉,被那陈勇匹夫逼得自楼上跳下,如今也已沉寂,而那活泼清纯的元锦儿据说又已从良,青楼行首四去其二,如今绮兰与骆渺渺若对上李师师这等大家，根本镇不住场嘛。你们说，会不会是那李师师刻意挑了这个时间过来，口头上说是访友，却行挑衅之实呢？"

"若真是如此，我等江宁士人可得齐心，不能让她得逞了。"

"许是你们想得太多了吧……"

那边一番谈话，虽然摆出的都是谈论机密事件的态度，实际上声音却未有降低，宁毅听得李师师、顾燕桢这些名字，顿时感兴趣起来。小婵见了他的神情，便也听了一会儿："姑爷、姑爷，那李师师过来，你若想见，能够见到吧？"

宁毅愣了愣："我又不认识她。呃……你听说她要过来的事情了？"

"嗯，早几日就听说了啊。"小婵点头，"说这李师师姑娘过来访友散心，本是秘密行动，但不知怎的，被传得沸沸扬扬。小姐也知道了，昨日与兴庆坊的掌柜夫人聊天时就说起这件事，小姐说：'拙夫若是想见，大抵是见得到的。只是您也知道，小妹那夫君性情与旁人不同，于这等为了扬名而去接近花魁之事兴趣不大，他常说，风流才子也不过是炒出来的。哦，所谓'炒出来'，便是瞎起哄的意思。'"

她模仿着苏檀儿的语气，自豪之情溢于言表——咱家姑爷可不是不能去，而是不在乎罢了。宁毅笑了起来，小婵想了想，又道："其实姑爷如果想去的话，小婵觉得，有时候去参与一下这些事情也好啦，小姐也这样说过。"

宁毅笑道："这是口不对心吧？我要是点头一定会很惨。"

"没有啊，真的。"小婵用力摇着头，"姑爷平时根本就不在乎那些女人嘛。姑爷出了名以后，小姐和小婵都很高兴啊，虽然姑爷说这些聚会就是瞎起哄、互相吹捧，但大家在一起互相吹捧一下也会很开心的。姑爷去参加一下，写一两首词吓倒那些人，然后开心一下，也挺有趣嘛。其实小婵也是这样子啦，如果有人夸小婵很厉害，小婵也会很开心的。"

小婵这番话并非伪饰，虽然说作为家中的女人，看到自己的男人在外面勾勾搭搭肯定不会很愉快，但时代如此，主要是一个度的问题。平日里这帮才子佳人聚在一起，算是一种社会提倡的娱乐活动，如小婵说的，大家互相吹捧一番，作为当事人也会觉得开心。

这种事情若参与太多，真心热衷起那些名妓大家来，苏檀儿、小婵等人当然会不爽，但如果宁毅完全不去参加，苏檀儿等人反倒会觉得是自己阻断了宁毅的开心途径，甚至觉得宁毅参与一两次，大展诗令令得众人瞩目、花魁倾心才是真正健康的生活方式。总之，她们只要确定宁毅与那些花魁没什么关系便好，宁毅若扬了名，家里人其实也与有荣焉。

宁毅在心中想了一阵，又笑了好一会儿，随后道："小婵真的很厉害。"说着，他伸手摸摸她的头，小婵便嘿嘿地笑了出来。

"这样的话，姑爷真不想见那个李师师姑娘吗？"

"你家姑爷魅力太大，要是她见了以后爱上了我，哭着喊着不肯离开江宁怎么办？"

"那……"小婵低下头，脸通红，"那、那等到姑爷纳了婵儿以后才让她进门……"她的声音细若蚊蝇。

一般人若听得宁毅这番自吹，少不得笑着奚落他一番，说他自我感觉良好，小婵的反应倒是出乎他的意料。宁毅愣了愣，随后也只得摇头一笑，心中却不由得想着这李师师与云竹、锦儿比起来到底孰高孰低。

他这番比较并非因着名妓的成分，实在是因为这李师师名气太大，想必歌舞曲艺的功底也深。宁毅原本对古代歌舞曲艺不怎么感兴趣，但自从听了聂云竹的弹唱后，便大为改观。当然，这也是聂云竹听了他教的歌曲之后，对自己的唱风做了改变，特意迎合所致。

元锦儿不愿在他面前表演舞蹈，毕竟从了良，觉得没有太多值得自己展现的观众，做这种事情未免有讨好他这个臭男人之嫌，但从几次见过的歌舞来说，还是赏心悦目的。据说宁毅不在时元锦儿便会在聂云竹面前蹦蹦跳跳，自娱自乐，由于心情开朗，经常灵感迸发，还不时排出新的舞蹈来给聂云竹看。有时元锦儿离开后，聂云竹便笑着说起来，并且模仿一番。

两人功力倒是相若，聂云竹极擅弹唱，但在舞蹈上与元锦儿也差不了太多，只是她舞蹈之时便无人奏乐，只能让宁毅看看优美的肢体动作。她想再多表演一点儿时，元锦儿已经跑了回来，大声打岔，抗议聂云竹拿自己的舞蹈来讨好情郎，这种重色轻友的行径可耻。其实，聂云竹温雅娴静，元锦儿则活泼好动，便是一样的舞蹈，表现起来也是不同的。

这边桌子旁的几名书生还在说有关李师师的事情，另一边却有三名男子自楼梯口上来，在小二的引导下，在宁毅和小婵旁边坐下。这三人皆是一身短打，各自带着兵器，其中一人身上竟还有伤，看来都是江湖人士，三人坐下之后叫了餐点。

"昨日几十人设伏，竟还是让那几名辽人跑了，真是晦气！"

"跑不了，百刀盟的程老爷子已经亲自带人去追，同时布下天罗地网，官府也在配合。这帮辽狗入我中原腹地杀人行刺，真是欺我中原无人。"

"不过为首那辽人倒真是厉害，竟能在那许多好手的包围下杀出去……"

听得那三人说话，宁毅皱了皱眉，关心起来。

"辽狗欺武朝无人，潜入中原腹地杀人行刺"，如今江宁能与这些话对上号的事情，只有前几日竹记发生的刺杀。宁毅为了竹记二店的声誉，这几天通过陆阿贵那边的关系将事情宣传得沸沸扬扬，他本人也一直在关注跑掉的那两人的下落，如今还没有进一步的消息，听这三人的说法，昨日夜间倒像是有了新的发展。

宁毅耐心地听了一会儿，三人说的基本都是那为首的辽人多么厉害，那一刀劈来太快，该如何躲闪之类。小婵也听了几句，小声问宁毅道："姑爷，他们说的难道是秦家老爷爷的那件事吗？"

宁毅点了点头，随后朝着那边桌子走过去："几位请了。"

那三人见过来的是一名文弱书生，不由得微微一愣，只听宁毅说道："方才听几位说起辽人之事，似与几日前的刺杀事件有关。此事在下也有耳闻，只是不知道昨日又发生了何事。几位壮士显然也有参与，所谓'侠之大者，为国为民'，在下对几位壮士这等英雄豪杰向来是佩服的，因此想要听听昨夜的事情，还望几位指教一二。"他说完这几句，又补充道，"哦，在下宁立恒，也曾习过些拳脚功夫，江湖人送匪号'血手人屠'，幸会了。"

宁毅方才一番江湖话说得自然流畅，跟在后方的小婵佩服不已，然而，待他说到"血手人屠"时，她的表情瞬间变得有些奇怪。小丫鬟一向以为这是姑爷给自己脸上贴金，无赖自吹的称号，在家中炫耀一番倒没什么人在意，甚至大家还跟着配合一下。待看见他这么"厚颜无耻"地忽悠几名江湖人，她顿时就有些崩溃。

那三名江湖人先听宁毅说得恭谨，以为是个爱国的热血才子，待他一转口说"人送匪号'血手人屠'"时，这才错愕地对望了一阵，随后也只好回答"久仰久仰""幸会幸会"之类的客套话。

"在下熊默。"

"在下林金泉。"

"在下赵兴。"

几个人没有报什么拉风的外号，不知是不是觉得与"血手人屠"这种龙套外号摆在一起会降低自己的格调。

除了外号比较突兀，其余方面宁毅其实还是挺上道的——叫了店里最好最贵的早点，让小婵去结了账，随后听那三人说起来，才知道昨夜发生了什么事。

有辽人在江宁行刺的事情，如今已经被宁毅宣传得几乎尽人皆知，除了提升了锦儿店的知名度，另一方面也大大鼓舞了一帮江湖人的爱国心。这几日官府在城中搜索那两名跑掉的辽国刺客，同时发布了近千两纹银的赏格，一帮江湖人士于是联系起来，为钱、为名，同时也是为一腔热血，想要将那两名辽人抓住，这事宁毅是知道的。

众人在全城展开大搜索的同时，那个被凶残的元锦儿用发簪几乎将下半身扎成筛子的悲催贵公子也勉强保住了一条性命，这也是因为元锦儿不敢杀人，扎得差不多的时候下意识地收了手。

也不知这江宁府衙到底是怎样布置监牢的，昨晚那关押点竟然被人潜了进去。这次来的不止是跑掉的两人，一共四个人将那贵公子给救了出去，中途发生了一阵厮杀，但最终没能挡住这四名厉害的家伙。"

宁毅并不清楚这事，但一直关注的江湖人第一时间就得到了风声，出了城去一路截杀，同时还有官兵的配合，但那几名辽人奔行甚快，武艺也极高，武林人士毕竟是乌合之众，就算有衙门捕快，也无法准确形成合围。他们只能在江宁附近的山林间一路追踪，途中发生了几次规模不等的打斗，但最终只留下了其中一人，让另外三人带着那半死的贵公子给逃掉了。

在江宁的地盘上居然也能发生这种事情，宁毅有些错愕。但据这三人讲，逃脱的几人中，武艺最高的并非那瘦高个与似乎瞎了一只眼一直用绷带缠着半边脸的魁梧大汉，而是另外一人，他的身手委实可怖。这人身体结实黝黑，满身满脸都是疤痕，看来简直如凶悍的魔神一般，主要是靠这人杀出一条血路，他们才有了逃离的可能。当然，那瘦高个与瞎眼大汉的身手也不可小觑，这帮人一交手，便知道他们可能是在战阵厮杀中活下来的最精锐的辽国士兵。

"往日锻炼身手，以为自己有了些艺业，不过那浑身疤痕的汉子真令人想起来就心有余悸。昨晚他一刀劈下，我已是全力格挡，却还是被他一击打到几米之外，右边肩膀也开裂了，大概许久都拿不起东西，脊背撞了一下，到现在都还在痛。也是因为他们急着逃走，否则只要再来一下，我这条命怕是就要交待在那儿了。"那受了伤的赵兴如此说着。

一旁的熊默想了想，道："这人恐怕是练了真正的上乘玄功。"

赵金泉点点头，宁毅跟着附和了一番："无论如何，几位的侠义行为终是令人钦佩。"

这番交谈之后，宁毅大概理清了整件事的轮廓，原来除却五名行刺者，另外竟还有两名高手没有跟着。更堪虑的是，这些外来者竟然能够潜入那贵公子的关押地点，看来背后还有更大的势力。眼前这三人估计还算不得真正厉害的武林人士，在陆红提看来，估计只能算一般的喽啰，而他们口中那个全身都是伤疤的黑魔神该是真正的高手，一刀能将一名武林人士劈成这样，分明只有身怀上乘的内功可以做到，只是不知道与陆红提比起来孰高孰低。

他心中有不少疑问在盘旋，聊到后来，宁毅有些心不在焉，待到这几名江湖人离开，他才让小婵追上去送上一些食盒及银票作为礼物。虽然说是说"穷文富武"，但真正在江湖上刀口舔血混生活的人恐怕也不会过得太好，如今大家算是偶然站在一条船上一次，宁毅很愿意给些力所能及的帮助。小婵言辞得体，说了好久才让三名江湖人将东西收下。

到了这天下午，宁毅放了学，预备去找陆阿贵询问一下昨晚的事情。他对于武朝倒不是真的那么热爱，只是行刺秦老的刺客终究是被自己所阻，纵然被报复的可能性不大，但终究是沾上了，能多了解一些还是尽量多了解比较好。不过，下午去到驸马府时，陆阿贵正好不在，康贤也不在府中，他只好折回去，打算过几天再行询问，反正事情也不算急。

这样走过几条回苏府的街道，他没有发现的是，一道身影远远地吊在他身后。跟踪者是江宁府衙的捕头陈峰。他有些疑惑地回头看了看驸马府，随后又跟了上去。

又转过两条街，进行跟踪的陈峰突然生出被窥探的感觉，就在他反应过来的同时，一只手也啪地拍在了他的肩膀上，陈峰挥手一格，两人在街角小小地交了几下手，随后陈峰定睛一看，这才放松下来——这人是认识的。

这个在街头抓住陈峰的男子，正是如今驸马府中的管事陆阿贵。宁毅是从驸马府折回，他则是准备回驸马府，无意间看见宁毅，原本想打招呼，谁知紧接着发现了跟在宁毅身后的"尾巴"。恰好这条"尾巴"他也认识，当下放弃了打招呼的想法，将"尾巴"截下。

"陈捕头，你最近挺闲嘛，不去抓那些穷凶极恶的大盗，倒是玩起这种跟踪游戏来了。据我所知，前面那位公子可是守法良民，前几天还阻止了一场辽人的刺杀，他犯什么事了吗？"

陈峰皱了皱眉："有没有犯事，是由衙门决定，不是由你我决定。我知道他与你们有些关系，陆阿贵，你要插手？"

"谈不上插手，只不过明公与他相交莫逆，我想知道到底出了什么事。"

"这么久的时间，你还真成了那位驸马爷的走狗了。"

"明公救我一命，我本该为他效死⋯⋯以前你可以说我为个毫无建树的驸马做事不值，现在总不该这么觉得了。这位宁公子不是那么简单，他予这天下人的恩惠，不是你可以想象的，最近又救了秦嗣源，若有什么麻烦，有人是会下死力去保他的。而且我保证他是个好人。怎么样，有什么问题，我们到附近聊聊，也看看驸马府能不能替他接下来。"

"天下人？恩惠？"陈峰眼中闪过一丝疑惑，"我知道他在江宁有些才名，但年纪轻轻，当不起你这等捧杀吧？"

陆阿贵想了想，随后有些古怪地笑了起来："不是你可以想象的⋯⋯怎么样，找个地方喝杯茶、叙叙旧？"

沉默许久，陈峰看了他一眼，终于开口："好。"

第八章
听壁脚惊闻陈年案 游故地邂逅儿时伴

天色暗了下来，随后，明亮的上弦月升了起来。

驸马府。

周佩吃过晚饭才从皇姑奶奶那边出来，穿行在灯火通明的庭院当中，准备如往常一样去到驸马爷爷那边请教一些学问。

她一半以上的时间是在这座驸马府中度过，不论去哪儿，家丁、护卫等人自然不拦她，这时候她走到驸马爷爷的书房外，听得里面传出说话声。

"捕快？捕快为何盯上立恒？"这是驸马爷爷的声音，"莫非出什么事了？"

这里偶尔能听见驸马爷爷说一些比较大的事情甚至机密，周佩有时会听一听，有时本着偷听不好的观念转身走掉。不过今天这事，她打算多听一会儿，于是在屋檐下蹲坐了下来。

"捕快为何盯上立恒？莫非出什么事了？"

月明星稀，康贤的声音从房间里传出来，周佩躲在窗下凝神听着。对这位年轻的师父，小郡主心中越发好奇起来，心中猜想着可能是因为前几天的刺杀案发生了什么变化，但随后听来却并非那样一回事。

"据说是为了去年的一桩案子，与宋宪被刺杀的案件有一定关联，似乎还牵涉了另一名官员的失踪案及灭门案……"

房间里开口回答的是一向为驸马爷爷所倚重的阿贵叔。听他说起，周佩在外面愕然地眨了眨眼睛，愣了愣。房间里，康贤大概也皱起了眉头。

"怎么弄得这么严重？"

"事情倒是还没确定，未有实质的证据，但陈峰此人，我是认识的，破案方面，能力很强。他如今调查到的也不算多，但我倒是想起另外一些事情来。"

"嗯？"

"老爷还记得宁公子在去年对武学很感兴趣吗？"

"呵呵，自是记得。"里面的康贤笑了笑，"只是他对于这些事情的了解多有不实，也不知是看了怎样的传奇故事。我当时还跟秦公说，看他在许多事情上都很老成，倒是在这事上颇有朝气，不过以他的手腕，此后真要找些门道学习一番，也不是什么难事。眼下看来是真的学到一些了，但总的来说，我听了前几日刺杀事件的详情，立恒最让人佩服的，还是那份果决的心性。"

"便是如此。不过，老爷应该还记得，当时他问过那宋宪以及刺杀者的情况……"

"要说他与此事有关，我是不信的。"

"属下也难以相信，不过，这也是属下今日听了陈峰的话之后才产生的联想，陈峰是不知道的。他当时调查的也并非那宋宪的被刺案件，而是一位名叫顾燕桢的官员的失踪案。"

康贤想了想："顾燕桢……这人我倒是见过几次，颇有才学，他高中了？"

"去年补了实缺，三四月间回江宁访友，预定七月任乐平县令，但六月离开江宁后便失去了踪迹，后来在城外发现了他与仆人的尸体，还有一户姓杨的人家满门被杀。这件事发生的同时，这顾燕桢家中有几名仆人也被杀了，似乎是因为知道一些事情而被灭口，出手的却是那刺杀了宋宪的女刺客，当时便认为顾燕桢的死也与那女刺客有关联。陈峰当时查到了一些线索，但上面抓不到刺客，只得仓促结案，由于线索不多，当时未能继续查下去。"

"这事是如何牵涉到立恒的？"

"当时与顾燕桢死在一起的一家人并非善类，这杨翼、杨横两兄弟是江宁有名的强人，出了名地凶狠，一般的中小帮派都不敢轻易去惹这两人，更别提他们一家人了。杨翼娶了一个老婆，生了两个儿子，儿子都已经长大成人，据说也有着不错的身手，一共是五口人。这一家人平素倒没什么动静，但据说每隔一段时间会接下一些绑票勒索的生意，官府又未能将其定罪，手上应该有不少命案。那时比较主流的推测是，这一家人接下了顾燕桢的一笔单子，在城内将某人绑架了……"

陆阿贵说到这里，房间里康贤哼了一声："既是朝廷命官，竟与此等匪人同流合污！"

"他们到底绑架了谁,如今已难以查证,最可能的一人,老爷也是认识的,便是那竹记的聂云竹聂姑娘。"

房间里沉默了一阵,康贤大概是在消化这条信息,终于将事情与宁毅联系起来。

随后陆阿贵继续说下去:"据说那顾燕桢往年在江宁,与当时在金风楼的聂姑娘有些关系,他高中之后返回江宁,对聂姑娘也是念念不忘,只是聂姑娘已经从良……"

"哼,那顾鸿才子之名我也是知道的,青楼之中与他关系匪浅的想是不少,不过他看上聂云竹,倒是有点儿眼光。云竹此女,虽是青楼出身,心性品行却委实不错。"

"便是如此。据属下所知,当时聂姑娘与宁公子的关系已经不浅,即便是这样,顾燕桢恐怕还是对聂姑娘有些念念不舍,据说还有过当街求亲被扇了一记耳光的事情。陈峰结合这顾燕桢以往做事的风格推测了一番,觉得顾燕桢请杨氏兄弟帮忙绑架的,或许便是聂姑娘,只是后来调查,聂姑娘当时并未失踪。他也调查了与聂姑娘有关系的男子,但当时并无收获。"

"那杨氏兄弟绑架了立恒?"不用说太多,康贤已经了然,"接下来如何?你说那杨氏兄弟被灭了满门?"

"全家五口,无一幸免。"

"此事发生在去年几月?"

"六月。"

"这不可能。"康贤摇了摇头,"五月间立恒还问过武功之事,他当时明明还是文弱书生一名,宋宪的刺杀案也在五月。就算他当时真找到什么武林高手,甚至直接拜那女刺客为师,身手也到不了多好的地步,哪里有一个月便能修成的武功……哦,若是那女刺客去灭了对方满门,随后再杀掉顾燕桢,倒是有可能……"

康贤的这番猜测自是靠谱的,不过随后,陆阿贵却做出了否认:"但奇怪的在于,杨氏兄弟一家的死与顾燕桢的死,很可能并非出自武林高手的手笔。按照陈峰当时勘察的结果,很可能是一个处于劣势的人杀死了杨氏一家,并在当晚杀死了顾燕桢与他的一名护卫……一共七人。"

窗外的周佩瞪大了眼睛。她躲在这儿虽然是想偷听,但是根本想不到师父还会牵涉到这类事情里来。不久之后,房间里的两人做出了推测。

"下手的是立恒?"

"属下觉得有可能,只是事情的经过如今已经很难还原了……"

"那陈峰的想法呢?"

"当日有一人被杨氏兄弟绑架,这一家人本就是出了名的凶徒,四男一女,被那屈居劣势的人全部杀死。若被绑架的是宁公子，他当时确实还不会武功。陈峰之所以做出这样的推测，是因为杀死杨氏一家之后，这人也受了重伤，然而此人在当时做了一个选择——他留在杨氏兄弟的住所附近，做了一些陷阱，花了不知多少时间，等着幕后买凶的顾燕桢到来……"

康贤点了点头："心狠手辣、斩草除根。"

"现场留有一部分痕迹，表明那人留在附近树林里的时候，于同一地点呕吐过两次，并且咀嚼了大量的苦味树叶。这说明他当时受伤严重，身上可能持续疼痛，导致呕吐，而他为了坚持看到幕后买凶者，便咀嚼树叶以保持清醒……这种事情，不是一般人能够做出来的，属下自问若在那种情况下，也难以办到。最重要的是，既然已经杀了杨氏一家，又身受重伤，普通人选择的，自是首先离开……"

陆阿贵说出这番话时，窗外的周佩早已微微张开了嘴。被亡命凶徒绑架，反过来杀死了对方一家，在身受重伤的情况下，坐在树林里嚼树叶止痛，配合着脑海中那个年轻师父的形象，产生了强烈的震撼感。师父真做过这样的事情吗？现在想来，她觉得……是很可能的，那个师父，或许真的做得出来。

"背后被人盯上的感觉很难受啊，这种心性方是做大事之人的基础……"康贤说着，话语中涌起一股明悟，"哦，是了……他手上被烧伤，骨头也断了，只是当时他并未多说……"

陆阿贵大概是点了点头："宁公子当时莫名其妙地消失了几日，回来后说是替朋友办事受了些伤，此后手上一直缠着绷带，直到年前才好。此事陈峰并不知晓，属下也是听他说起才想起来。如此一来，事情就对上了。"

"自是不能让那陈峰知道。"康贤说了一句，随后顿了顿，"此事……没有证据？"

"其实属下也只是瞎猜，是巧合也说不定。那陈峰也是在这几日发现了宁公子与聂姑娘的关系，因此动了念头又来查探一番，真要找出证据怕是不容易。"

"不管容不容易，是不是真的，都不能让事情被重新提起。朝廷命官买凶绑架，那顾燕桢本身就该死，这杨氏一家自然也是死有余辜，只是……"康贤说了一句，随后又停下来，"呵呵，这几日我便在奇怪，康老被刺杀当日，立恒行事虽是机智居多，但身手竟然也变得矫捷厉害了，不负'血手人屠'之名嘛。真是厉害……做得漂亮啊。阿贵，这事你去处理一下，那个陈峰……能说通吗？"

"他一直追查只是出于捕快的职业习惯，为人并不迂腐。而且，只要将宁公子当初赈灾献策之事给他说上一说，他就知道该怎么做了。"

"这样就好。我听你说起他的推测，此人能力还是很不错的。你既与他相熟，看看他为官有怎样的抱负，既是能人，你便在江宁府中找个更好的位置，想办法腾上一腾。反正如今上位的大多是尸位素餐之辈，不要埋没了人才。"

听得这人够上道，可以沟通，康贤便说得和气。若陆阿贵说这人太迂腐，为求正义不顾一切，这位老人家此时准备做的，就不会是什么好事了。只听陆阿贵说了一声"是"，随后，便听得敲门声响起。

周佩听过这些话语，心中犹在震撼，此时连忙爬起来想要跑掉，然而蹲得太久，身体一动，便一屁股坐到了地上。她连忙手足并用地往一边爬，却听到陆阿贵唤"小郡主"的声音。

小姑娘头一耷，知道走也没用了。随后，房间里响起康贤的声音，倒没有太多惊奇，只是说道："小佩，进来吧。"

"呜……"小姑娘捏了捏耳朵，悻悻地往里走，"我不会当叛徒的，驸马爷爷不要灭我的口……"

过了二月中旬，开始下起雨来。

距离清明还有一小段时间，春日的冷雨将世界洗得明净清澈，发芽的草木、含苞的花蕾将这个世界点缀得鲜艳明媚。

在这个年月，清明算是个大日子，相隔还有十余天，苏家便开始为祭祖做准备了。同去年一般，到得这等时节，宁毅反倒比较闲——入赘之人若不改姓氏则入不得祠堂，到得那天，他便算不得多要紧的参与者。有的苏家女子还是要帮忙为祭祖做些准备，宁毅连这些也不用理，好在他平日里也比较闲，这时候倒显不出特殊来。

不入祠堂虽然不要紧，但也意味着不被重视。这样一来，按照普遍的观念，男人便会显得没有面子，毕竟世人皆言大丈夫当如何如何。宁毅去年这时候照这样过了，今年却弄得苏家人有些为难。据小婵说，家中几位老爷爷曾找苏伯庸讨论，要不要找个办法，让宁毅能够参与到这次祭祖里，不要让他觉得受了冷落，但是没有商量出结果，于是大家苦恼不已。

毕竟宁毅在苏家的重要性已经凸显出来，虽然是赘婿身份，但在实绩上却不由得旁人对他不尊敬。入赘的身份是苏家需要的，也改不掉，可是不让他入祠堂，往后也就受不了后人香火，如今大家都在乎这一点，生怕宁毅心中有什么芥蒂。大家商量了一番，还把苏檀儿找过去问了问，苏檀儿也觉得头疼，跑回来旁敲侧击地提了几句，宁毅就想了想。

"苏毅苏立恒就不怎么好听了……"

"妾身也觉得是。"

"那就不改了吧……别想那些有的没的。至于那些老人家，就随他们去吧，担一下心也无所谓……"

人心人性，规规条条，宁毅稍微想想也就清楚了。他明白对方的烦恼其来有自，但即便对许多事情都不怎么在乎，要他改个姓他也是不愿意的。对方大抵也明白这一点，这也是他们苦恼的来源。

猜忌和担心从苏愈苏老太公公布皇商之争实情的那一晚起就已经无可避免，这些人肯定会担心他会不会有野心，担心他的能力会不会太大，或者担心他会有这样那样的不满。这些都无所谓，他们要展开什么束缚、打压或者限制都随他们，毕竟从一开始，宁毅对苏家的财富权力就没有任何想法。

虽然他如今与妻子的感情很好，但在祭祖之类的事情上，苏檀儿说起来也会欲言又止。不过这些也无所谓，总有一天，她会明白自己是个什么样的人，哪怕她会觉得奇怪，时间长了也会明白。

这或许是一个漫长的过程，但慢慢磨合也就是了。

宁毅每日在书院上课，一帮弟子之中，周佩最近的情绪问题引起了宁毅的关注。之前他就知道这个小姑娘在为了家中选郡马的风声苦恼，平素还算坚强的小姑娘甚至偷偷地哭了，但最近发现她又古怪了许多，因为前两天看见她鬼鬼祟祟地摘了些树叶洗干净，然后躲在一边嚼。那种树叶苦死了，宁毅想想都忍不住皱眉，不知道这位身份尊贵的小郡主干吗忽然想不开。

作为老师，他对班上的几个女弟子是比较关注的，不过这只是因为物以稀为贵。这些女弟子经过他的启蒙之后便没机会再往后学了，毕竟她们此后面临的，只有嫁人和相夫教子两件事。

不过他能做的也仅止于关注，开导她们那是不可能的，也是徒劳的。毕竟她们就算有什么心理问题，那也是社会的问题，改变不了社会，越是想得多对她们越有坏处，"女子无才便是德"这句话在眼下的社会其实还是极其正确的。因此，对这个忽然变得古古怪怪的小郡主，宁毅仍旧只是教她些算术，其余的并不过问。

至于发生在竹记的刺杀事件，既然几名刺客已经逃掉，如今就算是告一段落。这事来得突兀，去得也快，只是其中隐隐透出的那些不寻常的含意足够引起有心人的关注。辽人、金国、武朝……某些势力的角力只在这里稍稍露出端倪。

这事对宁毅来说有些大了，而作为当事人的秦嗣源的生活依旧安静，没有多少变化。宁毅偶尔过去，也只是聊聊最近看的书，下下围棋，或者说说家中琐事。宁毅说起苏家最近的烦恼，对方便笑上一番，说他太低调也会给人添麻烦，有关国家大事则绝口不谈。

竹记的那场刺杀之中，聂云竹受了伤，元锦儿制服了其中一人，也算是对秦嗣源有了救命之恩。许久以前，宁毅打过让秦嗣源收聂云竹为义女的主意，后来由于聂云竹在燕翠楼的表演而不了了之，但聂云竹还是与秦家有了关系，偶尔会过来拜访一下这位秦爷爷。有一天,秦嗣源又提起了收义女的事情。

上次由宁毅提起这件事,意义原本是很不一般的———一名曾经的官员收一位青楼中的姑娘为义女,传出去之后,于秦老的名誉肯定有损。但当时宁毅是因为明白聂云竹的情谊,决心给她一个好的靠山。至于秦老这边,一来是互相有些了解,二来宁毅也决心为这事付出一些东西,只要老人家答应,他自然会出手几次,不让对方吃亏。后来云竹为了自己再度出面,如果再让秦老答应收义女,未免有些得寸进尺,宁毅这才作罢。

这一次由秦老提出来,意义就更加特殊了。当初秦老只是一个被罢免的官员,如今外面呼声高涨,又被辽人刺杀了一次,他若是复起,转眼间便会是一人之下万人之上的高官。在这个节骨眼上,他竟又提出这件事情,宁毅不由得一愣。

答应他是不可能代云竹答应的,但也无须拒绝。由于秦老家中最近常有大人物来拜访,聂云竹不好过来,随后才由宁毅带着聂云竹、元锦儿来拜访了一次,老人家感谢了她们的出手。

这天下午在院子里,几人一边喝着茶,一边说话。宁毅与云竹之间的关系,秦嗣源也是清楚的:"你们两人之间到底算什么,我真是说不清楚,以往从未见过啊……"两人早已是可以在一起的关系,只是由于元锦儿的阻挠,未有突破最后一步,宁毅也没办法带对方回家,但他领着聂云竹过来拜访,或者为她决定一些人生大事也是自然而然,甚至有些像丈夫带着妻子回到岳父家探访一般。这种情形,秦嗣源偶尔跟康贤说起,也是大感无奈。

元锦儿跟秦老一家算是认识了,听他这样说,便兴奋地大告宁毅的状。宁毅和聂云竹也只能听着,有时候喝着茶苦笑一番。他们这种态度,在元锦儿眼中自然变成了死猪不怕开水烫,对于云竹姐的执迷不悟和听之任之,她也是大为不爽:"秦爷爷,你要好好骂骂他们啦。"

秦嗣源笑了起来:"你也说了他们执迷不悟了,骂是骂不醒的。其实人生之中,若真能执迷一番,未尝不是一件好事。且给他们一些时间吧。"

"哼。"元锦儿一声冷哼,"不给。"

话是这样说,但锦儿对此并没有什么办法,事实上,她未必没有乐在其中。她病好之后,每天依旧跟宁毅斗斗嘴,或是说些锦儿店的事情,习惯性过着悠闲的日子。这几天里,倒是那京城的李师师过来访友的事情在江宁闹得沸沸扬扬,也不知道是谁在炒作,将整件事情变成了东京对江宁的一次挑战,诸多江宁才子已经行动起来,怂恿绮兰、骆渺渺等人,预备在那几天进行一次演出,邀请李姑娘过来,较量一番。那边人未至,这边已经炒得很热闹了。

"那个李师师的名气很大呢,听说东京很多厉害的才子都为她写诗,其中有个叫周邦彦的名气也很大，我看过他的词作，写得很好呢。"这天下午宁毅来到小楼这边，发现元锦儿也在关注李师师的事情，"最近江宁好多才子都写了新作出来，宁大才子你要不要写一首新词出来，打压一下东京那边的嚣张气焰？"

"写诗？好啊，最近正好有灵感。"宁毅提笔就写，元锦儿嘴一张，连忙从桌子那边趴过来，一旁走过的聂云竹也好奇地探过头来。

"锗钚铀氯钛砷铯，占尽风情向小园。钾钠钙镁锂铍钫，暗香浮动月黄昏……这是什么诗……"宁毅最近在回忆元素周期表，可惜总是回忆不到位，此时拿着宣纸看看，自得其乐地摇了摇头，"好诗啊好诗……不过还有四句，接下来是铅铝钨钯氟碳氧……嗯，听起来有点儿像不太痒……"

"喊，不写就不写，老是这样……"这首《山园小梅》似乎也未传至武朝，元锦儿探头看着"占尽风情向小园"与"暗香浮动月黄昏"这两句，"白白糟蹋了好句子，大才子了不起啊……"她想了想，又笑道，"哼，对了，今天上午有个公子来拜访云竹姐哦，人长得又好看又稳重，知书达礼，而且是个官，写诗肯定比你写得好，云竹姐跟他聊得很开心呢。"

"呃？"宁毅笑了起来，"不信，他怎么可能写出这么好的诗作来……"

"是秦老的大公子。"聂云竹在后方笑道，"因为秦老遇刺的事情，又逢清明，因此自江州赶了回来，今天是特地过来道谢的。他说昨日曾到立恒家中拜访，只是去得仓促，未曾见到，立恒还不知道吗？"

"秦绍和……昨日确实有人过去，但是没留下名字，只说了还会过来……"宁毅想了想就明白过来了。

秦嗣源的两个儿子他已经听过好多次了，秦绍和、秦绍谦这两人一文一武，由于秦嗣源的关系，在政坛和军队中都颇受重用。去年由于赈灾得力，秦绍和已经被升为江州知州，大概由于事情繁忙，年关时两兄弟都未回江宁，这次该是听到了父亲被刺杀的事情方才匆匆赶回。

他向聂云竹问了问这秦绍和的情况。作为秦嗣源的长子，这人已经年近四十，元锦儿说英俊稳重、知书达礼倒是没错，按照以前在秦嗣源那边听来的看来，这秦绍和为人谦冲稳重，颇有乃父之风，在学问上算是真正继承秦嗣源衣钵之人。只是他并不张扬，在秦嗣源的影响下，重实务，不好浮夸，诗词功底虽然也很不错，但写得少，因此才名不彰，官场上也是一步一个脚印地往前，前些年受了父亲的拖累，最近才有升迁。

三人说了一阵秦家的两兄弟，宁毅也将那《山园小梅》折腾了一番，随后才将真正的诗作写出来让元锦儿拿去看。元锦儿看了一遍，嗤之以鼻："不过如此嘛。"但看得出来还是喜欢的。

宁毅还特意叮嘱了一番不要拿出去现，自己看看就行了，要现也别扯到他身上。

这天回去，路过秦府的时候，他进去拜访了一次，得知那秦家大公子果然已经回来了，只不过这个下午拜访其他人去了。他回到家中，被告知有客人过来，却不是秦绍和，而是濮阳家的濮阳逸，宁毅未回家时便是苏檀儿与苏伯庸在接待。

"近些时日，东京的师师姑娘将要过来的传闻想必宁兄也已经知晓了，如今江宁城中群情汹涌，大家都期待着绮兰与师师姑娘切磋一番……呵呵，虽然对方的意图还未知晓，但毕竟有碰面的可能，小弟觉得，毕竟关系着江宁的声誉，因此想让宁兄破例出一次手，为绮兰写上一首新词，如此，也好有备无患……"

以往大家来往，濮阳逸总是将姿态放得很低，并未提出过什么非分的要求，但是宁毅明白，对方经营许久，这一次是打算收获长期善意下的成果了……

宁毅——以前那个宁毅——居住的房子，位于江宁城北的一条胡同里，小小的院落占地不大，也称不得是宁家的祖宅。盖因宁氏一族在宁毅父辈一代便已中落，曾经的大宅子早已卖了，随后又被拆掉，新建了房舍，宁毅的父亲便迁来了这条胡同里住着，生活一直也拮据窘困。

宁毅的爷爷往上，一家人还算是家庭条件不错的读书人，据说还考取过小小的功名，也因此，苏愈才会与其结交，而且在当时，恐怕作为商人的苏愈才是高攀的那一位。宁毅的父亲大概是因为享受过几天阔气日子，为人相对骄傲，放在文人身上，便称得上是有风骨了。

自从穿越过来，宁毅也听过几次宁父在世时的风评，据苏檀儿说，她尊敬的公公在世时待人豪爽，交游广阔，只可惜未逢其时，运气不行，因此未能考取功名。宁毅听了几次就大概明白，对方志大才疏、没有学问，花钱却大手大脚，家中原本有的一点儿根底就这样被败光了。他年轻时花天酒地，玩闹无节制，后来家中窘困，又变得郁郁寡欢，偏偏又读过些书，自视甚高，在身体与精神两方面的煎熬下，终于落了个早逝的下场。

曾经的宁毅并不像父亲那样有过几天风光逍遥的日子，自懂事起家中便已经过得不好，加上人不聪明，被父亲逼着读书也没什么成绩，是个一直被生活压抑的苦命孩子。但也因此没有养成什么傲然的风骨，否则，后来也不会选择入赘苏家，大抵也就没有了接下来的许多事情。

如今的宁毅对那人曾经的生活轨迹没有太大兴趣，成亲之后也只回去过几次。他入赘苏家之后，以苏家的财力，对这样一座小院自然也看不上眼，因此说起来这还是属于宁毅的财产，婵儿或娟儿偶尔还会安排下面的丫鬟过来打扫一番。这天下午过来，则是因为小婵在苏檀儿的吩咐下要来打扫一番，宁毅无事，便一块儿来了。

距离清明还有几天时间，昨天晚上苏檀儿跟他说，可以在清明之时过来这边一趟，一块儿给公公婆婆烧些纸。宁毅对这具身体的血亲虽然没有记忆，但对祭祖敬先的意义终是重视的，苏檀儿能够考虑这些，也表明了对他的情意，他便点头应了。

这件事情的背后，其实也有苏愈、苏伯庸等人的提议，否则一般入赘之人哪儿能有这等待遇，如同嫁出去的女人，若是往娘家拿东西，那就是不本分。家天下的时代，人们对于家的这个圈子看得非常严格。不过，宁家这边已然没有了来往的亲族，苏愈也表明了宁毅与苏檀儿生下的第二个儿子可以让其姓宁的态度，这一点点让步，也不会成为太大的问题。

当然，在这边的时间，必须与苏家的祭祖错开，一切以苏家的活动为主。由于苏檀儿有心在清明之前陪着他回来住上一天，小婵便里里外外地收拾着小院，宁毅也帮着搬动桌椅。由于平日里没人住，这边的房间里仅有桌椅木柜等物仍旧放着，至于被褥铺盖、布料衣物等可能回潮的东西，则一概没有准备。小婵今天过来，也只是先看看大致的情况，要到能住人的程度，明天肯定还得唤些丫鬟、家丁来帮忙。

"姑爷啊，你别帮忙了啦，那些桌子放得久了，全是灰，你搬一下，身上就脏了……"拿着新扫帚打扫老旧的床铺，头上裹了一条头巾，工作中的小婵不时回过头去抗议一番。因为宁毅在这段时间里已经把原本搁在卧室里的几个箱子搬了出去，顺便选了些椅子搬进来，随后又搬来原本搁在另一间房里的檀香木桌，由于放得太久，桌子有些脏了。宁毅力气大，搬起东西来并不吃力，不过小婵看了便会生气，哪儿有主人做下人的事情的。虽然相处久了她也知道宁毅没什么架子，偶尔烧水洗脸之类的举手之劳不用旁人伺候，但眼下这些脏乱的力气活也出手就太过分了。

"回去以后看见姑爷身上弄脏了，小姐又要骂我了……"

小婵毕竟是做惯事情的，此时拿着扫帚拍拍打打，将房间里弄得干干净净，手脚飞快，身上竟然没有沾上太多灰尘，宁毅搬东西时身上倒是沾了好些灰。小婵抗议时，他便笑着将沾了灰尘的手指在小婵的脸上蹭了一下。两人在小院里忙碌了一番，原本几乎变成仓库的房间渐渐变得整洁了。大件的东西搬好之后，小地方的整理与打扫终究还是得小婵来，宁毅在院子里查看那些箱子里放着的琐碎物件，偶尔听小婵说话。

"姑爷，你干吗不答应帮那个濮阳家的少爷写诗啊？"

"划不来嘛。我跟那个绮兰又不是很熟，写一首诗也占不到什么便宜，而且对方可是李师师，我要是形势都不看就帮着这边写诗，人家肯定要讨厌我了对不对？这边占不到便宜又被那边讨厌，作为生意人来说实在是太划不来了对不对……"

前天下午濮阳逸过来找他求诗词，宁毅的回答差不多就是这样。当然，玩笑是半真半假，不过宁毅没有第一时间给出诗作也是事实。濮阳逸一贯表现得不错，是个聪明人，一首诗词，给了也就给了，只不过在宁毅看来，整个事情都有些不靠谱。绮兰就是濮阳家捧起来的，这件事情后面的炒作，濮阳家肯定是大头。那李师师会不会与人争锋眼下还没有苗头，自己没必要热心地参与进去，毕竟锦上添花远不如雪中送炭来得有意思。

宁毅当时或许没有这么细致地想一遍，只不过在他来说，事情怎样做比较好一眼看去清清楚楚。面对濮阳逸的请托，宁毅开了几个玩笑，随后表态，若真需要自己出手，有能帮的，自然是义不容辞，现在嘛，作为聪明人，没必要在这种美女争锋的尴尬局面里太早表明立场。

他说得风趣，濮阳逸却是知道他少近青楼的作风，既然得了承诺，当时就高兴地离去了。只是听说他返回之后将宁毅的原话向绮兰复述了一遍，弄得对方委屈不已："妾身早就不知递了多少帖子给宁公子，宁公子从不将绮兰当一回事，这时却说与绮兰不熟，真是欺负人哩。"

这番话看似委屈，实则表现得亲昵，与濮阳逸算是配合默契。宁毅听说后，也只能摇头笑笑。生意人是这样，只要有分寸，大家借着炒作一下，并不是什么大事，他自也不会对此太过在意。

下午就在这样的气氛里渐渐过去，小婵偶尔说说那李师师的八卦，偶尔又在打扫间说起苏家对宁毅这个姑爷的重视，将来诞下的二公子会让其姓宁的传闻此时也有了端倪。在这个年月，又是入赘的情况下，这的确是了不得的大事，小婵也是真心为他高兴。

宁毅在外面坐着，笑着说道："那……小婵，将来你嫁给我了，你生下的孩子就姓宁，檀儿生下的孩子就姓苏，怎么样？"

小婵在这种看起来光天化日的情况下还是不太能接受嫁娶之类的玩笑，脸上红通通的，随后神色变得有些复杂："姑爷，这话要是被别人听到了，小婵就要被打死了……"

这宁毅本是随口一说，此时想想，很快就明白过来，笑着安慰了几句。

过得片刻，小婵拿着抹布坐到宁毅身边，低着头道："婵儿知道姑爷的好，不过呢……别老说这些让婵儿想很多的话啦……婵儿是小姐的通房丫头，一辈子都会跟小姐站在一起的。比如说……比如说啊……姑爷将来娶了小的，婵儿就会跟小姐一起整死她。如果姑爷在外面有了相好的，婵儿也会跟小姐一起找上门去闹……其实婵儿很厉害的，我是小姐教出来的，一般的狐媚子在家里肯定斗不过婵儿……姑爷、姑爷得小心些……"

小丫鬟有些自傲又有些畏缩地示威，宁毅在一旁笑了出来。家中三个丫鬟的能力他哪里不明白，放在现代也是高层管理人员的素质，只不过在这个时代身份是丫鬟，表面上自然显得乖巧，但实际上运筹与协调各种事务的能力都已经非常出色。如同小婵说的，若真有其他的小妾进了门，她与苏檀儿结合起来，对方还真是难有好果子吃。

"知道了、知道了，不过不用整死这么残忍吧……"

"看在姑爷的分上，小婵会求小姐给她留半条命的……"

"啧……"

两人在院子里说了一会儿话。打扫完毕，小婵在房间里点了些熏香，宁毅便在院子里整理那些木箱中的东西。其实没什么真正有趣的事物，有些小玩意儿或许包含了宁毅往年的生活轨迹，但大多已成废品。宁毅看了一会儿，将箱子里一些已然碎掉的瓶瓶罐罐和发霉散乱的竹简书册拿出去扔掉，扔的时候又发现一卷《千字文》还是好的，看里面的各种笔迹注解，大概是以前的宁毅小时候写下的，有些纪念价值，于是又拿了回来。

这个下午阳光不错，洒在这条青石巷子里，暖洋洋的。宁毅回来时，在门口的青石凳上坐了坐，小巷深幽，一座座院落鳞次栉比，几棵老树点缀在黑瓦青墙间，偶尔有行人路过，对他善意地一点头，宁毅不知道是不是认识的，于是也点头回礼。远远的，行人车马的声音自巷口外的街道上传过来。

这条巷子里的居民有些是认识他的，有些甚至知道他最近有了不小的名气，只不过宁毅对这条巷子没什么印象，不过坐在石凳上，还是感觉到了一股安宁的氛围。他坐在那儿拿着那卷破旧的《千字文》翻了翻，有些书页已经破了，在翻动的过程中掉了下来，他只得捡起来放进去夹住。就在这个过程里，他发现有人在朝这边看。

那是一名穿白色儒衣的女子——虽然做男装打扮，但还是可以轻易看出对方的女子身份。其实宁毅在这里坐下的时候这人就出现在巷口了，普通人在这么长的时间里足够在巷子里来回八九遍，她一路走走停停也不知道在看些什么，这时候离得近了，宁毅才注意到她。女子瓜子脸，下巴尖尖的，嘴唇也小，扮成男子的时候未免显得有些消瘦。她朝宁毅这边看了一眼，又偏了偏头朝打开的院门里望望。

宁毅一只手拿着那本破烂的《千字文》，一只手拿着一张掉落的书页，也朝她望过去。女子这才点了点头，低头转身要走，随后又停了停，再点头行礼，开口道："呃……请问公子，以前住在这里的人，不在了吗？"

"……多久前？"

"有……七八年了吧……"

宁毅回头看了看："在下以及家中父母，应该是一直住在这里的没错……你是……"

对方年纪不大，虽然打扮看起来成熟，但估计比小婵大不了多少，说不定与以前的自己认识，他微微蹙眉。

那女子端详了他一阵，嘴角露出一个微笑："啊，你是小宁……"

"我们认识？"

"也……算是认识吧……"这女子也不是很确定的样子，指了指巷子另一端一座相对漂亮的院子，"我在那边住过两年。呃……我姓王，我们应该没说过太多话……"

指着那边院子的时候，女子低了低头，目光之中似乎有些不想说的东西。整体看来，双方大概只是以前在一条巷子里住过，或许还说过话，估计谈不上有太多交情。宁毅等了等，果然见她笑道："那时候你常常在这里读书，我还记得有一次到你家借过酱油呢。"

"哦，原来是这样……"宁毅附和着笑笑。

反正不是太熟的旧识，对方兴冲冲地说这些，他也不愿意太过扫兴，略敷衍了两句，又有一道人影小跑而来，却是认识这女子的："王……兄，你果然来了这里……"

"回来看看，模样倒没太变……"

"我家在那边，王兄还记得吗？只是卖掉了，现在也没办法回去看。"新来的这人是一名青袍书生，以前竟也是住在这条巷子里。

那王姓女子看了看来人："对了，和中，你还认识这位公子吗？"

两人看起来并非夫妻，但因为同乡的关系，倒也显得亲近。名叫"和中"的男子过来时便朝宁毅看了几眼，只是故作不注意，宁毅倒是能轻易察觉他对这名女子的在乎。这时候他又看了宁毅几眼，还朝后方院子里看了看："莫非是……傻书呆？啊，不对，那个时候是叫，是叫什么……"

王姓女子微微蹙眉："小宁。"

"哦，对了，小宁。是我啊，和中，于和中。我以前住在那边，小时候咱们常在一块儿玩，可惜我后来随父母去了汴京。那时候我们叫你出来玩，你常常被罚抄书背书。怎么，还在看书呢，小时候就你最用功，现在……该有功名了吧？"

名叫于和中的男子显得热络，还在宁毅的手臂上亲热地拍了一下，眼神却非常明显。宁毅手上拿着一本破书，身上的衣袍虽然价格昂贵，但毕竟刚搬了些东西，弄上了几块污渍，一眼看去便像是一名长期落魄的傻书呆，衣冠也不见整洁干净。于和中的那一拍，正好将这一形象给凸显出来，俨然提醒一般。

宁毅感到好笑，低头看看自己的衣服："倒是未取得什么功名。"

"呵呵，无妨、无妨，似宁兄这般努力，必有得中的一天……"

那于和中看见两人在这里交谈，又注意到王姑娘对这个小宁似乎有些兴趣，本有些在意，这时候细细看了这个旧友的情况，顿时又高兴起来。目光洒下，原本大概没多少交情，此时却算是久别重逢的三人在这小巷之中交谈起来。

阳光从枝叶间射过来，照在巷子里的青石上，也将三人的身姿与笑容染上金黄色，远远看去，俨然便是春意盎然的二月里，旧友重逢的可喜景象。

"当年因为升迁，在下随着家父去了汴京……家父如今在户部任主事之职……当时初至汴京，人生地不熟，小弟懵懵懂懂，闹了不少笑话。不过话说回来，京城气象果然与江宁不同，一时倒也难说得清楚。宁兄他日有暇，务必抽空去汴京一游，到时候，小弟正好做个东道，尽尽地主之谊……

"其实去了汴京，最为惊喜的一件事，倒是与……王兄的重逢。宁兄或许不知道，王……王兄儿时便是在汴京长大的，'他'才是真正的东道主，小弟当时过去，也得了王兄不少照顾，呵呵……哦，看宁兄的样子，似对往年在此的事情记忆不多……"

说话的一直是那个表现得很热情的于和中，话语之中多少也自豪地表明了自己父亲的官员身份。户部主事乃是从六品的官衔，说起来不大，但对普通小民来说，也已经是难以触及的大官了。在于和中看来，似宁毅这等书呆腐儒，怕是读书一辈子也难以企及，而因为父亲在户部任官，只要长袖善舞一点儿，经营好关系，自己将来弄个职衔也不是很难的事情。

大家交谈了一阵，于和中察觉，宁毅对于以往的事情似乎已经没有太多记忆，否则对这个王姓姑娘多少会有些印象。他说了几句，又随口问起附近某某最近的下落，宁毅自然没什么头绪，他笑道："陈思丰还记得吗？去年高中了，如今也在户部任职，宁兄到时候去汴京，咱们也可以找他一聚。"想来那陈思丰也是以前宁毅认识的人。

大家言笑晏晏，于和中认为宁毅科举不第、生活落魄，又是在那王姓女子面前，话语之中不时流露出优越感。其实这也是人之常情，毕竟人皆有炫耀之心，那些一见面就处处给别人留面子的，要么是万中无一的君子，要么就是濮阳逸那种信奉商人家学的人。当然，濮阳逸这种人，只要你对自己定位正确，就很容易相处，宁毅也喜欢与这种人打交道，但于和中显然只是个普通人，偶尔炫耀几句并不出奇，宁毅也只是看着，觉得有趣。不过，比较令他注意的反倒是那个一直话不多的王姓女子。整个过程里，她一直都是微笑在旁，对于这条小胡同以及于和中偶尔说起的一些事情，也会表现出怀念的感觉。于和中说起过往的事情时，她偶尔会附和一两句，其余时间多是安静地听着。这样的应对中规中矩，并不出奇，但宁毅注意到，于和中每每炫耀起来，若只关自己，她便微笑着点头，偶尔还会恭维几句，但若附带着或明或暗地奚落一下宁毅，她的目光便一直停留在他处，略略表现出心不在焉的样子，从不会做出任何附和的暗示。

这一点很有意思。

一般的宴席或聚会上总会有个主家，或者某个受人重视的存在，某个人炫耀一番表现一下自己，主人家多少会附和一番，对方才会觉得很有面子。若是两个客人态度对立，如何保持平衡，表现公允或是巧妙地和稀泥，不让某个人反感，这是一门很深的学问。

这女子并不在意旧友的吹嘘，还会展现出与有荣焉的态度夸赞对方一番，但如果于和中在她面前以暗示手法来贬低一下宁毅时，她却会以这种微妙的态度来保持独立，并不参与其中。当然，由于与于和中相熟一些，她也不会胡乱干涉对方，好恶、亲疏拿捏得很有分寸。

若只是一两次表现出这种微妙的分寸感，那是普通人都能有的修养，但是每一次都能这样到位，那就显得很耐人寻味了。

这个女人，应该有着很好的教养，应该也有着……一个足够让这些教养得到锻炼并发挥出来的圈子。老实说，这年月女人抛头露面的机会不多，像自己的妻子苏檀儿，教养也是相当不错，在某个圈子里长袖善舞，对人心的拿捏还算准确，但与眼前这个女子比起来，苏檀儿也显得有些尖锐了，在某些方面还是不够圆滑。

自己认识的女子中，锦儿与云竹以前在青楼，也有过这方面的锻炼，都有一套处理人际关系的方法，但锦儿相对活泼，往往以自己的活力将别人心中的芥蒂推得烟消云散；云竹温雅，但内里高洁孤傲，相处久了不难感受到她的坚韧与棱角。这个女子的一些笑容，倒是令宁毅感受到了与濮阳逸类似的气质。

不过也只是类似，未必能说她就有那么高杆。通过见面交谈的几句话就了解一个人，显然是不可能的事情。宁毅与两名"旧友"交谈了好一阵，待到他们转身要离开，稍显破旧的院门后才走出一道身影来："啊，姑爷，你在这里啊。"

这人是打扫完房间的小婵，她一面擦着额角上的汗珠一面走出来。她今天一身花衣小袄，看起来颇有小家碧玉的气质，待见到门口跟姑爷说话的两人，她才呃了一下，站到宁毅身体侧后方的位置。

小婵本也长得美丽，两人看了，都微微愣了愣，随后那于和中笑道："哦，这是弟妹？"

王姓的女子还是男装打扮，于是先行了个礼："这是嫂子吗？"

弟妹与嫂子这两个称呼大概令小婵生出了虚荣心，她的眼珠转了转，微微惊讶的表情中明显也有着高兴，随后她看了看宁毅，往他身边靠了靠："呃，不是啦，我是姑爷的丫鬟，我叫婵儿，两位……公子是？"

"我们是宁公子的旧识，我以前住在那边……"知道是丫鬟，也就没有郑重通名的必要了。小婵见了礼之后便不再说话，几人又聊得几句，王、于二人终于转身离去。

宁毅与小婵在原地看着他们的背影，小婵道："姑爷记起以前的事情啦？哦，对了……那个王公子是个女的。"

"傻瓜也看出来了。"宁毅笑着拍拍她的头，"不认识，只是他们以前住在这里，记起我了，所以过来打招呼，他们大概是记得这座院子……"

这座院子现在看起来实在寒酸，年关过去才两个月，破旧的门楣上却没有挂任何喜画春联，与周围的房屋院落格格不入。宁毅看看自己，见身上满是灰尘污迹，手里又拿着一本破书，不由得摇头笑笑。

小婵往周围看了看，倒是想到了一些事情，道："小婵明天叫人来把院子翻新一下。"她想了想，又笑道，"真想知道姑爷以前在这里时是什么样子……"

"听说是个傻书呆……"宁毅笑笑，又看看小婵，"别说你不知道，明明比我还清楚。檀儿不就是因为这样才选我的吗……现在货不对板，后悔了吧……啧，可怜的席君煜……"

"嘻，那是小姐有眼光……而且婵儿当时可不敢说话，小姐那时可严肃了……"

小丫鬟叽叽喳喳地说起成亲前的趣事，两人转身往院子里走去。

另一边，王、于两人一座一座院子走过去。昔日离开江宁时，两人都还年幼，如今虽然有些记忆，但记得的也只有这边的一些孩童伙伴。于和中对这里相对熟悉一点儿，中途离开了一阵，按照印象敲了几扇门问了问，跑回来时，王姓女子正站在她曾经住过的院外往里面看，只是那座院子早已换了人家居住。于和中笑道："我也记不得太多以前的人了，方才问了问，竟有一个是认识的，稍稍聊了一阵，还问了问那个小宁的事情，你猜怎么着？"

他卖了个关子，王姓女子却没有直接询问，而是低头想了想："他那个丫鬟很漂亮呀，身上的衣服也挺好的，这几年怕是不住那座院子了吧？"

"嗯，我方才问的那人在这边住得不多，不是很清楚，直到我指了指那座院子才记起来，说那间房子的主人入赘了，女方是一家卖布的商户，听说很有钱，当初挺热闹的……"

王姓女子朝那边望了望："那也挺不错的啊……"

"喀，我方才说得有些忘形了，不该问他科举之类事情的，他既是赘婿，想来是无法应试了……只是实在难以想象他竟会去入赘，唉……"于和中叹了口气。

"人生在世，总会遇到些身不由己的情况……"

"呃，过几天我再回来，问问堂兄以前那些人的情况。哦，师师，你看要不要过几天我们再找他出来聚一聚，只以好友身份见见？说不定对他也有些好处。"

于和中口中说着话，目光则一直投向那个名叫师师的女子，却见对方微微笑了笑，摇了摇头："若是你和陈思丰找他出来聚聚，当是有好处的。我这等身份，他又是入赘，还是不给人添麻烦了吧。何况我只是顺道，兴之所至回来看看，没打什么衣锦荣归的主意，而且当初……与他也没说过多少话，其实本身是不熟的……"

　　这话一说，于和中笑了起来："也是，那……就这样吧……"

　　两人一面说着，一面转身，片刻后，身影消失在巷道那边的街口。

　　这场邂逅并未在宁毅心中停留太长时间，他也料想不到，不久之后，三人就有了另一次碰面的机会。这天下午回到家，他便见到了在苏家等待已久的秦嗣源的长子秦绍和。对方只是以普通人的身份通名拜访，并非以官身，否则不知道苏家会热闹成什么样子。

　　这几天回到江宁，这位已然官居知州的中年男子有许多事情要处理，还有许多人要拜访，前几天与宁毅错过了一次，直到今天才终于又抽出时间，一直在苏家等到宁毅回来，方才与宁毅见了面，向他道出感谢。

第九章
设家宴天降大靠山 报父仇夜袭山神庙

桃发春蕾,杨柳低垂,秦淮河畔、乌衣巷边的一座小院这几日迎来了新的住客。

秦淮乌衣巷向来是江宁城中一处标志性地段,巷子不算宽,比不得朱雀街、夫子庙等地的宽敞阔气,但也因此少了许多俗世气息,多了许多文墨气息,千百年来为诸多文人墨客所喜。"昔日王谢堂前燕,飞入寻常百姓家",东晋风流,千年追思,实际上,当它成为象征之后,每日里前来游览追忆的人不少,要说真如想象中那般清幽,自然是不可能了。

如诗句所言,当今这乌衣巷早已不算是王谢那等大家才能居住的富贵之地,但实际上由于一贯以来的名气,这里的地段要说寸土寸金也仍旧不为过。如今能在这里占一块地方的,也往往是有背景的豪门大户才有资格,若只是一般的暴发户,有钱了便想沾点儿文墨气息买个院落的,若没有官场背景,那也是极难。因此眼下这个院落虽然看来其貌不扬,实际上能够住进来的,自然也是有一定背景的人。

这座庭院看来古拙,实际上是内秀的格局。庭院里布局精巧,明艳的色彩不多,却充满了书香之气和生活气息,后方临着河,风景虽然一般,但视野好,一眼望去令人心旷神怡。

此院子里还有人在将东西搬来搬去,穿一身灰蓝布裙的中年女子走过时皱着眉头呼喝了一番,随即走到最里间临河的房间外,隔着窗户朝里面看了一眼。坐在铜镜前的女子才卸了男装,正将发髻散下来,自顾自地梳着妆。

中年女子敲了门进去,努力做出很不高兴的样子——实际上她的确挺不高兴的:

"春梅呢？怎么不在？"

"方才洗了脸，我叫她出去倒水了，然后拿些纸墨进来。东西堆得深，大概她还在找吧。"女子冲着铜镜里笑了笑，"妈妈今天出去玩得好吗？"

"不好！我跟你说过，别老是一个人女扮男装出去，你又去、你又去！春梅这死丫头也是的，叫她跟着你不跟，待会儿过来了看我骂她……"

"不关春梅的事，是我撇开了她，回来的时候她正哭呢，许是怕妈妈你骂她……而且我也不算是一个人去，今日遇上于大哥，他跟了去。"

"正哭呢……"中年女子学着她的话，嗤之以鼻，"最初一两次大概是哭了的，你每次都这样说，她哪里还会再哭……那个于和中也不是什么好东西，一见了你就像条想偷腥的狗，点头哈腰的……"

"于大哥其实还是挺好的，哪儿有像妈妈说的那样。而且想偷腥的是猫，狗是不偷腥的，狗只……"女子说到这里，笑了出来，自是不想将那些污秽的词汇说出口。

"对，像只偷腥的猫，点头哈腰……要不是念在他与你算是旧识，便是这门我都不让他进。唉，其实妈妈我也不是不讲人情的人，只是这于和中配不上你，你顾念旧情无妨，邀他参加几个聚会也无妨，只是他才学家世都比不上那些人，没得丢了面子，而你又要维护他。你维护他他就想要得寸进尺，还以为师师你真的喜欢他。"中年女子碎碎念，"人哪，这非分之想一起，最后得不到，肯定会痛苦。其实他痛苦也无妨，京城那些公子哥都喜欢你，但师师你只有一个，总有人要心碎的。妈妈我才不在乎那些人要死要活呢，男儿不思报国，就把心思花在女人身上的，死了干净！可师师你心软，这于和中将来若是心痛了，你又得内疚，妈妈这是为你着想。当断则断，趁早让他死了这份心，断了这个念头。你看你这次出来散心，他又巴巴地跟了过来，你还独自一人跟他出去，岂不是羊入虎口吗……"

"于大哥家在这里，有了闲暇一同过来也是人之常情……何况女儿是做男装打扮，看起来其实挺碍眼的，于大哥若这样也下得去手，也真是太不挑了……"

笑语之间，女子已经放下了长发，粗粗地卸了妆。她做男装打扮时看来下巴有些尖，额头稍稍显得高，若真是男子，看来便略嫌干瘦。其实这也是她刻意为之，额头稍高一点儿，女子打扮其实是看不出来的，男装稍微擦点儿粉便可遮去，但她故意将高额头、小下巴突出，虽然模样还是很清秀，但这两处看起来就显得有些突兀。

这时候她将装扮复原，放下头发，便恢复了温婉灵秀的美女形象，与妈妈开起玩笑，笑容显得慵懒慧黠。其间房门打开了一次，名叫春梅的丫鬟拿了笔墨纸砚进来，看见中年女子便低下了头，在一边的小桌上放下那文房四宝，原本想要帮着磨墨，然而李师师在说话间不动声色地挥了挥手，丫鬟便退出去了，同时舒了一口气：不用被妈妈骂了。

这中年妈妈姓李，名叫李蕴，在李师师五岁时便收留了她，哪里不明白这个女儿的性格。李师师说那于和中的话自是玩笑，没几句正经的，她的小动作李妈妈自然也看在眼里，不由得撇了撇嘴，李妈妈现在可没心思来骂这个小丫鬟，只摇了摇头："没一句正经的。于和中是没这个胆子……你看，他诗文一般，品性平平，现在连胆子也没有，师师你接触的是些什么人，又何苦理他……而且男人，很难说什么时候忽然吃了雄心豹子胆，豁出去了……"

女子坐到小桌旁，将茶水倒进砚台里，开始磨墨，闻言扑哧一声笑了出来："若他有这胆子，女儿便从了他又如何？"

"以师师你如今的声望，那会害死他的……"

"做鬼也风流嘛。"

夕阳的光芒从窗外射进来，一袭粉色长裙的女子坐在小桌前，拿起一旁的羊毫笔看了看，随后伸出舌尖，轻轻地舔了舔笔尖，简单的动作间竟有着难言的妩媚气息。一旁的妈妈却微微皱了皱眉头："不要舔来舔去，早说过你这毛病……"

却见女子将笔尖在墨汁里蘸了蘸，随后在白纸上描画起来："世道艰难，为人不易。妈妈，我也知道于大哥有这样那样的不足，可我们这莫非真是什么金贵行当不成……"

中年女子眉头一拧："便是金贵行当！师师，你现在便是金贵之人，问谁都是这样！"

"我不觉得啊。"女子背对着她，阳光从窗口射进来，"只是……只是一个行当罢了。妈妈，于大哥他们要追过来是他们自己的事情，他觉得开心，他觉得有趣，将来的事情，也得他自己去背。我如他所愿了，将他当成朋友、大哥，他当然要感激我。若真像妈妈你说的那样，断了关系对他好，他记得的便都是我的坏事，也不可能高兴得起来。因此，这样做到底好不好，是难以说清楚的……"她想了想，"世人都将人和事分成三六九等，如同妈妈你说的，我现在便是金贵之人，便是上等人，他们来了我们矾楼，若能见到我，与我聊天说话，便觉得自己也做了上等的事情。我与周大哥那等才子往来，便被人视为上等之事；与于大哥这样的人来往，便被人视为中下等之事。妈妈，我很少这样觉得，我觉得大家都该是一样的，可是大家都这样认为，我也改不了。于大哥觉得与我往来很有面子，觉得自己做了上等的事情，我便也觉得开心。

"他做了上等的事情，有了他觉得上等的开心，便该有上等的烦恼和辛苦。若他一辈子都在中等，成亲娶妻，将来当个小官，做些平平常常的事情，到青楼之中也见不到花魁，那么他自然会有中等的欢喜和烦恼。师师长这么大，也不知道自己是上等、中等还是下等，但也有自己的烦恼，若仔细找找，肯定也有自己的欢喜。我让于大哥他们觉得自己成了上等之人，我给了他人欢喜和满足，我也是做了一些事情的……

"妈妈你说我该断了这些事，我也知道于大哥在你们眼中比不得那些大才子，我当然也喜欢周大哥他们的诗文谈吐、文采见地，可我喜欢大哥的不是这些，我与他来往，是因为于大哥是儿时旧相识。旧相识不就应该是这样吗？有这样那样的缺点，中人之姿，再努力也比不过真正的天才。谁能从小就跟周大哥、季大哥、陶大哥他们这样的天才相识呢？我小时候不也是被人叫作'萝卜头'？嘻，王家的萝卜头……李家的萝卜头……"

李妈妈皱起眉头："那时候你便很漂亮了，'萝卜头'可不是指你长得丑……"

李师师画着画，不做出回答："我与于大哥认识，与他有来往，有时候也觉得自己有了高洁的品行，于这样的旧相识也能不离不弃。别人知道了就会这样说——'呀，你看那个李师师，为什么会对于和中青眼相加呢？''不知道吧，因为于和中跟她是儿时的相识，所以虽然人差一点儿，李师师却对他很好哦。'他们总觉得我很好，我也就总觉得开心……"她说着笑了起来，"妈妈你也知道，从小时候学琴开始，我便很喜欢这些表扬，我是个挺虚荣的人呢……"

"一番大道理，却还是很敷衍……"李妈妈揉着额头，叹了口气，"不说这个了，你爱怎么样怎么样吧……嗯，你们今天是去老巷子那边吧，见到什么了吗？"

"还是老样子呢，跟以前差不多，可惜以前教琴的老公公不在了……"女子手中笔锋走动，说话间，那条巷子已经跃然纸上，她想了想，在上面点了几道人影，"嗯，只见到一个以前认识的人……"

夕阳降下，临河的房间里，女子手中的画笔微微停了停，随后又动了起来。

早些年将手下养着的一些孩子放在那条巷子里学习琴曲歌艺，寄养了两年时间，因此李蕴对那边也有些印象，此时听李师师说起旧识，又联想到于和中，皱眉道："以前认识的？谁啊？"

"一个以前住在巷子中间，整天只会读书的孩子。他父亲是个酸儒，常常与家里人吵架，现在记起来是姓宁……"

"哦。"李妈妈一听便记起来了，"那孩子也不是什么读书的料，整日里挨骂，都被骂傻了。我们走的时候，记得他父亲好像去世了。他还住在那边？你怎么认出他的？"

"认不出了，他跟以前很不一样了，但我看见他坐在那家的院门口，手里拿了本书，就上去问了问，然后才知道是他。"女子看着纸上的画，细细勾勒，将今日去的那条巷子完全描绘出来。

她的画风秀丽，意境清新，却偏写实。国画风格偏向意境，这种画技称不得登堂入室，许是未得大家传授，更多的是靠着自己的天分慢慢领悟，但能够发展到这种程度，也足够证明她天赋不错。

那条巷子虽然画得很到位，说话的三人中，其中一道人影却有些模糊，只是随意勾了几笔，看不出是大人还是孩子。

"看他说话，跟以前那个只会坐在门前看书的孩子完全不一样了，可我再想想，又想不出到底是哪里不一样，许是我看错了。今日在那儿，全是于大哥在说话，他也没说几句……"

李妈妈听得有些心惊："师师，你不会是又……顾念什么旧日情谊吧……"

女子笑着摇头："儿时认识的人那么多，哪儿有那么多情谊，异地相逢虽是缘分，但犯不着自己巴巴地去找……而且听说他入赘了，是本地的一户商贾人家。我与于大哥来往，于大哥也高兴，若与他有来往，倒是无端给人添麻烦。今日见了一面，往后大概是见不着了。"

"这便好……"李妈妈拍拍心口，"别与那些攀不上你的人老有来往，那于和中，既然已经碰上了，妈妈便自认倒霉，平日里不给他白眼，若老是找上门来，咱们矾楼不成了做善事的吗……那宁家小子入赘了……嘿，以前便知道这小子是个没出息的，他叫什么来着？"

"不知道。今日遇上，我只说了自己姓王，又不好真通姓名，他也没说自己的名字。后来于大哥过来，大家就未互相介绍了。"

"不知道也好。对了，最近一段时间，你来江宁的消息传了出去，这边闹得沸沸扬扬的，背后肯定有人在推波助澜。总有些人拒不了推不掉，我看就宴请一次，也让他们见识一下京城风貌，其余的时间便可以空出来，妈妈陪你走一走，散散心。"李妈妈笑着，随后又拧了拧眉头，"哼，要是真有那些不长眼想要借你成名的，也不用跟她们客气，让她们好看就是。"

"会得罪人呢，到时候她们要说我傲慢了……"李师师偏着头想了想，"而且江宁也是大地方，说不定比不过她们。"

"你就是什么事情都想做好，明明是被拉着比试，却还想四面讨好……"

"在汴京也是这样呢。"

"她们是知道比不过你，所以你对她们好点儿她们也对你卖个好，江宁的这帮女人可不领情。我今天去见了杨秀红，她说今年江宁的四大行首去了一半，是最差的一年，什么绮兰、骆渺渺根本不行。啧，杨秀红也难，去年吧，她手下的红牌姑娘居然跑掉了，要是给自己赎身嫁人吧倒还没什么，却是被人拉开酒馆去了——之前也有个曲艺才学都极高的女人，也是这样赎了身就走，现在两个人一起开了酒楼，把她气得啊。这两个女子也是不知生活艰难，有风流公子陪着哄着要娶回家当少奶奶不肯去，非得跑出来抛头露面……"

今天在金风楼见了自家姐妹，被杨秀红一说，李蕴立刻想到自己这些女儿身上，如今赶紧唠叨一番，避免李师师有一天也这么走掉了，还没有个好的归宿。

一旁的李师师倒是觉得有趣："这两个姐姐倒是很令人钦佩呢。"

"有什么钦佩的，师师你千万不能这样……"李妈妈千叮咛万嘱咐。

李师师点点头，道："嗯，我不会这样的。"

"妈妈也是知道你的啦。哦，对了，听说今天你那周大哥过来找了你，可惜你不在。明天如果心情好，陪他一块儿出去走走？顺便看看你那周大哥有没有什么新的诗作，也好……让他力压群雄，把江宁这些妄自尊大的才子全都打下去！"

李妈妈的语气听起来怨愤挺大，李师师笑了笑："妈妈怎么了？这么生气。"

"没有生气，只是师师你明明是过来休息一段时间散散心，那些杀千刀的就把消息放出去。江宁的这帮读书人也是什么事情都不会想，说师师你是来江宁示威的，还说什么若是你来了，绝不理会你，只给什么绮兰、骆渺渺等人写诗词。喊，以为谁稀罕吗？要不是周大才子也跟了来，师师你真会被欺负了去。那边还在传什么第一才子也会为绮兰写诗，好让绮兰盖掉你的风头。这次咱们虽然只见一两次人，先不存争胜之心，但也得好好准备才行。"

"第一才子到底是谁啊？"

"文无第一，怎么说的都有，有人说是曹冠，有个李频写诗也很好，现在倒是不在江宁了，以前有个叫顾燕桢的你是见过一面的，也不在江宁了……"

女子点了点头："似是见过，两年前了，那时我还小呢。"

李妈妈想了想："也有、也有说是那写出《水调歌头》《青玉案》的宁立恒。不过我今天问了杨秀红，他在江宁文坛写词不多，平日里文会什么的也不去参加，神神秘秘的，会不会出手很难说……"

江宁与汴京相距毕竟有些远，《水调歌头》《青玉案》《定风波》这几首词也传到过汴京，只是其余信息经由口耳，变得模模糊糊了。李师师唱过这些词，也听过一些传言，但对这个人还不能形成立体的印象。这时候她微微仰起头想了想，露出一个笑容："听说他平素都不动笔写词，也不参加什么文会，若他能因为师师新写一首，让大家都能看见好诗词，倒也是一件喜事呢……"

她先前于那些比斗说得淡然，这时说起那几首词的作者，微笑之中方才露出一股骄傲与自信来，随即就仿佛只剩下对诗词的期待了。

李妈妈是知道这个女儿的性格的，她平日里看得淡，一方面是真有这种心性，另一方面也是有着长期培养出来的理所当然的傲气。李妈妈心中期待着那宁立恒不要出手掺和，口头上只是叮嘱女儿多与那周邦彦周大才子接触一下，弄一首好诗词来，让这次的旅行有些保障。

她知道这个女儿的本领，真到临场发挥的时候，清纯、秀丽、端方、可爱……每一方面都能表现，对上再难缠的客人也不至于搞砸锅，但本身的性子有些温温暾暾的。譬如明日让她找周邦彦要诗作，她心中肯定觉得没什么必要，如果周邦彦过来找她，她就只是接待一下，自己就得一直跟她唠叨、一直跟她唠叨、一直跟她唠叨，唠叨的次数多了，就算觉得无所谓的事情她也会去做。

这个女儿从小就是这样，只要是身边人真心为她好而要她去做的事，她就算觉得无所谓，也都会去做。

所以虽然她偶尔说的一些话有些奇怪，李妈妈还是非常喜欢这个女儿的，这就叫乖巧。

李妈妈唠叨时，小院房间里、附近的街道上已经掌起灯来，河面上的小船带着馨黄的光点自窗外划过。城市另一边的苏家宅院之中，宁毅所在的院子里正在举办小小的家宴，主要是为了招待过来探访宁毅的秦绍和。

秦家这位大公子已经年近四十，一张国字脸看来俊逸端方，但也不失温和风趣的一面，但主要还是以端正的君子之风为主，颇似乃父。秦嗣源是因为已入耳顺之年，又经历了一些变故，不在官场，与宁毅来往时以风趣的模样居多，但若在二十年前，恐怕秦嗣源也是这种样貌与风格。

秦绍和早在父亲的信中知道了这个小兄弟的本领，后来水患兴起，他也是颇有才学之人，拿到了父亲给他寄去的赈灾方略，因地制宜做了一点儿修改后，成果斐然，在去年的赈灾当中取得了最亮眼的成绩。他与兄弟秦绍谦原本因为受父亲连累，升迁一直比别人艰难，但这次成绩出来，上面也不得不给他升了知州。他心感宁毅的帮忙，这次对方又对父亲有救命之恩，问过父亲一些事情之后，两次来苏府拜访，都未表明自己的知州身份，只以平辈身份对待，一见到宁毅，首先便道了感谢。

此时两人在厅堂里吃着晚饭，苏檀儿出来打过几次招呼，随即又进了里间，只由婵儿在旁边伺候。苏檀儿多少知道秦绍和的身份，下午宁毅未回，对方又只是进行私人性质的拜访，她也没办法叫父亲或爷爷等家里人来接待，只能打了招呼之后让杏儿伺候着，娟儿出去找人，心中却有些忐忑。后来宁毅回来，她才又露面与对方说了会儿话，心情这才平复了许多。此时她在房里镇定地看账本，听着那边隐约传来的聊天说笑的声音，微感激动之余，还有些虚荣。

那可是一个知州呢！

苏家以往接触过的最大的官也就是知州了，每年宋茂过来，家里都重视得不得了，但她也知道宋茂是亲近二房的，虽然生意上也会有照顾，但自己能指望的不多。现在，因为相公，她背后也有个知州了。

呃，应该算是她……她与相公背后的靠山了吧。

虽然前几天相公跟她提起的时候，只说了一句："听说也是一个知州。"语气很是随意，她那时也只是愣了愣。她以往便知道拜访过的秦老是个厉害人物，过年去他家时，先是觉得相公很厉害，与这位老人家算是以文会友，不过这层关系估计派不上太大的用场，随即又觉得相公能有这样的关系不易，自己不该想太多，让这等君子之交沾了铜臭。直到今天下午秦绍和到自己家里拜访的时候，她才真的感受到整件事的意义。

苏檀儿平素也是见惯世面的，与真正的大官打交道的机会也不是没有，但那终究只是纯利益的交换，谈不上多亲切。一般人很难理解苏家人对于官职、权力之类的事物的向往与渴望——商人一直不入流，苏愈费了那么大的力气办豫山书院，也是这种渴望下的产物。往日里苏檀儿对宋茂是指望不上的，也只觉得他是一把稍微亲近点儿的整个苏家的保护伞，但今天下午秦绍和拜访时的态度让她知道，这与一般的利益交换大大不同。

他今天虽然未拿官身出来，但反而是这种态度，加上相公的救命之恩，代表以后要成为朋友了，若是处得好，说不定子孙辈也能有联系呢。

以往不论商场形势如何，或者打通了哪个关系，认识了哪个大官，她都只觉得自己是个商人，顶多能带着苏家变成大商人，现在感觉顿时不同起来。她镇定地坐在桌前看账本，心中却不能镇定。

旁边的娟儿、杏儿隐约知道对方的身份，小声道："小姐，那个秦老爷，是江州的知州啊，姑爷跟他聊得很开心呢。"

"嗯。"苏檀儿淡淡地点点头。

"要是让别人知道了知州老爷这样子来咱们家拜访，姑爷还对他家里有救命之恩，别人还不羡慕死啊，最起码二房那边的……"

"不许乱嚼舌根。"苏檀儿淡淡地横了她们一眼，"大惊小怪。相公与秦知州乃君子论交，不涉利益。你们若是在外面招摇，反倒污了他们的交情，知道了吗？"

"知道了。"

"不过，"苏檀儿将毛笔的一端点在唇边，想了想，"跟二房那边透露一点儿也无妨，只是得有分寸，不能让人说咱们招摇了。"

"知道！"两个丫鬟相视一笑。有分寸地炫耀嘛，这事她们最拿手了。

灯火轻摇，不算很丰盛的酒宴已经到达尾声。察觉灯中的菜油到底，小婵过来加了些，又拨弄了一下灯芯，让灯光变得更加明亮。

虽然席间的两人年纪相差近一倍，但一番交谈下来算得上投契。秦绍和不是腐儒，在许多事情上的见解不输乃父，他在道谢之后，首先说起来的，其实还是去年赈灾时发生的一些事情。他基本是按照宁毅那本小册子实施的赈灾方略，但这类事情变故太多，秦绍和在当时还是以自己的看法处理了，这次回来，才与宁毅讨论起这方面的疑问。

他态度诚恳，并不伪饰，不过宁毅写那本册子是将以前看过的一些赈灾策略与人员管理方面的经验结合起来，此时的秦绍和有了实践经验，在具体事务方面其实已经比宁毅理解得更深刻。于是宁毅也只能说一说自己的经验，与对方交换一下意见，再问问当时的灾情，这些算是正事。

正事之外，无非就是天南地北地聊一聊。回江宁的这些天，秦绍和也听说了一些新闻，聊天时笑道："久闻立恒文采无双，这次回江宁，听说矾楼的李师师过来了，立恒有心帮着江宁这边捧场，想是又能有新作出来，可有此事？"

"有人来拜托过一次，交情不算深，但也不好推托。不过江宁文采风流者甚多，想是不用我献丑才对。听说那李师师美艳无双，为这事得罪美女，一点儿好处都没有……"

他当初对着濮阳逸也是这番话，秦绍和听了，倒是笑了起来："说笑了、说笑了，不过立恒若真对那李师师有兴趣，咱们改日说不定可以去见上一面。"

"秦兄认识？"

"不认识。好些年未回汴京了，有时回一次也是来去匆匆，不知道最近的汴京花魁如何，只是那矾楼的李妈妈是认识的。她若是来了，见见那李师师当无问题……"

宁毅点点头："原来秦兄与那李妈妈相好，年龄上倒也差不多……"

秦绍和正在喝酒，他本是严肃端正的样子，闻言差点儿把酒喷出来，坐在那儿笑了半天，却又点点头："十余年前确实是美人……家父当初曾在汴京当官，立恒是知道的，那时去过几次矾楼，不过最主要的还是因为你那秦二哥。老二当年横行汴京，拈花惹草，简直是汴京一害。他常去矾楼捧场，我便常去揪他回家，回家之后，他少不得被打骂一顿，也是因此与那李妈妈熟了，面子还是有的……哦，听说立恒对武艺感兴趣？"

"嗯？"

"绍谦当时也是，慕侠风好武艺，时常跟武人拳师交流切磋，弄得一身伤回来，后来投身军旅也是因此。"

"倒是没听秦老讲过。"

"武艺算不得好吧，有几分蛮力而已，如今不知道怎样了。我只知道他这些年军功还是立了些，升得也快，不过这事与个人武力无关，他这几年回来也不太谈论这事，主要是怕家母担心。他驻于泗州，接到消息比我早，原本该比我早到家才对，不知道被什么事情耽搁，今日还未回来。到时候，立恒与他必定也谈得来。"聊了几句秦绍谦，待到小婵出去拿茶水时，秦绍和方才微微压低了声音，"立恒对这次刺杀以及后来的事情怎么看？"

宁毅看了他一眼，拿起的酒杯顿了顿："秦兄回来，主要还是为了查这个吧？"

"立恒果真厉害。早几日与家父谈起，父亲曾言，有些事情，立恒必定料得到……"

"能想到的不多，无非就是秦老故意放跑了刺杀者而已。"

秦绍和看着他，好半晌之后，方才点点头，叹了口气："倒也不算故意，康世叔那边故意露了些破绽，原本是想要引鱼现身，谁知道鱼太大，网破了，让他们真的劫走了人。父亲……当初大概也料到了一些，但真的看到时，还是很失望的。其实江宁这边，还是康世叔的影响力大，但即便是驸马府中，也未必干净。"

"武、辽通商近百年，利益盘根错节，便是我在的这苏家，拐几个弯之后也与辽人有商业往来。这不是谁的错，不看也能猜到是什么样子，看到了，其实也不用太奇怪。"

"难免有几分心寒罢了。"

两人说话有些没头没脑，但实际上，说的正是刺杀事件背后的事情。原本江宁该是武朝的主场，又有康贤这只手在背后操控，哪儿有那么容易让对方把已经抓住并严加看守的伤者劫走。康贤原本是想要看看背后有没有残余力量，故意放松了一些防范，谁知道下了钩却让人家真的把饵给吃掉了。看秦绍和的态度，背后肯定有亲近辽国的力量在运作，而且这利益网牵连甚多，以至于康贤那边到现在都没能动手。

这时小婵回来了，两人碰了碰杯，将话题转开，不过秦绍和对宁毅的态度与之前又稍有不同了。他虽然知道宁毅不凡——不仅有例子在那儿，也听父亲说了许多，但毕竟不算亲见，此时几句对话，让这位官居知州的中年人对宁毅有了真正的认同。

江宁城中灯火纷繁，而数百千米外，一座位于淮水以北、徐州以南的山岭间，有些事情正在发生。

荒山野岭，渺无人烟，目力所及的地方都被黑色的树林笼罩着，月光从树隙间洒下朦胧而阴森的光，树林中有火光闪动，却是来自一座破旧的山神庙。

四名旅人正在这庙里歇脚。

这是四名男子，其中三人身材高大。三人中，一人高瘦；一人瞎了一只眼，脑袋上缠着绷带，身材魁梧；第三人甚至比这人还要高出些许，皮肤大概是因为晒了太多太阳，变得黝黑，脸上大大小小的刀疤有五六处，这些疤痕还往他的身上延伸，额上箍了一个铁箍，像是带发的头陀，只是头发太过狂乱。他蹲在那儿，便仿佛踞伏的巨兽，谁都能感受到这人身上的凶戾气息。

被三人带着的是一名身上缠了许多绷带的男子，他伤病未愈，躺在破庙一角的草堆里，望着火焰出神。火堆上，一锅米粥快要熟了。

这正是在江宁参与刺杀的几人，那满面疤痕的巨汉则是后来劫人才参与进去的。虽然他们当时逃出了江宁，但这一路上，康贤能够在暗中发动的力量不是一点儿半点儿，此后又有几次沿途截杀。不过那巨汉武艺高强，几人在途中应变也快，一路逃来了这里，如今已经有几天未被骚扰了。

不过，另一次截杀即将到来。

四道目光正自黑暗的林间朝这边投过来。

"收到的消息无误，该是北地军旅出身，身上有伤，但不重，不影响战力。瞎眼的那个大概最好对付，瘦高的却还有全力……这两个也就罢了，火堆边的那个，气势沉稳、渊渟岳峙，火光在跟着他的呼吸动，这家伙练过上乘的内家功，又是久经杀戮，很难打发。"

夜晚的树林非常安静，偶尔有鸟儿的声音传来，林间不时还有不知名的动物沙沙走过，将这安静渲染得更为深邃。

"嘿，他们敢去江宁杀我老父……我也很难打发。"

"要试试？"

"父仇……用得着过夜？"

风从外面的林子吹进来，微微鼓动了火焰，背后背了一把锯齿大刀的巨汉从火边站了起来，朝风吹来的方向望去，外面一片漆黑。

片刻之后，一道声音从破庙的另一侧传来，随后传来动物的些微悲鸣。瘦高个与眇目的巨汉听了第一声动静，抓起兵器就站了起来，下一刻心神才微微一松，他们清楚，那是狼的叫声——树林里有狼，触动了陷阱。

陷阱被触动肯定会引起人的紧张，虽然几人都有野外经验，但有句话总得某个人第一时间说出来，这次是瘦高个开了口："有……"

"狼"字将要出口的一瞬间，开始松动的空气瞬间又紧张起来。

哗的一下，刀光几乎是挟着风雷之声自庙门外呼啸而至，那是一把被人用尽全力掷出的长刀，几道声音刹那间同时响起，撕裂夜空。

"呼——"

"啊——"

砰——

狂风鼓舞而入，长刀被那黑肤大汉在怒吼的瞬间挥手砸开，铁护腕与刀锋相交，激起的火星飞溅而出，刀光飞向庙顶。破庙中心，火焰疯狂摇曳、旋转，漆黑的庙内，尘埃与风裹挟着一道人影轰了进来。黑色的巨汉一转身，砰砰砰砰的声音登时响起，破庙里的光暗了一暗，墙上映出两道身影在疯狂碰撞，来人借着巅峰状态的冲势与锐气，转眼间与这巨汉硬碰硬对了四拳，将那巨汉迫退了一步，等破庙里的其余几人反应过来时，那巨汉的一拳已经被格开，空门也露了出来，冲进来的那人整个身体一收一放，仿佛在那巨汉的身前炸开。

那是古代巴子拳最为刚猛的一式——贴山靠！

风如虎吼，划过夜色下的重重山岭，朝着破旧的山神小庙汇聚而来。

火光之中，那道身影从门口轰然冲入，身法、出拳激起剧烈的破风声，片刻间，巴子拳的凶悍刚猛借着这气势直达巅峰，整具身体也顺势撞了出去。

这贴山靠在巴子拳中又叫猛虎硬靠山，本就是投入全身力量于一击之中的刚猛狠招，来人的冲势正好达到最高，几下硬拳之后，拳意在先，身体的动作几乎无须思考，力量也在这一式上被激发到最高，轰然一下，如雪走山崩，毫无保留地在那黑肤巨汉的身前爆发开来。这巨汉本就被迫退了一步，这一下硬生生地吃下一记贴山靠，脚下往后退去，一时间竟也发出急如响雷的轰轰声。他未待身形站稳，便啊的一声抽出身后的锯齿刀。

砰的一声，火星乍绽，烈焰倒伏，却是方才被来人扔进来的那把长刀飞至破庙穹顶，一砸之下又掉了下来。突袭者接住那把长刀便是一刀突进，正与那巨汉的锯齿刀碰撞在一起。

这突袭之人虽然占了先手，但身形、力量毕竟不及黑肤巨汉，刹那间又是三记刀光闪过，却是他想要冲向破庙一角那个负伤的贵公子被黑肤巨汉拦下。此时庙中的其余两名护卫也已经拔出了兵器，持刀上前，砰的一下，又是刀光激起的火花在空中爆开。

刀风呼啸，小庙中央那堆火已经被压得伏在了地面上，反倒是钢铁激起的火花在夜里似乎更加惊人。然而这一下碰撞之后，那堆火便轰然往空中冲了一下，在煮粥的铁锅周围爆起光焰。下一刻，那入侵者呀啊一声劈出一刀，黑肤巨汉与两名同伴齐齐向前。

"你敢——"

"啊——"

轰——

从那突袭者冲进来到此时不过几秒钟，他已经朝着墙角那贵公子冲了一次，可惜被那黑肤巨汉挡了下来。这一次，他却是反手抽刀，由下而上全力劈在了中央的火堆上，选取的方向仍旧是那负伤的贵公子。

刹那间，火光在众人当中轰然升起，随着火焰、尘土、烧透的柴枝同时被掀起的，还有那口盛着滚烫热粥的铁锅，它们在同一时间朝贵公子那边扑过去。几乎在同一时刻，黑肤巨汉的锯齿刀从空中划过，试图将他的攻势挡下来："你敢！"

一刀连同他的身体挡住了大半火花，风激荡在破庙中，将无数光点激得更为狂烈，这一刀正好挥在了半空中的铁锅边沿，使得铁锅在空中停留了一瞬，光焰飞射间，突袭者右手的刀势未尽，左手一拳轰在锅底。下一刻，两三米外的单眼巨汉也是一声暴喝，一巴掌挥在飞来的铁锅与热粥当中，将这口铁锅打了回去。

不过眨眼间，火焰飞腾，那口铁锅如皮球一般，砰砰砰砰被众人轰了四下，飞出几米后砸在地上，冲了出去。火焰与滚烫的热粥在几人之间天女散花似的乱飞，突袭者左手一拳轰在那烧红的锅底上必定是不好受的，单眼巨汉身上则被泼了最多的粥，后方的贵公子身上也或多或少沾上了一些，但此时谁也顾不上这些事情。粥锅才砸到地上，那黑肤巨汉便一声暴喝，最为刚猛的一刀透过漫天火星劈了过去。

狂风扑面，火光倒伏，突袭者挥刀一架，整个人都被劈得退出了好几米，还未站稳，黑肤巨汉已经破开光焰，悍然杀来。

他负责保护那受了伤的贵公子，在这交手的片刻间，加上最初长刀掷来的那一下，这突袭者已经对贵公子发出了三次攻击，这一次弄得众人最为狼狈，他这几下势大力沉，却是要以力量将这突袭者轰出破庙，再行斩杀。

经过这几下交手，几人已经看清楚了突袭者的样貌。这是一名二十出头的年轻人，身材在南方人中也算高大，外表看不出壮或者胖的样子，但刀风沉猛，与拳风一般走的同样是凶悍路线，一身力道显然也有内功在推动，只是比之那黑肤巨汉还有不足，先机去尽之后终于被迫出了庙门。不过，先前的打斗中，那一式刚猛到极点的贴山靠看起来还是起了作用，黑肤巨汉的嘴角此时也有鲜血溢出，不过看他出刀的样子，恐怕伤害不是非常大。

冲出破庙后，转眼间两人就已经劈砍着冲出十余米的距离。破庙当中的火光已经熄灭大半，外面则仅有微光，但黑暗中在两道人影间不断爆起的火光还是显现出了打斗的激烈。那年轻的突袭者虽然武风强悍，但片刻间就处于劣势。就在此时，轰的一声响起在破庙上空。

有人从庙顶杀了进去。

打斗声、暴喝声、兵刃交击声刹那间在破庙当中沸腾起来。黑肤巨汉偏过头一看，挥刀试图迫开年轻的突袭者，然而对方已经挡在了他前方，几刀将他逼退。

没有人说话，下一刻在破庙外响起的，只有最为激烈的战斗碰撞声，那年轻人以最为凶猛的姿态挡住了去路。破庙之中，有人啊地吼叫起来，随后，小半堵破墙不知道被谁撞了一下，轰然倒塌，有人用契丹语大喊："走——"贵公子跌跌撞撞地从庙门冲出来。后方，两道人影夹杂着刀光拼在一起，少了一只眼睛的巨汉被一刀劈翻在地，而那身材瘦高的汉子浑身是血地扑了出来。

从那庙顶悍然冲入的，也是一名身材魁梧的大汉，有心算无心之下，片刻间竟然就重伤了两人。他手上那把刀大概是将专为战阵厮杀用的厚背斩马刀改短了握柄，用作近战，此时身上已经沾了不少血。瘦高个扑过来试图抱住那斩马刀，被他一刀刺穿小腹，刀尖从背后透了出来。

这斩马刀重达数十斤，战阵之上以挥砍为主，本就不利于突刺。贵公子在前方晃晃悠悠地跑，那瘦高个试图用身体将斩马刀钳住，然而那大汉未有丝毫犹豫，刀尖一刺穿瘦高个的身体，双手便一齐使力，哗哗哗连绞三下，瘦高个的身体便落了下去。紧接着，斩马刀扬了起来，刀身上全是狰狞的血色，大汉迅速拉近了与那贵公子的距离。

这大汉显然也是久经战阵，深谙杀人之法，一旦占了上风，根本不给人任何机会。贵公子还在朝这边走过来，大汉也正从后方迫近。黑肤巨汉看得目眦欲裂，陡然间扬起手上的锯齿刀，朝着那边猛地掷了过去。

锯齿钢刀旋转着飞过贵公子的肩头，后方那大汉握着斩马刀，却已经俯低了身子，刀锋哗地横挥过贵公子的双腿。

锯齿钢刀飞了过去，砰的一下钉在腐朽的庙门上。

斩马刀第二下由贵公子的腰部横斩而回。

无数尘埃簌簌而下。那贵公子抬了一下头，望向黑肤巨汉，随后血光冲天而起，人头飞上半空。黑肤巨汉这才看见了贵公子身体后方的那双眼睛。

沾满鲜血的斩马刀在空中画出一个半圆，刀锋在那大汉身侧停下来，血还在往地上滴。贵公子的身体正朝后方倒下，被那人顺手推开。那人身上已经满是鲜血，就连脸上都被喷上了血液，他挥手擦掉，目光朝黑肤巨汉投去。

"嘿，辽狗。"

树林间有声音响起，而那个一直拦在那黑肤巨汉身前的年轻人也已经横起长刀。

现在的情况已经变成二对一了。

林间风声呜咽，微光闪烁的山神庙外，三人对峙着，远远的，不知是什么声音不断传来。

持斩马刀的大汉朝后方望了望："他们赶上来了，小虎，发信号，拿下他！"

这句话说完，他刀锋一振，猛地朝前方冲去。持长刀的年轻男子反手在后方一拔,一支烟火冲上天空。那黑肤巨汉低吼一声,转身便跑。

砰砰砰。

兵器的劈砍声响起,那黑肤巨汉虽然没了兵器,但身上还有几样可用作格挡的钢制器具。三人两追一逃,冲入树林。

黑暗中,打斗声还在不断传来,随后又被风掩盖,变得稀薄。过得一阵,破庙附近又响起簌簌的脚步声,持斩马刀的大汉与持长刀的年轻人有些无聊地走了回来,望着破庙门口的三具尸体和横流的鲜血,年轻人又朝后方树林望了望,从身上撕下一截布片,开始包扎手掌——他右手的虎口已经裂开了,左手也烫伤了:"这家伙太厉害了,要不是他扔了兵器,死磕到底,那可受不了……"

他年纪轻,方才与那黑肤巨汉硬碰硬的时候满眼都是凶戾杀气,此时放松下来,虽然说着粗话,但看来竟有几分文气。

大汉点点头,将斩马刀插在地上,找了块石头,有些艰难地坐下来:"说不定真会交待在这里……小虎,你说那边的动静是什么人呢?"

他指的却是方才引起三人警惕的响动。

名叫小虎的男子朝那边的黑暗中望了望:"不知道,可能是狼,可能是猎户……呃,老大,受伤了?"

大汉举起手,往肩膀上点了点:"背后一刀,换了他们三条命,我硬撑的,还好把最难缠的这个吓跑了……没事,你去把他们几个的头砍下来,明天找几个盒子,拿石灰腌了,回家找我大哥显摆一下,哈哈。"他笑着,从身上拿出伤药来,随即又皱着眉摇了摇头,有些为难,"这时候真不想回去,受了这么重的伤,都不知道怎么跟我娘说。没被她发现还好,被发现了她又得担心得不得了。可是快清明了,过年没回,总得赶在清明之前到家。这几个家伙就给我添乱……"

名叫小虎的年轻男子手上拿了一颗人头,正在挥刀将那瘦高个的脑袋斩下来,闻言回头道:"老大,你这是为国杀敌,老夫人应该会谅解……"

"不、不、不、不,不是这么一回事。"大汉忙不迭地挥手,"家中有个老娘嘛,不管你是怎么受的伤,受了伤她就要担心。我娘不是那种喜欢唠叨的人,可就是因为她不唠叨,她就那样看着你……唉,小时候我在汴京喜欢打架,受了伤就怕我娘知道。她以前为我爹担心,我参了军她又为我担心,所以我每年回去都不敢告诉她我打过仗。当兵嘛,混吃等死领粮饷,我告诉我那老娘,我就是在军营里混日子而已……

"小虎你记住啊,这次过去,千万别跟别人提起打仗、杀敌、剿匪之类的事情。我呢,就是一个在军营混吃等死的二世祖,你就是二世祖手下的兵,咱们平日里做事……呃,反正不欺压良善就可以了,想要为国捐躯那是怎么也找不到路子的……想可以，但找不到路子，明白了吗？唉，这伤一时半会儿肯定好不了……"

风刮过去，树叶簌簌地响，样貌剽悍、浑身是血的名叫秦绍谦的将军坐在那儿，变得有些唠叨……

清晨醒过来的时候，外面的天还黑着，一艘画舫从小楼外的河面上驶过去，隐约可以看见船上的灯光。这个时候，画舫上的人应该都已经睡了，但仔细听还能听见轻微的乐声，也不知道是谁这个时候还在弹琴。

"梧桐树，三更雨，不道离情正苦……是《更漏子》的调呢，哪家的船？"

房间里没有点灯，只有自窗棂间透进的光芒在浮动。聂云竹已经醒来，身上穿着月白小衣，她打算坐起来，却被旁边的床伴搂住身子，砰地躺了回去。元锦儿在她的肩膀上拱啊拱的，像头嗜睡的小猪。

"嗯，三更半夜不睡觉，扰人清梦……"

"天快亮啦。"

"天亮了都不睡，所以白天肯定会打瞌睡的。"元锦儿打了个大大的哈欠，闭着眼睛没有睁开，片刻后才咕哝道，"梧桐树，三更雨……明明是说秋天，为赋新词强说愁……"

聂云竹在被褥中笑了起来："人家说的是离情，你却要说时节……或许是有什么重要的人离开了吧。"

"云竹姐你最近就在乎离情吧……"

"所以才要抓住机会与他相聚啊。"

"还真不害臊……"元锦儿咕哝道，"云竹姐你真想清楚了？人家都已经有妻子了，真的……不行。"

类似的话语她几个月前其实就说过不少次，无奈聂云竹态度坚定。这些时日，元锦儿虽然不说，但行动上一直将自己隔在聂云竹与宁毅之间，让他们没什么进展。不过，就算没什么进展，两人也能随遇而安，弹弹琴、唱唱歌、聚一聚便觉得满足了。

云竹姐这样的心理元锦儿是明白的。在以往，再风流豁达的男子，得了女子欢心之后，所想的也不过是登堂入室，得了女人的清白身子，在金风楼中这么多年，这一点，元锦儿也是知道的。宁毅对此能够不为所动，实在令元锦儿佩服。

最近听说宁毅到了夏天将与他那妻子往苏杭一行，估计还会住上几个月。察觉到能够相聚的日子不多，聂云竹更加珍惜与对方相会的机会。元锦儿看在眼里，越发觉得烦恼。她们这种身份的女子，当不了有身份的男子的正妻，说是命，那也认了，可在宁毅这边，却是连妾室也难当，这就……太过分了。

为朋为友，为冤家对头，哪怕为当初在金风楼时捧场的恩客，平心而论，她都会欣赏宁毅这种男子。只有在这件事上，理智告诉她，云竹姐与宁毅还不如分掉呢，否则以后肯定会有很多伤心的时候。于是到得这个凌晨，她还是忍不住又将问题问了出来。

聂云竹笑了笑："人生在世，能找到一个可以托付的男子，已经很不错了啊。"

"一直都嫁不了怎么托付啊？就当个外室被养着？"

"锦儿，我跟你说，"聂云竹想了一会儿，方才开口说道，随后又补了一句，"你别笑我啊。"

"嗯。"

"我先前也想过一段时间，后来有一天突然觉得，等到我六十岁，成了个老婆婆的时候，我还能早早地起床，天还没亮，他从那边散步过来，我还在这里等着他，那也是很好的事情啊。"

"……"元锦儿沉默下来。

"我知道锦儿你要笑我，所以我一直没说……我有时候也觉得，也许他现在每天过来跟我说话，是因为我还长得漂亮——他心中未必这样想过，可难免有这样的原因吧。有些文人才子，倒也不是全为了在女人面前出风头才写诗词，可是在漂亮的女人面前写写诗词总比在一个老婆婆面前写诗词有趣。"聂云竹笑道，"也许到几十年后，他就不爱听我说话了，因为我也说不出什么有趣的事情来了，可是大多数时间里，我还是愿意相信他——他愿意跟我说话，不只是因为我长得漂亮。锦儿，我总觉得，生为女子，若只是因为长得漂亮而得了人的喜欢，那么到你不漂亮的时候，被人厌恶不也是理所当然的事情吗？总得有其他的东西吧。就好像立恒跟你拌嘴，未必是觉得锦儿你漂亮，而是觉得锦儿你有趣……我大概也有其他能被喜欢的地方吧。"

"当然有！"元锦儿说道，"不过云竹姐你不用把我也说进来，我反倒觉得他一点儿也不有趣。臭男人！"

"若能有十年，也可能积累感情到二十年，然后三十年、四十年，也许他每天从这里过去，跟我说说话会变成丢不掉的事情。锦儿，我觉得既然自己有些自信，也知道立恒跟其他人不太一样，接下来大概就能有些信心了。若是这样还不行……那时候也只能说自己命苦吧。不过我只想过把自己给他一个人，又有什么办法呢？"

元锦儿沉默半晌，随后将聂云竹抱得更紧了些。两人都是女子，平日里又睡在一起，搂搂抱抱也是常事，只是这一下拥抱的感觉却有些不同，不过聂云竹也感觉不出那不同到底是什么。片刻之后，元锦儿嘟囔道："那就给我吧……"

"呵呵，锦儿你将来也会遇上自己想要托付的男人的。"

"不要，我要陪着云竹姐，等到将来那个宁毅成了负心人，我们就在一起变成两个老婆婆好了。"

"我可不想被负心呢。而且锦儿你只是没遇上喜欢的人……"

"我有啊。"

"嗯？"

"以前跟云竹姐你说过了啊，早几年有个从汴京来的男孩子，长得好漂亮，看起来简直跟女孩子一样，不过我确定他不是女孩子。嗯，那个时候我就喜欢上了啊……不过我还是愿意陪着云竹姐你。"

聂云竹没好气地眯起眼睛："我很感动。"

"嗯，云竹姐你现在说话的样子真像那个可恶的宁毅……不过我是不会让你们在一起的……"

如同以往那些日子，在床上聊了一会儿，聂云竹还是先起了床。客厅里已经亮起灯光，元锦儿的丫鬟扣儿早已适应了两位主人的作息，起得比她们更早一些，烧好了洗脸的热水，等着聂云竹起来用。

穿好朴素的衣裙，稍作打扮，聂云竹吹熄了灯火，去了客厅那边。在等待宁毅过来的时间里，她会好好地泡上一壶茶，这期间或是看看书，或是揣摩乐谱。如她所说的，她令人喜欢的地方，不仅是长得美丽。

以往在青楼之中，涉猎与揣摩各种东西，是为了让各种各样的人喜欢上自己，然而现在，她希望得到认可的对象从许多人变成了一个人。

虽然说那个宁毅未出现之时，云竹姐独处时也有爱好，但这时候，她更多地肯定是在揣摩宁毅到底喜欢什么。这种心态不是功利，元锦儿知道云竹姐就是这样在乎那个家伙。

少女躺在被子里，被温暖裹着，觉得暖洋洋的。这股温暖有的来自被褥，有的来自云竹姐留下的体温，也有的来自某种情绪——来自方才云竹姐的话。她觉得身体与心神都很放松，可就是无法睡着。

她觉得自己是喜欢上云竹姐了。

以往她也是喜欢的。云竹姐很厉害，当初她在金风楼，云竹姐还未开店时，她便觉得云竹姐很厉害——可以毫不犹豫地给自己脱籍，断了以往所有的联系，这样的云竹姐，真的很厉害。后来她跟着云竹姐跑去卖皮蛋——当然也有卖皮蛋很赚钱这个原因——她没有那么强，凡事总要考虑现实层面的东西，云竹姐就很厉害，非常果断。虽然杨妈妈和其他人都说聂云竹很怪，但元锦儿觉得她就像太阳一样，甚至觉得，如果自己能跟着她，也许有一天能变得和她差不多厉害，到达很了不起的境界。

她一直喜欢云竹姐，这一点毋庸置疑，而在云竹姐说了那些话之后，她觉得自己更喜欢对方了，而且跟以前的喜欢有些不一样，是更私人也更亲密的喜欢。听她在这里说对另一个男人的喜欢，自己竟也会觉得暖洋洋的。原本自己该为了她的"不自爱"而生气才对，可是这时候竟然觉得更喜欢她了。

虽然现在还无法很好地分辨这种感情，可是在这股温暖当中，元锦儿决定了：云竹姐跟宁毅那个坏蛋注定是没有结果的，便把自己的感情给她吧。

此时身在屋外的聂云竹并不知道房间里元锦儿所做的决定，估摸着时间差不多了，宁毅应该起来了，她坐在台阶上，不时朝着道路的那头望一望。月白的衣裙在馨黄的灯光中显得清丽，长长的裙摆罩住足上的绣鞋，远远看去，她犹如坠落凡尘的仙子。自与宁毅认识，每日见面，她的衣着虽然依旧是往日的风格，但在打扮上其实比以前更上心了。

忽然，有什么东西滴在手背上，凉沁沁的。她举起手背看了看，随后抬起头来。

"下雨了……"

雨丝从天而降，清明前后本就是阴雨霏霏的时期，下雨原也不是什么奇怪的事情，只是距离夏日仅有一个月的时间，雨下一个早晨，她便少了一次与宁毅碰面的机会。如此想来，聂云竹不免有些失落……

不一会儿元锦儿也起来了，看看门外飘落的雨丝，竟也是有些遗憾的样子："嗯？那家伙今天没法来了吗……本来还有些话要跟他说的。"

春雨往往一下便是很长一段时间，好在这次的雨到得下午便停了。

第二天清晨，元锦儿随着聂云竹一块儿起了床，准备等到宁毅过来后跟他说些话。当然，在她看来，这个应该叫谈判。

第十章
宾客主人相谈甚欢 发妻红颜齐聚一堂

邀请李师师聚会的日子，最终定于清明前两天，当天江宁城郊会有一个踏青会。这次聚会的名义自然不是李师师要请客，而是由江宁一位名叫陈洛元的大儒发起，邀请一批才子佳人，于江宁城外踏青郊游，言歌咏志。据说这陈洛元与京城过来的大才子周邦彦是好友，他便通过这层关系找到了李师师。

话是这样说，实际上其中有着怎样的关窍却是难说得紧，但无论如何，作为"京城第一名妓"李师师在江宁的初次露面，这次踏青的邀请名额在江宁引起了相当大的关注。秦绍和那边动作飞快，与宁毅谈过后，消息一公布，便拿到了几张请柬，不过，这时候宁毅也从濮阳逸那边收到了第一时间送来的邀请函。

宁毅是打算去参加这次聚会的。倒不是因为他人的邀请，而是因为在聂云竹的影响下，他对这个时代的音乐有了不小的兴致，那位李师师同学既然能在这个时代留下自己的名字，这方面的艺业想必相当出众，不妨去凑凑热闹。这个时代好歌只能在适逢其会的时候听上一次，有时候确实蛮无聊的。

这种邀请通常可以携朋友或者家眷参加，宁毅本着去听演唱会的心情邀了苏檀儿同去，不过最近这段时间苏檀儿都在安排夏天去杭州的事情，虽然不是抽不出时间，但她还是摇摇头表示了拒绝。为此，两人在二楼走廊上闲聊的时候还有过一次对话。

"这等聚会都是为了让文人才子在那些未曾婚配的女孩子面前表现一番，相公带个黄脸婆去还有什么意思？"

"你这个时候就自称黄脸婆了？不害臊啊？"

"不害臊啊……相公，咱们这么想吧，你若带着妾身一块儿去踏青，我们的绮兰姑娘、骆渺渺姑娘、李师师姑娘在人群里向你示好的时候，你还好为她们写诗吗？"

宁毅望了她半晌，随后伸手搂住她的肩膀，笑道："带一颗平常心吧，老婆，我们就去听听歌、看看舞，如果濮阳逸真的要我写首诗给他，偷偷交给他不就成了，其余的管他去死。"

"我才不要。"苏檀儿摇头笑道，"唱歌跳舞有什么意思。相公不知道，妾身最近喜欢跟那些掌柜的女儿啊、夫人啊在一起说闲话，就喜欢听她们谈论相公的诗词，可以出风头怎么能不出？以前听她们说曹冠、李频那些才子的事情，总觉得，哇，真是厉害。现在我就喜欢跟别人聊这些，我说起曹冠这些人，那些三姑六婆就会说，你家相公可不比他们差呢，甚至有人说，他们算什么，我就会装作很谦虚地说：'相公不是很喜欢做这些事，只是偶尔才写几首诗词。'心里却是高兴的。"

她抿起嘴来，骄傲地拍了拍手，一副怡然自得的样子，却是说什么也不肯跟着去。宁毅知道这是惯例了：这等诗词聚会其实都是为才子文人扬名之用，这类扬名对大多数人来说是与科场功名相联系的，若真有家眷在旁，又有几个人真能风流不拘，写出好诗文来。

宁毅的情况虽有不同，但苏檀儿知道那种聚会的状况，自己过去，纯属扫兴。

其实他们在这个春天已经有过两次郊游，宁毅为此配了香料，拿着食物在野外烧烤，展现了一番手艺。苏檀儿当时还发脾气说君子远庖厨，说这是女人家的事情，张牙舞爪地要抢宁毅手上的东西，两人扭打了一番，苏檀儿被宁毅扑倒在草地上，羞得面红耳赤——在野外，这种举动太大胆了，结果宁毅非逼着她说"不敢了"才肯将她放开。好在他们选的地方幽静无人，没被别人看见。

后来，红着脸的婵儿等人过来一块儿弄食物。苏檀儿先是气呼呼地不肯吃宁毅弄的东西，后来还是吃了一些。虽然手艺都差不多，但她心中觉得相公烤的别有一番滋味。在她心中，如今这样的踏青才叫踏青，她是一定要去的。诗会什么的，除了相公出风头，其余人钩心斗角互相演戏，她平日里看得就多，现在心中反倒淡了，不想参加了。

自家老婆不去，宁毅想想，准备将请柬送一份给聂云竹与元锦儿。他平日里听多了云竹的歌喉，感觉她对那李师师也会有兴趣。由于前一天下了雨，第二天早上宁毅才与聂云竹在小楼前见面，说起这事，聂云竹偏了偏头，有些犹豫："立恒……想让我陪你去吗？"

让她犹豫的其实是身份问题。清明前的踏青会，李师师、绮兰、骆渺渺这些女子都会参加，连带着参加的青楼女子更多。她陪着宁毅过去，若是穿女装，大概会有人认出她是金风楼的聂云竹,特别是锦儿,被人认出来的可能性更高。若她人还在金风楼,陪着中意之人参加这种聚会,自然可以给对方扬名,这时若立恒让她抛头露面,她……或许不会不肯,但心中会痛。

不过,这个念头只是在心中轻轻掠过,她知道宁毅应该不会让她做这种事,果然,随后便听他说道:"当然不能穿女装去,扮个男装就成了。我烧烤手艺不错,到时候我们在旁边吃烧烤,看他们吟诗作对,还有李师师她们唱歌跳舞。其实是最近被你影响到,想看看这个李师师到底有多厉害,如果一塌糊涂也敢称什么京城第一,我就写首打油诗骂她,哈哈——"

聂云竹坐在那儿,扑哧笑了出来,听到宁毅说被她影响到,她心中甜甜的,颇为高兴:"现在还未听过,自是不好说。不过,她既然能被称为京城第一,想必有惊人的艺业,但这些事上……我并不怕她。"

她生性淡泊,犹豫了半晌,方才轻声说出那句"并不怕她",但也是带着小小的骄傲与自信。

宁毅笑着摇摇头:"不打算跟她比——嗯,说定了?"

"立恒说去,那便去了。"她想了想,"我其实也想看看李姑娘的表演。"

"呵呵。"

两人商议好这事,正坐在台阶边说着话,后方的房门打开了。这个时候会出来的人只有一个,不用回头看也知道。元锦儿今天一身男装打扮,在聂云竹身边坐下,隔着聂云竹往宁毅那边看了一眼,面色不善。

虽然她的面色通常也不怎么善,但今天的感觉不同。宁毅愣了愣,隔着聂云竹说道:"你今天气色不太好。"

元锦儿用下巴对着他,随后望了望身边人:"云竹姐,你进去一下好吗?我有话单独跟他说!"

"呃……"聂云竹愣了愣,随后不知想起了什么,脸庞微红,有些疑惑地望了望元锦儿。

元锦儿抿了抿嘴,小声道:"云竹姐你放心啦,不会跟他说昨天早上的事情的,是有正事要单独跟他说。"

聂云竹想了想,看她一脸坚决的模样,终于还是起了身,有些担心地朝房间里走去,随后又转头笑道:"你们两个别打起来啊。"

"不会打起来的。"宁毅忍不住笑了起来,"顶多是单方面殴打。"

"喊。"元锦儿不屑地冷笑。

待到聂云竹进去关上门,两人对望了许久,宁毅笑道:"好吧,今天又怎么了?我又干什么伤天害理的事情了吗?"

元锦儿将屁股往宁毅那边挪了几下，坐到聂云竹原本坐的位置上，看了宁毅一眼，随后扭头看着前方："我有话跟你说。"

她一本正经，宁毅便也收敛了笑容，点头："嗯，在听。"

"你就算笑也没有用。"

"心理学的例子表明，当你说出这句话的时候，别人对你笑多半是有用的。"

"我喜欢上云竹姐了。"

"呃……"宁毅愣住了。虽然以往她便口口声声地说"喜欢云竹姐"这种话，但这次的感觉不一样。

元锦儿没听到他的回答，片刻后，扭头望望他，重复了一次："我喜欢上云竹姐了。"

"嗯，是跟以前不一样的喜欢？"

"跟聪明人说话就是简单……"元锦儿不甘心地咕哝了一句，但也疑惑于对方为什么会表现得这么平常，"反正我是喜欢上了。"

"我对这种事没有偏见，不过……我得承认，你这么认真地说出来，我的感觉还是蛮复杂的。"宁毅笑了起来，但并非嘲弄的笑容。

"昨天发现的，因为云竹姐跟我说了一些话，一些关于你的话，然后我就觉得我喜欢上云竹姐了。"她双手托着下巴，有些惆怅地望着前方的道路，看起来像个忧郁的小男孩，随后扭头说道，"我知道你会觉得奇怪，但这种事情在……在我们以前那种地方也是有的，谁让你们男人没一个好东西！"

"我没有觉得奇怪……"宁毅撇了撇嘴。

上辈子他身居高位，古怪的人见得多了，这有什么好奇怪的。但估计她自己都不是很确定，居然就敢说得这么嚣张……

"你知道吗，你配不上云竹姐。"元锦儿不看他，自顾自地说道，"虽然把你单独拿出来说也算不错了，可你连把云竹姐娶回家都没办法。这一点你知道，云竹姐自己也知道，偏偏你还很无赖地一点儿都不隐瞒。你不文过饰非，责任就要云竹姐来担了，你是最卑鄙的那个人。你知道吗，我们昨天早上说起你了。"

"嗯。"宁毅点点头，不做出辩解。

"我问云竹姐，你们以后怎么办，云竹姐当时说了一句话……"她指了指前方的道路，此时天光已经变成白色，河边柳树绵延，白雾茫茫，那条道路隐没在不知去处的远方，"云竹姐说……'等到我六十岁，成了个老婆婆的时候，我还能早早地起床，然后天还没亮，他从那边散步过来，我还在这里等着他，那也是很好的事情啊'……"

宁毅完全沉默了。

元锦儿望着他："她就是这样说的，听清楚了吗？"

晨曦初露，雾气微微浮动，元锦儿坐在小楼前的台阶边，认真地说出这句话来，语气有伤心，也有严厉。宁毅做事一贯有自己的原则章法，能令他无话可说的时候不多，但这个时候，他确实没有太多能说的，倒不全然是因为内疚或感动。关于聂云竹，关于苏檀儿，早些时候他就仔细考虑过，只是无论怎样的考虑，都不适合拿来辩解。

沉默半晌，他望望旁边认真的元锦儿，笑道："所以就喜欢上云竹了？"

元锦儿原本等着他反省，至少内疚一阵子，谁知道宁毅转头将问题抛了回来，她微微一愣："嗯。"片刻后说道，"不管怎么样，我不希望云竹姐将来孤孤单单一辈子，她……她那么好，谁要是对不起她，会遭报应的！你反正没指望，不如早点儿滚蛋！"

"你才没指望吧……"

"我……"元锦儿的神色微微一滞，"反正……反正我会陪着云竹姐，我喜欢她……"

这种事情毕竟相对禁忌，哪怕以元锦儿的性格，方才鼓起勇气跟宁毅摊牌之后，这时也没有办法再理直气壮地陈述太多。

宁毅点点头："嗯。"

"你就没话说吗？"

"你是真的关心她，这是好事啊。"宁毅笑了笑，"而且反正云竹不喜欢女人……"

"你……"元锦儿气鼓鼓地瞪了他几眼，随后哼了一声，便要起身离开。

宁毅却伸手过去，拉了拉她的衣袖："我也许做错了一些事情。"

见他的脸上虽然有笑容，但态度不似挑衅，元锦儿这才勉为其难地坐下。片刻之后，只听宁毅说道："我以前想过你云竹姐的事情，想了一段时间，后来做了个决定，但现在看来，不见得是对的。"

在云竹刚刚向他吐露心声之后，他对这些事情就有过深入的考虑。当时苏家的布料问题也正在发生，他出手帮忙，与苏檀儿之间，在经过了一年多的相处之后，其实也有了一定的好感。那时他也跟秦老、康老提了这些事，有些为难该如何处理。

他是心性果决之人，若是真对某个人一点儿感觉都没有，即便那个女子长得再漂亮，他也是不屑一顾。上一世他身居高位，身边不缺女人，若论靓丽程度，现代的女子从小便保养得好，比起苏檀儿、聂云竹来，能胜出的其实不少。当然，这种比较也不是那么肯定，更多还是风格不同。宁毅如今的喜欢，主要还是心性方面，至于皮相上的喜欢，占的成分实在不多。

两人的位置都摆在眼前，无法决绝以待的时候，以他的性子，苦恼几日后也就当成现实问题来处理。所谓现实问题，也就是不寻找理由，不在意苦衷，总之事情已经是这样了，就不要再自怨自艾，想一个解决的法子就成了。他当初对乌家人摊牌时的态度也是如此：不论理由为何，目前就是这副样子了，你算计我我算计你，你卑劣，我要杀你全家兼人心不足蛇吞象也不厚道，但说这些又能有什么用——现实就是，眼下，我已经将死了你，你总不可能叫我手下留情吧，已经到了这一步，接下来就只用考虑怎样走下去。

人在感情上总是很难做出取舍，宁毅当然也有这种倾向，如果事不可为，他比一般人更有壮士断腕的果决，但此时的事态并不算严重，有缓冲的余地。

平心而论，他也会觉得男人的花心对女人来说并不公平，其实他也有想过，假如他与聂云竹的关系发展得更快一些，在他对苏家还没有多少感觉的时候，他会陪着聂云竹，离开苏家、离开江宁，在其他地方重新开始；而若是他与苏檀儿的关系发展得更快，或许他与聂云竹之间就没有了进一步的可能了，但现实已经如此，多想也无益。

无论是与云竹分开还是与檀儿分开都很难，那么就这样吧，在其他方面寻求解决的途径。檀儿其实是个很有手腕的女人，而以云竹的心性，她无须进苏家的门，他会在其他方面尽到为丈夫、为男友的责任。为此他也与聂云竹谈过，说了他无法离开苏家，说了两人若在一起会遇上的尴尬情况，当时也说了若她真想要一个正式的名分，他也不是没有办法。真到了逼着他做决定的时候，那决定，他当然还是能做出来的。

后来他们便这样一路走下来了。当元锦儿认真地跟他说起这些的时候，宁毅心中自然有着感动与反省，无论如何，自己的确做错了一些事，对于聂云竹的亏欠，确确实实存在，但更多的却没办法跟元锦儿说了，只能稍显严肃地补充道："不过，我不会让你云竹姐觉得不开心，承诺做了，责任是要负的。锦儿你真心为云竹好，我也很感激……"

"你……你根本没反省！"

宁毅收敛了方才的些许认真，望着元锦儿戏谑地道："但是你也没办法让你云竹姐变得开心啊。"

"谁说我不能？"

"云竹不喜欢女人。"

"可跟着你，云竹姐会一直都不开心。她只是不说罢了，她又进不了你家的门，没有任何名分，哪个女人不重视这些呢。"元锦儿轻哼一声，"我说了，我承认你在其他方面还算是个好男人，可你解决不了这些，总是说些空话！"

"不是没办法，但是很困难，也许能强行拿到名分，但最后可能更不开心……当然，我不会在那种时候还非要两全其美。不过我跟你云竹姐说过，我是赘婿身份，也进不了祠堂。其实进苏家祠堂我也没兴趣，听起来也很难堪吧，你云竹姐不会稀罕这种名分的……但我保证我死了以后，我们会睡在一个坟里，不会分隔两地。你觉得名分很重要，不过我觉得这样应该更好一点儿。"

"呃……"元锦儿瞪着眼睛，愣了半晌，"你胡说，怎么可能……"

"又不是现在就死。"宁毅失笑，"还有很多年呢，大家会明白的。我真要做的事情，苏家挡不住。唯一麻烦的，恐怕是我家里那位，不过到那个时候七老八十了，应该能取得谅解了吧。"他顿了顿，随后摇头道，"现在说这些还太早了，呵呵，你要喜欢就喜欢，要穿男装也随你，我又不拦你。你能让你云竹姐开开心心，我也会觉得高兴。不过提前告诉你，这个我很有自信，元兄弟，你没有机会的，只会伤心一辈子……"

见宁毅一副无所谓的态度，元锦儿只觉得这家伙真是太可恶了，气了半晌，咬牙道："等着瞧！"

她原本为着自己喜欢上了云竹姐这件事很是忐忑，但既然宁毅这么可恶，她也就觉得自己没必要为此感到不好意思了。撂下狠话，她转身回房。

宁毅回头看着她的背影，不觉又笑了出来。

锦儿是真的在意这个姐姐，为她担忧，为她打抱不平。如果对方是个男的，宁毅心中自然会有芥蒂，但事情发生在锦儿身上，她是真的对云竹有这种如亲人、如血缘般的感情，宁毅觉得很好。

聂云竹父母双亡，再无亲人，从金风楼出来之后，只能与胡桃相依为命，也是因为她与宁毅的感情确定了，心中有了依托，才将胡桃嫁了出去。此后宁毅让她拜秦老为义父，终究是一种利益交换。哪怕秦老仁和，对聂云竹也有些认同，但还是很难成为真正的亲人。元锦儿却不同，她们朝夕相处互相依靠，聂云竹能多个寄托，宁毅也感到高兴。

名分这东西或许很难给，但其他许多方面，自己既然已经决定会好好对云竹，自然会做到。以云竹的性子，哪怕锦儿真是男人，也很难让她变心，何况两人是同性。若真是那样，也只能证明自己的失败……锦儿陪在她身边，是全心全意地为她好，自己又何妨大方一点儿，也好随时提醒自己，有个有趣的"情敌"在旁边虎视眈眈呢。

他笑了一阵，随后去往客厅，向聂云竹与元锦儿复述了一下踏青会的事情："到时候元兄弟也一块儿去吧……"

宁毅平日与元锦儿斗嘴，各种古怪的称呼都用过，因此叫她"元兄弟"聂云竹也不在意，只是握着身边妹妹的手笑道："锦儿自然是陪我一块儿去。"

这天早上回到家，吃早餐的时候，宁毅又想起此事，觉得有趣，不禁笑了起来。苏檀儿问他发生了什么事，他笑道："我有个朋友……她是个女的……"

"嗯？"苏檀儿的笑容在感兴趣之余微微露出警惕之色，一旁婵儿、娟儿、杏儿都围了过来。

宁毅这才反应过来，与她们对望片刻："嗯，她喜欢女人。"

"啊？"苏檀儿与三名丫鬟的表情瞬间变得古怪起来，婵儿小声问身边的杏儿："喜欢……不是那个喜欢吧……"

"当然是啦。"

苏檀儿露出博学的样子："其实……其实这种事情也是有的……"其实她对这事也不了解。

"嗯，小姐，我觉得娟儿就喜欢婵儿哦。"

"其实人家喜欢的是杏儿姐。"

房间里，几人叽叽喳喳，笑闹了一番，偶尔弄得面红耳赤。

两天之后，秦家的二少秦绍谦回来了……

砰的一声，一颗脑袋掉下来，被宁毅抓在手上，院子里石灰乱飞。

片刻后，宁毅举着那颗人头看了看，随即响起一片尖叫，跟着便是一阵鸡飞狗跳。

这一幕发生在秦府的小院子里。宁毅过来赴宴，同行的还有妻子苏檀儿与丫鬟小婵。院子里人挺多，除了搬箱子、行李的丫鬟，还有迎出来的秦夫人，秦嗣源也由大儿子陪同出现在不远处的院落侧门边，不远处，一名眉清目秀的小校正与这边扑过来扶箱子的剽悍大汉面面相觑。

昨天秦老收到二子秦绍谦的消息，说他今日下午到家，已然可以确定，于是秦老邀了宁毅夫妻前来，一来是参加洗尘宴，但最主要的，还是因为宁毅救过秦老，这是大恩，虽说秦老只是放在心里，未曾表示太多，但作为儿子，秦绍和也好，秦绍谦也好，都有必要对此事表示正式的感激之意。而宁毅与秦老也算是忘年好友，秦家便干脆发出了邀约，以家宴的形式表示两家的亲近。

这也就成了宁毅与秦绍谦的第一次碰面。

能够来到秦家赴宴，对苏檀儿来说，绝对是一件非常重大的事情。虽说几个月前曾经跟随宁毅来秦府拜过一次年，但那时候宁毅更多的是将这位老人当成一位棋友来拜访。

苏檀儿是懂分寸的人，她知道这老人有学问，或许还有不低的地位，她以往崇拜那些文人墨客，也向往着相公与人的君子之交，拜访之时只当自己是宁毅的妻子，未存什么功利之心，这一次却难免有些不一样。

一方面是她更加清楚了老人以往的风光——也是与秦绍和见面之后才大概弄清楚的——曾经的吏部尚书，在她心里，那可是只在皇上之下的大官，光是听名字都得晕乎乎的，就如同一个现代中国人忽然发现自己认识了政治局常委一样。

另一方面，也是因为秦绍和在上次见面时与她聊过几句。当时秦绍和将姿态放得低，他知道苏家是做生意的，是苏檀儿在掌舵，免不了要说上两句亲切诚恳的话。官场上嘛，这类话语便是明确地暗示了，苏檀儿自然也听得懂，知道此后苏家的生意至少在江州有秦绍和的照拂。

其实秦绍和不是在施恩示惠，苏檀儿也不至于因为一点儿暗示就诚惶诚恐，但和那天为有个知州靠山而高兴一样，后来她总也免不了意识到：秦家很有地位，那么此后苏家就跟一般人家不同啦。

于是今天出门时，她将自己打扮得格外端庄秀丽，在房间里折腾了半个下午，小女生也似。宁毅在旁边无奈又好笑地看着。其实苏檀儿也是受过大家闺秀的教育的，若是表现得淡然一些，自也有一股端庄秀雅的小姐气质。这样一费心装扮，反倒显得更加年轻，将那股自信从容的气质给掩盖掉了。

不过，看起来也挺有趣的。

三人过来时，正好遇上秦家二少爷到家，府中的丫鬟下人忙着将行李搬进去。一个小丫鬟搬着个竖起来的长盒子从宁毅身边小跑进来，院子里有个大胡子见了，喊道："小心小心！翠儿小心……"他一边喊，一边狂奔过去。

这名叫翠儿的勤快丫鬟被那长盒子挡住了视线，听得大喊，陡然停了下来，晃晃悠悠地转了好几圈："咦？什么……什么？二爷说什么……"

宁毅好心想要伸手去扶，那边大胡子也冲了过来，手忙脚乱中，砰的一下，长盒子最上面那个栅格打开了，一个皮球一般的东西掉了出来。宁毅伸手一抓，结果石灰撒得漫天都是，一时间他还以为自己受了偷袭，好在石灰并不浓。

好半响，院子里乱成一片，有人喊："头、头、头、头、头……"也有人喊："人、人头……"都拉长了声音。

那大胡子也有些尴尬，似乎想要从宁毅手上接过那个东西，犹豫着，不知道该说什么话好，正下了决心要伸手，旁边那个捧着盒子的小婢女探着脑袋往前面看了好几次，意识到自己怀抱的盒子里装着什么东西之后，双眼一翻，直挺挺地向地上倒下去，大胡子忙着去接住她："小翠、小翠，你别晕哪，说过让你别搬了……"

把一颗死人头拿在手上的感觉自然不会太爽，还是单手拿，好在宁毅镇定功夫了得，将那人头拿了半响，又提在自己眼前看了看，点了点头，又朝抱着小婢女的大胡子望了望:"这是那刺客的头……"

他手中的,正是那个被火枪炸膛伤了一只眼睛的大汉的头。宁毅知道这帮人的悍勇,当初也曾向陆阿贵打听过,只知道这帮人向北逃窜,其中有一人的功夫恐怕可以与陆红提相提并论。那人名叫陆陀,并非辽人,是南方有名的匪人,有"凶阎罗"之称,杀过官,造过反,后来据说被人收服,销声匿迹。

这次这帮辽人能够逃脱,主要还是因为有亲近辽人的势力在其中运作,想来陆陀这样的高手便是他们派出的保镖。这些日子他们没了踪迹,想不到这秦家二少回趟家不过迟了几日,便将他们的人头给拿了回来。

以往他听说这秦绍谦在军中任偏将之职,供个闲差,没什么大的建树。现在看来,秦家这两个儿子恐怕都不简单。

宁毅将人头拿在手上看的时候,秦嗣源过来了,于是宁毅也给他看了看。老人家对死人头并不害怕,只皱眉看了两眼,向宁毅点点头,确认了这是当天的刺客之一。秦绍和面有喜色,正抱着丫鬟的大胡子秦绍谦便笑了起来:"哈哈,便是他们。这几个不长眼的家伙一路逃亡,暴露了行踪,在徐州以南的乌鸦山附近被人发现,当时我正好赶上,纠集一帮壮民,将他们围殴致死,哈哈哈哈。倒是有一个满身刀疤的厉害家伙逃掉了,真他……"他说到这里,看看旁边的父亲与不远处的母亲,改口道,"诚、诚彼娘之……没关系,迟早抓住他……"

秦绍和摸了摸下巴:"逃掉的那个叫陆陀,是最难对付的,不过他那日未曾参与刺杀。另外的三个,都杀了?"

大胡子秦绍谦点头:"当然。啊,小虎快过来,把这位兄弟手上的东西放回盒子里去,我娘不喜欢看到这东西……我就说嘛,他们杀了就杀了,你还出什么馊主意,把人头带回来显摆。他们行刺我爹,这是公案,理应交由官府处置,我们把人头带回来这不变成私仇了嘛,下次一定不能这么做了……不对,没下次了……爹,这真不是我的主意……"

秦嗣源看着这个儿子,叹了口气,秦绍和倒是想笑又不能笑的样子,被称为小虎的清秀男子连忙过来接过那人头放进盒子里。盒子还在婢女小翠的怀里抱着,她在秦绍谦怀中晃晃悠悠地醒来,眨了眨眼睛,随即两眼一瞪,脑袋一歪,又晕了过去。顿时又是一阵混乱,有人赶忙过来帮忙扶着,掐人中。秦绍谦苦恼地皱起眉头:"这、这样对身体不好吧,要不要叫个大夫过来?"

他在军中待惯了,对死人没什么感觉,倒是对这类身子娇弱的小丫鬟有些无奈,怕把人给吓出病来。

经历这一场鸡飞狗跳的变故,片刻之后大家互相介绍起来就不显得生分了。秦绍谦比他大哥秦绍和小得多,今年才三十出头,据说两人之间本有一位兄弟,只是出生不久就夭折了。他留了一脸大胡子，乍看起来显得粗犷，实际上眼神和五官都很年轻，若刮了胡子，说不定便是娃娃脸的儒将类型。跟在他身边的那名年轻人叫作胥小虎，身材高大，样貌清秀，据秦绍谦说武艺极高。因此军营之中聚众打架他通常拉上胥小虎，两人因此成了生死兄弟。

虽然秦绍谦言语间试图将自己塑造成兵痞一名，不过在宁毅看来，这两人举手投足与兵痞之流还是很不同的，他对这个年代的军人也不是很熟，只是有这样的感觉。

随后秦夫人招呼宁毅去偏房洗手，毕竟他手上抓过死人头、石灰，还沾了不少乱七八糟的东西，得洗上好几遍才行。苏檀儿便跟了过来，要替宁毅洗去手上沾的秽物。她自从方才见了那人头，便一直抿着嘴在宁毅身边站着，这一举动多少有硬撑的成分在其中。宁毅也觉得手上有些黏糊糊的，见她拉过自己的手要替自己洗，他心里多少有些过意不去，笑着说自己来就行，苏檀儿却只是摇头。

她今天将自己打扮得非常精致，摇头间红唇紧抿，显然忍得很辛苦，却兀自拿了毛巾先将宁毅手上的石灰先擦去。宁毅微感疑惑，心想莫非要在秦家人面前表现夫妻俩的伉俪情深，不过回头看看，除了小婵在门口准备换水，秦嗣源等人并没有过来。转念之间，苏檀儿已经拉着他的手浸到水盆里，随后拿起旁边的桂花胰子替他清洗起来，洗过一遍便换水，一连换了好几次水。苏檀儿除了给他洗，自己的双手也洗了几次。

宁毅皱着眉头问了几次，方才见她有些苦恼地皱起眉头："那……那是人头，看着怕……"

"嗯。"

苏檀儿抿抿嘴："相公用手碰了那东西，今晚碰到妾身的身体，妾身……总觉得会起鸡皮疙瘩……"

"呃……那还非要亲自替我洗？"

在别人家里说着被宁毅的手碰到身体这类话，苏檀儿的脸微微红了起来，她一直低着头："这样洗过了，便知道自己的手也洗干净了，有了心理准备，晚上便不怕了……"

宁毅微微愣了愣，随后笑了出来。苏檀儿的性子与一般女性终究不同，若是宁毅自己洗，便是洗再多次，她恐怕都会觉得宁毅手上不洁——这是没有办法的事情，她要迈过心里的坎，便拉着宁毅一同将手洗了，两人用了一盆水，她便觉得与宁毅一样了，心里那道坎也便消失了。宁毅看着水中那已然洗了好几次仍然在为自己洗手的白皙十指，一时间有些感动。

如此洗过几次，终于差不多了，宁毅见到秦绍和、秦绍谦两兄弟笑着从门外走进来。打过招呼，秦绍谦用力拍了拍宁毅的肩膀，笑道："方才真是对不住了，不过宁兄弟真是条汉子，我以往可没见过哪位文文秀秀的书生能那样抓住一颗人头而面不改色的。不过那本是辽人的头，咱们当成狗头来看也就是了，哈哈。"

"唯死撑尔。"宁毅笑着拱手，"不过，方才秦兄说那几人乃是民众围殴致死，恐怕有些不实吧。"

他心中其实没什么底，只是看到秦绍谦前后的表情，稍稍试探一下。果然，他问过之后，秦绍谦便大笑起来，秦绍和也笑着道："父亲说立恒眼光厉害，果然不假。这小子平日舞刀弄枪，现在倒派上用场了。"

他已经年近四十，秦绍和也三十出头，但他还口称"这小子"，秦家两兄弟的关系可见一斑。

秦绍谦笑着撇了撇嘴："哈，也亏得他现在死在我手上，否则他日有暇，我必杀去辽国，取他满门性命！"

他说这话时，脸上便有戾气聚起，原本显得还年轻的脸渐渐染上如秦老一般的威严气势来。只是这气势才聚起不到一瞬，转眼他便变得龇牙咧嘴，却是兄长赞许地在他肩上拍了几下，也不知道拍到了什么，顿时让他变了脸色。

"怎么了？"秦绍和疑惑地问道。

"大、大哥……我背后有伤……"秦绍谦吸了口冷气，举起手指往肩膀上指了指。

秦绍和拈起他的衣领往里面看了看："受伤很重？你……"

"别跟娘说、别跟娘说……"大胡子秦绍谦忍着痛拼命挥手，小声道，"当时就我与小虎两人，这帮辽狗不太好杀，背后挨了一刀才换了他们三条命……哦呜呜呜呜，值了，不过好痛。千万别跟娘说，我都没敢上太重的药，怕被闻出来。宁兄弟，麻烦也帮忙掩饰一下，最怕老娘哭……"

秦绍和皱起眉头："受伤这么重，在家中又要住这么些天，娘最关心你，哪里瞒得住？"

"唯、唯死撑尔……"

方才宁毅说的就是这句话，此时他龇牙咧嘴地一说，房间里的几人倒是都笑了出来，笑容之中也有几分佩服。宁毅记起家中还有几份陆红提留下来的伤药，其中就有治外伤的，药味倒是不重，当即说了晚上着人送过来。秦绍谦性格爽朗，又说了许多感激之语。

随后几人朝着客厅那边走去，才走了一半，却见芸娘与两名女子端着些东西走过，秦绍和与秦绍谦两人都口称"芸姨娘"，显然他们与这位年纪也是三十出头的秦老小妾的关系不错，不过跟着芸娘的两名女子让宁毅微微愣了愣——这两人一是聂云竹，二是元锦儿。秦府这次的家宴有道谢之意，聂云竹与秦府的关系本就不错，这次将她们请过来，宁毅竟然不知道，此时看起来，她们竟像是秦家人一般正在帮忙准备晚宴。

芸娘领着她们大概还有事，略略介绍了几句便朝后院去了。苏檀儿自然认得元锦儿，但在别人家中，也不会表现出好奇来。聂云竹看见他们，倒像是早就知道宁毅要来，趁苏檀儿不注意的间隙微微朝宁毅露出一个狭促而俏皮的笑容，大大方方地行了一礼，朝后院去了。

不一会儿到了客厅，与秦老聊了几句，聂云竹她们再过来时，宁毅分明看见秦嗣源那老头也露出一个微带狭促的笑容。他有些无奈，老人是知道他与聂云竹的关系以及两人之间的苦恼的；因此以往总笑宁毅庸人自扰，但老人对聂云竹也有好感，这次宴请看似随意，却让宁毅感觉有些像平日里下棋时老人的杀招。

平日对弈，宁毅或剑走偏锋，或大开大合，总之风格明显，老人却是中正平和。但这次他棋子一落，还真让人感觉到躲不开的压力，另一方面又润物无声，让人半点儿也生不起气来。

虽然平日里态度平和，不过真说起来，老秦是个做大事的人，做大事的人自有大气魄。虽然他也颇重感情，不至于信什么"朋友如手足，妻子如衣服"，但真要说起对女人的态度，老人家还是有着这个时代的男人的共性，虽然不至于肤浅到认为女人就没脾气，但还是会觉得，区区两个女人，不需要花太多力气。

只对于宁毅的纠结，他有些不以为然，最后也只能归结为对方性格古怪。

这次的私人宴请，他一方面让芸娘邀了聂云竹，未曾告诉宁毅；另一方面邀来宁毅，也不曾告诉聂云竹。他邀请的理由是很充分的，那日在竹记，宁毅救了他的性命，云竹与锦儿也出了力，自然应该好好答谢并亲近一番，实际上却是借此将双方塞在一起。

聂云竹在见到宁毅的一瞬间就明白过来。喜欢的人将要为难，她笑得有些俏皮，不过此后再未表现出什么特别的神色来，显然是不愿给宁毅添麻烦。秦老也只是一开始为此笑了笑，后来也不做干涉。

接下来的一场宴席是分了男女的。据说元锦儿很活泼地一直与苏檀儿聊生意经——她想要成为女强人，于是不吝于向真正的女强人取经，苏檀儿问清楚她开店的情况，也认真给她出了些主意，两人相谈甚欢。

宁毅这边则是秦绍谦说些军营里面的事情，又问起两天后的踏青会。提到李师师和矾楼，秦绍谦哈哈地笑了起来："矾楼我熟啊，那个李师师嘛，我也见过，到时候咱们一起去见见她。"

秦绍和疑惑起来："矾楼你是去得不少，可李师师这几年才出来，你又怎会认识？"

"喀，前年去汴京，找了以往的一帮知交出来聚会。他们说那师师姑娘最出名，于是我们去了矾楼，人还没见着，就看见高俅那假儿子仗势欺人，要对一个卖瓜果的女子动手动脚。老子……呃，我、我最讨厌的便是这种事，当场就起了口角，后来大家在矾楼上打起来，要不是他身边有个叫陆谦的走狗武艺不错，我少不得要给他两拳。"

桌上除了秦家父子仨便是宁毅与一旁的胥小虎，秦嗣源听小儿子说起这种事，放下筷子，将碗递给旁边的仆人添饭，皱眉道："胡闹。"

言语之间倒也不见太多责备。那高俅在东京已居太尉之职，不过他是靠阿谀奉承上位，虽然说起来弄权厉害，但在高层的文官武将之中不怎么受待见，秦嗣源虽然说了"胡闹"二字，但看起来并未将高俅看得太厉害。

秦绍谦自然也明白父亲的性子，摊了摊手："哪儿有胡闹，总不能就这样看着嘛。我们以前在汴京闹来闹去，也只是与那些欺行霸市的匪人、流氓打打架，路见不平就干一场。爹，你很久没去汴京了，不知道那边被些二世祖弄得多乌烟瘴气。前年我走了没几个月，听说那高衙内将禁军里一个姓林的教头入了罪，后来……"他顿了顿，"嘿，后来这林教头的妻子死在高衙内的房里，林教头被发配，去年听说反了，去了梁山。汴京街上找人问问，十个有八个知道是怎么回事。可惜那次还未听说他太多恶行，否则就算有那陆谦和耿叔叔拦着，我也要拔刀把他剁了……"

秦嗣源抬头看了他一眼："希道也在？"

耿希道便是耿南仲。

秦绍谦点头："嗯，耿世叔让我问爹爹您好。他出来当和事佬，我们只能给他面子。矾楼的李妈妈带着那师师姑娘也出来劝架，后来大家找了间花厅坐下，我们一边，姓高的那帮家伙一边，那师师姑娘在中间弹唱，喊，一点儿意思也没有……不欢而散了。"

他说完，一耸肩，将一张长满大胡子的脸埋在碗里开始扒饭。其余几人倒是笑了起来，秦嗣源点点头："希道当和事佬是蛮有一套的。"

随后大家又聊了聊，待说到那胥小虎，宁毅才知道这个年轻人也是真正的武林高手，练过真正上乘的内家功。秦绍谦却没有这方面的经历，打架打得多也只是凭着自身悍勇而已。秦嗣源笑着说起宁毅以前向往武功的情景，随后宁毅当然也免不了朝那胥小虎说些"久仰久仰，在下人称'血手人屠'"之类的话。

据秦绍谦说，这胥小虎武风刚猛，最擅长巴子拳、白猿通臂，不过性格非常淳朴，甚至有些腼腆。宁毅练了这么久的功夫，正好有许多疑问，他问出来，那胥小虎也是知无不言，不过到得后来，与陆红提说的差不多——武术终究是打出来的，套路练太多，到不了"意未至，身先动"的程度终究意义不大，也就是说，最重要的还是必须形成条件反射。

这顿饭算得上宾主尽欢。

又过了一天，到了踏青会举行的日子。这是清明前两日，古称"寒食"，为纪念春秋时介之推而设。三国以前，人们在寒食前后的一个月都不开火，均吃冷食，后来由于这一月之期老弱之人常常无法熬过，魏武帝曹操便废了这吃冷食的习俗。再到后来，寒食节踏青祭祖，又挪了两日，便与清明放在了一起。

这天天气倒好，早晨起了阵雾，但日出之后便已散去。秦淮河畔的小楼前，聂云竹与元锦儿做男装打扮，每人拿把扇子摇啊摇，正准备出门。

春风已暖，天上舒展的云朵犹如白龙飞舞，秦淮河畔柳丝盈绿，正是踏青郊游的好时节。江宁城内居民富庶，这类活动就比贫穷的地方多些。这些日子里，通往郊外的道路上，时常可以看见三三两两的人穿着干净整洁的衣服开心地出游，小孩儿牵着大人们的手，摇摇晃晃，兴高采烈。

今天这类出游的人显得比往日多了些，秦淮河上偶尔能见到一两艘画舫往城外驶去，道路上的柳絮飘飞，朝着城门方向去的书生也显得有些多。今日陈洛元主办的踏青会，所选的地方，正是在江宁城外的白鹭洲附近。

聂云竹已经有好几年未曾这样出门踏过青了，早些年也只有在金风楼的时候有过这样的机会，但那时出门踏青也不是自己愿意的。赎身后的头两年里，她享受着自由的感觉，却甚少出门，简直像是变回了当年那个怕见外人的官家小姐。后来开始卖皮蛋，出门也只是为了维持生意，若非如此，她宁愿待在家里。她骨子里还是传统保守的，总觉得女子要出门游玩，应该与家人同行才是，小时候跟着父母，以后大抵只能跟着夫君，于是宁毅叫她出来，她心中高兴，扮了男装，却又免不了有些紧张。

"我有些紧张。"整理了一下衣角，她走在路上，侧过头对锦儿说道。

锦儿正一边走，一边展开折扇给自己扇风，闻言耸了耸肩："有什么紧张的。来，云竹姐，挽着我的手走吧。"

聂云竹莞尔一笑："我现在与你一样也是公子，有什么好挽的。"

两人与宁毅约好的地方便是在白鹭洲附近，说笑了一阵，到得城门附近，方才乘了车，往石头城方向而去。

宁毅对于今天的踏青只当作看演唱会，完全不着急，出城之前还先去了豫山书院布置了几样功课，待抵达约定地点时，白鹭洲附近的江岸边已经有了许多踏青之人。

此时的白鹭洲与后世的南京白鹭洲公园并非在同一个位置，此时的白鹭洲是李白"三山半落青天外，二水中分白鹭洲"诗句中的原址，它是位于石头城外长江中的一道沙洲，将长江一分为二，洲上多芦苇，因此常有白鹭聚集。后来长江泥沙淤积，白鹭洲跟长江南岸连了起来，渐渐没了。

此时白鹭洲附近的风景是很不错的，但踏青没必要到洲上的芦苇丛里去踏，一般是在白鹭洲两岸的山间水边走走。春日里的踏青活动有许多种形式，一家三口到野外放风筝算是踏青，几个人随意乱逛也是踏青，比较正式的通常采用文会形式，一帮年轻书生得了文坛名宿或科考高官的邀请，在山间由大佬们出个题目，以文会友，崭露头角，这也可以叫踏青。如历史上有名的王羲之、谢安等人的兰亭之会，他们叫修禊，笼统点儿归类成踏青聚会也没有问题。

这一次的踏青聚会并不正式，但还是以文人为主要参与者，商贾、官员也有不少，但都通晓文墨。作为组织者的大儒陈洛元在这边有一座园林，地点自然放在那里，免得许多闲杂人跑来参与。即便如此，没得到邀请，聚集在这附近的文人数量也相当可观了。他们自然不会说自己是为了陈洛元的聚会而来，但还是想看看自己能不能混进去，更有想法的，则准备在这边组织个更大的文坛聚会，将陈洛元、李师师那边的风头全给压下去。

宁毅抵达时，江边闲杂人等众多，也有些画舫楼船停在岸边，上面的女子大概也受邀了。宁毅与聂云竹、元锦儿约定地点时说得并不详细，因此找了一会儿才找到她们。两个丫头做男装打扮，很下了一番功夫，宁毅也没有第一时间发现她们，而是被对峙的场面吸引过去的：几个人站在树下，气氛看起来很不好，一边是聂云竹跟元锦儿，另一边则是三名书生与一名看来是作陪的青楼女子。这其中，宁毅认识一人，就是以前很仰慕元锦儿，看见宁毅跟她表现亲密便抓狂的大才子柳青狄。

不过现在，柳青狄的脸色有些高傲，元锦儿则是神色不豫，大概是柳青狄发觉自己不可能得手之后起了逆反心，决定不给这"水性杨花"的女子好脸色看，因此双方起了口角……

宁毅在心中叹了一口气，正准备过去，陡然间，后方一只手伸了过来，抓住了他的肩膀："宁兄！你也来了？"

语气颇为惊喜。

宁毅回头看去，只见身后那一脸惊喜之人确是见过的。那天见到那王姓女子时，这人就跟在她身边，叫什么来着？宁毅想了想。

于和中。

凭心而论，今天再见宁毅，于和中还是蛮高兴的。

前次与李师师一同找到这个童年旧友时，他心中还有些芥蒂，主要是因为他知道李师师这个姑娘好心，若是见了个陌生人，李师师也如对待他一般亲切对待那人，他难免有些吃味。但后来了解了小宁如今的身份与李师师的态度之后，这一点点担心便没了，对这个小宁的观感也变成了另外一种情况。

　　这次他从汴京回江宁，嘴上自然不会说是追着李师师过来，只说回到幼时长大的地方来走一走。不过说实在的，他的老家并非在江宁，加上父亲为官后到处奔走，他那时候年纪不大，于江宁住得不算久，也没有什么交情深厚的朋友在这里，这次回来，除了陪着李师师回忆一下过往，找找以前住过的巷子，便没有多少事情可做了——只能当成孤身来江宁游历，毕竟李师师如今也是身不由己的状况，就算对自己亲切，实际上也不可能抽出太多时间陪着自己。不过，若是在京中，便是这样的偶尔陪同，也是多少达官贵人求不来的荣耀。

　　这次随着矾楼队伍一路南下的，除了他，还有几个闲得发慌的公子——那个追求李师师追求得最为殷勤的大才子周邦彦自不待说，其余的诸如唐维延、徐东墨等三四人，要么也颇有才学；要么则是家底丰厚，有做官的亲族，因此能够以二世祖的态度跟来。这些人也是恰好最近无事，考虑到出了汴京便没了那么多争风吃醋的对手，若能抓住机会将这京城第一名花搞定，回去之后自然大有面子。

　　于和中顶看不起这些人。周邦彦才名满京城，但已经三十多岁快四十了，缠着师师不放，老不修。他还是有官身的人，早几年任的是国子监主簿，去年犯了些事，被罢了，但据说不严重，了解内情的人说他还能升上去。在京城当官就是这样，起起落落。他有了些空，这次便也说要来江宁访友，睁着眼睛说瞎话，不要脸。

　　其余的，唐维延是如今户部侍郎唐恪唐钦叟的族侄，那徐东墨的家庭也是汴京有名的世家，这帮人要么有权有势，要么文采斐然，于和中比诗文或钱财都比不过，但他认为自己与李师师的来往是旧日情谊，不用花钱，如家人一般，与那些人是不同的。于是觉得那帮人真像狗，围着师师这根骨头没形象地流口水，太可耻了。

　　腹诽归腹诽，大多数情况下他无法改变，师师还是要跟那帮人虚与委蛇，她如今有了这样的名声、地位，要陪着这人陪着那人的状况就是必然的。于和中知道李师师也不想这样，因为有的时候他们在一起，他也看见李师师落寞地笑着叹气："又能有什么办法呢，于大哥，师师如今这等状况，说风光或许也算，好多青楼女子羡慕也羡慕不来。可往后，便是喜欢上了谁，赎身嫁人的自由恐怕也已经没了，还不如往年未受注意时来得自在呢……"

　　李师师在京城其实少有未受注意的时候，她十四岁便被捧成了矾楼的头牌，此后名声也是一直往上，可她话中的无奈于和中是明白的，她这种身份，被京城各方势力看着，虽说青楼女子这么个身份本就无奈，但许多钩心斗角、争风吃醋都围着她来。大家追求她，为名气、为面子，到后来，就成了执念。荣王府有位世子便说了：

"李师师，我要定了。"说这类话的，讲道理的不讲道理的还有不少，她若一直在青楼，大家都捧场也就罢了，如果真喜欢上什么人，想要赎身走人，没什么地位的家伙恐怕连命都保不住。

这类话语李师师只说了一次，却是看着他说的，于和中觉得自己能明白其中的辛酸，他私下里觉得这是他们之间独有的默契，师师那样柔弱的女子，背着那么多心事，每天却仍然强颜欢笑，即便与他在一起，也只说些开心的事。

她是京师第一名花，性情高洁、心向自由，却身不由己；而他如今只是二十出头的生员，与这旧时相识有着纯真的感情，一时间却没有办法帮她脱离苦海。瞧瞧，多像传奇话本里的那些故事。他们都在小心翼翼地努力，总有一天会有好结局的。

师师的压力比自己的要重得多，如此一想，他便越发觉得，师师真是个好姑娘。

这些想法只能默默地收在心底，没有人可以叙说，今次回来，他也没有什么可以拜访的人，没有人知道他与李师师之间的亲密关系，这令得他的心思渐渐有些改变。今天这个踏青会他一早过来，却没发现什么可以打招呼的人，看着一拨一拨往这边赶的书生，许多根本没有请柬，他觉得他们都像狗。不过，在见到小宁的那一瞬间，他忽然觉得心头有些温暖。

他也来了，太棒了。看他孤零零的，应该也是没有请柬过来凑热闹的一分子，不过没关系，大家是旧友，自己带他进去就是了，怎么能看着好朋友进不去呢？于是于和中兴冲冲地上去打招呼。

"几日未见，想不到宁兄也出来踏青，呃，未带家人过来吗？"

于和中态度热络，笑着往周围看，宁毅则注意着那边树下吵架的事情，笑着拱了拱手："未有家人过来，只约了两个朋友。于兄也过来了，真是巧。"

锦儿看起来脸色不善，但不像是落了下风，倒是柳青狄身旁的青楼女子拧起了眉头，方才大概是这个女人首先寻衅，看来是踢到铁板了，而云竹只是站在那儿，冷冷地看着眼前的三男一女。

是自己人被挑衅，宁毅准备过去帮忙吵架，说几句风凉话气死柳青狄，于是对身边的于和中没怎么在意。

不过，于和中也朝那边望去，见状倒是来了兴趣："啊，那个是……叫作柳青狄？"

"于兄认识？"

"呵呵，早几日得人介绍过，据说如今在江宁这片是首屈一指的年轻文人，宁兄居然认识他？"作为京师过来的人，对柳青狄这江宁首屈一指的身份，于和中倒不是很在意，不过这柳青狄多半得了陈洛元的邀请，身边的小宁若是与柳青狄有约，或许也得了邀请，于和中便不免多看了宁毅几眼。

宁毅摇摇头:"不是很熟。"

说话间,他们已经朝着那边走去。大树下的争吵似乎已经告一段落,柳青狄看到走过来的宁毅,脸色沉了沉,随后说了两句话,就与几名同伴转身离开了。树下的元锦儿与聂云竹也交谈了两句,转身朝另一边走去。随后,元锦儿扭过头来,也看到了宁毅,头一偏,眨了眨眼睛。

宁毅正要打个招呼,只见元锦儿腮帮一鼓,随后双手往脸上一压,吐出舌头朝他做了个鬼脸,扭过头去继续与聂云竹说话,笑着推着聂云竹便走。

另一边的树林间,柳青狄正好在这时回过头,应该是看到了元锦儿的动作,虽然隔得远了看不清表情,但宁毅仍旧能够感受到他内心的不爽。随后他停下脚步,朝着宁毅那边望过去,头一抬,远远地拱了拱手。虽是行礼,其中倨傲与挑衅的意味却无比明显,基本上就是明说:"我看你不爽。"拱完手,他转身又走了。

宁毅对这些幼稚的行径有些无奈,元锦儿和柳青狄都是。他走到那棵已经没有人的树下,有些无聊地一耸肩,舒了口气。于和中跟在旁边,不明白方才那一幕到底是怎么回事,他的注意力放在柳青狄身上,看见了柳青狄的动作,却没看见元锦儿的鬼脸,待看到宁毅那副"全都走掉了"的无奈表情,才大概"明白"发生了什么事。

小宁入赘了商贾之家,就算有些学识,也没什么人搭理,他方才说约了柳青狄,多半是一厢情愿或者往自己脸上贴金,现在可好,人家走掉了,什么面子都不给。不过没关系,此时此刻的自己不会看不起他的,商贾之家,又是赘婿,这身份已经很可怜了,想要往高处走的心情可以理解,不被接纳也很值得同情,作为故交,自己不会看不起人的。

于和中笑了笑:"呵呵,照我说,那柳青狄其实也不怎么样。小宁,他日你去了汴京,才知道什么叫作人才济济,天下英豪聚京师。这柳青狄方才看起来很嚣张,可见气量、为人也不过如此……哦,对了,小宁今日也是为着陈洛元举办的聚会过来的吧?"

远远的,被元锦儿推走的聂云竹也发现了宁毅,挥了挥手,随后大概又是被元锦儿缠着走人,她有些无奈地笑着做了几个手势,随后被拉着很快走没了影。宁毅笑了起来:"于兄也是吧?"

"正是。小宁可有请柬?"

"有。"宁毅点点头。

于和中却有些错愕,他原本以为这小宁是没有请柬的,但随即笑道:"这请柬可不好拿,宁兄竟也有关系。"

"呵呵,跟一个叫濮阳逸的认识,拿了一张。"

"莫非号称'江宁首富'的濮阳家?"

宁毅点点头，于和中也就哦了一声，看了宁毅一眼，神色有些古怪，但最终没有说什么，心中却在想——小宁入赘的是商人家，因此也只能通过这种途径拿到邀请了，这种事情毕竟是不太好的，自己没必要多提，免得伤了他的心。

于是于和中很体贴地笑了起来："不过，我倒是没有请柬。"

"嗯？"

"便是没有请柬，今日你我同样可以进去，小宁随我来。哈哈，待会儿给你一个惊喜。"他挥挥手，转身朝前方走去，神秘而亲切地笑道。

于和中态度神秘，但看他的笑容，并不像是找到了什么不光彩的密道，那笑容中有几分自得和炫耀，大抵是真有些有趣的内幕在其中。宁毅想，锦儿估计已经拉着云竹往陈洛元的宅子那边去了，自己若是看到什么有趣的事情，待会儿就有话题了，当下便随着于和中朝林子的另一边走去。

路上，于和中笑着与宁毅说起这次踏青会的事情。

"今天的聚会，想必小宁已经知道，说是去赴陈公的邀约，实际上是打算见见京师下来的那位姑娘。呵呵，我刚才在江边看见那些画舫来了不少。哦，对了，江宁这一带的花魁行首，小宁有熟悉的吗？"

"不怎么熟悉。"

"呵呵，这几日倒是听人说起过，那绮兰姑娘好诗文，颇有书卷气息，弹得一手好琴，还有骆渺渺的舞蹈如天女散花……今日这些人大概都要过来，大伙可以看到几场好表演了……"他口中这样说，眼里却有几分讥讽之意。

宁毅笑着点头："嗯，来的人多，错过这一次，恐怕要等到每年一度的花魁赛才能有机会看到了。她们表演她们的，我们只管看就是了。"

"小宁莫非专门为了表演来的？"

"否则还为什么？"

"呵呵。"于和中神色古怪地看了看他，但随即露出了然的神色，摇了摇头，"其实……这次过来的人当中，想要借着这文会一鸣惊人、崭露头角的可不少。小宁也听说了吧，京师那位姑娘过来之前，便有人借着这消息将局面搅乱，说什么李姑娘过来是为了挑战江宁的花魁，后来便有一大帮文人士子起哄，要写出好诗词让江宁的姑娘压倒京师的人。嘿，可叹他们都被人利用了犹不自知，若非被人宣传成这样，这场聚会，京师那边原本是不打算办的，这次怕也只是露个面而已。"

于和中话中有诸多含意，宁毅想了想："于兄……看起来与李姑娘很熟？"

"呵呵，待会儿便知道了，我且卖个关子，绝对是个大惊喜。"他这话跟坦白承认已经没什么两样，两人继续往前走，于和中嘴上唠叨，"什么曹冠，刚才的柳青狄，还有江宁诸多有名的文人，以及无名却想要出名的，都想写上几首好诗词，借着此次文会得了青睐，往后必定会被众人传唱。他们虽然也有才学，但此次陪着李姑娘过来的周邦彦、唐维延等人，才学也是相当出众的。真比起来，必定会很精彩，小宁若妙手偶得几句，倒也不妨拿出来试试……"

陈洛元的园林位于半山腰。说话之间，两人一路往上，出了这片树林，视野便开阔起来。此处应该是园子的侧门或后门，围了围墙，有家丁在门口守着，于和中先过去说了几句，果然不用请柬便放了他们进去。

穿过一座栽有竹林的庭院，两人到得一座小院前，于和中让他在这里等等，自己径直进了院门，过得片刻又走出来，微微蹙着眉，像是未找到要找的人。

他有些为难地左右看看，显然对这片园子并不熟悉，之后笑着与宁毅说了几句话，又朝左边的一扇门走去，同时叮嘱宁毅不要乱走，免得迷了路找不到。宁毅便在附近的石凳上坐下，又过得片刻，见于和中还没回来，他便在附近走了走，却听得右侧的院落那边似是有声音传来……

第十一章
无心插柳先声夺人 深思熟虑作壁上观

"想得太好……那些人皆是为出名而来，跟人讲什么文质彬彬，若他们真咄咄逼人，这边难道就缩了不成？"

"总是要接下的。"

"可他们现在打算怎么刁难都不清楚，想也徒劳。"

"唱曲、诗文，无非就是这些。曲艺方面自有师师出马，不必担心；考验文字，周兄与唐兄的才学莫非还信不过吗？别想了，兵来将挡，水来土掩便是。"

"江宁的这些姐姐也有惊人艺业，师师不一定争得过，徐大哥可不要太有信心……"

"哈哈，师师哪次不是这样说……他们应该不至于做得太过，估计弹唱两首，这些人也就该闭嘴了。"

"难说，背后搅局的是那种唯利是图的商人，哪里懂得分寸，没准那绮兰向师师挑战一下，骆渺渺又挑战一下，阿猫阿狗也要让师师指教，那真的要累死人了……"

"其实可虑的也不多，曹冠、柳青狄、齐玉康这些人的诗文也不过么回事，李频我去年在汴京见过一面，但他如今不在江宁了。曹冠的诗文中规中矩，虽也是可圈可点，但终究比不过邦彦。哦，听说他们还找到了那宁立恒，不知道是不是真的。这人行事低调，可写出来的诗文，《水调歌头》《青玉案》，可是首首都能传世啊。"

"担心他作甚，不过两三首词作，便被人捧成什么江宁第一才子，在我看来，这个名头实在是有些夸大了。文才未得验证，谁知道他是不是什么沽名钓誉之徒。"

"听说这人行事低调,于各种诗词文会不是非常热衷,说他沽名钓誉的言论,往日里也是有的,只是后来几次巧合,便没有多少人再怀疑了。"

"既不热衷,那为何这次又要过来……"

"谁知道呢。总之,到时候他划下什么道来,咱们接下就是,这些事情,大家还怕过谁来?不过,老让他们占先手也不好,我这里有几道题目,可以拿出来,先将一些无知之人给吓退,也免得阿猫阿狗都要过来刁难……"

那边的声音持续了一阵,随后渐渐接近。听他们提到自己,宁毅觉得有趣,他知道自己在诗文上的真实才学自是比不上这些人,倒也不忌讳这些人如何议论自己。听得一阵,一道声音自背后响了起来。

"你是什么人?这里不许外人进来。"

出现在背后的是个丫鬟打扮的娇小女子,拧起眉头试图做出一副凶恶的样子来。宁毅看了她几眼,道:"有人带我进来的。"

"若不是跟小姐预先说好的人是不许进的,公子若有请柬,走错了路,请随春梅回到前面去。"

这个丫鬟态度坚决,立即便要领着宁毅离开。宁毅还未拿出请柬来,另一边院子里已经有人快步走过来,出了院门,朝这边看:"谁在这里偷听?"自然是方才参与议论的其中一人。

"唐公子,这位公子应该是走错地方了,春梅正要带他回前面呢。"

那唐姓公子蹙了蹙眉:"是有请柬的吗?不会是偷偷翻墙进来的吧。"

他大概觉得宁毅在这里听到了他们的难题和计划,因此态度有些不好。

宁毅撇了撇嘴,心想于和中去了这么久还没过来,有点儿不靠谱,正要从身上拿出请柬,院门处又有几道身影过来了,其中一个女子说道:"啊,等等,小宁哥,你也来了……春梅,这是我请来的客人。"

从那座院子里出来的身影,加上那说话的唐姓公子,一共有五人,四男一女。其中那女子一身靓丽的春装,水青色衣裙,身姿轻盈优雅,长发自脑后放下,以两个白色发箍束起,头发上缀了两朵白花,这身打扮既不显得过分俗媚,也没有太过脱俗,亲切之中不失高雅的气息,显然是花了些心思的。她便是那日见过的与于和中一道的王姓姑娘,刘海放下之后,额头便不显得宽了,下巴也显得适中了,透出些许妩媚来,结合那日见过的男装打扮,落在宁毅眼中,甚至有一种相当惊艳的感觉。

这位姑娘的另一个身份,便是今日大家欲见的主角,京师第一名花李师师。

从于和中先前神神秘秘的态度中,宁毅就有了些猜测,但这时得到确认,还是让他觉得事情真巧。宁毅在上一世久经考验,已经很少会被惊艳到,这时的惊艳之感,大多还是来自当初她做男装打扮时萝卜头一般带来的反差。当然,她的容貌的确是极出色的，但相对容貌，更能让人感觉到的，还是那种高雅与亲切相结合的气质，浓妆淡抹总相宜的观感。

大概是考虑到宁毅真有可能是不请而入，女子第一时间拦住了让他拿请柬的话头，为宁毅确立了进来的正当性。她站在那儿，笑得开心，任谁看了都会认为她为此人的到来发自内心地感到喜悦。方才要领着宁毅离开的丫鬟抿了抿嘴，轻轻地哦了一声，站到了一边。而在前方，那唐姓男子笑了起来，拱手道歉："原来是师师认识的，大水冲了龙王庙，方才真是抱歉。"

"无妨。"宁毅点点头，随后看了看笑吟吟地走过来的李师师："方才在外面遇上于大哥，他带我过来，这时候却不知道跑哪里去了。"虽然对方没问，但心中肯定在好奇，宁毅觉得还是有必要解释一下。

"原来于大哥也过来了，春梅，你见到于大哥了吗？"

"他在李妈妈那里。"丫鬟低声回答了一句。

"哦，你待会儿带他来找我们吧。"

"是，小姐。"

明明是一番简单的对话，宁毅却觉得有些奇怪，旁边叫春梅的丫鬟面对李师师的问话显得有些心虚。他虽然能看出来，理由自然是猜不到的——方才于和中去找李师师没能找到，却找到了那边的李妈妈。

李妈妈对于和中本身就有些意见，倒不是对方付不起上青楼的花销，于和中的家境还是不错的，但比起与李师师来往的其他人，他自然差远了，而师师因为旧识的关系给他各种优待，这事总是不太好。一番交谈后，听说他又找了个"旧识"来，那还了得，李妈妈也不明着翻脸，只是将于和中牵制在那里，随后知会了丫鬟春梅赶快将这人给弄出去，这也是春梅显得有些急的缘故。

其中的缘由宁毅虽然不知道，另一边众人的神色他却是看在眼里——他说出于和中的名字之后，这四位公子的神色便由郑重变得有些不以为然，显然他们对于和中的观感不是很好。

这些想法在脑中掠过期间，前方的师师姑娘已经交代了丫鬟去拿些点心水果过来，然后她才深深地望了宁毅一眼，微微一福，笑道："当日见面，身份不便明言，小宁哥不会怪我吧？"语气仍旧亲近得如同邻家姑娘。

这自然没什么可生气的，宁毅笑道："倒是被吓了一跳。"

"呵呵。"师师低头笑了，随后回头道，"哦，小宁哥一同过来坐吧，小妹给你介绍一下……"

在她说话的同时，那边几位公子当中，也有一人看着李师师的神色，朝这边挥了挥手："既然是师师好友，便是我等好友，何不一同过来，大伙一块儿商量一下今日的对策？"

几人随后朝那边的院子走去，那四名男子走在前面，依然是低头商议今天如何应付各方面的挑战。李师师陪着宁毅走在后头，捋了捋耳畔的发丝："这样见面，会不会有些突兀？师师也被吓了一跳呢，于大哥也真是的，事先也不知会一声。"随后又笑道，"他们说的对策什么的，其实是夸大了。今日聚会是文坛盛事，与师师没什么关系，小宁哥待会儿若有兴趣，也可以一展才华，却不用为师师担心什么。"

她只道宁毅是当年那个书呆子，在这类顶尖文会上难有建树，不希望他有什么负担。当然，他待会儿若真写出诗作来，她自要夸上几句。

她说话的声音被稍稍落后的唐姓男子听到，只见他回头笑道："哎，师师这就错了，这可不是我们夸大，这次文会上，你这'京师第一美人'的名声岌岌可危，咱们这些京城学子的面子也岌岌可危，对策还是要的。这位公子看来是本地人，比我们清楚多了，师师你可骗不了他。"

院子这边是一座位于山腰的凉亭，风景优美，视野广阔。说话间，最前方三人已经进了亭子，在圆桌边坐下来，笑着点头，其中一人道："没错、没错，聚会事小，面子事大，这次曹冠那帮人就算轮番上阵，大家也不能输了阵去。"

"风萧萧兮易水寒……"

"总之，大家今日迎战江宁群雄，来日必是一桩文坛佳话。"

"就是那最厉害的宁立恒来又如何，我这便接下了。"

几人嘻嘻哈哈，倒也有几分名士风采。

大家说笑间，宁毅与师师也坐下了，最先和宁毅说话的唐姓男子估算着这番说笑已经暂时消除了芥蒂，便拱手道："对了，还未介绍，在下唐维延。"

宁毅点头："久仰……"

另一边一人拱手道："徐东墨。"

"在下方文扬。"

"在下周邦彦，这位小兄弟是……"这群人中，最年长名气最大的大概就是周邦彦，他介绍完自己，提出问题。

旁边的师师道："这是……"

宁毅也拱了拱手："宁立恒。"

"呵呵，原来是宁兄……我们先……"气氛和乐融融，大家都在笑，唐维延首先回应，说到这里却微微愣了愣。

其余人也察觉出一丝不对来，几秒钟后，各人的表情都变得有些古怪，你看看我我看看你。宁毅点点头，自然而然地与他们对望。坐在他身旁，名叫师师的姑娘将目光投过来，嘴唇微微张开，眼睛眨了几下，又眨了几下。

片刻后，宁毅无奈地摊了摊手。他也知道会是这样的状况，可总不能不介绍吧……

"阁下便是宁立恒？"

"写《水调歌头》那个宁立恒？"

青山绿草，万木回春，太阳斜斜地挂在天空中，时间还早。小亭当中，一帮京师文士原是将宁毅当成了最难缠的假想敌，口中说着施以手段，谁知说了半天回头看看，这假想敌竟然已经打到自己身边来了，场面顿时有些尴尬。好在片刻的面面相觑之后，周邦彦等人还是回了神，表情难堪地问道。

宁毅只得耸了耸肩表示承认。

如果大家真的都有针锋相对的念头，宁毅这下算是先下一城响铃得分了，倒是一旁的李师师眨着眼睛错愕地看了他半天，第一句话便将情况扳了回去："小宁哥便是那个被人请了来刁难小妹的宁立恒吗？"

她表情纯真，微带委屈，宁毅一时间也感到有些难以应付："呵呵，都是谣传，我只是过来看大家表演才艺的。"

"表演才艺？"

"嗯，和几个朋友游山玩水，看看美女唱歌跳舞。"宁毅剥开一颗花生扔进嘴里，笑了出来，"刁难的事情，濮阳逸虽然找过我一次，但我对诗词不是很热衷，没答应他。所以师师只要注意濮阳逸请来的其他人就好了，我是好人。"

他口中说着只为看唱歌跳舞而来，几人自是不信的，只是他们方才在这边商量怎样出题难倒江宁的文士，也不知道被对方听到了多少，尴尬之余，倒是不好再提刁难之事。何况从三首传到京师的词作来说，宁毅的才学必定是极高的，无论是《水调歌头》还是《青玉案》，几人当中文才最高的周邦彦都自认作不出，些许小打小闹在宁毅面前只是自取其辱罢了。方才几人说得信誓旦旦，若真是在正式场合碰面，他们或许没有什么心理负担，但这时候小亭当中，四人的气场都有点儿被压住的感觉，随后只能说些客套话。

"其实呢，当年师师在江宁这边学琴，住在那三莲巷的东头，小宁哥家在巷子中间，那时候还小，每天看到他拿着本书读啊读啊，大家都叫他书呆子……"李师师说着话活跃气氛，也是跟众人交代与宁毅之间的关系。

方文扬笑着附和："其实在下儿时也是傻书呆一名，与宁兄应该有共同语言。"随后他开口说起《水调歌头》与《青玉案》在京师的流传情况，以此为话题，大家你一言我一语地谈笑起来。

如此说得一阵，那边门口，于和中过来了，与众人打了招呼，又对宁毅说道："见了师师，果然惊喜吧。"

他与周邦彦、唐维延等人的关系不怎么好，周邦彦等人一边吃着水果，一边拿古怪的眼神打量他，心道这家伙是怎么把人找来的，这姓宁的看起来有喜无惊，我们几个倒是有惊无喜……

于和中还不清楚发生的事情，坐下后自顾自地说笑，众人应付了几句。宁毅想起在这边已经待了不少时间，云竹与锦儿肯定已经进来了，当下起身告辞，准备去宅子前面。李师师起身送他，他推托了几句，但李师师还是送到了院子门口，随后让春梅领着他过去。

"小宁哥真的没答应那位濮阳公子来刁难小妹吗？"站在院门处，李师师如此问道，声音不大，低眉顺目的。

宁毅看了她几眼："如果答应了呢？"

"那……小妹也只好认输了。"

"哈哈。"宁毅笑了起来，随后靠近了一点儿，轻声道，"王家小妹，你可不像是会轻易认输的人哪。"

李师师抬起头来，望着他，眨了眨眼睛，眼中亮晶晶的，随后小声道："我会……用力反抗的！"

"呵呵，待会儿见。"

"待会儿见。"李师师挥了挥手。

对于这次见面，宁毅觉得挺有趣的。能够在某方面达到顶点的人都不简单，这个李师师给人的感觉也是相当复杂。当初在三莲巷见面时，她女扮男装，那时她主要是回曾经住过的地方看看，给人的感觉相当温和。方才重会时，她有着邻家姑娘一般的亲切。后来大家坐在一起，这种亲切里又带了些优雅脱俗。送自己离开时，那些以退为进的话语自然是假的，宁毅做出看穿她的姿态，她说自己会用力反抗，既显得俏皮，也有着坚持，但这样的态度，仍然未必是真的。

面面俱到，这真是很令人激赏的内蕴，能够成为京师的第一名妓，自不是全靠出色的容貌就能成事，看着她跟人谈笑，就像是在看一场赏心悦目的表演。宁毅不禁摇摇头，喜欢她并且一路追过来的那几个男人还真是有些可怜。

倒不是说这位师师姑娘天性凉薄，能够做到这种程度的，长袖善舞往往是天赋，或许一眼便能看出他人的想法、欲望，她又做了这行，自是没什么可说的。只不过她若真的喜欢上谁，想必是不会让喜欢的男人处于这种情形中的。

另一方面，送走宁毅，李师师回过身来，微微捏了捏拳头："气死了。"随后才往回走。她走回凉亭之中时，于和中还在说早上与"小宁"碰面的经过，说起他可能认识柳青狄，柳青狄却不怎么待见他，又说起大伙儿以前的关系，他、小宁、师师住在一条巷子里云云。几个人都拿看傻瓜的目光看着他，李师师回来坐下，见状扑哧一笑。

"哦，对了，方才我在江边，看见过来的江宁学子不止一个两个啊，周兄、唐兄在这边商议如何应付，可有结果了？我方才倒是听说，眼下被人称为江宁第一才子的宁立恒也要来，周兄觉得他文采如何？上次师师唱他的《水调歌头》，我也是听了的，技惊四座，那可是真正的好词啊……"

于和中说得像煞有介事。他的文采虽然不及周邦彦、唐维延、方文扬这些人，但也是不错的，诗词的好坏自然能看出来，只是这几天并未认真打听江宁才子的情况，于宁立恒也是只知其名而已，这时候说起《水调歌头》，假假地问一问，其实只是为了给周邦彦压力：你不是厉害吗，别忘了这里有个更厉害的在等你。

不过他一问完，几人的脸色就更加古怪了。

周邦彦看了他一眼，随后拿起茶壶给自己斟了一杯茶："三军可以夺帅，匹夫不可夺志，如今锐气已失，还怎么好向他挑战？"

"呃？"于和中不明白。

李师师又在旁边抿嘴笑，那徐东墨乜着眼睛看他："和中莫非真不知道小宁的身份？"

"知道啊，那日我与师师一同去了三莲巷，然后才重会的，你们可以向师师求证。"

"那么和中便不知道，你与师师口中的那位傻书呆，其实便姓宁名毅，字立恒？"

"啊？他也字立恒？这么巧？"于和中说完这句话，终于反应过来，微微愣了愣，缩起脖子，看看李师师："不、不会吧？小宁就是那位宁立恒？"

李师师点头。

"那……你们方才已经比试了？输了？"于和中看看周邦彦等四人。

他们说了要与宁立恒比试的，此时这副样子，在他看来，显然对方方才进来后，几人开口挑衅了，然后这么点儿时间，这四人也算是京师的顶尖才子，竟然就输了，这小宁到底有多厉害啊……他心中震撼不已。

唐维延摇头："怎么比试？人家进来就占了先机，四平八稳，又听到我们方才讨论如何刁难江宁学子，我们怎么好意思立刻就依样画葫芦找他比试。不过也罢，人家已经答应了这次不会出手刁难我等……"他说到这里，颇觉不爽，又摇头道，"这算怎么回事，他开口说不刁难我等，感觉就像他已经赢了，呀，如此一来，我心中真是不舒服。"

几人说起来，一时间都有些无奈，也有些好笑，方文扬道："先前曾打听过那宁立恒的一些传闻，他在江宁通常不参与文会，但据说有一次……去年还是前年的江宁花魁赛，几个有名的学子作诗，他正好路过，往那儿一坐，众人竟然不敢下笔。唉，《水调歌头》《青玉案》《定风波》，这三首词……"他想了想，"确实让人不太好写。不过，待会儿若有机会，我还是想向他讨教一番，师师不会怪我吧？"

李师师笑道："你们文人的事，问我女孩子家作甚？"

说话之间，李师师又想起那日见面时的情况：他手中拿着一卷破书，衣服有些脏乱，看起来是刚刚干完活的样子。据说入赘的日子通常不好过，有的赘婿身份就跟苦力一般，要帮着女家做这做那，可是据说他入赘的人家家境不错，还安排了那样漂亮的丫鬟，这种丫鬟，一般人家可是用不起的，怎会让他去做苦力？何况以他如今这等名气，想来也是没什么人会特意去刁难他。

退一步说，他这等才学，当初为什么要选择入赘呢？这事真是奇怪，让人有些想知道其中的缘由。

方才自我介绍之后，对于"小宁"的真实身份，李师师总是难以在心中建起确实的形象——"小宁"年代久远，她只记得当初那个拿着书本的小书呆形象；宁立恒则太过虚幻，配上那《水调歌头》，她很难想到是方才那个人写的。这些想法掠过心头之后，两个形象才渐渐在心中融合……

陈家在江宁是大家族，这一处位于半山腰的别苑建得漂亮而大气。宁毅赶到前方时，聂云竹与元锦儿早已到了，正在大门附近的院子里等他。宁毅从后方出现，拍了拍两人的肩膀："两位公子长得好俊，跟我上次见过的两位姑娘有些像啊，不知家中可有姐姐妹妹介绍给我？"

他跑过来开了个玩笑，聂云竹回过头，显得很是开心："有个叫云竹的，公子要吗？"

旁边的元锦儿则面色不善——她的面色原本就不善，听了聂云竹的话就更不善了："这位公子长得也俊，跟我上次玩过的姑娘有些像，莫非那是你妹妹？"

元锦儿以往在金风楼，淫词秽语和各种粗俗的话自然听过，只是她平素不这样说话，此时明显不爽了。话说完，聂云竹微微瞥了她一眼，元锦儿哼一声将脸转到一边。她比聂云竹小几岁，扮起男生来显得有些幼稚，宁毅看着，不由得笑了起来："乳臭未干的小萝卜头知道什么玩女人。对了，先前看你们跟柳青狄吵架了，怎么回事？"

聂云竹看看元锦儿："立恒别逗她，方才柳青狄便是因为这事惹得她生气了。"

"嗯？"

"其实也没什么，我们扮了男装过来，那柳青狄自然认得，便知会了他身边那位姑娘过来叫姐姐,那个姑娘嘴里没遮没拦的,故意挑事,然后柳青狄跟他的两个朋友也过来说些怪话,说我们当初如何如何啊,今天是不是要表演什么的……"她说到这里,莞尔一笑。在眼前的男人面前,无须做出太过委屈的样子来,说上几句,对方也就明白了。

宁毅点了点头。这次他邀了云竹过来,原意是一同过来看看热闹,但位于江宁上层的也就是那么些人,柳青狄能够认出锦儿,说不定还会有人认出她们来,虽然说已经从了良,自己内心是无愧的,但散心之时遇上这种事情,终究让人心生不忿。

"应该一道过来的,是我没考虑周到……"

"关你什么事。"原本柳青狄过来挑衅,就是直接挑破了她们的女子身份,因此元锦儿也在为了宁毅方才的招呼而生气,这时候听得宁毅道歉,却又转过头来,蹙眉打断他的话,"被人认出来就认出来,又有什么关系,我们以前……本身就有那个身份,改不掉了,以后没有了就行。过来找事的是那个柳青狄,又不是你,干吗要你道歉?哼,什么文人才子,死缠烂打不要脸,你待会儿用诗文打败他让他名声扫地就行了。"

"用不用这么狠啊,名声扫地……而且为什么是我出手?"

"你都道歉了。"

"可你说了不关我的事。"

"我随口说说而已。"元锦儿一向是实用主义者,可以要节操的时候就留下,觉得节操碍事的时候就扔掉,此时想想,又不爽地瞥了聂云竹一眼,"而且她有妹妹介绍给你……"

听她这样说,宁毅忍不住笑了起来:"好吧好吧,服了你。"他笑着又道,"不过为什么你不亲自去打败他?"

"我也想,可不是打不过吗。"

"我教你几首诗词,你跟他比试就行了啊。"

"你的诗词……我怎么可以用?"

"当然可以,譬如说:'昨夜雨疏风骤,浓睡不消残酒。试问卷帘人,却道海棠依旧……'"

宁毅曾经做过一段时间的广告设计、策划,因此各种字体写得不错,诗词也接触过不少,只是后来渐渐忘记了。但这一两年来阅读了各种古文,这些接触过的东西又逐渐记了起来。这时候他不带抑扬顿挫地顺口说下去,一首词还未说完,就见元锦儿就已经瞪大眼睛,压低声音紧张地说道:"等等、等等,我、我、我记不住啦,等我去拿纸和笔来……"

宁毅笑着挥手:"待会儿再说吧。"

聂云竹也拉住元锦儿的手。她虽然已经习惯了宁毅万事都无所谓的性格，但还是觉得这样的事情不对。方才的词句元锦儿未记住，她倒是大致有了个印象，眨着眼睛回味了一阵，问道："立恒，后面呢？"

"后面的太监了。"

"嗯？"聂云竹听不懂，一脸纯洁地望着他。

宁毅想想："应该是'知否，知否，应是绿肥红瘦'。"

"这是好词啊，只是听起来应是女子所作……"聂云竹轻声道。

元锦儿也点头："绿肥红瘦……这句子好漂亮……"

"喀，我小时候，有个尼姑从我家门口经过……"

宁毅与聂云竹、元锦儿在这边说笑时，别苑当中已经来了许多人。院子的一侧是一座山腰间的露台，修了栏杆，植了树木、花草。这里是山腰间视野最为开阔的地方，一眼便能望见白鹭洲与远处的石头城，许多抵达的富商、学子正在院落间或厅堂里聊天，身边自有陪同他们过来的青楼女子。

既然是踏青，自然不会是在眼下这处别苑，别苑后方那片山林其实也是陈家的产业，待大伙到齐之后，还是要一同登山远足的。受邀的人陆陆续续到达，宁毅看到了柳青狄，看到了曹冠，甚至看到了绮兰、骆渺渺，先前跟在柳青狄身边的那位女子与绮兰说了一会儿话，不时朝着宁毅这边指指点点，绮兰对着宁毅羞赧地笑，那女子便也不好意思地笑着福了福身，宁毅则跟元锦儿在那边以两个男人的态度八卦着这件事。

"这女人很明显对我有好感。"

"臭美，我以前也是这么跟人打招呼的。"

"可我不同啊，我是宁立恒，绮兰那么崇拜我，刚才肯定跟她说了。她一听，跟柳青狄比较了一下，应该会觉得还是搭上我比较好……哎，我觉得我们可以用泡他妞的办法来报复柳青狄。"

"泡他妞？"元锦儿听不太懂。

"嗯，就是挖他墙脚。"

"好像……可以吗？"元锦儿想想，有些期待。

"应该没问题吧，怎么说我也是个名人……"

"嗯，泡！泡上了再把她抛弃掉，始乱终弃！"

"你怎么这么邪恶……"

其实宁毅倒没这么肤浅，说起这个，不过是逗逗元锦儿罢了。元锦儿最近苦于不知道怎么对云竹姐下手，她一点儿头绪都没有，不知道怎么开始，毕竟要说亲近她们也够亲近了，每天晚上睡在一起呢。作为从青楼中出来的人，对于两个女人之间可以做的一些事情，她其实反倒是明白的，但那都是身体上的，精神上该怎么开始却根本不知道。

其实若真是有什么，总该有些真正男性化的想法才是，然而元锦儿将云竹姐当成需要被呵护的女子，对自己，也是当成不折不扣的女性来看的，就算女扮男装那也只是好玩，绝不会在心中将自己当成男人。因此，她对聂云竹的感情，只是孺慕、喜欢、敬佩融合在一起，但这时候听宁毅说起泡姐，她却感兴趣起来，抱着取经的态度与宁毅讨论了一番。

旁边的聂云竹无奈地看着没正形的两人。她自然能看出宁毅在开玩笑，倒是锦儿说不定有些当真了，她只好偶尔向宁毅翻个白眼，待宁毅给她一个"放心"的眼神，她才将心思转到一边，细细参悟起那"绿肥红瘦"的词句，随后低声唱了几句，见有人过来方才停下。

过来的是一脸大胡子的秦绍谦，身旁跟了个十三四岁的小女孩，身后是他那位跟班胥小虎。从那少女身上的衣服来看，也是一位青楼女子。他前天才回来，今天就带了个少女在身旁，真称得上神通广大。介绍之时，秦绍谦也不在意，说道："这位是小绿姑娘。"

那小绿姑娘望着元锦儿，大概是认识："你是……锦儿姐姐？"

元锦儿神色古怪，看看小绿，看看秦绍谦，一拱手，有些心不在焉地说道："在下不是元锦儿，是元锦儿的哥哥，元宝儿。"显然是因为被认出来，但又不愿做太多遮掩。

那小绿福了一福："宝儿哥哥好。"

宁毅看看小绿又看看秦绍谦，片刻之后，秦绍谦才反应过来："哦，小绿啊，是这样，她今年才十四岁，我昨夜去鸣翠楼，见那边要给她梳拢挂牌，这不是作孽吗，所以我就把她买下来了，心想她正好可以配给小虎当个妾室。不过小虎他怕老婆，不肯要，那就只能我带着了……"

后方胥小虎有些不好意思地摸了摸眉毛，秦绍谦倒是一脸豁达，一副事无不可对人言的样子。宁毅心想，这家伙前天才回家，昨天就跑去青楼买姑娘，真是够豪迈的。

秦绍谦既然过来了，秦绍和肯定也已经到了，只是以他的身份，陈洛元定是亲自过去迎接，这时候应该在一边的院子里说话。据说除了秦绍和，驸马康贤今天也来了。一帮文人士子既然要比拼文采，那么有资格当裁判的大儒也是要来几个的，康贤这人身子骨一向硬朗，又喜欢凑热闹，很少错过这等盛会。

待会儿可以过去跟他们打招呼，让康贤与秦绍和一起给柳青狄小鞋穿——宁毅心中这样想着。那边的院落间，陈洛元等人已经朝这边走来，周邦彦、李师师等人也跟着出现了，想来人已经到得差不多了，接下来就到踏青玩闹的时候了。至于这踏青游玩的途中会踏出的火气，那都是见怪不怪的固定节目，多少而已……

"在下陈洛元，欢迎各位朋友莅临敝庄。如各位所知，今日有几位朋友乃是从外地过来，他们……有当年的状元公，有享誉京城的大才子，有……"

时间已经差不多，人也基本上到齐，名叫陈洛元的中年儒者在与一部分人打过招呼之后，便准备招呼众人上山游玩。按照以前的说法，他举办这场踏青会主要是因为与周邦彦的关系不错，周邦彦是配得上"享誉京城的大才子"这个称呼的，然而他说"当年的状元公"，倒是令得宁毅有些吃惊。

"周邦彦考上过状元？"

一般来说，以诗词闻名者，在科举上未必真有多厉害。"诗仙"李白虽然得皇帝青眼，在官场上却是形如弄臣；"诗圣"杜甫在官场混了几十年，也没当过什么像样的官；陆游命途坎坷，官场上屡遭排挤。从某种程度上来说，好的艺术家往往成不了好的官僚，若是思想家，或许还有些可能。周邦彦若真是那种两者都能兼顾之人，那还真是令人刮目相看，只是听说他在京城做的只是七品左右的小官，这倒是与状元郎的身份有些不符了。

不过，宁毅问完之后，秦绍谦倒是朝那边翻了个白眼："喏，大哥以前是承平十四年的状元，那时候父亲便是吏部尚书了，也亏得他们敢取。"

武朝的年号，"景翰"之前便是"承平"。秦绍和给人的感觉颇为低调，看来比乃父秦嗣源都要内敛一些，相对周邦彦这等才子，秦绍和似乎算不得才名远播，也并非因为学问做得好才上位，宁毅于是没怎么留意，想不到他却是曾经的状元公。这大抵是因为他在做事上的稳健已经盖过了文事上的张扬，正是"高调做事，低调吹牛"的作风。

今天到场的除了各家青楼的美丽女子，十之八九都是文人，平日里大家热衷诗词歌赋，但归根结底，读书写文还是为了科举当官。周邦彦当初因献《汴京赋》得官，因文采名满天下，但状元之才在民间传说中已经是文曲下凡。武朝文事兴盛，当官的每年有几千几万，状元每年却只能有一个，因此这名号一出，周围顿时一片哗然，若非那陈洛元随即道出对方的知州身份，恐怕立即便会有人上去套近乎。

秦绍和这段小小的插曲一时间倒是稍稍冲淡了旁人对周邦彦等人的注意，但另一方面，现场的京师学子与江宁学子更加严肃——有状元公在，待会儿写诗写词自然得好好表现一番。

一阵介绍让参与者大抵知道了京城那边来了些什么人。周邦彦等人还是方才的文士打扮，李师师则怀抱着一张古琴，蒙着面纱，显得很安静。这位号称"京师第一"的花魁没有选择先声夺人的出场方式，但轻纱之后和煦淡定的笑容仍然能够给人很深的印象。她倒也没什么楚楚可怜的样子，只是……

"我觉得这位师师姑娘其实也挺不容易的……"元锦儿在旁边轻声说道。

聂云竹只是笑了笑，宁毅偏过头问道："你这么觉得？"

"嗯。人家只是过来探亲访友吧，也没说要怎么怎么样，咱们这边就把她逼出来，还非得说她瞧不起江宁什么的。其实这一行里的女人，谁会傻乎乎地去做这些吃力不讨好又得罪人的事情，都是濮阳逸他们……"

"她故意的。"

"嗯？"

"你看旁边，绮兰、骆渺渺她们的乐器都是让丫鬟拿着的，她这样子出来，怀抱古琴，双手在前，表示抗拒；抱琴的双手交叉得很深，看起来将琴抱得有些用力，暗示被孤立。她笑得倒是很自然，但出来后就没说话，肢体语言一直在暗示：'我虽然是京城花魁，但也是被别人捧出来的，其实我只是个普通女子，而你们都欺负我。'你看看，佳人在望，江宁这些学子就得被分化掉一批，待会儿大家可能向周邦彦这些人发飙，但终究会对她手下留情。"

宁毅这话一说，旁边的聂云竹与元锦儿都望向他，聂云竹轻声道："些许动作之中竟有这么多玄虚？立恒真是……"

宁毅笑了起来："假的，其实是倒果为因的说法。她自己也许什么都没有想过，不过有的人就是可以看见场合就立即知道该怎么应对，虽然心中未想，效果却达到了，我不过是在效果上加上一些乱七八糟的解释而已。"

"不是啊、不是啊。"元锦儿的眼睛亮晶晶的，她似乎对宁毅这番分析大为佩服，"我觉得说得很有道理啊。"

"看看，唬到一个人。"宁毅说完，聂云竹笑了出来。

元锦儿鼻子里轻轻一哼："你看云竹姐，笑得好含蓄，笑完之后还看了你一眼，但是脸上呢，却没有什么不以为然的样子。这说明啊，云竹姐你前面的说法，觉得你眼光很独到。哼，你老是看别人一眼就知道那人在想什么吗？"

"哪儿有那么厉害……"

几人正在说话，一旁濮阳逸走了过来："宁兄也到了。"

他看看聂云竹与元锦儿，认出了两人是女子，或许还认出了元锦儿的身份，只以为她们心仪宁毅才随着过来，因此虽然好奇，却没有口头打招呼，只是微微行了个礼。

"方才在那边见些人，不好过来打招呼，宁兄恕罪。"他笑着望望周围，"今日来的人倒是多，他日想必会成为一段佳话。文章天下事，宁兄今日可有心情玩玩？"

去年处理完苏家的事情后，商界之中，熟悉的人给宁毅安上个"十步一算"的名头。不过这名号只是在小范围内传开，主要还是因为在宁毅手上吃了亏的几户人家心有余悸。若是落在文人耳中，大抵只觉得商场小道，大家读了圣贤书，将来是要打理天下的，自己若出手，多半也不差，会觉得这外号言过其实。然而，濮阳逸当初旁观了皇商事件的全过程，是明白这外号的分量的，这时候并不拖泥带水，只是问起宁毅所做的决定，但宁毅只是摇了摇头。

"今日群贤毕集，怕是看看大家表演也就够了，呵呵。"

"呃……"

"我与那李姑娘以前认识。"

"嗯？"

"小时候住在三莲巷那边，那时候李姑娘大概在巷口一户乐师家学琴，前几日忽然碰了一面，当时不知道她如今的身份，今天早上过来后方才知道。"在濮阳逸面前，宁毅倒也坦白。

濮阳逸微微愣了愣，随后苦笑起来，拱了拱手，倒也豁达："呵呵，原来如此，理解、理解。故友相逢，既是有关系的，宁兄自是不好为绮兰作词了。若早知道……呵呵，其实这事倒是我市侩了，诗文风雅之事，原不该存太多心思才对。"他拱手道歉，随即笑着叹了口气，"周邦彦名满天下，今日没有宁兄压轴，看来绮兰这边颇为危险。在下倒是得罪李姑娘了，其实心中并无恶意，待会儿倒是要请宁兄美言几句。不过这些事情可暂时收起，宁兄若真有心情，有了好字句还是得写出来啊，今日文会若没有宁兄的词句，总觉得会失色不少。濮阳逸虽然市侩了些，对文人还是相当尊敬的，前几日的请托，只是希望宁兄在写出诗词之余照顾绮兰一番，今日便当那番话不曾说过，还请宁兄不要心存芥蒂。"

濮阳家热衷诗文固然有许多利益上的考虑，不过濮阳逸受家学熏陶，对诗词也有着发自内心的尊重。这是这个时代的气息，诗词文章向来是最高的艺术，好的词句写出来，便能令人感到有一股圣贤之气在其中，人们用这种色彩涂抹着整个历史的卷轴。当濮阳逸知道事不可为，放下心中对利益的权衡后，对文字的尊敬，确实是发自内心的。

大家又聊得几句，待到濮阳逸离开，聂云竹方才问起他认识李师师的事。宁毅便将不久前三莲巷的事情说了出来，聂云竹道："那……立恒不准备参与今日的文会了吗？"

"本就是来看表演的。诗词这东西，陶冶情操，有感而发，比来比去其实没什么必要。何况他们是为了有个好名声，出出风头，我没这个需要，也就无须帮人出头了，做做陪衬就好。何况……也真是有些欺负人，呵呵……"

他腹中有诸多诗文，又逐渐融入了这个时代的气息，对诗词的了解越多，回忆起的作品就越多，"有些欺负人"倒是实话。不过说出来之后，元锦儿瞥了他一眼："吹牛。"随后又得意地说道，"不过我看出来了，那个濮阳逸以退为进，知道你无法为绮兰姑娘作诗之后，便退而求其次，让你去分化李师师那边，说是让你帮忙美言，其实是示敌以弱。而且他说没有你压轴便没办法了，肯定是假的。"

宁毅点点头："濮阳逸这人擅烧冷灶，当初其实并没有帮我什么真正的大忙，只是做过些锦上添花的吹捧而已。他是那种谋定后动的人，我既然没欠他恩情，他当然也不会非要我帮忙，他请我写诗，顶多是张副牌。何况这次踏青，说多了也只有七八十人，只要不出大娄子，不论诗词比斗结果如何，濮阳家总能把绮兰吹成跟李师师一样的花魁——曹冠赢了，他们自然赢了；周邦彦赢了，绮兰也是跟李师师同台献艺过，往后大家只会说起这场文会，而李师师回了京城，那边也会宣扬她与江宁的众人一战。总之花花轿子人抬人，只要不是笨蛋，就是双赢的局面。"

"你们这些做生意的真奸诈。"元锦儿撇撇嘴，随后笑了笑，"不过濮阳逸这个人倒是不错呢，你说认识李师师，他立即就理解了，还那么认真地道歉。以前就听说他好说话，现在看起来真的不错嘛。我……呃……以前见过他好几回……"

濮阳家一向追捧的是绮兰，但元锦儿作为金风楼的花魁，自然也见过濮阳逸数次，只是没有太多接触而已，这时候她回忆起以往见面时的情景。宁毅笑道："怎么？花痴了？"

"哪儿有，我只是觉得他很厉害，想要学一学而已。我觉得，能体谅别人的苦衷，很不错啊。我以前在金风楼的时候，老是有人吵来吵去，譬如明明我先答应了去赴陈家的宴会，结果吕家的公子又过来，说一定要元锦儿，吵闹了一通。到头来，吵完了，我还得去给两边赔礼。如果抽空出去吧，陈家公子又不高兴；不去呢，往后吕家的公子不来了怎么办？妈妈就会一直唠叨。难怪他们的生意都没有濮阳家的做得大，我和云竹姐将来会把竹记做得比濮阳家还大……"

元锦儿对往事并不是太在意，这时候说起来就显得比较有趣，宁毅被逗得笑了出来，随后摇了摇头："别看不起濮阳逸。"

"呃？我没有啊……"

"那不是体谅，那是修养。他知道我有苦衷，这事也不大，所以卖个人情。如果今天这件事情关系到濮阳家的生死存亡，他说的话也会是一样的，不过他这些话说完以后，你就得知道，你们是敌人了，他回过头来就会对付你。当然，他也许会多求你一次，但结果也是一样的。商场上，可以有真修养，不会有真谦和，濮阳逸可是分得很清楚的，你要跟他学，可别真把他当成谦谦君子了。"

聂云竹想要经商，宁毅并没有在细节上说太多；元锦儿想要学，他倒是顺口说教了一番，随即又觉得自己说得太多了。锦儿于人际关系上有自己的一套处理方法，她并不奸诈，却能避开许多奸诈的手段，这是她有趣的地方，自己也就没必要将许多真正黑暗的东西展现给她看。

随后宁毅干脆将濮阳逸一番黑化，塑造成卡通片里那种疯狂大魔王的形象，当元锦儿感受到濮阳逸的满身黑水之后，方才那种绵里藏针的感觉被冲淡了，一行人才说说笑笑地离开院子，沿着院落后方的树林，朝着不远处的山坡走去。

此时大约是巳时两刻，也就是上午十点的样子，太阳破出了云层，山林茂密，但范围并不算大，两条溪流自山间淙淙而下，波纹反射着日光，有些晃眼。一行人行走在空气清新的树林间，偶尔有女子拨弄起手中的琵琶，丝竹悦耳，不时传来银铃般的笑语之声。视野尽头，小山顶端的林间显出一片绿地来，草青如油，草地上点缀着斑斑野花，一旁的山体与林木挡住了东南来的疾风，另一边则视野开阔，可遥望长江与远处的石头城，正是春日踏青的绝好地点……

上午，春光明媚，有琵琶的声音传出来。

踏青不算正式的文会，因此并不存在大家端坐整场，组织者在台上主持，一帮文人大儒坐在前方当裁判的情况。不过，在这片草地间，坐席也安排了不少。此时在草地某一处，一位姑娘正在众人的注视中悠然起舞，舞完后，一帮才子鼓掌叫好，随后大家说些话，讨论诗词方面的问题。

"陈公找的地方真是好，今日天朗气清，自此远眺，可收长江胜景于眼底。我看，大家不妨以长江为题，作几首诗词来，让状元公代为品鉴一番，如何？"

"如此正好……"

要在松散的环境下维持文会的气氛其实也简单，在场一帮学子，有事没事便会写两句，此时聚集在一起，更是难掩诗性。当然，破题需平，一开始不用提议什么生僻的题目，以长江为题，大伙儿多少能写出一两首诗词来。这话一出，众人便都说甚好，有一位美人抱起乐器笑道："小余愿为薛公子唱。"那薛公子便觉得甚有面子，赶快去写诗。诗词好，若对方唱得好，自然又能增色不少。过不多时，便有琴声与歌声在众人的笑语声中响起。

不过，大家并未全部聚集在一起，除了这边声势比较大的一拨人外，李师师、周邦彦等人聚集在另一处。陈洛元一边招呼众人，一边笑吟吟地朝这边看，听着他们唱出来的诗词。其余的人三三两两分布在各处聊天，但大都也注视着这边的情况。

秦绍和混在最多的那批人当中。他是状元公，被注意到了便跑不掉，何况对江宁这帮才子的学问，他也是感兴趣的，也乐意过来凑个热闹。不过，满足了鉴赏诗词的雅兴之余，他偶尔会朝一个方向望过去——今天过来后，他还没跟宁毅他们打招呼。这时候，宁毅和两个扮了男装的女孩子蹲在草地的一侧，往下面看着。

"哦，草地有些陡啊，坡度够长，看起来很爽的样子……"

这是草地一侧视野最为开阔的地方，可以望见长江与石头城，而沿着山体往下，是一片长长的草坡，看起来稍显陡峭，超过了四十五度，属于人能够一次滚下去的那种。下方有一片树林，看来青翠茂密。

宁毅听人唱了首歌，知道正戏还没开锣，于是跑过来打这片草坡的主意，反正他最主要的目的，还是带着聂云竹过来玩。

一名家丁见他们在边沿转悠，赶快出来提醒这里危险。宁毅挥了挥手，让那家丁去找些工具来。随后驸马康贤也走了过来："你这小子，又在干吗？"

"陈公找的好地方啊。他当初当了个什么官，能够买下这么好的一座山头？"宁毅看看周围，笑着问道。

"陈洛元只当了知县，后来皆是闲差，不过他本是以学问好而闻名，办事其实并不算出色，当什么官都差不多。"

"啧。"宁毅压低了声音，"三年清知府，十万雪花银啊。"

"哈哈，你这小子，小人之心度君子之腹了吧。陈家本就是江宁的大地主，你苏家如今虽然家产丰厚，但商人之家，终究如无根之木，跟他可是比不得的。"

宁毅耸了耸肩，随后朝一边仰了仰下巴："我准备从这里滑下去。"

"呃？"康贤愣了愣。

"中间有几颗石头，不过路线我已经选好了，不会有问题。但这种运动可不适合老年人，康驸马爷，您就只能看看了。"

"哈哈——"康贤笑了起来，"胡闹，你还是这般胡闹。今日群贤毕集，也不多想些风雅之事，竟要在这里效那顽童游戏。你好歹也被人称为江宁第一才子，今日人家京师学子在这儿，你也不怕被人笑。"

"有什么好笑的，踏青嘛，本身就是来玩的。若是在江边，我还想带只风筝、提些烤肉来呢。"

"倒也是。"康贤想想，"不过，你们这运动太危险。你们既然要过来玩，我告诉你们，待会儿可以去山上走走，那上面有温泉。你这游戏这么危险，人家聂姑娘怎么跟你滑下去？"

老人说完，满脸笑容，聂云竹的脸倒是微微红了红。宁毅想想也是。

不一会儿，家丁拿了两块木板与两根铁条来，宁毅看看那铁条，才发现不能用——这东西太硬，万一脱手插在地里，撞上去会直接把人戳个对穿。不过这种游戏他玩过不少次了，当下只将木板绑在鞋上，当作雪橇用。

他在这边忙碌，那边的许多人忍不住望了过来。李师师、绮兰、周邦彦、曹冠、柳青狄，这些人或多或少都有注意宁毅的状况，不过大部分人多少知道他对文事向来有些疏离。这种感觉其实很奇怪，江宁诸人其实有些希望看到惊世骇俗的诗词，但又有些不希望宁毅出手，这种感觉以曹冠、柳青狄等顶尖文人为甚，他们之中无论是谁，或许都得承认，对"宁立恒"这三个字，眼下有些忌惮。

如曹冠这些人，诗词写得多，有佳句也有劣句，有时妙手偶得，有时则诗作平平。他们的名气，是在一场场文会与讨论中渐渐传开的，若论代表作，最顶尖的也不过那么几首。宁毅平日不参与文会，只写了几首词便有了名气，这固然有些剑走偏锋，可不得不承认，宁毅拿出来的那三首词，不是给人讨论的，根本是去砸场子的。

巧夺天工，摆明的传世佳作，无论是《水调歌头》《青玉案》，还是《定风波》，都让人心潮澎湃。若有文会比试，一词便能定江山，可是这让旁人还怎么下笔。

先前听说了绮兰姑娘邀请宁毅作诗的消息，曹冠等人其实都有些警惕，心下告诉自己要拿出最好的状态来，自己与宁立恒的水准也不见得差了太多，何况对方也不可能每次都写出好的词作来。这次过来，看对方一副打算置身事外的样子，他们不免舒了一口气，随后又有些恼火起来。

周邦彦等人则疑惑着宁毅在干吗，眼见他在鞋上绑上木板，随后自草坡滑了下去，草坡下还有"哇哇哇——哇——"的声音传来，才知道他竟然在玩这种幼稚的游戏，不禁有些哭笑不得。

过了好一阵，宁毅才爬了上来，在草坡上坐了一会儿。众人看见绮兰抱着琴过去，蹲下与他说了些话，说完之后，宁毅大概是又来了兴致，又自草坡上滑了下去。

众人顿时有些无奈，却陡然听得那边传来啊的一声叫，就见绮兰抱着琴，站在草坡边，花容失色。旁边两名书生打扮的男子正打算自草坡爬下去，也不知道出了什么事。随后听得下方喊道："没事、没事，木板真不结实……"许多人关心地围了过去，见宁毅正从下面爬上来，大概是在草坡上打了几个滚，长袍微乱，倒是没有受伤，一只脚上的长木板却已然断了。

他上来后，众人笑着问他有没有事。陈洛元也过来了，知道了他的身份，关心地让他去下面的庄子里换身衣衫。其实那袍子还算干净，宁毅就婉拒了。

那群人原在请秦绍和作诗，秦绍和已写了一首，这时候笑道："要说诗词，并非我之强项，诸位当中比我写得好的比比皆是，譬如立恒，便很厉害嘛。咱们在那边作诗，他倒是在这边翻跟头，真是大煞风景，不妨罚诗三首，如何？"

宁毅拍打着衣服上的灰尘，笑道："我才摔了一跤，你就要我写诗，打油诗要不要？"

一旁的聂云竹眼尖，看到宁毅的衣服脱了些线，衣角也破了道小口子，连忙指了出来，宁毅皱眉整理了一番。

秦绍和见他是真有事，便哈哈一笑，放过了他。过得片刻，忽然听得有人说道："听说，立恒与师师姑娘，乃童年旧识？"

方才众人聚集过来查看宁毅有没有事，李师师、周邦彦等人也在其中，此时一起说说笑笑，那人说出这句话后，李师师微微一怔，随后笑着望了宁毅一眼，宁毅也微微皱了皱眉。只听又有人说道："竟有此事？"

这个消息大出众人意料，人群微微哗然，有不爽的、有羡慕的、有嫉妒的。其实，方才的片刻间，江宁的学子之中，未必没有人对李师师产生好感，毕竟花魁这光环实在是吸引人，李师师样貌既好，人也亲切，先前众人写诗她也在旁边，虽然没有亲自为谁弹唱，但在别人写出来之后，点评一番时，好话却是说了的。这些人在江宁多半有心仪的姑娘，但今日来的可是京城第一名花，若能得对方青睐，那实在是再有面子不过的一件事了。

没有人有兴趣听自己喜欢的姑娘与他人多么多么有渊源，周邦彦等人心底也微微不爽。这事其实是于和中散播出去的，他看周邦彦等人不爽，但又知道自己诗词功底有限，而这次关系到师师的名誉，他也不希望搞砸，听说了小宁便是宁立恒的消息之后，他也蒙了一阵子，随后却是计上心来。

与其不让周邦彦他们出风头，倒不如让立恒把他们的风头全盖掉，反正大家是旧识，在他想来，立恒是肯定要帮忙的。

于是方才一过来，于和中便向人打听宁立恒的消息，随后又故作无意地说起李师师与对方的旧事来，一番炒作之后，这时宁、李二人便成了人群的焦点。

"立恒……"李师师想了想，低头笑道，"与妾身确是旧识没错，当初师师随着李妈妈在江宁这边学习琴曲，正好住在三莲巷口，而立恒一家人也住在三莲巷，那时候就认识了。只是想不到当初的小宁成了如今的宁公子，也是今日相见才确认。"

"真有此事？怕是有好些年了吧？"感兴趣的人问道。

宁毅点点头："确实……是这样没错。"

人群又是一片哗然。

柳青狄站在众人当中，原本很是不爽，此时却微微眯起眼睛，看看李师师，再看看另一边的元锦儿，想到一件事，随后笑着走了出来："青梅竹马，两小无猜。当日的立恒，怕是不曾想过那时的小姑娘会变成如今的师师姑娘，名满京城吧；当初的师师姑娘，恐怕也想不到宁兄今日会誉满江宁，成为得众人称道的第一才子。宁兄与师师姑娘才貌俱为一时之选，如佛门所说，这便是缘分啊。依在下看来，两位此时也必定多有感慨，今日文会若要成就一段佳话，不妨让立恒为师师姑娘赋诗一首，由师师姑娘为之唱和，大家觉得如何啊？"

他早上才与聂云竹、元锦儿吵了架，这时候跟宁毅算是情敌见面分外眼红，摆明了没怀好意。宁毅似笑非笑地看着他，柳青狄也针锋相对地望过来。元锦儿则在后方不屑地撇撇嘴——这柳青狄太幼稚了，若自己真喜欢宁毅，看见他的文采轻轻松松便能折服众人，令花魁倾心，难免会有芥蒂。然而这时候他这一举动只会让云竹姐心中不舒服，不过也罢，自己正好乘虚而入，抢了云竹姐的心。

这时候若宁毅真拿出什么传世佳作来，当场折服李师师，风头便让他一个人给出了。曹冠不会爽，周邦彦等人也不会开心，但人群中更多的是无关切身利益的，恨不得这事越大越好，自己做不了主角，作为参与者也能沾光。于是柳青狄的话一说完，便有人应和起来，康贤也插了一脚："老朽觉得，此事有趣。"

秦绍谦更是忙不迭地开始起哄："小两口，青梅竹马，要写，一定要写！"

连那腼腆的胥小虎也一直点头："没错、没错。"

他是武人，对这等文人聚会还是蛮向往的，巴不得见证一次文采风流的情事。

李师师目光晃动，脸色微红，并不说话，恰到好处地扮演着她的角色。宁毅的目光在众人当中扫了几圈，聂云竹在他身后，却是看不到样子。沉默了好半晌，他终于点点头，开了口。

"好吧。"宁毅想了想，随后直接举步，朝着不远处摆放的一张书桌走了过去，抽纸，提笔，蘸了墨汁，"打油诗一首，大家别笑。"

看他此时的表情，写的自然不会是打油诗，众人围在这张书桌前，有人在笑，有人则变得安静，草地周围，落单的人们也陆陆续续围了过来，都有些在意。曹冠、周邦彦等人皱着眉头，目光专注。这场踏青会才刚刚开始，若现在就出了什么传世佳作，接下来恐怕就会变得索然无味了，所有人的光彩都会被这首诗给盖住。李师师则在旁边微微笑着，目光之中也有些期待。这首诗作与她有关，她也想看看，这位已经被称为"江宁第一次才子"的旧友能写出什么诗词来。

笔锋落下，字还是很好的，而……那也并非打油诗。

只是众人渐渐从微笑变得沉默，变得疑惑，再接着，表情越来越古怪……

那纸上一共有八句话——

"有人住高楼，有人在深沟。有人光万丈，有人一身锈。世人千万种，浮云莫去求。斯人若彩虹，遇上方知有。"

"这算什么诗？"

"不规整啊……"

"道理倒是简单，佛偈吗？"

"佛偈也没有这样的……"

期待太大，往往也会产生太大的落差。宁毅在纸上将那八句诗写出来之后，窃窃私语声便无可抑制地从后方响了起来。也有在外围没有看到的，疑惑地问前方人内容为何。其实句子、道理都很简单，放在这个时代，没有高深的用典，没有故弄玄虚，谁都看得懂，它甚至没有押韵。众人看得变了脸色，一时间也不知道该怎样定义这八句话。

不过，一时之间还没什么人提出质疑。这毕竟是宁毅写出来的东西，它不像打油诗看着滑稽，确实是近似佛偈，说了一个看起来很不错的道理，但它当然也不是佛偈。过得片刻，柳青狄看看宁毅，皱眉问道："这便是……宁兄写出来的……东西？"

宁毅低头看着那八句诗，自顾自地点了点头，随后望向柳青狄，笑道："柳兄似乎觉得……这不算诗？"

"看起来倒是通俗易懂，不过宁兄写的这几句连韵都不押，自然不能算诗。今日文会，乃……"

"嗟。"柳青狄话未说完，宁毅就耸了耸肩，笑了起来，"不算就不算吧。"

"那……算是什么？"

"诗也好，词也好，总之，写在纸上的就是这四十个字。在下如今在私塾中教书，那帮学生不管诗应该怎么写，也不管押不押韵，柳兄便当这是一首不怎么押韵的烂诗吧，哈哈……"

宁毅这话有些赖皮，但众人一时之间还真找不出好的理由来将他批判一番。眼下并非科举，也无关比试，定不下高低来。他若能写出什么传世之作，大家多半得惊叹一番，但他顺手写下这些字句，又说得随意，一时间却不能说他有辱斯文，毕竟就算是大文豪，也不会随口就能吟出佳句，在一群朋友间，你开个玩笑，写两首打油诗，其实也不是什么过分的事情。

先前气氛轻松，柳青狄没有真正做好局，这时候皱着眉头，也不知道该如何说。曹冠等人心中微微松了口气，随后想到一件事："宁兄这诗，不知该如何去解呢？"

宁毅笑道："我是随意写下，大家也随意就好。"

李师师站在一旁看着那诗句，皱着眉，也想着这件事，脸偶尔红一红，随后表现出来的却不是害羞。她看了宁毅一眼，目光微微带着怀疑，接着低下头，旁人便看不出她在想什么了。周邦彦身旁，方文扬与唐维延则在窃窃私语，脸上表情古怪，时而皱眉，时而微露出讽刺的表情来。

李师师这些人从京城过来，对宁毅不怎么熟悉，此时只当成第一次了解这人，心想毕竟也不可能随时看见人家写传世之作，心情其实倒还算平静。曹冠、柳青狄等人比他们了解得多一些，但存了得失之心，对于宁毅的此番作为，更多的只当他开了个玩笑。倒是混在人群当中的绮兰，她喜欢宁毅的诗词，对宁毅的情况也是打听过许多回的，这时候便有些失望。濮阳逸此时也到了，他看着那首诗作，微微想了想，却是笑了起来，绮兰便回头看他。

"公子笑什么？"

"你觉得那诗作如何？"

"呃……信手拈来、通俗易懂，算不得打油诗。可要称诗作，又不押韵，但看了之后，让人觉得很有道理……宁公子不拘小节，大概是起了玩乐之心吧。或许也只有这等风流不羁的性子，才能写出《青玉案》那等惊采绝艳的词作来。"

濮阳逸看看她，待她说完，才又笑了起来，低声道："十步一算，名不虚传，他做事这么没有烟火气，若是我的对手，我还真是有点儿怕他。"

"嗯？公子怎么想到经商上去了？"

"世人千万种，浮云莫去求，斯人若彩虹，遇上方知有……早几天我曾拜托他为你写词，可惜他与那李师师有些渊源，这忙不好求着他帮，只好算了。他这时候当然也不好去帮李师师，可方才大家说了话，总是拒绝也不好。他写这种诗，算是两不相帮，而且信手拈来的句子，于他的才名，影响也不大。最重要的是，绮兰你说这首诗到底该怎么解。"

"该怎么解，呃……"绮兰想了一阵，"方才大家是让他为李姑娘写诗的，这首诗……"

"解不了，偏又怎么解都行。"濮阳逸轻声接了下去，"这些人围着李姑娘打转，若在李姑娘那边，要往好的方向解很简单，结句是'斯人若彩虹，遇上方知有'，自可以说，这是指直到遇上师师姑娘，才知道在千万世人间，竟真有人如彩虹一般。若是落在旁人心里，你看周邦彦他们，几个人围着师师姑娘转，一路自京城追来，世人有千万种，浮云就莫要去求啦……方才有人说他与李姑娘关系不错，这些亲近李姑娘之人，多少是不喜欢的，这首诗，便又显得豁达，又有规劝。他们若心中有嫉妒之情，这两句正写到心里去啦，他们不会没有想法的。"

"这么说，宁公子他……"

"应情、应景，谁看了都会有想法，不扬名，却恰到好处，甚至跟在他身边的元姑娘，都不会因为这事吃醋。方才不过短短片刻，他就能想出这种应对来，还要写出这种不咸不淡的诗句，自是值得佩服。"

绮兰想了好一阵："濮阳公子你在商场久了，遇上什么事都要往这上面想，妾身还是觉得，宁公子只是个温文尔雅却又不拘小节的文士。"

濮阳逸哈哈一笑，并不介意。

这首诗如同一手精巧的太极拳，看来有些乱七八糟，却偏偏让人无法下口——踏青毕竟开始不久，大家都在预热与谈笑，不会有人立刻跳出来剑拔弩张地挑衅。众人对这首诗作笑着说了几句，便又开始关注其他人的作品来，再有什么想法，暂时也都放在心里了。

此后大家说说笑笑，待到有人提议以《金陵》为题写诗后，陈洛元拿出一幅唐时吴道子的画卷真迹来作为彩头，气氛便高涨了起来。这期间又有几场表演，待绮兰等人想起来，去注意宁毅时，宁毅与聂、元二人已经不见了……

"哇，真的有温泉啊！"有些惊喜的声音响起在树林里，随后是拨弄水花的声音。

一条溪流在树林的空隙间往上延伸，到得一处空地，形成了一泓看来不大的温泉。水是从更上面流下来的，到这里温度倒是不怎么高了，再往下，由于水流不急，又与另一条溪流交叉，便没有了多少温度。若非康贤提醒，大家恐怕还不知道上面有这样一处地方。

宁毅、聂云竹、元锦儿三人在泉水边洗手，山风自树顶吹过，太阳快升到头顶了，阳光照在身上，暖洋洋的。

"斯人若彩虹，遇上方知有。"元锦儿念着这一句，双手捧起泉水，哗地向聂云竹泼过去。

隔得有些远，聂云竹笑着躲开了："别闹了，现在弄湿了衣衫怎么办？"

元锦儿便吐了吐舌头。

"这地方真是很不错啊。"宁毅站在那儿感叹了一句，随后道，"我去周围看看。"元锦儿却已经在泉水边坐了下来："我不去了，我要歇会儿。"

她的本意是想云竹姐也陪她在这里歇会儿，但聂云竹没有表态，反而笑着陪宁毅朝一边走去。

元锦儿伸手在水中拨弄着，看两人身形消失，方才嘟了嘟嘴："狗男女！奸夫淫妇！"

随后她鬼祟地看看四周，见没人，她才小心地脱了鞋袜，撩起裤腿，阳光下，那赤足与小腿白皙纤秀。她将腿放进温泉里，片刻后眯起眼睛，露出了享受的表情，小狗一般。

"立恒很喜欢这里吗？"

另一边，宁毅与聂云竹在林间穿行。日光在树叶上投下斑驳的光影，林间幽静，话语也显得轻盈。

"感觉其实挺不错的，有温泉，有树林，你觉得呢？"

"我……觉得太高了，冬天风很大。"

"河边也是吧？"

"嗯,别说冬天了,秋天也不敢去外面写什么东西,纸全都被吹跑了,上次在露台上被弄得手忙脚乱。"

她说的是去年秋天的事情。那天宁毅也在,河边风大,她将一些纸张放在外面,结果被吹得满天飞,为了抢回纸张,两人颇为狼狈。此时说起,两人倒是忍不住笑了起来。如此在周围走了一圈,然后按照印象往回走,途中,聂云竹看看宁毅的衣服,道:"立恒你还是在前面坐一会儿吧。"

"嗯?"

"衣服脱线了。"

那是先前滑草时被钩到的地方,当时还只是道小口子,不知不觉变大了。宁毅笑了起来,在前方一棵树边的石头上坐下。这里光线好,阳光洒下一片暖黄色。聂云竹也在他旁边的草地上屈膝坐下,从怀中拿出一个小包来,包里是针线。宁毅看了几眼:"女扮男装的时候竟然还带针线在身上,一点儿都不专业。"

"没有啊。"聂云竹道,"原本没带,先前看见你衣服破了,便向陈家的家丁要了针线。"

她说着,将细线在舌尖上舔了舔,随后对着针孔穿起线来。树林中只有他们两人,静谧温馨,在暖黄的阳光中融成一幅唯美的画儿。

一个人洗温泉有些无聊,何况又不能真的脱了衣服进去洗,泉水边,元锦儿回头看了看,将纤足自水中缩了回来,有些许被抛弃的孤独感。远远的,似乎是李师师的歌声顺着山风传过来,婉转而优美。她穿上鞋袜,朝林间走去……

第十二章
作戏言无心展文采　论格物有意炫知识

"条风布暖，霏雾弄晴，池塘遍满春色……"

春意盈然，歌喉婉转，草坪上，正在弹琴歌唱的便是李师师，走的是《应天长》的调子。女子十指轻拨，低眉垂首，并不像一般表演者那般总是微笑着注视观众，而是尽心地融入这词曲当中。这词是周邦彦方才吟出，此时她正在细细体会，这份用心令得她的身影别有一股忘我之态。

周邦彦就站在人群一侧，听着那婉转的歌喉，却并未将目光投向李师师这边，而是落在了一侧的山间，仿佛沉入了忘我的回忆当中。

方才与众人谈笑间缓缓作出的这首词，他也是很满意的。

"正是夜堂无月，沉沉暗寒食。梁间燕，前社客。似笑我、闭门愁寂……乱花过，隔院芸香，满地狼藉……"

这并非完全应景的喜庆词作。周邦彦最擅借物言情，词作之中多有感慨愁思。方才大家一开始谈论的是他在京城为官时的事情，但他此时已然被罢，便说了些其他话题，随别人感慨几句，词兴倒是来了，先写了前两句，后面的，渐渐地也就跟了出来。

这词作写的是寒食几日的情景，那句"正是夜堂无月，沉沉暗寒食"，却是化用白居易《寒食夜》一诗的"无月无灯寒食夜，夜深犹立暗花前"。写词好借前人文字做引申、发感慨，这是周邦彦词作的特点。

李师师唱完上半阕，微微眯了眯眼睛，又将下半阕词娓娓唱来。

"长记那回时，邂逅相逢，郊外驻油壁。又见汉宫传烛，飞烟五侯宅。青青草，迷路陌。强带酒、细寻前迹。市桥远，柳下人家，犹自相识。"

　　上半阕写的是今日事物，下半阕则是回忆往事，前阕铺垫，后阕升华，呼应极深。那句"又见汉宫传烛，飞烟五侯宅"，则是化用唐朝诗人韩翃的《寒食》："春城无处不飞花，寒食东风御柳斜。日暮汉宫传蜡烛，轻烟散入五侯家。"这典用得也是极好的，整首词委实是一首不可多得的佳作。

　　当然，宁毅若是在这儿，说不定会说笑几句，混在人群中的濮阳逸等人这时就正在笑。方才宁毅写了那句"世人千万种，浮云莫去求"，针对的是李师师身边的情况，周邦彦或许是觉得这时写出赞美李师师的词句有些谄媚，出于面子问题，便写了一首回忆旧人的词，概括一下就是："老子以前有个妞如何如何……"表示自己并非是被李师师迷得神魂颠倒的家伙。

　　当然，无论他用意为何——就算有这层意思，也只是少数几人才能想到的隐晦心思——词是好词，一写出来，其余众人的作品便立即被压了一头。李师师唱完之后，还细细回味了许久，手指方才离开琴弦——女儿家通常是极喜欢这些讲述往日恋情的作品的。其余人也鼓掌叫好，被引动了心绪，不能平静。

　　周邦彦写这首词固然有其他的小心思，但也是真正有感而发，写完下半阕，倒真的想起了故人，微微怅然。听见旁人赞美，他便微笑着谦虚了一番。不过，这个上午，他这首词已然是最好的作品了，曹冠也写了一首，但比起这首《应天长》还是差了一些，京城第一才子名不虚传。有人在说笑间想要找到宁毅的所在，自然是找不到的。

　　又过得一阵，周邦彦抽了个空，展开扇子，朝着一旁的树林走去。他此时心中被往日的恋情占据，文场上暂时也占了上风，便任由惆怅的思绪一发不可收，颇有种"无敌无梦求一败"的境界。走了一阵，却有人自旁边跟了上来："周大哥很深情呢，小妹真感动。"来的是表情微带愁绪的李师师。

　　周邦彦回头望去，发现两人已经走了很远，那边的人影快从树木的空隙间消失了。

　　"师师不在那边吗？这样跟来，怕是有些不好吧？"

　　"没关系的，他们方才的比试也告一段落了，师师只说过来歇息一下……周大哥，'市桥远，柳下人家，犹自相识'，不知道是哪位姑娘啊？"

　　"哈哈，师师如此聪明，自然知道，要'为赋新词强说愁'，总得有些空想才好。不过见得一面的女子，哪儿能'犹自相识'。"

　　"不管怎样，周大哥这首词，怕是要拿下此次文会的魁首了。只是这词出得太早，尚有半日，旁人怕是不好出手了呢。"

"师师说笑了。"周邦彦笑着摇头，但眼神之中是有几分骄傲的，随后道，"师师那位'犹自相识'的故友不是还未出手吗？此时却不知去哪里了。"

李师师微微低头："小宁哥的词作得也好，不过周大哥的这首，文字与意境都已达到上佳了，小宁哥那三首词与周大哥这首比起来，也是相仿佛。而且小宁哥这几年来只写了三首词，想必他是喜欢雕琢的性子，不可能随时都写出好词作的。"

这几句话将周邦彦的词作与宁毅的三首词并列，但周邦彦知道，自己这首《应天长》与那三首还是有差距的。不过，李师师虽然语带吹捧，实际上却也肯定了宁毅的诗才，虽然隐约间在说"或许他比不上你"，周邦彦听了，心中却有些不舒服，心道："我随口便有佳作，他几年才三首，就算能写出好词，这时也难跟我比。"一时间惆怅的感觉退了，倒是微微起了比斗的心思，想着待会儿若能遇上那宁立恒，倒真要与他比试一下。

不过，他表面上自然是保持着微笑的神情，师师能够撇下其他人跟他过来，他也是很高兴的。两人聊着天，往树林深处去了。

树林并不算深，周邦彦与李师师走进来时，宁毅正坐在一块石头上，聂云竹坐在他身边，拿着针线，为他缝补衣服上的破处，两人沐浴着日光，说些话。

能相处这么久，多少兴趣相投，两人之间话题总是不缺的，每日的琐碎小事都能聊很久。他们之间独处的机会虽然常常有，但由于锦儿的破坏总是很刻意，此时就免不了拿锦儿不在的事情说笑几句，说她待会儿怕是要张牙舞爪地找过来，随后又说起今天天气不错。聂云竹屈着腿坐在旁边，缝补不快，主要是享受这种在一起的时光。聊了一阵，她开口问道："立夏之后便要走了吧？"

宁毅与苏檀儿将去苏杭那边转转，早就与她说了，这时候日期将近，聂云竹自不免心中想着。

宁毅沉默片刻，方才点头，口中却道："出发的日子还未定，或许还得晚一点儿。"

聂云竹笑了笑："只是想你早些回来。"片刻后又补充道，"若你不回来，说不定我会追过去呢。到时候，也去杭州那边开铺子。"

"用不了那么久的。"

"也许苏姑娘怀了孩子，路途遥远，便不方便回江宁待产了。"

聂云竹想得多些，此时说起苏檀儿可能怀孕的事情。宁毅想了想，也不知道该怎么回答。云竹性子温婉，他明白；她认命了，这个他也知道，可是在她面前讨论苏檀儿，宁毅总觉得自己不厚道。聂云竹看着他的表情，扑哧一笑，随后脸上飞红："要不然，咱们便在你离开之前，那个……呃，那个……"

她说了半天，却脸色愈红，说不出更多话来，随后低头系了个绳结，将细线咬断了。

宁毅自然知道她是指什么："得想办法躲开锦儿才行，那家伙像个牛皮糖。怎么样才能将她支开很久呢？"

聂云竹自然不好参与宁毅这段"如何将看守者支开，让我吃掉你"的讨论，她微微侧了侧身子，将头和肩膀靠在宁毅身上。宁毅此时坐得比她高，将手放在她另一边的肩膀上，随后轻抚上她的脸颊，那脸颊有些烫，聂云竹眯了眯眼睛。

"其实……锦儿是真喜欢你……"宁毅叹了口气。

"嗯。"

"要是我走了这么久，又有其他人……"

宁毅话未说完，聂云竹靠在他身侧的脑袋微微动了动，她闭着眼睛轻声道："云竹不是水性杨花的女子。说起来或许不是很光彩，可这些年来，遇上的男子还少吗。我只喜欢你一个，喜欢上了，便不会改。那些事……之前之后都没有关系，便是三年五年，我也只喜欢你。立恒，我没想过入苏家门，只想入宁家门。你娶不娶我，将来我为你生了孩子，也是让他姓宁的……"

她并没有为宁毅的那句话表现激烈，语气依旧淡然温柔，却有着一贯的坚忍。宁毅笑了笑，手指在她唇畔摩挲着，她便也笑了起来："痒。"

"对不起，我说错了。"

"我不生气。"聂云竹坐在那儿，片刻后又笑道，"不过，方才你真为那李姑娘写诗了，嫉妒……"

她这话自然是故意开的玩笑，宁毅笑了起来："呵呵，他们都说是首烂诗。"

"我觉得挺好的，与你平日里写的那些歌词倒有些像……长亭外，古道边，芳草碧连天……"她轻哼了几句。

两人的语句琐琐碎碎，并非你说完一句我就立刻说一句的对话，此时气氛悠然，两人的语气也悠然，想起一句便说起一句。如果说前面那些对话还有不少内容，此时便真正是属于男女间的情话了。倒是不远处的树丛里，有两道身影正打算悄然退去，这是无意间到了这边的周邦彦与李师师，他们听了一会儿，终究觉得不太礼貌。

而且听他自承方才作了"烂诗"，李师师心中多少有些在意：自己毕竟是京师花魁，还是往日故友，你却不给面子，作首"烂诗"敷衍。

他们退出几步后，斑驳的树影间突然响起宁毅怅然的笑声，似是为女子的话语而感动。过得片刻，有几句话传了过来，声音不大，缓缓的，大概是一面想，一面随口说话："缺月……挂疏桐……呵呵，漏断人初静……"

啊，这是诗词的句子了。

两人下意识地停了下来，以前没听过……

只是白话一般的低语，没有一般人吟唱诗词时的抑扬顿挫，似是因为在思考，加上宁毅偶尔还会笑出来，这些话便更加像是玩笑一般。若非"缺月挂疏桐，漏断人初静"两句实在不是白话格式，周邦彦与李师师一时间怕是也很难确定这是诗词的句子。

他们停了下来，对望了一眼。句子听懂之后，其实是极美的，一听便是难得的佳句，只是并不知道是诗还是词。那边的光芒里，聂云竹也倚在宁毅身边，静静地听着。

她数年前在金风楼，接触的文人才子也不少，独处之时，偶尔有人吟出一首情诗来，希望打动佳人的情况自也经历过，只是她对自身情况太过在意，便从未为此而感动。自与宁毅在一起，两人相处时一向无拘无束，宁毅通常也没什么大才子的样子，偶尔作几首歪诗，写些不伦不类的歌词，她心中许了他，便只觉有趣。她心中也知道宁毅才学颇高，只是大家在一起如普通的才子佳人一般认真作诗词，这倒是第一次。

待宁毅想了想，说出"谁见幽人独往来，缥缈孤鸿影"这句时，她才点了点头，知道这是一首《卜算子》。

林间不远处，李师师看了周邦彦一眼，随后轻声道："《卜算子》……"

这首词作以往没听过，乍听之下有些难以定位，但上阕一听，感觉便很好，意境幽深，却在宁毅那微带笑意的嗓音里变得轻松起来，仿佛在讲述一个故事一般。

"噫，惊起却回头，有恨无人省。拣尽寒枝不肯栖……寂寞沙洲冷。"

两人还在认真记忆、细细品味，宁毅已经平平淡淡地说出了这词的下半阕。他在"拣尽寒枝不肯栖"这句上顿了顿，方才念出后面的句子。

聂云竹想了一阵，眼眶红了红，却举起一只手，覆在宁毅的手背上，举起他的手摩挲着自己的脸颊，片刻后，轻声道："拣尽寒枝不肯栖……寂寞沙洲冷。立恒这词，给我的吗？"

"喜欢？"

"喜欢。"

"我倒不是很喜欢。"

"嘻——"

这边两人轻声细语，那边林间的两人也终于完整地理解了这首词。《卜算子》上下两阕不过四十四字，却完完整整地将一种清冷的意境与思念之情勾勒了出来。词作自不是以长短来分胜负，然句子长些，能勾勒的东西总是多些，但眼下不过四十四字，从"缺月挂疏桐"开始，到"寂寞沙洲冷"为止，几乎每一句都蕴含着无比丰富的信息,上下两阕对仗工整,无比圆融地结合在了一起。

方才宁毅几乎是随口便作出这等词来,无论是词句的工整,还是意境的升华,无一不证明了词作者几乎到达巅峰的诗词功力。周邦彦之前觉得自己那首《应天长》该是旁人一时之间难以企及的作品,他有感而发,作出来之后也是心中得意,但在这片刻间,咀嚼着这首《卜算子》,却不知道该是什么心情才好,只好望了望李师师。此时的师师姑娘在心中默念着词句,努力背诵,无暇顾及其他。

那边宁毅与聂云竹小声地说了一阵话,这边两人也不知道这下子该不该走,还未做好决定,耳畔便有柔和的歌声响起来。李师师与周邦彦虽然对聂云竹不熟悉,但也知道她是女子,这时候她轻哼的是词的旋律,李师师才知道这女子也懂音律,本以为她要唱的是宁毅方才作的《卜算子》,但哼了几声后,那柔软的歌喉唱起的却是:"千万恨……"

唱出第一句,李师师便明白了这首是什么词。

"千万恨,恨极在天涯。山月不知心里事,水风空落眼前花。摇曳碧云斜。

"梳洗罢,独倚望江楼。过尽千帆皆不是,斜晖脉脉水悠悠。肠断白苹洲。"

这是晚唐温庭筠的一首《望江南》,写的是女子倚楼盼望夫君归来的情景,那句"过尽千帆皆不是,斜晖脉脉水悠悠。肠断白苹洲"的意境极美,因此,这首词算是青楼女子必学的曲目之一,李师师也是极为熟悉的。但出乎她意料的是,眼前这女子,歌喉柔软婉转,竟半点儿不下于她,甚至在感情的传达及唱法的优美上,比她还要胜过几分,虽然无丝竹伴乐,但就在这娓娓浅唱间,竟似将整片天地都融入了那歌喉的柔软温馨当中。

若论感情,两人本是情侣,自己比不过也就罢了,但在歌喉、唱法上,自己竟也生出了难以匹敌的感觉,倒是令李师师有些错愕。她自然不知道,聂云竹这些时日一直在研究宁毅喜欢的那些现代唱法,将之与这个时代的唱腔融合,不仅保留了此时唱曲的意境,单论优美婉转,也比旁人唱得好听得多。若是旁人以这等唱法来演绎,或许会被斥为靡靡之音、俗媚下乘,但聂云竹本身的功力已到大家境界,唱来已是自然而然、无懈可击了。

宁毅方才的那首《卜算子》,自是感怜她的执着,取的是"拣尽寒枝不肯栖"一句,但她知道宁毅是觉得这事有些亏待自己,因此整首词的意境也显得有些伤感,于是用这首《望江南》来对。她的歌声轻松优美,并不显得哀怨,以"过尽千帆皆不是"对那"拣尽寒枝不肯栖",又寄托了盼望他早日归来的心情。不过,一曲唱罢,她还是有些害羞,倚在宁毅身边,任他搂住自己。

以往在金风楼,一些才子对她吟起赞美之词或者以诗词表达爱慕时,她虽然向来聪慧,文采也高,却从来无心应答,这时候才尝到了文香墨韵中的浪漫,竟也有些陶醉。

　　不远处树林间的两人听完这首词，也有些受到感染，那些传奇小说中，江南水乡，才子佳人，或许就是这样一幅景象了。

　　宁毅过得好一阵才笑了出来："跟我对词吗？呵呵。"

　　"只是忽然想唱了……"

　　"嗯，蛮好听的。"宁毅抬头看了看射下来的阳光，"不过……这两首词的意境都有点儿颓废，这可不好。"

　　"立恒回来的时候，我便唱开心的词。"

　　"嗯，我想想……"他想了一阵，树林间渐渐安静下来。

　　此时已至正午，阳光照在树隙间的草地上，春日里开放的小花一朵一朵地点缀其间。片刻之后，响起来的，是另外一种意境了。

　　"纤云弄巧，飞星传恨，银汉迢迢暗度。金风玉露一相逢，便胜却人间无数……柔情似水，佳期如梦……"

　　那李师师与周邦彦已经愣在了那里。谈情说爱的见得多了，谈情说爱时满嘴诗文的才子佳人也见得多了，可是他们没见过随口扔这种诗词跟玩一样的啊。

　　宁毅心情畅快，词句说得也流畅："忍顾鹊桥归路。两情若是久长时，又岂在朝朝暮暮。"

　　这首词比上一首《卜算子》更容易理解，也更容易看出高下来，周邦彦无声地咽了一口口水。相对来说，女子更容易被这种词句感染，李师师的手微微握住衣襟，而在周邦彦，他正是长于写景抒情的词作者，于这种词也更加能够明白好坏。他也是填过七夕词的，如果说宁毅之前那首《水调歌头》出来之后大家不用再填中秋词，那么此时这首《鹊桥仙》若放出去，自己……怕是也没法再填七夕词了。

　　如果说前一首《卜算子》听了之后，他对宁立恒之前的名声感触还不够深，这一首之后，心中便只能想起宁毅所作的五首词了。

　　那边宁毅笑了起来："来啊来啊，这首喜欢吗？你再唱，我也再来一首……嗯，这首真的是送给你的。"

　　他还要写……

　　周邦彦与李师师有些说不出话。

　　那边聂云竹倒是喃喃念着这首词，感动了半晌："妾身输了还不行吗？其实立恒前面那首《卜算子》我也是喜欢的……"

　　"都给你。"宁毅想想，随后有些犹豫地感叹道，"其实呢，我觉得'两情若是久长时，又岂在朝朝暮暮'这句有点儿卑鄙了，要不要改一改……"

　　"不改！"聂云竹抓住他的手，片刻后才红着脸道，"我、我很喜欢。"

"喜欢以前也不说。"

"要立恒有感而发嘛。"

"你喜欢就好了。"宁毅想了一阵又抱住她,"呃,问世间,情为何物,直教生死相许？天南地北双飞客,老翅几回寒暑……"

聂云竹眯着眼睛,心中像是灌了蜜糖一般,随后却是猛地一挣:"别作了、别作了……你一次作这么多,往后又不在怎么办？我不听了……"

"呃,不听了吗？"

两人嘻嘻哈哈,笑语声在树林间传开。

那边,周邦彦与李师师出了树林,看见人群时,脸都发白了。李师师一只手捏着衣襟,微微发抖。如果说第一首《卜算子》给她的感觉还只是惊艳,那么第二首《鹊桥仙》顺口吟出来时,她就已经有点儿吓到了——哪儿有这样的。到得第三首……

天南地北双飞客,老翅几回寒暑……老翅几回寒暑……后面的是什么啊？

她心中怦动,眉头都拧了起来……

从林子里出来,由于时间已是中午,大家便在陈洛元的带领下去往山麓间另一处庭院里用膳。看得出来,陈洛元也是酷爱美景之人,这片山林就个人产业来说占地广大,但其中的美景所在已经开发了几处。这座庭院位于山林的另一侧,藏于林间,西临幽涧,正值山花繁茂之时,周围景色怡人,宁毅看了,不免又是一阵羡慕。

不过这也没什么好说的,文明越往前,金字塔结构顶端的财富越是惊人。陈家底蕴雄厚,但比起康贤仍旧不算什么,见宁毅喜欢,老人家倒是不以为然:"人不多,周围也没连起来,而且偏僻了些,不是很方便。这附近地价便宜,你若喜欢,喏,那边那片林子好像是我的……"

"哪一片啊？"

"那两座山都是吧,也没什么人住。没种地的,地就没用,我也不知道是哪几座,总之不少。你喜欢？送给你如何？"

这年头,若是真正的大地主,有官场关系的,手下土地以数万亩甚至十几万亩计,这还只是能产生经济效益的耕地面积。康贤手底下的产业到底有多少,宁毅自然不清楚,这东西没法打听甚至没法猜,可能康贤自己都不是很清楚。

两人说了几句,宁毅自是没必要要他的土地。其实他也就是突发奇想,觉得可以弄座漂亮的避暑山庄而已,不过仔细想想,这等生意在眼下也不算稳赚的产业。皆因伺候人,让人放松的地方在江宁城中比比皆是,这个世界又没什么工业污染,没什么快节奏的生活方式,人们根本就没必要刻意去找什么逃避的地方。真要弄出来,认真一点儿不是赚不了钱，但基本上纯属折腾，宁毅心中想想也就罢了。

由于是寒食，中午大家吃的是陈家精心准备的寒食节特有的点心，味道不错。下午在陈洛元拿出几样彩头的情况下，又开始了诗词歌赋的展示，这时文会便变得比较正规了。宁毅未曾参与，只在一旁看着众位青楼姑娘的表演。这次比试还是颇见功底的，也算让人饱了眼福耳福。

一帮才子挥洒文采，没人理宁毅，他与聂云竹在一旁也乐得清闲。其实宁毅原本也做好了在必要时候写上一两首诗的准备。曹冠这人爱惜羽毛，不轻易启衅，可以理解。柳青狄虽然看来对他颇为不爽，但其实锐气不足，会不会挑衅在两可之间，若他真要把自己拉下水，自己这边也没打算给他好脸色看。倒是周邦彦那边，宁毅原本以为这些京师学子应该会以切磋为理由拉自己下场，没想到他猜错了，周邦彦态度和善，李师师在面对他时表情有些复杂，但始终保持着安静。

到得最后，柳青狄都没有开口理他，京师学子也没有说话，反倒让做好了准备的他感觉有些无聊。他不知道，方文扬等人原本是准备跟他切磋一番的，却被李师师给暗中压住了。

若是一般的文会也就罢了，这次聚会原本就被濮阳逸这等有心人炒得剑拔弩张，文会之前李师师觉得比一比也无妨，但在林子里听了那两首半词作之后，心情难言，只觉得横竖比不过，哪怕仅存着以文会友之心，这等情况下，若能不比，还是不比为好。其间再加上周邦彦一直沉默，到得最后，就成了这等局面。宁毅被晾在一边，遭了冷落，后来还被康贤等人唠叨了一通。

整个下午，元锦儿都没有做出什么出格的事情来。早上柳青狄挑衅她的事，她像是已经忘记了，只陪在聂云竹身边谈论旁人的诗作和表演。虽然说起话来还是无拘无束，但竟让宁毅感到她似乎变得文静起来。

其实宁毅在树林中与聂云竹聊天时，李师师与周邦彦在一边，元锦儿在另一边，那时躲在草丛里听完，爬出来后她也只得在心中承认："这家伙泡妞真有一套，我怕是要输掉了。"她知道云竹姐听了那些词作必定心中高兴，倒也不想出去打扰，便让他们开开心心过一天，反正云竹姐开心最重要。

一天下来，虽然只写了首歪诗，名气不曾被传扬出去，但宁毅的心情还是挺舒畅。宁毅本是陪着聂云竹出来散散心，目的已经达到，其余的就皆是浮云了。这天他踏着夕阳回家，途中被李师师的马车赶上，说了几句"择日一聚"之类的话。

然而，直到李师师离开江宁，两人也没有再一次碰头。其实李师师说那话是真心的，只是宁毅当成了客套话，此后就算收到什么文会、宴席邀请，也只当成没看到，李师师自也不可能到他家中来找他。李师师离开后，都还惦记着"老翅几回寒暑"后的句子到底是什么。

清明节前一天，苏檀儿陪着宁毅回老宅住了一晚，祭拜了宁家先祖，此后苏家为着清明忙忙碌碌，宁毅倒是闲了下来。清明过后，宁毅与秦家两兄弟碰了一两次面，甚至与那胥小虎对打了一次，自是一败涂地。两人随后又交流了一些关节技知识，这些胥小虎倒是很感兴趣，两人相谈甚欢。

胥小虎也教了宁毅巴子拳基础的金刚八式，随后又说，真到临敌，不必用巴子拳或其他不熟悉的拳法，他熟悉关节技那种直接的格斗技，用这些便行，其余的东西当套路学着也无所谓，从最熟悉的入手，打得多了，便什么都会了。这与陆红提离开时说的话类似，只是宁毅想，自己怕是没有太多"打"的机会，虽然也学了内功，但这辈子怕是都与一流高手无缘了。

当然，这具身体如今不过二十出头，将来的事情，又有谁能说清楚呢。

清明过后，李师师与一干京城学子离开了，秦绍和秦绍谦也先后离开了江宁，日子又回到了原本的节奏上：白日里讲课、看小说、做实验，与聂云竹聊聊天，调戏一下元锦儿，与小婵下五子棋，或是听苏檀儿说些布行中的事，道道家长里短，偶尔跟周佩、周君武这两个弟子吹牛，说说科学前景……如此过了三月，进入夏天，这大概是每年最为怡人的一段时间，气温适宜，不冷不热，江宁也是一片祥和。每次走在街头，宁毅都不由得生出所有人都找到了幸福的满足感。

他本以为四月里会动身，不过苏檀儿才掌了大房，一时间想要下放大半权力到父亲那边也不容易，于是耽搁了一段时间。宁毅能够多留一段时间，聂云竹自然是高兴的。她如今与秦老一家人关系很好，两人偶尔会在秦府遇见。

宁毅回头想想，到这边刚好两年了。曾经的生活给他打上的某些烙印还未褪去，不过这两年真的是有生以来最为悠闲的两年了。只是两年前的这个时候秦老在秦淮河边摆棋摊，他常常去看，如今河边那小茶摊还在，棋摊却摆不成了——秦老如今被某些人关注着，不禁让他心中生出山雨欲来，某些事情正要发生之感。

有关秦老的事情，去年年底大家怕是最关注的，他原本已经沉寂数年，却由于金、辽两国之间的那些谣言，拜访者忽然多了起来。然而年关前后，金、辽两国和谈的消息传来，看不清状况，关注的人便又渐渐少了。当然，大家不至于将这位老人的影响抛诸脑后，而是都选择了静静观望，等待变化。

金、辽两国，短期内或许又打不起来了——不少人都这样想。

对于这些事情，老人并不开口谈论，宁毅过来几次，也只是聊天下棋，不谈局势，有时候老人会拿他与聂云竹之间的关系开开玩笑。如此直到四月底的一天，天气凉爽，两人在秦家院子里下了一盘棋，聂云竹也来了，她从竹记提了些酒菜过来，在后院与芸娘聊天。

"说起来,再过不久,立恒你要去杭州了吧?"

"嗯。"

"五月动身有些热了。"

"坐船过去,先到扬州,再下苏杭。"

"不致晕船,倒是不错。"老人笑了笑,随后落下一子,"说起来,待立恒你回到江宁,我怕是也不住这边了,这宅子……估计是要闲置了。"

宁毅愣了愣,随后笑了起来:"终究非久留之处,秦老在京师的府邸,该比这座更好吧?"

"哈哈——"大概是被一句话说中了心事,老人大笑起来,随后又有几分怅然,"人非草木,孰能无情,八年的时间,原本做好了在此终老的准备。"

"还早呢。"宁毅笑着,拈起一颗棋子在手上,过得片刻,方才抬头道,"打仗了?"

老人家点了点头:"打仗了。"

四月的下午,阳光和煦,夏日的凉风拂过城市内外的树林,叶子便簌簌而动,声音犹如飞快翻动的书页,然而看不到翻书人。平和的对话中,北方的天际隐隐传来了血腥的气息……

武朝景翰九年春,金、辽之间的开战,乍看起来,其实是颇为令人意外且儿戏的。

年前金、辽之间方才议和。这一次的议和,说起来辽国让步是非常多的:耶律延禧正式册封完颜阿骨打为"大圣皇帝",称金国为兄,割辽东、长春两地——其实这两路金国已经占了,说割让只是做做样子,每年朝贡银、绢各二十五万予金国,这几乎是将檀渊之盟调了个个儿签给了金国。

但当初檀渊之盟,说起来武、辽两朝还是相对对等的大国,此时虽迫于形势签了合约,金、辽两国的势力其实是不对等的。归根结底,女真人就那么多,金国人太少了,当初护步达冈一役打出那种神一般的战绩来,不是因为完颜阿骨打真有多大自信,而是他手头只有两万多人,此后数年连战连捷,其实金国的兵力相对辽国,还是差得太远。

因为这个,耶律延禧签了合约,自觉让了一大步,觉得金国应该也是不想再打也没法再打了,于是放下心来;而在其他人眼中,金国已有一地基业,此时停下来休养生息是人之常情,于是合约定下,大家多少都信了。无论如何,这样的合约,通常还是有几年效力的。

这一年完颜阿骨打五十二岁了。

若以后来的事情来看，这位四十来岁起兵反抗辽国，并且在区区十余年间便带领数万女真人站在了与辽国皇帝相等位置上的枭雄式人物显然不愿意将可以完成的霸业留待子孙。不过放在当时，这个春天里发生的那些事情，表面上其实是有些儿戏和可笑的。

耶律延禧最初并不愿意承认完颜阿骨打是皇帝，他本来是想称完颜阿骨打为"东怀国王"蒙混过关的。不过完颜阿骨打哪里是容易被蒙混的人，他发了一通脾气，耶律延禧那边就缩了，只好称他"大圣皇帝"。此事谈妥，耶律延禧放下心中一块大石，觉得终于可以安稳几年了——他是个讨厌麻烦的人，喜好游山玩水，热爱世界和平，性格颇软。结果放下心再去游山玩水时，他忽然想起一件事。

他家老大——一世霸业足可与此时的完颜阿骨打相提并论的辽太祖耶律阿保机，也叫"大圣皇帝"，全称是："太祖大圣大明神烈天皇帝"，这不行啊，祖先的称号封给完颜阿骨打了，这是不孝啊。于是回过头来，他又没什么底气地派了个使者过去，询问阿骨打，是不是可以把这皇帝称号再收回来改一下。

穷人比较在乎面子，阿骨打一辈子拼搏，好不容易当上皇帝了，你却把个皇帝称号弄得这么儿戏，这不是摆明打脸吗？

农历二月底，金国誓师伐辽。农历三月二十六，完颜阿骨打正式发动了对辽国五京之一的上京——临潢府的总攻。四月初五，金国铁骑踏至浑河西岸，兵临城下。

此时镇守临潢府的是辽国老将萧挞不也。虽然他在与金国的战斗中失败过几次，但平心而论，其人并非庸才。他用兵稳健、性格刚直，才能还是有的。临潢府作为辽国的政治首都，城高池厚、防守严密。

可能是考虑到这城不好攻，阿骨打派完颜宗雄前去劝降，但萧挞不也最喜欢的孙子移敌蹇便是在几年前的宁江州战役中死于女真人之手，劝降自然是失败了。

仗着城池坚固，萧挞不也其实是没有非常强的紧迫感的，辽国如今还是瘦死的骆驼比马大，他就算打不过完颜阿骨打，也已经做好了仗着坚城死守数月等待援兵的准备。阿骨打那边也非常干脆，早晨派完颜宗雄劝降未果，上午就对临潢府发起了攻击，阿骨打亲临城下指挥攻城。到得下午辛时一刻，阿骨打的异母弟弟完颜阇母率先冲上了上京城头。

这又是谁也没有料到的战争结果，原本以为至少可以守上数月的坚城，仅仅半日就在完颜阿骨打手底陷落。当这一日的夕阳将天际染成昏黄时，阿骨打与手下一帮大将踏入城门，而女真士兵已经长驱直入，将整座城池洗成遍地狼烟。

"就算是开挂，这也有点儿过分了……"将手中的茶一饮而尽，宁毅叹了口气。

完颜阿骨打的生平事迹他以前了解不算多，虽然每朝每代的开国君主多半都有些厉害得不像人的功绩或作为，但这时候听秦老说起来，他仍然觉得震撼难言。这个时代的人仇视辽国，因此还算亲近金国，说起来时，大都将完颜阿骨打当作外族不世出的枭雄，宁毅对他也有几分叹服。不过，秦老此时说起，倒未必全是喜悦之情。

"开……挂？"

"作弊的意思。"

"哦，呵呵，倒也的确如此。"秦老点头笑了笑，随即目光有几分怅然，"英雄枭雄，无论如何，这完颜阿骨打确是当世人杰。他对辽国用兵早晚的事，倒是不出所料。既然此时动手，想必与我武朝已经签下条约了，只等我朝挥军燕云十六州啊……"

他叹了口气，宁毅看看他，随后想了想，举起茶壶斟茶："看来是真的了，当初视金国坐大，联金抗辽，驱虎吞狼，是秦老您定的计吧？"

"不算定计。"老人摇了摇头，叹了一口气，"只是被逼得无路可走了，想的一些花招而已。今上……对于收服燕云也是有想法的。当初想要联合的也不止女真人，那时女真人还看不到出头的日子呢。我当初去骂了一通，背下黑锅，也就退下来了。这几年里，时局在变，与我当时的设计多有不符，好在他们把握得住，这天终于到了……"

早几个月，老人一直对此沉默，不谈论有关时局的话题，到得今天才终于开口说起。他为了金、辽势均力敌正式开战已经等了八年，此时说起，如释重负的感觉自然是有的，只是如释重负之余，似乎也不见得开心。他平素幽默随和，但谈吐之间自有一股威严与魄力，倒是在此时，但见他满头白发，威严没有了，只剩下随和与些许疲惫。他这八年隐忍，看似心态平和，实际上看着大局变迁，心中必然也是背负着难言的重压，不好过。

院落里很安静，叶片在微风中晃着，宁毅大概能感受到老人的心情，有些感慨。现在的历史与往日所知的不同，但无论如何，作为参与者，老人的确在其中用尽了全力，并且做出了自己的成绩。宁毅拿起茶杯抿了一口，明白自己并不需要说些什么。

老人想了一阵，笑了起来："还是那句话，立恒可愿去京城，做一番事业？"

往日里康贤常常问他愿不愿意当官，秦老只是在一旁看着，到得此时，却是他问了出来。

宁毅摇摇头："呵呵，您老人家前途不明，不跟您混。"

"托词……"

见宁毅插科打诨，秦老也就随口指了出来："其实……早几年间，看着金、辽相争日渐激烈，我心中只有欣慰，倒是这几年，越是看着他们打来打去，我心中越是不安，其中道理，立恒你该知道的。"

"弱国无外交？"

老人愣了愣，随后点头："立恒果然了解这些，一语中的，弱国无外交啊……完颜阿骨打率两千余人起兵，抗衡金人百万雄师，出河店、黄龙府、护步达冈……一战又一战，我朝中人听了，说这人果然是不世出的英雄，说辽人气数已尽，可如今我们在边关与辽人每有摩擦，必是兵败如山。护步达冈两万破七十万，女真满万不可敌，不可思议啊，可若有七十万辽兵向我武朝攻来，我武朝谁人可敌？李纲？童贯？种师道？这金兵……伐辽之后又会伐谁？立恒哪，我总觉得，我当初所想，并非救了武朝，实则是将武朝往火坑里推啊……"

"多虑了。"宁毅看了他一眼，"金国人不够，暂时来说，这是弱点。只要人肯奋发，抓住喘息的机会，武朝还有救的。"

"怕的是有一日金兵南下，结果没得喘息，怎么办？"

"那也是该亡国了。老人家，你一个人想做多少事？"

"终是做一件是一件。"

"您太自大了。"

"呵呵。"

两人倒是笑了起来。片刻后，宁毅举起茶杯道："秦老，废话便不说了，我明白你的意思，京城……若有机会我会去的，到时候若有能做之事，还请秦老照拂一二。现在只希望……到时候不会太执着，呵呵……"

平心而论，宁毅对眼前的老人所做之事有几分钦佩。他并没有出仕为官的打算，也并不觉得将来若形势真的急转直下，自己就能力挽狂澜，毕竟人力有时而穷。不过，将来若有机会出点儿力，那当然是无所谓的，因此话语间没必要将路堵死。

双方认识也有两年的时间，其间聊过不少次，对彼此的性格也算了解，只是对他最后一句话，秦嗣源一时间却不太理解。只有数年以后，真正认识宁毅的人才大概明白，一旦真的打算把事情做好，他会做彻底到怎样一个程度。

那是……整个时代都没有多少人敢去想的一个结果。

当然，此时还只是安宁祥和的初夏，与妻子约好的事情没必要就此放下，两人随后聊了一阵金、辽局势便分开了。

又过得几天，苏檀儿那边安排好了一切，宁毅与聂云竹、元锦儿依依惜别，一家人乘了大船，沿长江向东，往扬州的方向去了。

五月，金、辽开战的消息传遍大江南北。

五月底，秦嗣源复起，直接升任尚书右仆射兼同中书门下平章事，其余赏赐无数。复起理由并未明告天下，但也在无形中肯定了年前那些流言的真实性，让他在朝堂上的声望一时无两。

年轮转啊转，金、辽、武三国的历史进入了新的篇章。

与此同时，位于辽国西北的草原上，一个名叫乞颜的部落已经举起了反辽的旗帜，并且在草原上南征北讨，如蝗虫般迅速扩大了力量。他们仿佛藏在所有人都未曾预料到的角落里的气旋，积蓄着力量，最终膨胀成撕裂所有人目光的巨大风暴……

夏季，蔚蓝的天空中点缀着朵朵白云。江宁气温宜人，城内城外一派悠闲，明媚的夏日阳光在一条条道路、一座座庭院间落下点点树荫，鸟儿在河上的画舫间飞来飞去，古老的城市里行人来去，酒楼茶肆当中响着艺人说书、弹唱的声音，清茶的香气与人们交谈的声音混在一起，化为点缀这季节图卷的一部分。

时间是下午，位于城市一侧的院子里飘出茶香，梧桐树的落荫将棋盘上的黑白棋子渲染出斑驳的色彩，也是在这样的庭院间，有少年的声音响起。

"孟子有云，域民不以封疆之界，固国不以山溪之险，威天下不以兵革之利。得道者多助，失道者寡助。圣人所言，固是至理，然而自古以来，一时多助者，却未必为得道，失道者、寡助者，亦往往自视为得道之人，究竟何谓大道……孔子有云，乡愿，德之贼也，由此句可知……"

少年个子不高，面容看来还显得稚气，十一二岁的样子，只是一身白色长衫，头戴纶巾，看起来倒是小大人一般。实际上，这个时代一般人家的孩童在十一二岁时未见过太多世面，多还是梳着孩童的双角束，也就是分开两边的发髻，因看来像角，古称"总角"，《诗经》中也有"总角之宴，言笑晏晏"的句子。

不过，这些事情也有各种区分。这个时代的孩童通常是在十五到二十岁间行冠礼，以示成年，然而若是农家，十三四岁成亲生子的也有，许多人十五岁之前就得担起家庭的担子。若是城里的孩子，蒙学之后，了解的东西多了些，便往往以文士自视，社会上文风盎然，一些孩童、少年能写几首诗便往往一副儒衣纶巾打扮，小大人也似，倒也朝气蓬勃，只要打扮简单些，倒也无人去说什么。例如十五六岁的少年满口文辞，指点江山，相携狎妓，也不是什么出奇的事情。

此时在庭院间说话的少年便是宁毅的弟子之一——周君武，他在以往都还是活泼的孩童模样，最近这一年间倒是显得成熟起来。当然，十一二岁的孩子，再成熟也有限，主要是心中有了些想法，不再如往日一般玩闹度日，自觉"长大"起来。他的样貌本就清秀，这时候一身小书生的打扮，倒显得有几分英气。

这时候他站在那儿，一边说，一边想着，组织言辞，自然是为了回答长辈的问题。树荫之中，秦嗣源与康贤正下完一局棋，随口问了几句，他便针对"大道之辩"做了一番论述。院落一角，一名少女在矮凳上看着这一幕。少女年纪不大，头上梳了双丫髻,身上穿着粉白的夏日衣裙,衬出纤秀的腰肢与穿着鹅黄牙白绣鞋的小巧双足。少女双手托着下巴,微微笑着望着这一幕,手上捏着一把团扇。由于天气不算热,她只是偶尔扇一扇旁边小火炉上烧热水的茶壶。这位少女自然便是小郡主周佩了。

宁毅离开江宁已经有好几日了。这对小姐弟虽然还在豫山书院挂名,但基本上脱离了那边的学习,同以往一般,他们的学业基本上还是由康贤掌握全局,自然也有王府或驸马府中的其他夫子代为教授。周佩还未及笄,但毕竟年纪"大"了,对于她的学习进度,只随她喜欢,他要求并不严格,但是对小君武还是有相当要求的。

当然,虽然常常被强势的姐姐欺负,但周君武的脑瓜本身还是聪明的,学业虽算不得顶尖,但也是中等水平,不至于太差。

"大道之辩"是个相当万金油的题目,这道题目不是秦嗣源或康贤出的,而是少年根据康贤说的几句话给扯上去的,随后洋洋洒洒的一通,两位老人听完,只是相视一笑。

"花团锦簇。"一个说。

"大而无当。"另一个则如此评价。

评价算不得好,但题目主要是考验少年独自思考的能力,总算是意味着过了关,小君武也知道两个爷爷的性格,自己摸着耳朵嘻嘻一笑。其实师父去苏、杭之后,秦家爷爷不日也将启程上京,自己今天过来,看见有些东西都已经打好包了。驸马爷爷这几天来下棋,大抵也是准备送别的。

"你师父离开之后,转随王府中几位夫子学习,恐怕与豫山书院的进度不同。学业可还跟得上、听得懂?"秦嗣源笑道。

"听得懂。"周君武行了一礼,"其实,张夫子他们已经考过学生的进度了,也是接着之后的课程讲的,还把先前的给说了一遍。只不过就算是之后的,几位夫子说的时候,学生也老觉得已经知道好多了。师父以前授课,总是洋洋洒洒地说很多不相干的东西,现在想起来,往往他在说前面的课时,便已经把后面的东西讲到了,所以虽然有很多还未学过,但夫子们一讲,就觉得很熟悉,也很好理解。就是……嘿嘿,枯燥了些。"

这样一说,两位老人相视一笑,随后倒是板起了脸。康贤道:"勿要自满,张夫子他们也是当今大儒,颇有学识见地。各人教授的方法不同,你虽然觉得理解了些,却未必能学到张夫子的学问真谛,他们所说所言,虽听来懂了,但越是这样,越要细细思考。"

周君武恭谨地点头:"是的,师父走时也这样说过。他说,每个老师都有自己的本领,当学生的应当学会思考,好的东西都要学过来,至于何谓好的,只能在以后的实践里慢慢验证。想法怎样活跃都可以，就是不能傲慢。"

"似立恒这样当人师父的，真是难以找到了……"秦嗣源失笑，康贤没好气地摇头，周君武倒是为着这师父有些自豪的样子，一旁托着下巴的小郡主微笑起来，眼睛眯成了一条线，似乎正在想着什么。

秦嗣源随后又考了一下君武对四书的掌握，又与康贤聊了一会儿，沏了一壶茶，准备摆开新棋局时，又说起宁毅的事情。

"立恒离开江宁之前，我与他说了上京之事，只是立恒似乎还有顾虑。他心中所想，其实一向令人难以把握，以往他只谈做事，不谈救国济民，在我看来，也是他心中对那大道有所顾虑，因此慎之又慎。"

康贤点了点头："他做事是极有办法的。只是以往也看得出来，他对世俗官场，总有些不以为然。他若是能想通出来帮你，你在京城，做各种事情阻力肯定会少些。"

秦嗣源微微摇了摇头："立恒做事一向沉稳，只是看他的风格，目标却往往激进彻底，偏偏他有这样的能力，对于这一点，他心中恐怕也是明白的。离开之时他曾与我说过，若真要出来做事，连他自己也不清楚那是好事还是坏事。我最近也在想，联金抗辽，最后到底会是个怎样的结果，我也不知道。金国大了，谁知道会不会是另一个辽国？有时候，有好心，未必能做成好事。"

"至少有机会了。金、辽两国打起来，我们只要把握机会，打胜几仗，便可以收复山河，但若有了这样的机会还打不胜，那总不至于是你一个人的事。"

"若是这样……国家也该亡了……"秦嗣源皱着眉头，想起这句话。

其实若是一般的小民说起来，这话真是有些大逆不道，但在这里自然无妨。康贤也皱起了眉头。

秦嗣源压低声音："其实啊，我觉得立恒的顾虑在此。"

"嗯？"

"他心中所想，一向如他做事的风格，简简单单。那日我听他说出这句话来，看似玩笑，实际未必。或许在他看来，我朝积弱至此，若然真有那一日，有此等机会都抓不住，这等国家……是该亡了……"

"岂能如此。"

"机会已经有了，此去汴京，我自当配合李相，由其整顿军务，但能否做好，恐怕仍是困难重重。呵呵，自古以来，天下之事，便是小小变革，都是困难无数，欲行大变革者，十有八九难有归处。他说：'你老人家前途未明，不跟你混。'呵呵，虽是玩笑，但这些事情，立恒怕是想得清楚。他有这样的见地，对于如何去做，如何抓住这机会，其中的困难，恐怕也想过了。他或许是想得太难，心有成见，因此望而却步。在我想来，这才是他一直推托的理由。"

"难也总得有人去做。"

"变革越是激烈，措施越多，越难知道后来的结果，立恒恐怕是觉得自己做事风格太过激烈。他毕竟未曾进入政坛，单凭想象，怕自己日后过于执着，因此才起了隐居之念。我这几日想来，也只有这个理由了。"

"呵呵，未曾做过，便自以为了解，是否太过自大？"康贤笑道。

"若是旁人，我也会这样说，二十出头，就算自视甚高者，预估将来，也不过认为自己能当个知县知府，但立恒这人不好说，光是在江宁的几次，行事老辣，年轻一辈中，我也是平生仅见。他天生能看见人心所想，并且能将之操控在手，以达成目的。此人若在乱世，必为枭雄，然而，他对自己的能力既有认知，又有节制，才是我真正欣赏的地方。如此次我邀其进京，他心中未必真正排斥，但一方面对将来的困难有认知，另一方面对自己的做法有认知，因为怕做成坏事，反倒有所克制。在我看来，这不是畏缩，反而让我更加欣赏他了。"老人又笑了笑，"不过，他出不出世我都不担心，有这能力，迟早是会出来的，先待他自己把一切想清楚吧。"

两人说话并未避开旁边的周君武。他毕竟与一般的学生不同，若是一般的学生，尊师重道是最重要的事，两人势必不会在他面前谈论他的师父，但君武是康王府的小王爷。虽然说武朝对宗室管理很严，但另一方面，周君武还是康贤的弟子。康贤的妻子成国公主名下有大量皇家产业，虽说康贤与周萱自己也有儿孙，但这些产业要传下去，需要上面点头，君武其实是作为管理者之一来培养的。宁毅毕竟是个太难把握的人，将来若真有什么事，两人此时的评价就会成为君武心中的一大参考。

当然，也是因为是正面评价，两人才会说上一说。他们谈论之时，君武也皱着眉头，表情有些犹豫，待到说完，方才笑了起来。秦嗣源微笑着看了他一眼："君武方才论述大道之辩，其中有些是立恒的看法吧？"

周君武微微犹豫，随后点头："师父也说过的，不过……说这段时，师父似乎有些欲言又止。"

"呵呵，你师父是怕说得太激烈，反倒吓坏了你们。他这人啊，恐怕会说，用完之后好用的才是大道，说的都没用。不过，君武你随着立恒，我觉得，学得最多的不是诗文字句、四书五经，而是如何去看事情、想事情。你觉得张夫子他们教的许多东西都变得易懂了，固然是因为立恒提过，但主要还是你更加会思考了。"

周君武用力点头。

"但是太早学会思考，未必就好。"秦嗣源微笑着，"其实识字认字，最后都是让人增长见闻，然后学会怎样去思考。只要真正学会了怎样去思考，再学其他，都能举一反三，事半功倍。你师父一贯的教学风格是让你们尽早学会思考，所以他说那些故事，是为了引导你们去动脑筋，这样你们学得更快。可你们现在年纪太小了，阅历不够，想得多了，难免有失偏颇，到最后，恐怕会目中无人、觉得张夫子比不了宁老师，进而觉得张夫子说的不够有道理，甚至可能觉得古圣先贤的文章有谬误……你有了自己的想法，就开始目中无人，夜郎自大！君武，这些话你要记清楚。"

秦嗣源待小辈一向宽厚和蔼，方才康贤说君武的论述"大而无当"，他也只是说"花团锦簇"，但这时说着说着，他的表情逐渐严肃起来，到最后甚至有几分严厉。周君武也连忙肃容坐正，聆听教导。片刻后，秦嗣源的表情才放缓。

"所以，一般来说，老师教导弟子，初时只是让你们记得，等到你们年纪大了，真正见过一些事情了，才让你们思考，这样你们的根基就扎实得多。当然，我并非说你的师父教导有误，只看他叮嘱你的事项，便知他对此也是非常重视的。虽然他有所控制，可你毕竟是个孩子，秦爷爷快要上京了，因此想要就此再叮嘱你一番。会思考，是好事，但如你师父所言，切忌傲慢。其他人说的话，你就算不以为然，就算觉得陈腐，也务必用心记住。只要能记住，往后你大了，一一印证，也会发现旁人为何会那样想，会发现其中的道理。那样做，你必能发现其中的好处。"

少年肃容行礼："君武记得了。"

"如此便好。"秦嗣源笑着，"不过，当初你跟着立恒，虽也学习四书五经，但主要的怕还不是为此吧，那格物之学到底如何？君武你觉得有用吗？如今也该有一番见解了吧。"

"有用、有用啊。"周君武一向活泼，方才接受考验聆听教诲也显得积极，但一说到"格物"，小男孩脸上才陡然放出光来，点头点头再点头，"格物就是、格物就是……"

他仿佛要向人推广这一概念，但一时间又难以组织出惊人的言辞来。

秦嗣源笑道："噢？"

"呃，格物就是……师父说过一句话，物理的……哦，格物之学的根本，就是大胆地去猜测。"

"猜测？"

"嗯。"周君武点头，"不管看见什么事情都可以猜，猜它是为什么，然后得出一个可以用的公式或者理论来，但这个理论，必须放之天下而皆准。只要有一条配不上，就得把这个猜测推翻，然后继续猜……"

"就是猜？"秦嗣源皱着眉头，试图去理解这些东西。

"嗯，一般还是用推敲的办法。不过师父说一定要有想象力，如果有什么事情你一点儿都不懂，想要弄懂，首先就得猜。嗯，师父说过，有些基本的道理，比如，任意两点之间都可以画一条直线，直线可以任意延长……"

周君武叽叽呱呱地讲述起他学到的格物学基础来。看得出来，小男孩简直有点儿授业的架势，俨然要通过自己的讲述将"很有道理"的格物学推广给秦家爷爷。老人家听着那些简单的道理："这些东西，还用猜吗？"

"这是基本的组成嘛，秦爷爷，格物学不能想当然，虽然说理论可以猜，但验证过程一定要严谨。一步一步，每一步都要绝对精确才行……"周君武用力地推广着从宁毅那儿学来的概念，"这些东西一步一步，可以组成很复杂的东西，秦爷爷，天地万物都是这样来的。学了它，我们就可以知道，秤为什么可以称东西，杠杆为什么可以传导力……力啊，喏，我们在这里放块石头，作为支点，这边用力压下去，那边就翘了起来，它会翘多高，我们可以算。然后在那边放一个齿轮，齿轮会怎么动？齿轮之后可以有另一个齿轮，再加杠杆，就像水车啊、风车啊，我们可以做出很复杂的东西来……"

"水车、风车不是已经有了吗？"

"但是可以更复杂啊。秦爷爷你不知道，师父给我们设计过一个很简单的东西，从一个水车开始，加上杠杆、齿轮，然后弄来一块印刷的板子，板子升上来，就会有一把刷子蘸了墨汁涂上去，然后板子压下去，可以印出一页书，板子再升上去，就有只爪子把印好的书页拉走，并把另一张纸拉过来，砰地再印……砰地再印，师父说这个叫'流水线'……"小男孩口才毕竟不算非常好，说得太复杂了，同时还手舞足蹈，"当然，还得考虑纸张的韧性、墨汁的均匀、机器的损耗，但这些都是可以算的。就算是纸张，只要我们弄清楚纸张为什么可以成为纸张，就可以造出更好的纸来。师父说这是因为植物纤维什么的，我们现在还不太懂啦。哦，还可以计算铁的好坏。秦爷爷你知道吗，铁之所以又硬又脆，是因为里面有可以烧的东西，就是碳，碳越少，铁越有韧性，就是不容易碎，也不容易生锈……"

秦嗣源望向康贤。对于宁毅的格物，他当初没有询问太多，曾经也是有些不以为意的，这时候才渐渐听出了一个轮廓，而周君武随着宁毅学的那些东西，康贤必然是知道的。两位老人对望一眼，秦嗣源道："大胆猜测，但要用最认真的推导模式，每一步都得扣上……"

康贤点头："具体的现在还看不到太多，但立恒跟君武说的一些东西，我这边都有让人记下来并去思考。现在有本小册子，明天我让人拿给你看看。老实说，光是猜测、推导两项，真要做起来……恐怕麻烦就不少，你可以帮着想想。"

秦嗣源点点头。

旁边的君武并不理解"麻烦"指什么，他只觉得要完成推导肯定会有麻烦，这时仍在兴奋地说话："秦爷爷你有没有想过，风筝为什么会飞上天？孔明灯为什么会飞上天？因为风吹过来的时候，风筝以一个角度倾斜着，这个角度会把力分解，变成一个往后，一个往上。只要风一直吹，就会一直产生往上的力。我们可以做一个很大的翅膀，一直往前，达到一定的速度，就可以飞起来……当然，师父说这需要更坚韧的材料配合，只要我们能弄懂风箱的道理，就可以弄出更好的风箱，把炉子弄出更高的温度，弄出更好的铁，也可以生产出更不容易破的布。不管怎么样，我们最近已经在算了，当有大的受风面积时，以多大的速度，我们就能飞起来……我一定可以造出能飞起来的大风筝……"

他说到这里，目光之中流露出狂热的憧憬之色，两位老人忙于思考他说话的内容，却没有注意到这一神情。

随后君武又摇了摇头："当然，这是很久以后的事情啦，基础工业的发展也要很长时间的……"他复述着宁毅的话，"反正师父走的时候让我们去想几件事情。第一件，我们现在已经知道万事万物都有力的作用在里面了，可是……这个力是怎么来的……"他在地上跳了跳，"我们一跳起来，就立刻往下掉，为什么会往下掉？苹果为什么会往下掉？大地为什么会拉着我们呢？我们为什么不是往上飘……"

"这个，立恒也让你们想？"

"嗯，这个只是想想，当然要想，我现在也觉得奇怪呢……第二个问题是，为什么我们在海边的时候，看见船开走，桅杆总是最后消失的……"他打了个寒战，"爷爷，这个很吓人的，我们看东西的视线都是直的，如果桅杆总是最后消失，说明……"周君武咽了一口口水，然后拿出一张纸来，眼中泛着诡异又恐怖的光。他将纸偏了偏，弄成一座小拱桥，用手往中间切了切："高的一边是地，低的一边是海。爷爷，我们的世界是有坡度的，它像是一个圆，往海的那边滑下去，如果它滑到九十度，爷爷，你说那是什么……我觉得海的那边肯定是个大洞，也许像一个大漏斗，但是海水又没有往那个大洞灌下去，这就让我想到师父的上一个问题了，为什么有一个力拉住我们……爷爷，虽然不知道力产生的原因，但有力拉住我们，我们才没有掉下去啊……可是世界为什么会变成这个样子呢？老师一定是在想这些理由，所以才问我们的……"

世界是斜的，海的那边有个大漏洞，秦嗣源与康贤想想，觉得难以置信，但结合海面上船只果然是桅杆最后消失的事实想想，可能性之高还真是有些恐怖……

周君武摇摇头："不过师父说这两个问题我们想着玩玩就好了，他大概怕吓到我们，可不知道我们这么快就想出来了……不过，师父的第三个问题才是最重要的。"

秦嗣源也有些感兴趣了："立恒问了什么？"

周君武站起来，走到一边烧水泡茶的小火炉边蹲下，看了一会儿："师父说，物理学……呃，格物学最重要的发展途径之一，就在这个茶壶上……"

"茶壶？"

"嗯。"小男孩点头，回头看了看两位爷爷，"师父忘记了，他以前随口跟我们提过的……秦爷爷，如果堵上茶壶的口，把盖子按着，不许茶壶出气，我们按得住吗?"

"气总是要出的,怕是按不住吧。"

"气会把盖子顶开,这里就有力了。这个茶壶如果大一点儿,力就更大……师父教过我们,用杠杆、用齿轮,用这样那样的东西,总可以把这股力传出去,只要能做出这种东西来,就像师父说的那样了……"小男孩跳了起来,回头笑道,"师父以前有一次说过,人力有时而穷,畜力也有时而穷,不管什么样的千里马,马车最多也只能跑那么快,因为再厉害的马也只是马,可将杠杆、齿轮这些东西组合成机器就不一样了。一架水车,它的力气就比马大多了,可水车不能走。格物学的第一个目标,就是便于携带的动力源!"

什么"机器",什么"便于携带",什么"动力源"之类的词语,都是宁毅独有的说话方式。宁毅来这里这么久,基本已经融入了这个时代,但兴之所至说起很多新东西时,便不理会这个时代的语法,你能听懂也好,听不懂也罢,他都不强求。周君武与他相处这么久,便将这些说法都记下来,当成学习格物学的指导纲领。由于记得这些,因此宁毅一说,他不久便能想明白。

"总有一天可以飞到天上去……"小男孩看着那茶壶,喃喃说了一句。

片刻后,坐在小火炉边的少女举起团扇,啪的一下打在他的额头上:"好了,算学还没学好就老想着这些。还做梦飞到天上去,不要命啦!师父前些日子还骂过你,说危险呢,不许再想了!"

"呜。"小男孩捂着额头,幽怨地看着姐姐,嘟囔道,"这是我的理想……"

很有理想的男孩有没有被打醒一时间还难说,对于这格物之学的本质,秦嗣源与康贤一方面觉得闻所未闻却颇有道理,另一方面又觉得有荒谬的地方,主要是因为君武说的那个大地是漏斗状的推论。

不久后,秦嗣源缓缓说了一句:"若在草原上,见人骑马奔走,那可是哪个方向都是一样的,这是为何?若以此推导,这大地莫非是个圆的?"他想想,随后笑了起来,"无稽之谈、无稽之谈,不过此等想法倒是颇为有趣,呵呵。"

康贤也愣了半晌,随后笑道:"有趣有趣,若是圆的,这大地的那边到底是怎样一副样子?大家岂不掉下去了?难道都倒着过日子吗?"

这几个问题让周君武一时间颇为苦恼。两人笑了一阵,面上表情变得古怪起来,随后将话题调转开。他们皆是极有智慧之人,虽然之前对西方的逻辑思考形式并不了解,但人想事情都是差不多的,给出条件、原理,严格进行推论这种形式,他们也是瞬间就能适应,对这一问题,一时间竟有些不敢去想。

"方才听君武一直说'我们''我们'的,似乎除了你与小佩,还有其他人在学习这格物学?"

"是啊。"周君武点头，很是自豪，"除了我和姐姐，还有学堂里的两位师弟，还有开平郡公家的小儿子。我最近跟他说了，他也觉得很有道理，要跟我一起做风筝呢。哦，对了对了，还有康洛也觉得格物很有趣……所以我们前些天已经成立了格物党，现在有六个人了。我是党魁！"

周佩的团扇啪地又打在弟弟头上，她却是笑着没有说话。两位老人也觉得好笑——他学堂里的两位师弟姑且不说，开平郡公家的小儿子今年才十岁，平日里跟在君武后面跑，被他拉了进去，康洛则是康贤的小孙子，目前八岁。君武这家伙在一帮孩子间人缘还是挺好的，这么快就将他们拉了进去。

"看起来这格物党发展会很快。"秦嗣源点头道。

"我家中的小奇、小新他们怕是也逃不掉……"康贤笑了起来，拿家中几个孩子开了个玩笑。

他家中的几个孙子，康奇七岁，康新五岁，恐怕也逃不掉被发展进格物党的命运……

在两个老人的玩笑声当中，小君武微微生起气来，决定不给康奇、康新加入格物党的机会了。反正他们很笨，而他目前发展成员是很严格的，因为每次要发展人进来，他都会好好地描述一番前景，那可是能飞上天去呢。

一定会有那样的一天的……

夏日午后，距离出现真正能飞上天空的载具尚有约八百年，小王爷在这庭院间回头看看那茶壶，在心中满怀憧憬地画下了一个大大的饼。

有些东西无声无息地扎了根，发了芽，便再也挥不去了……

与此同时，那个随意间扔下种子的人已然乘船过了镇江。他们原本乘船自长江东进，到镇江停留几日，随后方才启程，沿江南河南下。这片水域船只来往繁忙，水流倒是不急，因此他们的船驶得缓慢悠闲，穿行一日，过了丹阳，将将进入常州地界。

（第3册完）